KNAUR

Über die Autorin:
Julia Fischer ist seit vielen Jahren eine feste Stimme des Bayerischen Rundfunks. Die Mutter dreier Kinder und Tochter des Komödienstadel-Regisseurs Olf Fischer und der Schauspielerin Ursula Herion, die mit ihrer Familie in München lebt, hat schon als Kind auf Pumuckel-Schallplatten und im Kinderfunk mitgewirkt, später den Beruf der Schauspielerin ergriffen sowie verschiedene Magazine im Bayerischen Fernsehen moderiert. In den letzten Jahren kamen unzählige Hörbuchproduktionen für namhafte Verlage dazu.

Julia Fischer

Die Galerie der Düfte

ROMAN

KNAUR

Besuchen Sie uns im Internet:
www.knaur.de

FSC
www.fsc.org
MIX
Papier aus verantwortungsvollen Quellen
FSC® C083411

Vollständige Taschenbuchausgabe Juni 2018
Knaur Taschenbuch

Ein Imprint der Verlagsgruppe
Droemer Knaur GmbH & Co. KG, München

Redaktion: Dr. Gisela Menza
Covergestaltung: Favoritbüro GbR, Büro für Gestaltung
Coverabbildung: © sankai GettyImages
Satz: Adobe InDesign im Verlag
Druck und Bindung: CPI books GmbH, Leck
ISBN 978-3-426-51871-7

2 4 5 3 1

Für meinen Mann,
ohne den es diese Zeilen nicht gäbe,
seine Liebe und Unterstützung,
die Geduld und Fürsorge

»Ein Parfum ist eine in Düften erzählte Geschichte,
manchmal eine Poesie der Erinnerung.«
Jean-Claude Ellena, Chefparfumeur Hermès

Prolog

Florenz, Frühling 1985

Kühle – die Art, die der Frühling am Morgen noch etwas andauern ließ, die wie ein Versprechen auf einen der ersten heißen Tage auf der Haut lag, sich mit Vorfreude mischte, um nackte Füße in zu leichten Schuhen streifte und die impulsive Wahl verzieh. Der Auftakt für Ballerina-Tage, für Tage in luftigen Kleidern, zarten Röcken und Blusen, endlich, Ende Mai. Es war eine sanfte Kühle ohne winterliche Reißzähne, durchwoben vom matten Licht des anbrechenden Tages, und sie machte Anna glücklich. Die junge Frau stand auf der Piazzale Michelangelo und sah auf die Stadt, deren Häusermeer jenseits des Arnos nur als Schattenriss unter ihr lag. Die Spitzen der Bergkette im Osten von Florenz flammten rot auf. Ein schmaler Streifen, der die wenigen Wolken vor dem weißen Himmel für Augenblicke rosa färbte und die Häuser ins Orange tauchte. Das Licht reiste ohne Zeit, die Fassaden zwischen Sand und Ocker glühten von einem Moment zum anderen. Aus der Ferne betrachtet verschwand ihr schleichender Verfall hinter dem goldenen Leuchten – Sandstein, gekalkte Ziegel und rote Dächer. Und wenn Anna sich auf dem menschenleeren Platz hoch über Florenz nach Osten wandte, dann verflüssigte sich das warme Licht der Sonne im Arno und schickte ihn als goldenen Strom gemächlich weiter Richtung Meer. Keine weite Reise, nur über Montelupo Fiorentino, an Empoli vorbei und weiter Richtung Pisa. Doch der Fluss kostete sie aus, diese Strecke. Er schlängelte und wand sich durch die toskanische Hügelland-

schaft, passierte Olivenhaine, Zypressenalleen und Mohn durchsetzte Wiesen – rauschendes Rot. Er nahm nie den kürzesten Weg.
Annas Blick versank an diesem Morgen in seinem glitzernden Wasser, bis eine Lichtbrechung in einem Fenster der Domkuppel aufblinkte und ihre Aufmerksamkeit wieder auf das Häusermeer lenkte, *il Duomo* nahm ein warmes Bad. Jetzt war sie in der Stadt der Blumen, der Wiege der Renaissance, deren Geist sie seit Wochen nachspürte, wirklich angekommen. Anna beendete bald ihr Studium der Gartenbauarchitektur und war mit Vorbereitungen zu ihrer Diplomarbeit beschäftigt – »Italienische Gärten des 16. Jahrhunderts«. In Florenz fühlte sie sich ähnlich befreit wie die Architekten, deren Pläne sie hier studierte. Jene, die wie Brunelleschi, der kühne Konstrukteur der Kuppel der Santa Maria del Fiore, keine Grenzen mehr akzeptiert hatten, eigene und bauliche. In einer Zeit, in der die Naturwissenschaften, die aufblühende Kunst und wiederentdeckte Philosophie der Antike die Enge und Angst zwischen kirchlichem Dogma und weltlicher Macht endlich aufgebrochen hatten, war der Goldschmied zum Baumeister aufgestiegen. Das Individuum rückte in den Mittelpunkt der Betrachtung, und die Erde verschwand aus dem Zentrum des Universums. Galileo Galilei, der »Ketzer«, ließ sie fortan um die Sonne kreisen. Er lag gleich dort unten in Santa Croce, dem »Pantheon von Florenz«, begraben, und mit ihm Machiavelli, Michelangelo und Rossini. Es hieß, der heilige Franziskus habe den Grundstein der Kirche gelegt – doch der Bau begann erst sechzig Jahre nach seinem Tod. Aber wen kümmerten schon Jahrzehnte angesichts der versammelten Jahrhunderte, der großen Geschichte, der Gelehrten und Künstler der

Stadt, die dank der Medici und ihrem weltoffenen Geist zum Inbegriff des Aufbruchs geworden war. Ein Aufbruch, wie er auch Anna bevorstand, nur vertagte sie ihn noch ein wenig.

Anna betrachtete die schlafende Stadt unter sich, den fernen Palazzo Vecchio – das heutige Rathaus –, von dem sie jeden Stein aus ihren Architekturführern kannte, und spürte, dass ihr Leben jetzt an einem Wendepunkt stand. Denn wie Michelangelo oder da Vinci, deren unvollendete Werke dort unten überdauerten, kannte auch sie das Gefühl, sein Herz bereits an ein neues Projekt zu hängen, während das alte noch alle Aufmerksamkeit zu binden versuchte. Die Begeisterung eilte auch ihr immer ein Stück voraus und riss ihr Herz mit. In dieser Stadt schlug es schneller.

Der Ponte Vecchio griff unweit des Rathauses über den Arno. Die kleinen Juwelierläden, die sich zu beiden Seiten an die Brücke klammerten, auf ihr stapelten, eng und dreistöckig, waren noch geschlossen, die Stadt unter Anna stand still. Sie überlegte, ob das der Zustand war, in dem auch sie sich gerade befand. Blieb sie einfach nur für einen Moment stehen, um dann genauso weiterzumachen wie zuvor? War ihr Aufenthalt in Florenz nur eine kurze, unbedeutende Zäsur? Oder würde sie etwas mit nach Hause nehmen, das ihr Leben veränderte, etwas von dem, was Florenz ihr erzählte? Versuche es! Gestalte dein Schicksal! Genieße den Tag.

Zu dieser frühen Stunde fuhren noch keine Autos in den Straßen, keine Busse, hier oben auf dem weitläufigen Platz war Anna allein. Doch schon in wenigen Stunden würden Touristen aus aller Welt im Laufschritt den weltberühmten *David* bestaunen, ohne zu verweilen, ohne einzutauchen in den Schaffensprozess des Bildhauers, die

Statue nur durch die Linse des Fotoapparats betrachtend, als Hintergrund für ein Lächeln im Album »Florenz-Pisa-Rom in drei Tagen«. In der Rückschau überlagerten sich die eiligen Bilder und verschwammen zu Italien, Hitze, Kunst und Pizza. Die Bronzekopie des Jünglings mit den gewöhnungsbedürftigen Proportionen, der ursprünglich für die Ansicht in großer Höhe, außen an der Domfassade, konzipiert worden war, erinnerte Anna heute an einen anderen Körper, wärmer als dieser, anschmiegsam, fordernd, und sie dachte an andere Hände, kräftige, zärtliche Hände, die einen Zeichenstift hielten – Giovanni. Er war Kunststudent oder Lebenskünstler, sie fragte ihn nicht. Es genügte ihr zu wissen, dass ihr Körper unter seinen Berührungen brannte, glühte wie Florenz in der Mittagssonne. Und es gab keinen Schatten in seinem Blick, der sie vor dieser Hitze gerettet hätte. Wenn er sie küsste, verging sie und erstand wieder neu, ein Phönix aus der Asche der eigenen Lust. Anna war ihm gleich zu Beginn ihres Urlaubs am Arnoufer begegnet, ein Skizzenbuch auf seinen Knien, das dunkle Haar halb lang und ungebändigt. Er malte die Boote auf dem Fluss und sah wieder und wieder zu ihr herüber, um sie fachkundig zu vermessen. Ihr schmales Gesicht mit der langen, geraden Nase, die veilchenblauen Augen – sein Kohlestift erlaubte ihm nicht, diese Farbe einzufangen –, ihr breiter, nicht zu voller Mund. Das ganze Ebenmaß ihrer Erscheinung war von ellenlangem, gewelltem dunkelblondem Haar umgeben, nach dem sich jeder Mann umdrehte. »Kann es sein, dass Botticelli Sie schon einmal gemalt hat, Signorina?«, hatte er sie gefragt, denn Anna sah Simonetta Vespucci, Sandro Botticellis Vorlage für seine *Geburt der Venus,* ungemein ähnlich. Der üppige Busen, die schlanke Taille, die sinnlichen Hüften.

»Für wie alt halten Sie mich?«, hatte sie entrüstet entgegnet.
»So alt wie die Welt, schöne Venus«, hatte er geantwortet und ihr Lakritzpastillen angeboten. Und während Anna noch nach einer schlagfertigen Antwort gesucht hatte, hatte er sie bereits genüsslich skizziert und später darunter *»la mia Venere«,* »meine Venus«, notiert. Darüber hatte sie Cornelius und ihre Eltern für einen Moment vergessen und das Gefühl, an den Erwartungen zu ersticken, die sie zu Hause bedrängten, ein Gefühl, das sie sonst nur in zu engen Räumen überfiel. In überfüllten Hörsälen litt sie, in ihrer Wohnung öffnete sie zu jeder Jahreszeit und über Stunden die Fenster und vermied es, in Restaurants zu gehen, außer im Sommer, wenn sie draußen sitzen konnte. Ja, sie musste sogar in ihrem alten Cabrio, einem Käfer, Baujahr 1965, die Seitenfenster herunterkurbeln, solange das Dach geschlossen blieb. Die Sitze des cremefarbenen Wagens waren mit rotem Kunstleder bezogen, die Stoßstangen verchromt. Es war eines der ersten Modelle mit Außenspiegel auf der Fahrerseite und schon fast historisch. Anna liebte das Geräusch des luftgekühlten Boxermotors. Das regelmäßige Schnurren und leichte Rasseln klang wie ein Versprechen, es gab ihr das Gefühl, unterwegs zu sein, ungebunden. So wie hier auf ihren ausgedehnten Spaziergängen durch den Giardino di Boboli, den Garten der Villa Bardini oder den des Palazzo Medici Riccardi, wenn sie alleine war und mehr Baum als Mensch, mehr Gras und Stein, Regen und Wind als Lebensgefährtin und zukünftige Ehefrau, Element statt Wesen. Hier fühlte sie sich leicht und unbelastet von Zwängen und zu frühen Versprechen, schließlich war sie erst vierundzwanzig.
Die ersten Händler kamen und öffneten ihre Verkaufs-

stände auf der Piazzale. Anna stieg in ihren Käfer und fuhr zurück in die Stadt. Sie wollte sich den Tag über treiben lassen und im Viertel Oltrarno zu Mittag essen und ein Glas Weißwein trinken, dort, wo Florenz noch ursprünglich war und die Preise moderat. Vielleicht würde sie die Siesta auf dem Balkon ihres kleinen Hotelzimmers verbringen und ihre Notizen und Skizzen sortieren. Oder sie würde sich durch die Accademia schieben lassen und dort den *David* im Original bestaunen, in Erwartung ihres Treffens mit Giovanni jeden steinernen Muskel des Giganten mit hungrigen Blicken nachfahren, genau wie sein Schöpfer vor fast fünfhundert Jahren, nachdem er ihn aus dem groben, verhauenen Block befreit hatte. Anna wollte den kräftigen Oberkörper der Statue mit dem gleichen Verlangen streifen wie einst Michelangelo, die starken Arme, die verheißungsvolle Lendenpartie – Stein, Fleisch und Tagtraum, versponnen zu einer kleinen erotischen Fantasie. Sie gönnte sich in diesen Tagen die sinnliche Wahrnehmung der Bilder und Skulpturen, legte ihre Kunstführer zur Seite und trank die Farben und Formen wie Wein. Sie ließ sich berauschen, berühren, ließ sich von der Kunst verführen und erlag ihr – willig.

»Lass uns zusammen essen, schöne Venus«, hatte Giovanni gestern gesagt. »Wir treffen uns um sieben an der Piazza Santa Maria Novella. Und später machen wir einen Spaziergang.« Der Auftakt ihrer ersten gemeinsamen Nacht, die sie nun schon seit Tagen hinauszögerten, um das Spiel der Blicke und folgenschweren Küsse weiter auszukosten. Denn dass es passieren würde, wussten sie beide. Und dass sie nicht länger warten wollten.

Anna hatte nur einmal zu Hause angerufen, gleich nachdem sie jenseits des Brenners, wo die Landschaft sich veränderte und die Berge Südtirols sie freigegeben hatten, in ein anderes Leben eingetaucht war. Eines, das seine Faszination aus der Vergänglichkeit schöpfte, das die ganz großen Gefühle erlaubte, weil es sie nicht bewahren musste. In dieser Stadt war sie *»la Venere«,* die pure Verführung, die reine Lust und Lebensfreude. Und sie war verliebt.

Giovanni saß gegenüber der Basilika, trug Jeans, Hemd und eine dunkelbraune Lederjacke und zeichnete die Rosen der Grünanlage – *Rosa sericea,* die Seidige. Anna hatte immer die lateinischen Bestimmungen der Pflanzen im Kopf, eine Berufskrankheit. Während sie auf ihn zuging, betrachtete sie seine konzentrierte Haltung und kostete seine Versunkenheit aus, die Hingabe, wenn er malte, aß oder – liebte? Ihr Herz schlug ihr schon wieder bis zum Hals, ihre Beine gehorchten ihr kaum, da sah er auf – dunkle Augen, rebellisch, herausfordernd und von einer Sehnsucht getrieben, die sie in seiner Nähe mitriss. Sie wusste nicht, wohin, sie wusste nur, dass sie ihr folgen würde. Dieses Lächeln auf seinem Gesicht und dann sein Körper, der sich langsam aufrichtete – sie speicherte jede seiner Bewegungen. Sein Zeichenblock fiel aufs Pflaster. Er ließ ihn liegen, stand auf, kam ihr entgegen, nahm sie in die Arme und küsste ihr Haar. Er zog das Tuch ab, mit dem sie es zusammengehalten hatte, und vergrub beide Hände in ihrer langen blonden Mähne. Seine Lippen näherten sich den ihren. Er zögerte, er zögerte immer, nur um sie zu quälen. Und dann küsste er sie, und diese Küsse schmeckten nach Lakritz. Anna hätte gerne auf das Abendessen verzichtet und ihn mit in ihr Hotelzimmer genommen, um endlich mit ihm alleine zu sein, dort oder in seiner Wohnung, wenn er denn eine hatte. Sie wusste nicht einmal das, nicht, wo er wohnte, nicht, was er den Tag über machte, wenn sie sich nicht sahen, nicht, wovon er lebte, und es war ihr auch egal. Sie hatten ja nur diese wenigen Wochen, und Fragen, auf die Anna Antworten brauchte, gab es zu Hause genug, Pläne und Erwartungen.

Sie aßen bei Kerzenschein in der beginnenden Dämmerung in einer Osteria in der Via delle Belle Donne. Die kleinen Tische waren dicht an der Straße eingedeckt, der Abend noch warm.

»*Cosa hai fatto oggi?*«, fragte er, was sie heute gemacht habe. Diese Sprache schmiegte sich an den Gaumen, sie war ein duftendes Soufflé aus Lauten, lockte mit jedem köstlich fremden Klang. Anna beherrschte sie gerade gut genug, um mit Hilfe ihres Wörterbuchs die alten Pläne der Landschaftsarchitekten zu übersetzen und auf ihrem Weg durch die Stadt nicht verlorenzugehen.

»Ich war ganz früh auf der Piazzale Michelangelo und habe der Sonne zugesehen, wie sie aufgeht«, versuchte sie ihm zu erklären, und sein Blick hielt sie fest, während sie sprach. Er wandte sich nicht einmal ab, als der Kellner die *antipasti* brachte und den Wein. »Und dann habe ich mir den *David* in der Accademia im Original angesehen. Und jede Menge Madonnen.«

»Und was denkst du, *la mia Venere*, ist er der schönste Mann der Welt?«

»Mir fehlt noch der Vergleich«, antwortete sie. »Aber ich denke schon, dass er ein Mädchen zum Träumen bringen kann. Oder einen Mann.«

»Und was bringt dich zum Träumen?«

»Du.«

Giovanni zog ein Päckchen in Geschenkpapier aus der Tasche und schob es ihr über den Tisch. Anna packte es vorsichtig aus. Ein Eau de Cologne, *Acqua di S. M. Novella* stand auf der Verpackung.

»Früher hieß es *Acqua della Regina.* Die Dominikanermönche des ehemaligen Konvents dort drüben am Platz hatten es für Caterina de' Medici kreiert.« Er deutete in Richtung der Piazza Santa Maria Novella.

»Mönche, die Parfum herstellen?« Anna war überrascht.

»Nun, sie haben vor etwa achthundert Jahren eine Apotheke gegründet, Rosenwasser zur Desinfektion destilliert und Heilkräuter verarbeitet. Und dann kamen viele andere Produkte dazu, wie zum Beispiel die ersten Acqua, die später ein Italiener – Farini – nach Deutschland gebracht hat.«

»Du lügst doch!«, sagte Anna, gabelte die letzten Zucchini vom Teller und lachte. »Die stammen aus Köln. Das sagt doch schon der Name Eau de Cologne.«

»Ach, ich lüge also.« Giovanni griff nach ihrer Hand und roch an der Innenseite ihres Handgelenks – ein Hauch von Seife. Sein Atem streifte ihre Haut.

»Natürlich. Was versteht ein Kunstmaler schon von Parfum?«, provozierte Anna ihn weiter und wunderte sich über seine Reaktion, denn er zog seelenruhig seinen Skizzenblock aus der abgetragenen Umhängetasche, die er neben seinen Stuhl gestellt hatte, und schlug ihn auf. Anna sah Porträts, Kirchenfenster, Spiegelungen am Fluss und ... Flakons. »Du zeichnest Flakons?« Sie war überrascht.

»Von irgendetwas muss ein armer Künstler doch leben«, erklärte er und führte ihr seine neuesten Entwürfe für die erwähnte Officina Profumo-Farmaceutica di Santa Maria Novella vor. »Heute ist das ein internationales Unternehmen, das sich auf Düfte, Naturkosmetik und einige andere Produkte spezialisiert hat. Magst du es denn?« Er wartete auf ihre Antwort.

»Bitte?«

»Das *Acqua della Regina*. Magst du es? Es ist der Duft einer Königin. Es ist dein Duft, Anna.« Sie öffnete die Umverpackung und schraubte den Verschluss ab. Zitrusnoten, Lavendel womöglich und Rosmarin, sie war keine Expertin. Giovanni nahm die schlichte Flasche, rückte seinen Stuhl näher an sie heran, schüttete sich etwas von der edlen Essenz in die Hände und strich Anna damit über den Hals. Er betupfte ihre Schläfen, ließ einen Tropfen in ihr Dekolleté fallen und betrachtete, wie er zwischen ihre vollen Brüste rann. Er beträufelte ihr Haar, beugte sich vor, küsste sie und fuhr dabei unter dem Tisch langsam mit seiner Hand unter ihr Kleid und zwischen ihre Beine. Ihr blieb schon wieder die Luft weg. *»Il conto, per favore!«*, hörte sie ihn sagen, obwohl sie gerade erst die Vorspeise gegessen hatten, und sein Blick durchdrang sie, minutenlang, eine ganze Ewigkeit, angefüllt mit wilden Herzschlägen und dem Duft einer vergangenen Epoche.

»Wohin jetzt?«, fragte Anna erwartungsvoll mit leicht brüchiger Stimme, und Giovanni deutete auf seinen Motorroller am Straßenrand, einer unter Hunderten. Sie wusste nicht, dass er eine Vespa fuhr, doch im Moment hätte sie nicht einmal mehr ihren eigenen Namen gewusst – nur mehr seinen.

Die kurze Fahrt über schmiegte sich Anna dann an ihn, spürte das schwere Leder seiner Jacke unter ihren Händen und genoss die Nähe. Sie überquerten den Arno auf der Ponte alla Carraia und fuhren ein Stück am Fluss entlang, bis Giovanni rechts in eine kleine Seitenstraße abbog, wenig später neben der langen Mauer des Giardino di Boboli anhielt, der längst geschlossen war, und dort ein unscheinbares Tor öffnete. Er hatte eine Picknickdecke unter dem Arm, die hinter dem Sitz der Vespa

festgebunden gewesen war, und seine Umhängetasche dabei. Anna fürchtete, dass sie entdeckt werden könnten.
»Ich bin nachts oft hier«, beruhigte Giovanni sie, und sie spürte einen Anflug von Eifersucht in sich aufsteigen.
»Ich komme sonst immer alleine. Der Garten ist nur ohne die Massen schön.«
»Ist er das?«, fragte Anna nach. Sie war etwas enttäuscht gewesen, als sie ihn an ihrem ersten Tag in Florenz durchquert hatte – Hecken und Bäume, eine beeindruckende Zypressenallee und noch mehr Hecken, keine wirklich lauschigen Plätze, kaum Blumen. Der karge Garten, der sich mit steilen Anstiegen einen Hügel hinaufzog, lebte allein von seinen umwerfenden Ausblicken über die Stadt, der ihn umgebenden Architektur und den mannigfachen Kunstobjekten darin, dem Inselteich, den Brunnen und der berühmten Grotte von Buontalenti.
»Kennst du das Kaffeehaus?«, fragte Giovanni sie leise.
»Ich hab es nicht gefunden. Es steht im Plan, aber ich war zu müde, um noch weiterzugehen.«
»Das ist es.«
Anna sah vor sich in der anbrechenden Dunkelheit unterhalb des Weges, den sie gekommen waren, einen kleinen rechteckigen Bau, dreistöckig, mit einem gemauerten, verglasten Rondell auf einer Dachterrasse. Eine Art Pavillon, türkis getüncht mit himmelblauen Türen, die verschlossen waren. Sie gingen um das Gebäude herum. Die Vorderseite, die zum Palazzo Pitti und auf die Stadt hinunterschaute, war als Halbrund gebaut, mit umlaufenden schmalen Balkonen und schönen Fensterfronten und das abfallende Gelände zu Füßen des Kaffeehauses ein Obstgarten. Anna erkannte unzählige Apfelbäume, die die einzelnen Terrassen umstanden, bis unterhalb ein Brunnen-

platz abschloss. Sie staunte noch über den romantischen Fleck, auf den sie hier gar nicht gehofft hatte, da sah sie Giovanni, wie er die Decke unter einem der Bäume ausbreitete und Papierlampions mit Teelichtern aus seiner Tasche zog, sie aufklappte und in die Äste hängte – rote, gelbe und orangefarbene Sonnen und blaue Monde. Anna setzte sich und wartete, bis er alle Kerzen angezündet hatte und zu ihr zurückkam. Sie atmete den Duft ihres neuen Parfums ein, den des Gartens und der Stille und den seiner Haut. Er hatte sie aus ihrem Kleid geschält und betrachtete sie nun in ihrer schlichten Wäsche, als würde er sie später aus dem Gedächtnis malen wollen. Sein Hemd lag neben ihr im Gras. »Er ist nicht der schönste Mann«, flüsterte sie, »*David*. Ich kann ihn nicht atmen so wie dich.« Da löste er ihren BH, streifte ihren Slip ab und küsste jeden Zentimeter ihres nackten Körpers. Sie spürte sein rauhes Kinn auf ihrem Bauch, auf der Innenseite ihrer Schenkel. Der Ruf einer Nachtigall erklang im Park, und Anna verschmolz mit dem Boden, der Erde, dem Gras, den Wurzeln der Bäume.

»Lass mich dich malen, bitte«, sagte Giovanni, und sie wusste, dass sie unmöglich noch länger auf ihn warten konnte. »Bleib genau so.« Er griff bereits nach seinem Zeichenblock und dem Kohlestift und murmelte mit einem Lächeln: »Meine schaumgeborene Venus …« Er korrigierte ihre Haltung, legte ihr langes Haar über ihre Schulter und plazierte ihre linke Hand oberhalb ihrer Brüste. Anna spürte den lauen Abendwind auf ihrer Haut, die im Mondlicht leuchtete wie hundert zarte Apfelblüten. Sie hörte das leichte Schaben der Kohle auf dem Papier, sah seine aufmerksamen Blicke über ihren Körper gleiten und ahnte, wie sein Stift ihre Freizügigkeit in dunkle harmonische Linien übersetzte. Und mit jedem

Strich wuchs auch sein Verlangen, mit jedem Detail, das er erfasste, schwoll seine Begierde an. Sie war seine Venus, seine Eva, die allererste Frau unter den vielen, die er geliebt hatte. Sie war die ultimative Verführung im Garten Eden, allein sie anzusehen machte ihn glücklich.
Giovannis Zeichnung blieb unvollendet. Er legte sich zu ihr, und Anna half ihm, sich auszuziehen. Sie schloss die Augen, sperrte die Welt aus und ließ ihn ein. Ihre Erregung folgte dem Weg seiner tastenden Hände, seiner Küsse, sie verzweigte sich von den Wurzeln zum Stamm, bis Anna nur noch das zarte Zittern der Blätter im Wind war, das Fließen des Wassers über Brunnenkaskaden, das Leuchten der bunten Laternen und der alles verzehrende Brand. Erde und Luft, Wasser und Feuer und ein fünftes Element, das sie alle umfing und ihren gemeinsamen Rhythmus bestimmte. Anna baute sich aus diesen Bil dern einen Garten – aus Giovannis Liebe und Zärtlichkeit, seiner Lust und seinem Verlangen, mit einem unscheinbaren Tor, das nur sie allein kannte, unter Apfelbäumen, im Mondschatten eines verlassenen italienischen Pavillons.

Ihre Diplomarbeit kam langsam voran. Anna verbrachte ihre Tage in den Gärten und Parks, kartographierte Lorbeerbäume, Steineichen und Kastanien, Pinien und Schirmkiefern, zeichnete Oleander, Hibiskus und wilden Wein, Granatapfel- und Feigenbäume, Myrte und wilde Zistrosen, von *Laurus nobilis* bis *Cistaceae*. Und Giovanni zeigte ihr Maltechniken, schenkte ihren Skizzen Licht und Schatten und den Pflanzen die Details. Anna erforschte die Einbindung der Gärten in die Landschaft, Freitreppen und Skulpturen, Teiche und Blütenmeere, Jahrhunderte, die ineinandergriffen, und lauschte dabei lange auf ihr Herz. Inmitten der freien Gestaltung der ersten Gärten, in denen kein Gemüse mehr gezogen, keine Heilpflanzen mehr angebaut wurden, Gärten, die Architekten nur um ihrer selbst willen und zur Freude ihrer Besitzer geschaffen hatten, bemerkte sie, dass die völlige Freiheit zweckbefreite Ordnung geschaffen hatte und klare Symmetrie. Wo das Chaos möglich gewesen wäre, der Zufall hätte Raum greifen können, hatten die Künstler der Renaissance sich für die Struktur entschieden, die Anna ein Gefühl der Sicherheit und Ruhe vermittelte.

An den Wochenenden frühstückte sie mit Giovanni in belebten Bars am Straßenrand irgendeines kleinen Ortes zwischen Florenz und Marina di Pisa. Dort, wo zwischen den Hütten der Fischer, die ihre großen Netze in die Flussmündung tauchten, der Arno ins Meer floss, aßen sie frischen Fisch und genossen die frühsommerlichen Sternennächte am Strand. Manchmal träumte Anna von dem Mann, den sie zurückgelassen hatte. Manchmal spürte sie, wie die Hoffnung auf ein neues Leben mit jeder drängenden Flut hereinkam und die Sehnsucht nach ihrem alten mit der einsetzenden Ebbe aufs Meer hinauszog. Die Gefühle wurden zu Treibgut, dessen Geschichte das Meer im Wechsel der Gezeiten langsam abwusch – angelandet, fortgerissen und irgendwann für immer zerstört.

»Ich fahre am Dienstag nach Hause«, sagte sie Ende Juni zu Giovanni, als ihre Ersparnisse knapp wurden und sie endlich wusste, wie ihr Leben aussehen sollte. Dabei war sie selbst überrascht, dass der Abstand, den sie von Cornelius gewonnen hatte, und die Freiheit, ihre Zukunftspläne noch einmal gründlich zu hinterfragen, sie letztlich doch in die alte Bindung zurückführten.

»Sei sicura?« – »Bist du dir sicher?«, fragte Giovanni sie, obwohl er wusste, dass es passieren würde, und hielt sie noch etwas fester im Arm als sonst. »Vielleicht können wir …«

»Nein«, unterbrach Anna ihn da, »wir können nicht. Ich habe doch ein Leben zu Hause und meine Familie.« Und einen Mann, der auf mich wartet und zu mir gehört, dachte sie. »Soll ich das alles einfach aufgeben? Ich glaube, wir beide sind nur für diese kurze Reise gemacht, in diesem Traum. Aber in Wahrheit …«

»Die Wahrheit kennst du doch gar nicht, Anna«, sagte Giovanni da traurig, »über mich, meine ich. Du hast nie gefragt. Aber vielleicht, wenn du wüsstest …«

»Bitte, tu das nicht. Bitte nicht. Mach mir das Herz nicht schwer. Lass uns in unserer Erinnerung bleiben, wer wir hier füreinander waren.«

»*La Venere* und ihr Maler vom Arnoufer«, sagte er und schwieg.

In dieser Nacht schlief Giovanni nicht mit ihr. Er hielt Anna nur im Arm und schmiegte sich an sie, bis die Sonne aufging. Und als sie sich am Ende ihres letzten gemeinsamen Abends vor ihrem Hotel trennten, fragte er sie, ob sie sich noch von ihm verabschieden werde, und sie versprach, am Morgen auf der Piazza Santa Maria Novella auf ihn zu warten, ehe sie abfuhr.

Sie kam um neun, er war schon da. Er saß auf einer Bank neben den Rosen, die er erst vor wenigen Wochen gezeichnet hatte. Anna glaubte beinahe, dass er die Nacht dort verbracht hatte, so zerstört sah er aus. Er war unrasiert, sein Haar noch wirrer als gewöhnlich, der dunkle Blick fast leer. Sie parkte im absoluten Halteverbot und setzte sich zu ihm.

»Jetzt also«, sagte er nur und küsste sie auf die Stirn.

»Ja, jetzt«, erwiderte sie.
»Ich liebe dich, Anna.«
»Und ich liebe uns. Und ich nehme uns auch mit, glaube mir. Unsere erste gemeinsame Nacht im Giardino di Boboli, ich werde keinen Moment vergessen. Keinen Kuss.«
Giovanni stand auf und griff hinter sich nach zwei kleinen, schmalen Apfelbäumen, die an der Bank lehnten. Ihre Wurzelballen waren mit Sackstoff umwickelt. »Du könntest sie im Fußraum vor dem Beifahrersitz transportieren«, sagte er zaghaft, »und sie zu Hause einpflanzen, wenn du möchtest. Du hast mir doch von deinem Garten erzählt.« Dem Garten ihrer Eltern, dem ehemaligen Kräutergarten im Hinterhof ihrer Apotheke. Anna war schon seit einer Weile damit beschäftigt, ihn neu anzulegen. Und es gab dort bereits alte Apfelbäume, die den Standort mochten. »Versprich mir, dass du über uns nachdenkst, Anna, bis sie im nächsten Jahr blühen, und mich anrufst, wenn du es dir anders überlegst. Ich habe dir hier einen Zettel mit einer Telefonnummer hingebunden.«
»Wenn ich es mir anders überlege?«, fragte sie.
»Ja, wenn du doch etwas über mein Leben wissen willst und den Mut hast, bei mir zu bleiben.«
Anna verstaute die Bäumchen umständlich in ihrem Wagen. Die ungewöhnliche Fracht reichte bis zum Dachhimmel.
»Jetzt also …«, sagte sie dann zu ihm.
»Ja, jetzt«, entgegnete er, küsste sie ein letztes Mal innig und blieb am Straßenrand stehen, bis der VW Käfer in Richtung Bahnhof und *autostrada* verschwand.
In ihren Gedanken pflanzte Anna bereits die beiden Bäume in den Garten ihrer Träume und mitten hinein in

ihr neues Leben. Sie war etwas wehmütig, sie vermisste Giovannis dunkle Blicke, seine Stimme und Berührungen bereits, als die weite Landschaft der Poebene wieder in die enge Bergwelt und die Täler Südtirols überging. Doch sie wusste auch, dass dieser Abschied nur der Anfang war.

München, Frühling 2011

1

Die Hochgebirge der Pyrenäen, der Karpaten und des nördlichen Apennin manifestierten sich in Johanna Stern-Reiters lauschigem Hinterhof in München-Neuhausen, mitten in der Stadt. Eine Anmutung der Alpen lag in der Morgenluft, waldig, frisch, Holz und Nadeln immergrüner Zeitzeugen, die mehr Wetter über sich haben ergehen lassen als mancher Mensch in seinem Leben und noch mehr Entbehrungen. Johanna saß auf der Bank vor ihrem kleinen Laden, ihrer Sternwarte – Naturkosmetik und Seelenheil, und betrachtete die Frühlingsbeete. Sie lockten die Sinne und lähmten die Hast. Der blaue Persische Ehrenpreis war schon fast wieder verblüht, die letzten Duftveilchen, die sie noch nicht in Kokosfett gebettet hatte, um ihren violetten Zauber einzufangen, trollten sich noch zwischen Schlüsselblumen und Tulpen. Der Waldsauerklee verzweigte seine zarten weißen Blüten un ter einer langen Buchenhecke, die Johannas Stadtgarten zur Westseite hin abschloss, während ihn eine mannshohe efeuüberwucherte Backsteinmauer vom Nachbargrundstück im Osten trennte. Dort gab es nur alte Garagen und Fliederbüsche. Rückwärtig grenzte das Grundstück an eine Wiesenfläche, auf der ein flacher Institutsbau stand, und zur Straße hin reihten sich die historischen Wohnhäuser eng an eng. Sie waren durch schmale Durchgänge voneinander getrennt. Es gab also gerade genug Sonne für Johannas Kräutergarten, die üppig gesetzten Blumen und

niedrigen Buchshecken, die die Beete eingrenzten, für Stauden, Kletterpflanzen und einen Teich. Die Apfelbäume würden bald blühen, zwei Säulenäpfel, alte Goldrenetten und ein Ambrosia. Das Windspiel in seinen Zweigen hatte Ben ihr vor drei Jahren geschenkt. »Wenn es anschlägt, Jo, dann denke ich an dich.«
»Und wenn es stillsteht?«
»Dann bin ich bei dir.«
Ben hatte den Zylinder aus Holz selbst ausgehöhlt, mit Klangstäben im Inneren und einem Holzsegel an einer Schnur, das die schönen Töne anschlug. Das Spiel antwortete dem Flüstern des Windes mit hellem, schwingendem Vielklang, wie der Duft und der Nektar des Baumes dem Summen der Bienen. Johanna hatte es erst gestern aus seinem Winterlager geholt, doch schon heute machte sein Anblick sie traurig.
Sie zog ihre Strickjacke enger um sich. So kurz vor den Ostertagen war es noch kühl am Morgen, auch wenn das Sonnenlicht bereits über die Dächer kletterte und an den Fassaden entlang, Fenstersims um Fenstersims, in den Hof herunterstieg. Es würde gegen Mittag den ganzen Garten fluten, von der Grasnarbe bis zur Himmelskante. Johanna fühlte die Kraft des Frühlings, der mit dem Geruch der schneebefreiten Erde, dem Modern von Gras, Moos und Laub Ende März seinen Anfang genommen hatte. Sie schob eine Haarnadel in ihren geflochtenen Chignon zurück, der ihr langes rotes Haar im Nacken bändigte, und überprüfte die Temperatur der großen Kupferdestille, die neben ihr auf dem Tisch auf einer mobilen Kochplatte stand. Bei schönem Wetter destillierte sie ihre Hydrolate, die Duftwässer, am liebsten im Freien. Das Prasseln der Siedesteinchen im Kessel vermischte sich dann mit den Vogelstimmen im Hof, bis

nach einer Weile gedämpften Brodelns der lautlose Aufstieg des heißen Dampfes begann. Er wallte durch den Korb mit Destilliergut hindurch und riss die leichten Moleküle der ätherischen Öle und aller flüchtigen, wasserlöslichen Bestandteile des Pflanzguts mit sich. Oben an der rotgoldenen Kuppel angekommen, schlüpfte er mit seiner Fracht durch ein dünnes Geistrohr und weiter durch eine Schlangenkühlung, in der das Destillat rasch abkühlte. Das war der Kreislauf der Natur. Das Verdunsten des Wassers aus Meeren, Seen und Flüssen, angeheizt durch ein gewaltiges Kraftwerk auf einer fernen Umlaufbahn und dem Inferno im Inneren der Erde, geboren aus geschmolzenem, schwerem Metall. Das Aufsteigen der Wassermoleküle, die Kondensation, der Regen. Johannas Destille war nach diesem großen Vorbild und einem frühen Entwurf Leonardo da Vincis gebaut, nur dass das Verdunsten in ihrem Kessel ein Verdampfen war und der Himmel ihr kupferner Dom. Die klare komprimierte Kraft der Latschenkiefernzweige, die sie heute verarbeitete, floss am Ende ihrer Transformation als schmales Rinnsal heraus. Duftende Pflanzenseelen, gefangen wie ein Dschinn in seiner Flasche. Zwei Liter Hydrolat würde Johanna heute erbeuten und ein paar Milliliter fast farblosen wertvollen Öls. Beide bargen sie das ureigene Wesen des trutzigen Nadelbaums, der in den Hochgebirgen auf kahlen Steilhängen ausharrte, der Lawinen überstand und trockene, felsige, nasse und kalte Standorte gleichermaßen duldete. Diese Genügsamkeit zog Johanna auf Flaschen und rührte sie später in Badezusätze und Massageöle. Sie wirkte in Raumsprays und sprudelte in Duftbrunnen, sie verströmte sich in Menschenseelen, die sie kaum wahrnahmen, und verband sich mit ihrem Empfinden. Sie und die Weite der Bergwelt, die jeden so frei atmen ließ, als stünde er gerade selbst auf einem der Gipfel und würde den Himmel berühren. Die Weite war ein erhabener Duft.

Johanna verdankte diese Zweige einem jungen Gärtner aus dem Botanischen Garten, der gerade mal neunzehn war. Sie hatte ihn vor zwei Jahren auf seltene Rosenblüten angesprochen und er sich schlagartig in ihr Feuerhaar und den scheuen veilchenblauen Blick verliebt. Seither träumte Niklas Farn von ihrem Porzellanteint und dem schmalen, ebenmäßigen Gesicht und zeichnete, wann immer sich Gräser im Wind wiegten, in Gedanken ihren schönen Hals nach und ihre schlanke Figur. Bei ihrer ersten Begegnung hatte Johanna ein lindgrünes Kleid getragen, dessen Taille auf der Hüfte saß, und einen passenden Hut mit kleiner Krempe, den ein breites, gerafftes Band umfing. Dazu eine lange Kette aus Perlen und emaillierten Blüten sowie Spangenpumps mit geschwungenem Absatz, die das Bild komplettierten – eine Erscheinung aus den zwanziger Jahren des letzten Jahrhunderts. Niklas hätte sie am liebsten vom Fleck weg eingetopft! Er war damals noch in der Ausbildung gewesen und irritiert, hatte die Gartenschere an einer preisgekrönten Rose angesetzt und versehentlich ihre schönste Blüte gekappt. Das feuerrote Wunder mit dem Namen Liebesglut, eine Teehybride und für die alljährliche Rosenschau bestimmt, war ruiniert. Er hatte Johanna die Glut in der Farbe ihres Haares, das nach Neroli und Amalfizitronen duftete, wortlos überreicht und zweigte seither Harze und Hölzer, Wurzeln und Blüten, Blätter und Früchte für sie ab, wo er nur konnte und es nicht allzu sehr ins Auge stach. Die einundzwanzig Hektar städtischer Botanik, für die Niklas Farn mitverantwortlich war, präsentierten sich ihren Besuchern fortan aufgeräumter denn je, zugestutzt, umgegraben und stellenweise unerklärlich karg. Alles, wirklich alles, wonach es Johannas wallenden Kessel verlangte, war plötzlich irgendwo übrig geblieben. Wenn Niklas Johanna anrief, kam sie auf ihrem cremefarbenen Rad mit dem geflochtenen Rattankorb am Lenker in diesen altmodisch-femininen Kleidern, die ihr so gut standen, eine Hand am Lenker, die andere an der Hutkrempe, und die Zeit schraubte sich für ihn um ein Jahrhundert zurück. Er erzählte ihr dann von seiner Arbeit, ohne die Sätze zu beenden, denn Niklas war schüchtern, und sein Mut reichte nie bis zum Schluss. »Du musst ihn dir ansehen, er ist wirklich sehr …« – »Wirklich sehr schön, Niklas?« – »Ja, schön. Dieser Baum ist …, besonders im Mai.« Eine Eigenart, die der stille junge Mann nicht ablegen konnte. Manchmal tranken sie Tee im Café gegenüber dem Botanischen Institut, doch nie, nicht ein einziges Mal in den zwei Jahren, die Niklas Johanna nun kannte, hatte er sie um ein Rendezvous gebeten. Er hatte sie nur angeblickt, ihr die »Gartenabfälle« zugesteckt und von einer leidenschaftlichen Berührung zwischen Pflanzkübeln und Wildblumen geträumt. Das alles wusste Johanna Stern-Reiter nicht, sie ahnte es höchstens, übersah es und partizipierte. Niklas Farn war schließlich sechs Jahre jünger als sie, und sie fühlte sich auch immer noch gebunden an Ben. Ben, den Tischler mit der schönen tiefen Stimme, dem dunklen Haar und Augen wie schillernder Kohlenstaub, der für sie den Wind zum Klingen gebracht hatte. Ben, der nach drei gemeinsamen Jahren und einem Versprechen einfach gegangen war. Er liebte jetzt eine andere. Es war leicht für den, der fortging, doch an dem, der zurückblieb, nagte noch lange die Einsamkeit.

Johanna prüfte ihr Destillat und war zufrieden. Der April war ein guter Monat zur »Ernte« der Zweige. Ein Nachbar aus dem Vorderhaus, in dessen Erdgeschoss sich die Apotheke ihrer Eltern befand, hatte ihr erst letzten Monat seinen vertrockneten Weihnachtsbaum überreicht, und sie hatte kaum zu fragen gewagt, wo Ludwig Korn ihn so lange deponiert hatte. »Vielleicht destilliert sich ja der Duft von Weihnachten mit heraus, ha, ha«, hatte er lachend gesagt. »Dann ist dieses alchemistische Treiben, mit dem Sie uns sicher noch einmal alle in die Luft jagen werden, Fräulein Sternreiter, doch wenigstens noch von praktischem Nutzen!« Er war ein Spaßvogel, dieser Korn, bieder bis ins Mark, ein eingefleischter Junggeselle Mitte fünfzig, dessen Ordnungsliebe jeden Bogen überspannte. Ein Buchhändler, der in seinem Laden Schöngeistiges, philosophische Werke und Reiseführer hatte. Ein Humanist vom alten Schlag, der Dichter und Denker zitierte und verloren aussah, sobald er sich unbeobachtet glaubte. »Vielen Dank, Herr Korn«, hatte Johanna höflich entgegnet, »aber den Duft von Weihnachten hab ich schon.« Es war eine Mischung aus Schokolade, Zimt und einem Hauch Weihrauch, den sie im Herbst in Seifen verarbeitet hatte, mit kandierten Orangenstücken und Flitter von Blattgold. »Trotzdem können Sie das verdorrte Bäumchen gerne hierlassen, es wird schon für irgendwas zu gebrauchen sein.«
»Die kleinste Pfütze spiegelt den Himmel, meine Liebe!«, mahnte Ludwig Korn zur Bescheidenheit und verbarg seine Erleichterung, sich den Weg zum Container für Gartenabfälle erspart zu haben. Johanna hatte daraufhin den ersten Destilliergang des Jahres auf offenem Feuer angesetzt und das Bäumchen zum Anschüren verwendet, eine knifflige Sache, denn es war schwer über der Glut-

hitze die Temperatur im Kessel zu regeln. Der Kornsche Weihnachtsbaum, der das letzte bisschen Duft längst ausgehaucht hatte, brannte wie Zunder. Er ging binnen Minuten in Rauch auf und roch wenngleich nicht nach dem Fest der Liebe, so doch nach einem gemütlichen Kaminabend im Kreis der Familie.

2

Die letzten Bestellungen vom Samstag waren in aller Frühe angeliefert worden. Der Fahrer vom pharmazeutischen Großhandel hatte einen Schlüssel zum Wohnhaus in der Blutenburgstraße. Das war so üblich, er war Herr über viele Türen der Stadt, er, den man übersah wie den Postboten oder den Gasableser. Sein grauer Kittel und die Routine von Kommen und Gehen radierten ihn und sein Allerweltsgesicht mit der Zeit aus der Wahrnehmung der Leute aus. Er stellte die grüne Plastikkiste mit den Medikamenten im Flur an die Hintertür der Stern-Apotheke und fuhr seine morgendliche Runde weiter. Er würde am späten Vormittag mit der nächsten Lieferung wiederkommen und am Nachmittag und abends kurz vor Geschäftsschluss noch einmal.
Cornelius Reiter, Johannas Vater, verließ gegen halb acht seine Wohnung im ersten Stock und stolperte zum wiederholten Mal draußen am Flur über einen Berg Spielzeug der Familie Beck – selbe Etage, drei Kinder und ständig diese aufdringlichen Küchengerüche! Er musste sich an deren überquellendem Schuhregal anhalten und stieß sich dabei am Knie. Leise fluchend raufte er sich das dichte graumelierte Haar, stapfte die Treppe hinunter und nahm leicht verstimmt die grüne Kiste mit den ange-

lieferten Medikamenten mit in die Räume hinter dem Verkauf. Sie mussten noch vor Ladenöffnung in die digitale Warenwirtschaft aufgenommen und einsortiert werden, in alphabetischer Reihenfolge von Aarane bis Zymafluor.

Cornelius Reiter liebte die ersten Handgriffe am Morgen, wenn die Apotheke noch ihm alleine gehörte. Er sperrte die Tür zum Gang hinter dem Notdienstzimmer, der Rezeptur, in der Arzneien zubereitet wurden, und dem Büro auf, schaltete im Magazin das Licht ein und setzte die grüne Kiste dort auf dem Tisch neben dem ausladenden Schubladenschrank mit den tiefen Auszügen ab. In den Regalen ringsum lagen Verbandsmaterial, Windeln und Einlagen, und es stapelten sich die Vorratsbehälter mit Tees. Außerdem stand hier der große Kühlschrank für Impfstoffe, Insulin und sonstige kühl zu lagernde Medikamente. Ein offener Durchgang führte über drei kleine Stufen hinunter in den Verkauf direkt an den breiten massiven Ladentisch, feinster dunkler Nussbaum, an dem bequem drei Kollegen gleichzeitig bedienen konnten. Hier standen die gängigsten Artikel griffbereit, so dass man sich nur umzudrehen brauchte, um das Aspirin, die Hustenstiller oder hoch dosierte Vitamine zur Hand zu haben.

Reiter zog seinen weißen Kittel über und schaltete die Nachtbeleuchtung des Schaufensters aus, das seine Frau fast jeden Monat neu dekorierte. Vom März waren noch Antihistamine ausgestellt, der übliche Pollenflugkalender, eine Werbung für Nasenduschen sowie Haselnuss- und Erlenzweige, deren Anblick allein schon die Nebenhöhlen anschwellen ließ. Sehr liebevoll gestaltet, denn Anna Stern-Reiter hatte als studierte Landschaftsarchitektin einen Blick für Proportionen. Sie pflanzte mit Vorliebe Grünzeug in die Auslage und verschwendete an diesen Quadratmeter Präsentation klaglos ihr ganzes Talent. Reiter fuhr die Kassen und Computersysteme hoch und rollte den Zeitschriftenständer neben die Ladentür – die *APOTHEKEN Umschau*, *medizini* für die Kleinen, der *SENIOREN Ratgeber* und diverse Informationsblätter. Und dann setzte er sich wie jeden Tag für ein paar Minuten auf die schmale Bank neben der Eingangstür, die den Fußlahmen und Herzkranken vorbehalten war, und ließ seinen Blick durch den Raum schweifen. Die Einrichtung der Stern-Apotheke war nach wie vor aus einem Guss, eine historische Apotheke aus dem Jahr 1889 und seit jeher in Familienbesitz. Die deckenhohen dunklen Regale und Schränke wurden von kleinen gedrechselten Säulen und Simsen durchbrochen, die unzähligen Schubladen hatten weiße Emailschilder mit lateinischen Aufschriften über den Messinggriffen. In einem Schrank hinter Glastüren standen alte Albarelli, Deckelgläser, Mörser und eine antike Feinwaage, alles Schätze von Annas verstorbenem Urgroßvater Ferdinand Stern, der sich selbst noch als wahren Alchemisten verstanden hatte und das Rad der Zeit und pharmazeutischer Errungenschaften gerne um fünfhundert Jahre zurückgedreht hätte. Reiter blickte zur Decke und schmunzelte über die beiden Ösen im Stuck. Hier schwebte einst ein präpariertes Krokodil über der Ladentheke, als wäre es sein angestammter Lebensraum, ganz in der Tradition mittelalterlicher Apotheken, die noch Animalia feilboten – Arzneistoffe tierischer Herkunft wie Spanische Fliegen und Bibergeil oder Knochen und Zähne von Walross, Elefant und Tiger, in Tinkturen gepfuscht und Salben gemischt, je grässlicher im Geschmack, desto nachhaltiger in der Wirkung. Wahlweise erretteten sie sogar von Pest und Milzbrand. Auf diese

Kuriositäten aus exotischen Ländern verwiesen Namen wie Löwen-, Mohren- oder Einhorn-Apotheke. Mancherorts lockte ein Pferdekopf mit gedrechseltem Narwalzahn auf der Stirn Kunden, ein Fabelwesen aus dem Packeis oder exotische Meeresbewohner, in Alkohol und Formalin zur Ewigkeit verdammt, so wie das Sternsche Krokodil, das Annas Vater vor Jahrzehnten abgenommen und durch ein Foto der Kuriosität in der Auslage ersetzt hatte. Die peinliche Trophäe, die zu allem Überfluss auch noch schielte, lagerte seitdem im Keller, oberstes Regal, eingewickelt in ein altes Leinentischtuch mit Flickspuren. Der Echsenpanzer war über die Jahre als Schattenriss diffundiert, nur die Nasenlöcher blieben ausgespart, die Zähne blitzten, und die Schwanzspitze stand über. Doch nach ein paar Jahren nahm das Apothekenpersonal das gar nicht mehr wahr. Selbst Reiters Putzfrau wuchtete sich nicht so weit nach oben, ihre Haushaltsleiter reichte gerade bis zu den Kartons zu retournierender Medikamente im vorletzten Fach.

Letzten Monat aber hatte Anna die Fenster der Lichtschächte geöffnet und die Stahltür zum Flaschenkeller verkeilt, die laut feuerpolizeilicher Verordnung immer geschlossen sein musste. Sie verfügte über eine Riegelkonstruktion, damit sie hinter jedem, der den Raum verließ, zufiel. Und hinter jedem, der ihn betrat, ebenfalls, was lästig war. Die gelagerten Alkohole, Spiritus und Terpentin, potenziert durch Johannas Schatz an ätherischen Ölen mit niedrigem Flammpunkt, bargen Explosionsgefahr. Ungleich gefährlicher schien Anna jedoch die einsetzende Schimmelbildung. Der Keller wurde in den letzten Jahren immer feuchter. Der Durchzug war unerlässlich, um die Bestände zu schützen. Und bei dieser Aktion hatte ein Windstoß das alte Krokodil, das in sei-

ner Trockenmasse nicht allzu viel wog, aus dem Regal gehoben. Es lag nun mit gebrochenem Bein unter dem Tisch mit Kosmetikbeständen französischer Thermalquellen und müffelte. Reiter überlegte angestrengt, wie er das Ungetüm loswerden könnte. Das Naturhistorische Museum hatte bereits abgewunken und das Abfallwirtschaftsamt, verantwortlich für den Sondermüll, ebenfalls. Der Hausmüll verbat sich, besonders am Stück, zumal Tierpräparate bis ins letzte Jahrhundert hinein zur Konservierung in Arsen, Lindan und Cyanid eingelegt worden waren, um Parasiten, Schimmel und Säurefraß abzuhalten. Anna hatte eine heimliche Beisetzung im Hinterhof angeregt, die sie mit Buchensetzlingen kaschieren wollte. Die Verbindung eines approbierten Pharmazeuten und einer einfallsreichen Gärtnerin barg eben ohne Zweifel kriminelles Potenzial, dachte Reiter gerade amüsiert, den Blick noch immer zur Decke gerichtet. Doch das war nicht der Grund, warum sein Schwiegervater ihn damals mit Handkuss willkommen geheißen hatte. Vielmehr war er über den Fortbestand des Familienunternehmens erleichtert gewesen, nachdem seine Tochter beruflich so aus der Art geschlagen war, obwohl Anna nie als Landschaftsarchitektin gearbeitet hatte, denn schon bald nach Beendigung ihres Studiums war Johanna zur Welt gekommen. Anna kümmerte sich seither um die Administration der Stern-Apotheke, sie war die Herrin der Ablage und Meisterin pompöser Papierflut.
Fast hätte Reiter die Zeit vergessen. Er sah auf die Aufsatzuhr über dem Durchgang zum Magazin. Sie trieb ihn mit flinken Zeigern zur Eile an. Seine beiden Damen, Christa Werner und Ilse Neubeck, würden gleich die Ladentür aufsperren und die ersten Kunden hereinlassen. Die tägliche Routine nahm ihren Lauf.

3

Johanna wechselte die Auffangflasche unter der Kupferdestille und ging in ihren Laden, der in den ehemaligen Lagerräumen der Apotheke untergebracht war – ein weiß getünchter einstöckiger Flachbau im Hof, mit hellblauen Fensterrahmen, das Schild Sternwarte über der gleichfarbigen Tür und ein weiteres vorne am Durchgang zur Straße. Heute war Montag, da hatte sie geschlossen. Das Wochenende und den Montag nutzte Johanna für die Produktion ihres Sortiments. Feinste Seifen, die zum Anbeißen nach Schokolade oder Vanille dufteten und die sie in der Form winziger Schokoladentafeln goss – sie musste sie im Regal immer etwas weiter oben ausstellen, damit sie nicht flugs von Kindern verspeist wurden. Pastellfarbene Badekugeln, die in der Wanne sprudelten und Rosenduft aufsteigen ließen – jenen aus dem Botanischen Garten. Cremes und Masken auf der Basis von Bienenwachs und Kakaobutter, zum Testen in Schälchen angerichtet und mit frischen Früchten und Blüten garniert. Duschschaum, Haarshampoos und Spülungen mit geheimen Zutaten und überraschendem Duft, alle in der Rezeptur der elterlichen Apotheke angerührt. Naturparfums, in denen die wilden Herzen der Pflanzen schlugen, geboren aus Wasser und Licht, und romantische Dessous. Eine indische Änderungsschneiderin aus Johannas Straße fertigte sie nach Maß, Fantasien aus besticktem Tüll, Seide und Satin, die verzauberten. Nila Bhattathiri nähte außerdem auch Johannas Kleider, die Mode der zwanziger Jahre, die sie so gerne trug, aber nur selten in Kaufhäusern fand. Das Herzstück der Sternwarte waren jedoch die Hydrolate, wundersame Wasser sublimer Wirkung, die Johanna als *Flüssige Umarmung*, *Liquide Achtsam-*

keit oder *Balsamischer Mut* anbot. Sie war davon überzeugt, dass sie die Gemütslage ihrer Kundinnen verändern konnten: *Gelöste Heiterkeit* aus Gänseblümchen, mit denen jeder Mensch Kindheitserinnerungen an Blumenkränze, Liebesorakel und nie enden wollende Sommer verband; *Transparente Zeit* vom Mammutbaum, dem Speicher von Epochen; ein aphrodisischer *Vanilletraum* oder das Hainbuchenfluidum *Bloody Monday*, das das Gefühl von Widerwillen und elender Erschöpfung am Anfang einer Woche, Sprühstoß für Sprühstoß, zerstäubte. Doch ein Hydrolat fehlte. Johanna suchte schon seit Jahren danach und hätte es zum wiederholten Mal selbst ganz dringend gebraucht. Eines, das Liebeskummer heilte und das Vermissen, über dem man die Bilder gemeinsamer Zeit nicht mehr ertrug. Eines, das wie Licht in die Verlassenheit floss, wie flüssiges Licht und das Herz genauso leicht machte. Dieser Duft musste sich aus irgendeiner Blüte gewinnen lassen, die ihr Geheimnis noch hütete, sich fassen lassen wie ein Diamant in warmes Gold, und wäre er auch noch so flüchtig. Ja, dieser eine Duft entzog sich, und doch fanden Johannas Kundinnen in ihrem Laden fürs Seelenheil ein erlesenes Sortiment und sich selbst in einem gemütlichen Wohnzimmer wieder, eingerichtet im schwedischen Landhausstil. An den weißen Regalen aus Birkenholz und der Verkaufstheke hatte Ben oft noch nach Feierabend gearbeitet, um Johanna zwischen Werkzeug und Schleifstaub zu küssen, um ihre Hände unter seinen über die glatten, abgerundeten Kanten und sorgfältig verleimten Bretter gleiten zu lassen, damit sie spürte, dass er das lebendige Material Span um Span gezähmt hatte. Ein Tisch mit Bistrostühlen und geblümten Kissen stand im Eck, an dem es für Johannas Kundinnen immer eine Tasse Tee gab, und bonbonfarbene Kommoden daneben. Zwei Fenster gingen zum Garten hinaus, und ein leise murmelnder Duftbrunnen erfrischte die Luft. Hier entspann sich das Gefühl, nach einem Schiffbruch endlich angelandet zu sein, glücklich gestrandet zwischen Tiegeln und Töpfen, Blüten-Potpourris und edlen Flakons.

»Entschuldigung, ich bräuchte nur schnell etwas von der *Liquiden Achtsamkeit*, bevor ich ins Büro muss.« Johanna sah eine attraktive Mittdreißigerin im Business-Look vor sich, die gerade mit einem kleinen Hund in den Laden gekommen war – schmales Kostüm, strenge Frisur und ein gehetzter Gesichtsausdruck. »Eine Freundin hat sie mir empfohlen«, ergänzte sie, und das Hundchen japste. »Benny, sitz!«, befahl die Kundin daraufhin, und der Hund gehorchte brav. Lustige braune Augen sahen zu Johanna auf.

»Die hab ich nicht«, entgegnete sie der Dame freundlich. »Schnelle Achtsamkeit, meine ich. Und eigentlich ist montags auch geschlossen, das ist mein Produktionstag.« Die Kundin war nicht erfreut. »Aber wenn Sie sich kurz setzen wollen, dann kann ich nachsehen, ob nebenan noch was im Lager steht. Bitte …« Johanna deutete auf das Tischchen mit den beiden Stühlen. »Oder Sie sehen sich etwas um.« Die Dame in Eile blickte auf ihre teure Uhr und seufzte. Je kostbarer der Zeitmesser, desto knapper ist die Zeit bemessen, dachte Johanna und nahm ihr Mammutbaumhydrolat aus dem Regal. Sie versprühte ein wenig im Laden, ehe sie im Nebenraum verschwand und die Tür hinter sich schloss. Sie überprüfte dort die Glasplatten mit cremigem Kokosfett, in dem sich seit drei Wochen die Duftveilchen verschwendeten. Sie lagerten in einem offenen Schränkchen mit Messingschienen. Das Verfahren nannte sich Enfleurage. Die

Blüten, die fürs Destillieren zu zart waren, gaben ihren Duft an das Fett ab und wurden alle paar Tage gewechselt, bis es sich gesättigt hatte. Dann versetzte man die Masse mit Alkohol, verschloss sie luftdicht in einem Glas und überließ sie der Zeit. Die war für die meisten Produkte eine unerlässliche Zutat. Für Seifen, die nach dem Ausformen in luftigen Regalen reifen mussten wie guter Käse oder Parfums aus ätherischen Ölen, die sich erst demaskierten und ihre wahre Duftgeschichte erzählten, wenn sie geruht hatten und dekantiert worden waren wie edler Wein. Und dann die Hydrolate, sie waren kapriziös. Es dauerte Tage, bis sich auf ihrer Oberfläche das ätherische Öl gesammelt hatte und abgenommen werden konnte. Johanna verarbeitete es gesondert. Außerdem rochen die Wässer frisch mitunter nach Schwefel, der typische Blasengeruch, der sich aber bald legte. Hydrolate waren instabil, sie verdarben leicht, brauchten Pflege und manchmal sogar ein Tröpfchen Weingeist, um nicht auszuflocken oder zu verschlieren. Doch anders als ätherische Öle, deren Wirkstoffe viel konzentrierter waren, konnte man sie unbedenklich für sanfte Einreibungen verwenden, auf die die Haut nie allergisch reagierte. Oder man nahm sie als Arznei ein wie einst die ersten leichten Eaux de Cologne. Hydrolate begleiteten Prüfungen, umarmten ängstliche Seelen in Krankenhäusern und Hospizen, spendeten Kraft bei Geburten. Sie umfingen das Leben vom Anfang bis zum Ende.

Die Kundin ging durch den Laden, schraubte Tiegel auf und zu und lobte ihren kleinen Hund. Das Sedativ der Giganten tat seinen Dienst. Johanna sah unterdessen nach ihren getrockneten Kräutern, rührte Rinden der Zaubernuss in einem Eimer mit Quellwasser um und beschloss, dass sie nun lange genug gewartet hatte. *Schnelle* Achtsamkeit war nun mal ein Paradoxon, das sie unmöglich verkaufen konnte. Sie griff sich ein Fläschchen ihres Pfefferminz-Rosmarin-Hydrolats und kehrte zurück in den Verkaufsraum.

»Entschuldigung, es hat etwas gedauert«, flunkerte sie, als sie wieder durch die Tür trat. Die Kundin lächelte entspannt. Sie hatte ihr Haar aus dem Knoten gelöst. Ihr Hund saß auf dem Stuhl, den Johanna ihr angeboten hatte, und blickte sie erwartungsvoll an. »Wissen Sie, wie Sie das Hydrolat anwenden?«

»Einfach im Raum versprühen hat meine Freundin gesagt. Ich brauche es fürs Büro. Hilft es denn auch gegen Vergesslichkeit?«

»Nun, ich denke schon. Es schärft den konzentrierten Blick auf eine Sache«, spekulierte Johanna und überlegte, ob sie der Frau nicht doch besser ein Ginkgo-Präparat aus der elterlichen Apotheke empfehlen sollte.

»Meine Kollegin treibt mich mit ihrer Schusseligkeit nämlich noch in den Wahnsinn. Ich werde das deshalb heute mal versuchen«, erklärte die Kundin, »wenngleich ich skeptisch bin. Achtsamkeit aus der Flasche?« Und dabei stand die anfangs so Gehetzte doch schon ganz und gar im Bann der transparenten Zeit des über dreitausend Jahre alten Mammutbaums, dessen Vorfahren schon vor der Kreidezeit die Erde bedeckten. Johanna schmunzelte.

»Das macht vierzehn Euro fünfzig, bitte, und sehen Sie es als Experiment. Wenn Sie Ihre Kollegin nicht kurieren können, verwenden Sie das Hydrolat zur Fellpflege von Ihrem Benny. Die Pfefferminze kühlt im Sommer wunderbar, und der Rosmarin schützt vor Plagegeistern.«

4

Ihr Gesicht war noch immer wunderschön, schmal wie das ihrer Tochter und trotz der Fältchen ihrer fünfzig Jahre ebenmäßig. Ihre blonden Haare trug Anna Stern-Reiter seit einigen Jahren auf Kinnlänge und seit sich die ersten grauen einschlichen in einer Tönung, die das Blond ins Platin verschob. Trotzdem konnten Johanna und ihre Mutter ihre frappierende Ähnlichkeit nicht leugnen, Botticellis schaumgeborene Venus war nur ein paar Jahre älter und vielleicht ein klein wenig breiter um die Hüften geworden. Doch das verspielte sich bei ihr, die hinreißend üppige Oberweite verzieh ein paar Zentimeter um Bauch und Po. Anna legte etwas Rouge auf, tuschte ihre Wimpern und zauberte mit losem Puder kleinste Unregelmäßigkeiten aus ihrem Gesicht. Sie versprühte *Un Jardin sur le Nil* von Hermès – ein Duft nach Sand und Wasser, der ihre Frühlingstage erfüllte, ein impressionistischer Spaziergang durch die Garteninseln auf dem Nil bei Assuan, wie sein Schöpfer es einmal formuliert hatte – und schlüpfte in ein dünnes graues Wollkleid, eine lange weiße Strickjacke und Pumps. Seit sie verheiratet war, trug Anna oft hohe Schuhe, obwohl sie selbst darin nicht zu ihrem Mann hochreichte. Cornelius Reiter überragte sie immer. Die pinkfarbenen Ranunkeln auf dem Balkon waren Säufer! Beim ersten Gießen sah Anna ihre Tochter im Hof neben ihrer Leonardo-Destille sitzen. Der vage Duft eines Nadelwalds wehte herauf, frisch, etwas harzig und zitrusschwanger. *Pseudotsuga menziesii,* die kanadische Douglasie, stellte Anna fest. Glänzend hellgrüne Nadeln mit feinen Silberstreifen an der Unterseite … Sie schloss die Augen und reiste in ihrer Vorstellung nach British Columbia. Sie stand am türkisfarbenen, kalten Emerald

Lake, von wo aus sie die wilden Gipfel des President-Gebirgszugs betrachtete. Kanadische Indianer glitten in ihren Kanus lautlos übers Wasser, die Boote aus der Rinde der Küstentanne gebaut und die gleichmäßig geführten Paddel mit ihrem Harz präpariert. Das war schon verrückt, was Düfte so alles in einem auslösten! Bei Anna war es das Fernweh, und es war immer etwas zu groß für ihren kleinen Balkon.

»Guten Morgen, Schatz«, rief sie zu ihrer Tochter hinunter, die nach wie vor angeschlagen auf sie wirkte. Schon ihre Trennung von Patrick, ihrer ersten großen Liebe, hatte Johanna zutiefst verletzt. Er hatte sich nach dem gemeinsamen Abitur für ein Studium in Australien, in Perth, entschieden und wollte keine Fernbeziehung führen. Danach war sie für Jahre allein geblieben, bis sie Ben kennenlernte, den Bodenständigen, praktisch Veranlagten, der so offen schien und direkt. Er hatte Johannas Herz im Sturm erobert, und sie hatte wieder Vertrauen gefasst. Anna verstand noch immer nicht, was da Ende letzten Jahres passiert war, warum Ben jetzt eine andere liebte, aber vielleicht hatten Johanna und er sich einfach nur in unterschiedliche Richtungen entwickelt, sie waren doch noch so jung. So jung, genau wie sie damals, als sie vor ihren Gefühlen nach Florenz geflüchtet war. »Destillierst du den kanadischen Goldrausch, Jo?«, fragte Anna.

»Ja! Hier fehlen nur noch ein paar Grizzlys und Pumas im Garten«, stieg Johanna auf die Anspielung ihrer Mutter ein, »und ein Orca im Teich.« Anna atmete einmal tief durch. Über siebenhundert Jahre konnten diese herrlichen Bäume alt werden und über hundert Meter hoch. Und wie fest sie in der Erde verankert waren, welche Kraft sie ausstrahlten! Dieses Vertrauen in den neuen Tag transportierten ihre Duftmoleküle direkt an den Ort der

Duftwahrnehmung im Gehirn, dem Sitz der Emotionen und Erinnerungen. Anna bekam schlagartig Lust auf Pfannkuchen mit Ahornsirup, und ihr fiel ein, dass sie noch nicht gefrühstückt hatte.
Sie schaute prüfend in den Flurspiegel, ehe sie die Wohnung verließ, eine unbestimmte Aufforderung im veilchenblauen Blick und ein einnehmendes Lächeln. In Annas Wesen steckte etwas Koboldhaftes, wenngleich man sie eher zu den anmutigen Naturgeistern gezählt hätte, die in Blumenkelchen lebten. Sie war mit sich und ihrem Spiegelbild zufrieden. Eine gute Lebensphase, beschloss sie unter der Nachwirkung des Douglasienrausches. Sie hatte ihre Tochter um sich, die Arbeit im Büro blieb überschaubar, und der attraktivste Apotheker der Stadt lebte an ihrer Seite – dem sie im Übrigen gleich zur Hand gehen musste. Protokolle und Prüfberichte, Rabattverträge, Hygienemanagement, Lagerhaltung und Abrechnung, Steuer, Inventur, die Ordner füllten Regalmeter. Anna ertrug diese Arbeit nur bei geöffneten Fenstern, unterbrochen von kurzen Spaziergängen und dem ein oder anderen Tagtraum. Auch das Abtauchen in der Mittagspause half – eine Stunde im Hof unter ihren geliebten Apfelbäumen.
Anna ging ins Erdgeschoss an die Briefkästen, sperrte erst ihren und dann den ihrer Tochter auf, sortierte die Werbungen aus und hielt inne. Es war wieder da! Johannas Antwortschreiben aus Florenz von der Officina Profumo-Farmaceutica di Santa Maria Novella war gekommen, ein edles, schweres Briefkuvert mit dem Wappen des Dominikanerordens. Es war der vierte Brief in vier Jahren. Johanna hatte wiederholt angefragt, ob sie nicht ein paar der exquisiten Produkte der Officina in ihrem Laden führen dürfe, drei oder vier der über dreißig ver-

schiedenen Duftwässer – der Acqua aus toskanischen Kräutern und natürlichen Ölen –, ein paar der Cremes, Kerzen oder Seifen, der medizinischen Elixiere und Liköre oder das berühmte *Potpourri* aus Blüten und Kräutern unbekannter Mischung, das Schränke, Schubladen und Wohnräume erfrischte, der »Duft von Florenz«. In ihrem zweiten Ausbildungsjahr zur pharmazeutisch-technischen Assistentin hatte Johanna im Labor der Schule seine Bestandteile zu bestimmen versucht. Sie glaubte Kampfer, Lorbeer und Iris entdeckt zu haben, doch die übrigen Zutaten blieben ein Geheimnis. Sie entzogen sich, fein gehäckselt und von schwerem Duftöl durchtränkt, dem Auge der Fachfrau genauso wie einem Gaschromatographen.

Dass Johanna sich für die Florentiner Erzeugnisse begeisterte, war natürlich kein Zufall. Sie hatte schon mit fünf mit den Schminksachen und der Kosmetik ihrer Mutter gespielt und in der Kiste mit den ausrangierten Parfums das *Acqua di S. M. Novella* gefunden. Anna hatte es in ihrer Schwangerschaft weggestellt, weil sie es von einem Tag auf den anderen nicht mehr mochte. An ihrem vierzehnten Geburtstag erklärte Johanna es dann zu ihrem Lieblingsduft – wie einst Caterina de' Medici – und bezog das Acqua seither über Freunde, die es aus Urlauben mitbrachten. Denn obwohl die Officina Profumo weltweit expandierte, Geschäfte zwischen Bangkok und Panama, Cape Town und Oslo eröffnete, ausgesuchte Kaufhäuser und Boutiquen belieferte, hatte sie nach wie vor nur wenige deutsche Vertriebspartner und keinen im süddeutschen Raum. Johanna hätte das gerne geändert. Sie führte neben ihren eigenen Produkten bereits eine südafrikanische Linie mit Marulawachs vom Elefantenbaum und Melonenaroma aus der

Kalahari-Wüste, einen finnischen Hersteller, der Sanddorn und Johannisbeeren verarbeitete, und das komplette Sortiment einer süddeutschen Firma, deren Gründerin auf die Kraft der Spagirik setzte, eine spezielle Methode zur Aufbereitung von Pflanzentinkturen, Essenzen und Mineralien. Die Sternwarte bot eine wunderbare Auswahl und kompetente Beratung und war damit nach Johannas Dafürhalten der ideale Botschafter für die Firmenphilosophie der Familie Fortini, Nachfahren des letzten Klostervorstehers von Santa Maria Novella und Besitzer der Officina Profumo in vierter Generation.

Anna ging mit dem Brief aus Florenz in den Hinterhof. Es führte eine Tür auf der Rückseite des Wohnhauses hinaus. Der Garten wurde von allen Mietern genutzt. Anna hatte dafür zwischen den Beeten und Topfpflanzen Stühle, Bänke und Tische aufgestellt. Auch Johannas Kundinnen erholten sich hier gerne von der Strapaze der Parkplatzsuche oder der Abgabe der alljährlichen Steuererklärung im nahen Finanzamt. Gerade als Anna in den Hof trat, ging neben ihr das Bürofenster der Apotheke auf, und ihr Mann rief ungehalten: »In meinem Kühlschrank liegt ein ganzer Forst! Himmel noch mal, Jo, wie oft hab ich dir schon gesagt, dass du dein Grünzeug in deinen eigenen Kühlschrank packen sollst.« Cornelius Reiter fuchtelte mit zwei Plastikbehältern mit frisch gehäckselten Zweigen, die überquollen. »Ich habe gerade eine Lieferung Antibiotika bekommen und keine Zeit, erst die Kühlung zu roden!«

»Ich mache das«, erwiderte Anna in versöhnlichem Ton und küsste ihn, wobei sie sich strecken musste, um hochzureichen. Reiters dunkle Samtaugen nahmen sofort wieder den gewohnt milden Ausdruck an, die steile Falte über seiner Nase glättete sich, und er musste lächeln. »Ich bringe Jo die Zweige und wische durch. In fünf Minuten, ja?«, bot sie ihre Hilfe an.

»In vier«, entgegnete ihr Mann, um das letzte Wort zu haben, und sie ließ es ihm.

»Schätzchen, du musst dir das abgewöhnen«, ermahnte Anna ihre Tochter, als sie sich zu ihr setzte und das Destillierwerk des angebrochenen Vormittags begutachtete.

»Niklas hat mir die Latschenkiefern und Douglasien erst gestern Abend gegeben«, verteidigte Johanna sich. »Ich konnte nicht alle auf einmal verarbeiten und muss aufpassen, dass sie nicht fermentieren.« Sie sah ihre Mutter unschuldig an. »Außerdem ist mein eigener Kühlschrank voll mit Eichenmoos.«

»Du hast Post bekommen, Jo«, setzte Anna nun vorsichtig an und gab ihrer Tochter das cremefarbene Kuvert. Diese öffnete es mit zittrigen Fingern und kämpfte sich durch die bekannten Zeilen italienischer Sprache: *»Firenze, 15. Aprile 2011«; »Ci dispiace molto informala …«*, Bedauern; *»riposta negativa …«*, Absage; *»il nostro assortimento esclusivo …«*, ja, natürlich, sie konnten, nein, wollten ihr exklusives Sortiment nicht in einem unbekannten Ladengeschäft vertreiben. Unbekannt und deshalb unrentabel. Gewiss, reich wurde Johanna mit ihrer Sternwarte nicht, aber die Officina Profumo war doch so viel mehr als nur ein Geschäftsbetrieb. Sie war ein magischer Ort zwischen Gotik und Barock mit sakraler Atmosphäre, ein Zauberreich von natürlicher Schönheit und verantwortungsvollem Luxus, ein Seelenort. Und all das transportierten ihre kostbaren Erzeugnisse. Diese erneute Absage eines gewissen Luca Fortini – *»Distinti saluti«*, mit freundlichen Grüßen – schmerzte Johanna sehr.

»Was mach ich denn jetzt?«, fragte sie ihre Mutter mutlos, und die zuckte mit den Schultern. Die douglase Standhaftigkeit hatte sich verflüchtigt.
»Manchmal muss man einen Traum loslassen, um Platz für einen neuen zu machen, Jo«, antwortete sie und dachte, dass das für italienische Träume im Besonderen galt.

5

In den kommenden Tagen stürzte sich Johanna mehr denn je in ihre Arbeit und fand über ihrer Betriebsamkeit sogar noch Zeit für die Herstellung einer ganz besonderen Handcreme, mit der sie ihre Lieblingsnachbarin auf eine Zeitreise schicken wollte. Mechthild Müller aus dem dritten Stock war neben der Familie Stern die alteingesessenste Mieterin im Haus. Die rundliche alte Dame verbrachte ihre Tage mit anregender Lektüre in ihrem Ohrensessel und teilte den Rest der Zeit in Arzttermine, kleine Einkäufe zu Stoßzeiten, wenn alle Berufstätigen in den Supermarkt drängten, und ihre Mahlzeiten ein. Nicht zu vergessen die regelmäßigen Besuche in der Stern-Apotheke, in der Hoffnung auf ein Schwätzchen mit Cornelius Reiter oder seiner Tochter in deren Laden, denn Mechthild kannte Johanna schon seit ihrer Geburt. Sie war wie eine Großmutter für sie. Wenn Johanna Sorgen hatte, stieg sie oft in den dritten Stock hinauf und ließ sich trösten. Nachdem Patrick ihre Beziehung seinem Ehrgeiz geopfert hatte, hatte sie auf Mechthilds Sofa praktisch gewohnt. Und nach der Trennung von Ben wieder. Irgendetwas stimmte nicht mit ihr, davon war Johanna mittlerweile überzeugt, denn kein Mann liebte

sie genug, um bei ihr zu bleiben. Die Versprechen waren nichts wert.
Johanna war es gelungen, eine Charge *Papier d'arménie* zu produzieren, womit sie nun probehalber dem siechenden Krokodil auf den Leib rückte. Die in Weihrauchharz getränkten Blätter wirkten antiseptisch und neutralisierten unliebsame Gerüche jeder Art. Johanna hatte die Originale in Form kleiner Hefte als Vorlage genutzt, alte Briefbogen in schmale Streifen geschnitten, in Kaliumnitrat, Benzoeharz, Myrrhe und Rosenöl eingelegt und anschließend getrocknet. Zu einer Art Ziehharmonika gefaltet, konnte man sie anzünden wie Räucherkegel, die langsam verglimmten, eine althergebrachte Methode des »per fumum« – wovon sich der heutige Begriff Parfum ableitete – nach dem Vorbild der Luftreinigung armenischer Haushalte zur Zeit des Osmanischen Reichs. Und weil die armenische Wunderwaffe gleichermaßen aufdringliche Küchengerüche verscheuchte, wagte Johanna nicht nur im Keller einen Versuch, sondern ließ auch im Treppenhaus eine Rauchfahne aufsteigen. Die Aromen aus der Beckschen Wohnung verloren so an Penetranz. Ein kleiner Übergriff, doch sowohl Johannas Eltern als auch Lilo Wunderlich, die Besitzerin des Bio-Bistros gegenüber der Apotheke und ebenfalls Mieterin im ersten Stock, begrüßten die Initiative. Die rassige junge Frau mit den sinnlichen Kurven reagierte auf lieblose Kochkünste äußerst empfindlich und darbte. Ludwig Korn hingegen aus der zweiten Etage fühlte sich vom Weihrauch belästigt. »Es riecht hier nach buddhistischem Tempel, Fräulein Sternreiter, und nicht jeder weiß diese olfaktorische Erleuchtung zu schätzen!«, nörgelte er und betonte wie immer den Namen auf der ersten Silbe, den Bindestrich ganz verschluckend. Als Johanna heute nach erfolgrei-

cher Räucherung auf ihrem Weg zu Mechthild Müller an seiner Wohnung vorbeikam, schien er dort an der Tür auf sie gewartet zu haben. »Sagen Sie, wissen Sie, ob demnächst hier jemand einzieht?«, wechselte er dann gnädig das Thema und blickte auf die Wohnungstür zwischen Johannas und seiner. Die zweieinhalb Zimmer geräumigen Altbaus standen leer. Zuletzt hatte hier eine Studenten-WG kampiert, die sich über Nacht aufgelöst haben musste. Und davor eine Dame, die nur nachts gearbeitet hatte, in schwarzem Leder, wo auch immer. Und Johanna erinnerte sich auch noch an zwei junge Friseure und deren muntere Schlafzimmergeräusche sowie einen Krimi-Autor, der die Räume als Schreibstube und forensisches Labor genutzt hatte. Keiner der Mieter war länger als ein halbes Jahr geblieben, was möglicherweise auch Ludwig Korns Kommentaren anzulasten war.

»Ich habe gehört, dass Ende Mai ein alleinstehender Herr einzieht«, log Johanna, nur um ihn ein wenig zu ärgern. »Er ist Musiklehrer und unterrichtet wohl zu Hause.«

»Ach ja?« Korn horchte auf. Er liebte klassische Musik, aber in der Übungsphase konnte sie verstören.

»Soweit ich weiß«, setzte Johanna noch eins drauf, da sie Gefallen an Korns Beunruhigung fand, »Orff-Instrumente, für Vorschüler.«

Ludwig Korn wurde bleich. »Es gibt da klare Regeln«, stammelte er, »Zeiten, die eingehalten werden müssen …« Aber da hatte sich Johanna schon an ihm vorbeigeschoben und war nach oben gelaufen.

Sie klingelte bei Mechthild Müller und wartete. Seit dem Tod ihres vierten Ehemannes versank die alte Dame immer öfter in ihren berüchtigten Sekundenschlaf, der bei Bedarf auch länger währte, und wurde außerdem vergesslich. Seit sie Alzheimer an sich diagnostiziert hatte, wartete sie auf ihr Ende, das aber ausblieb, denn Mechthild Müller pflegte die Hypochondrie. Sie gönnte sich eingebildete Krankheiten wie andere Leute neue Schuhe und war so dem Tod immer um einen Befund voraus – was ihn offensichtlich abhielt. Als treue Leserin der *APOTHEKEN Umschau* konsumierte sie Krankheit und Verderben mit all ihren Symptomen, je nachdem, was gerade im Angebot war. Als die März-Ausgabe im Jahr 2009 über die Grippe-Epidemie in Mexiko berichtet hatte und schrieb, dass eine Varietät des Influenza-A Virus H1N1 auf dem Vormarsch sei, auch bekannt als Schweinegrippe, stellte sie vorsorglich den Verzehr von Krustenbraten und Rostbratwürsten ein und maß stündlich ihre Temperatur. Und erst im letzten Monat hatte der Bericht über einen seltenen Herzklappenfehler sie veranlasst, mehrmals täglich in die Apotheke hinunterzugehen, um sich dort vorsorglich den Blutdruck messen zu lassen. Er war eindeutig zu hoch gewesen, 180 zu 98 und mehr, was am ungewohnt häufigen Treppensteigen und Mechthilds hohem Gewicht lag. Außerdem regte sie sich von Messung zu Messung mehr auf, was die Werte weiter nach oben trieb. Die *APOTHEKEN Umschau* im Schlepptau, steigerte sie sich binnen einer Woche in ein Langzeit-EKG hinein, das dann allerdings ohne auffälligen Befund blieb, weil sie es mit ihren Katzen auf dem Sofa aussaß.

»Ich komme schon«, tönte es jetzt aus der Wohnung, und Minuten später schlurfte Mechthild Müller zur Tür und öffnete. Ihr weißes Haar war auch an diesem Tag ordentlich in Wellen gelegt, und sie trug einen Rock, der die Knie bedeckte, eine adrette Bluse und Strickweste sowie eine auffällige Brosche. »Entschuldigung, Kindchen, ich muss wohl wieder eingenickt sein. Unsere

Wangs klopfen die ganze Nacht an irgendeinem zukünftigen Museumsstück herum.« Pia und ihr chinesischer Ehemann Wang Chong waren Bildhauer und hatten das Atelier unterm Dach. Sie waren meistens irgendwo auf der Welt unterwegs und nur selten in der Stadt. In Johannas Garten stand eine ihrer Steinskulpturen zwischen dem Hamamelisstrauch und den spätsommerlichen Stockrosen und gab Rätsel auf. Je nach Sonneneinfall und Schattenspiel wechselte sie ihren Ausdruck von abstrakt zu unmöglich.

»Ich habe eine neue Handcreme für Sie«, kam Johanna gleich zum Grund ihres mittäglichen Besuchs und überreichte Mechthild das Glasdöschen mit violettem Inhalt. »Magnolienhydrolat und Brombeerextrakt mit Sheabutter«, erklärte sie stolz. Sie fand, dass das ein ganz wunderbarer Duft für ältere Damen war, viel subtiler und erfrischender als der übliche Lavendel, den man gemeinhin mit großmütterlichen Wäscheschubladen assoziierte und in Parfums gar nicht vorsichtig genug dosieren konnte. Mechthild schraubte gespannt den Deckel ab und schnupperte.

»Ach, wie schön«, sagte sie dann und seufzte glücklich, »1952, Wilhelm, mein erster Mann, eine Begegnung in Straßburg, im April, Brombeerkuchen und Magnolienblüten. Gottchen, Kind« – Mechthild schien gerade sehr weit weg zu sein, den Duftschlüssel zum Schloss einer geliebten Erinnerung in Händen haltend –, »das hast du dir gemerkt?«

»Natürlich«, entgegnete Johanna, froh darüber, dass ihre kleine Überraschung gelungen war. »Sehen Sie, hier steht es.« Sie deutete auf das selbstgemachte Etikett. »Magnolia et Mûre 1952« stand da in schöner Schreibschrift, und Mechthild kämpfte mit den Tränen.

»Vielleicht ein Tässchen Tee?«, fragte sie hoffnungsvoll, und Johanna nickte. Sie hatte Mittagspause und sperrte ihren Laden erst wieder um halb drei auf.
Kurz darauf hörte Johanna ihre Nachbarin in der Küche Wasser aufsetzen und mit Geschirr klappern, während sie sich im Wohnzimmer auf dem Sofa zwischen Mechthild Müllers Katzen klemmte. Sie hatte drei. Johanna hatte sie Poppy, Daisy und Blossom getauft, weil sie sich die richtigen Namen nicht merken konnte, wobei die Blüte Blossom wahrscheinlich ein Kater war. Die Stubentiger büxten gerne aus und liefen dann durchs Treppenhaus in den Hof, um am Muskatellersalbei zu naschen.
»Ah, du hast es dir bei Hildchen und Rüdiger bequem gemacht, sehr schön«, stellte Mechthild fest, als sie ins Zimmer kam.
»Hildchen?«, fragte Johanna nach. Das musste die Bunte mit dem Gesicht eines Gänseblümchens sein.
»Mein verstorbener Mann hat sie nach mir benannt, ist das nicht nett?« Mechthild strahlte und setzte das Tablett ab. »Er war bei der Bahn, weißt du.«
»Ich hab ihn noch gekannt.«
»Ach ja, natürlich, ich werde wirklich vergesslich. Milch und Zucker?«
»Nur Milch, bitte.« Mechthild schenkte ein und lehnte sich in ihrem lauschigen Sessel zurück. Sie hatte Johannas Handcreme aufgetragen und roch verträumt daran.
»Eine Liebesgeschichte mit Schraubverschluss, wie wundervoll«, murmelte sie und schloss die Augen. Ehe sie wieder aufwachte, hatte Johanna zum wiederholten Mal sämtliche Fotografien in Mechthilds Regalen betrachtet, vom ersten bis zum vierten Mann – etliche verstorbene Katzen, aber keine Kinder –, und ihren Tee ausgetrunken.

Mechthild war früher Haushälterin gewesen. Manchmal hatte sie ihre Zöglinge sogar ins Ausland begleitet. Die Kinder, die sie großgezogen hatte, besuchten sie hin und wieder und schrieben ihr regelmäßig. Die Postkarten aus aller Welt spießte Mechthild dann an einer eigens dafür angeschafften Pinnwand in ihrem Wohnzimmer auf. Johanna stand gerade davor und suchte nach Neuzugängen.

»Maximilian hat geschrieben, dass er jetzt beim Deutschen Zentrum für Luft- und Raumfahrt arbeitet«, sagte die alte Dame unvermittelt und lächelte Johanna sanft an. Sie war wieder wach. »Und Julchen, mein Geigenwunder, ist in Japan aufgetreten, siehst du?« Sie deutete auf eine Karte mit stilisierten Kirschblüten. »Hast du denn schon Bescheid aus Florenz?«

»Ja. Der Geschäftsführer hat wieder abgelehnt. Mami meint, ich soll es gut sein lassen. Man muss Träume loslassen, damit Platz für neue ist.«

»Aber nicht doch!«, entrüstete sich Mechthild. »Träume wachsen doch nicht auf Bäumen!« Sie kam ungewohnt in Fahrt. »Und diesen hast du schon länger als deinen Laden, Herzelchen, den wirst du doch jetzt nicht aufgeben.« Johanna war ratlos. »Nein, nein«, feuerte Mechthild sie an, »da ist das letzte Wort noch nicht gesprochen. Du fährst da hin!«

»Nach Florenz?«, fragte Johanna entgeistert.

»Ja, natürlich. Wenn dieser Geschäftsführer dich erst sieht, kann er gar nicht mehr nein sagen. Du bereitest dich gut vor und wickelst ihn um den kleinen Finger. Ich habe alle meine Ehemänner auf Reisen kennengelernt, musst du wissen«, ergänzte sie in der Hoffnung, Johanna einen zusätzlichen Anreiz zu geben. »Aber alle sind sie vor ihrer Zeit gegangen«, schweifte sie dann ab,

»bis auf Winfried natürlich.« Winfried Müller, Mechthilds letzter Ehemann, war erst vor vier Jahren nach längerer Krankheit gestorben, etwa in der Zeit, in der Johanna ihr Geschäft eröffnet hatte. Er war fast neunzig gewesen und entlastete sie von dem unausgesprochenen Vorwurf, eine schwarze Witwe zu sein, waren ihre ersten drei Männer doch eher plötzlich aus dem Leben geschieden. »Wilhelm war Sprengmeister«, hatte sie einmal erzählt, »es war ein Arbeitsunfall.« Mechthilds zweiter – hatte sie überhaupt je seinen Namen erwähnt, er erschien Johanna auf den Fotos fast zu gutaussehend, um wahr zu sein – war ein Cocktail zum Verhängnis geworden, genauer die Olive darin, an der er auf einer Silvesterfeier erstickt war. Und Ehemann Nummer drei, Alfred, hatte einen Herzinfarkt erlitten, als neben ihm am Gehweg ein Mann von einem herabfallenden Blumentopf erschlagen worden war. »Das war wirklich tragisch«, hatte Mechthild vor Jahren gefasst erzählt, »und man denkt, so etwas wäre gar nicht möglich. Aber wusstest du«, sie hatte eine kleine Kunstpause eingelegt und sich das Halstuch zurechtgerückt, »dass das Gleiche einem Mann passiert ist, der neben einem Passanten stand, dem ein Pudel auf den Kopf gefallen ist? Vom Balkon, aus dem vierten Stock? Und ein weiterer Herr trat dabei so bestürzt zur Seite, dass ihn der Bus gestreift hat.« Mechthild nickte nachdrücklich. »Buenos Aires, 1988, hm.« Ihre skurrile Lebensgeschichte barg Überraschungen, die man der arglosen ältlichen Erscheinung gar nicht zutrauen würde. Sie schenkte Tee nach und fragte: »Milch und Zucker?«

»Nur Milch, bitte.«

Mechthild sah noch immer mit Johanna auf die Pinnwand, die die glücklicheren Momente ihres Lebens erzählte. »Vielleicht bringst du uns ja auch einen Ehemann mit, Kindchen«, sagte sie. »Den netten jungen Mann, der mir meine Kommode repariert hat, sehe ich ja schon ein ganzes Weilchen nicht mehr.«

»Er hat eine andere«, erklärte Johanna, Mechthild hatte es schon wieder vergessen.

»Ach, das tut mir aber leid für ihn!« kommentierte sie die Nachricht ungerührt und überließ sich dem Duft von *Magnolia et Mûre 1952*.

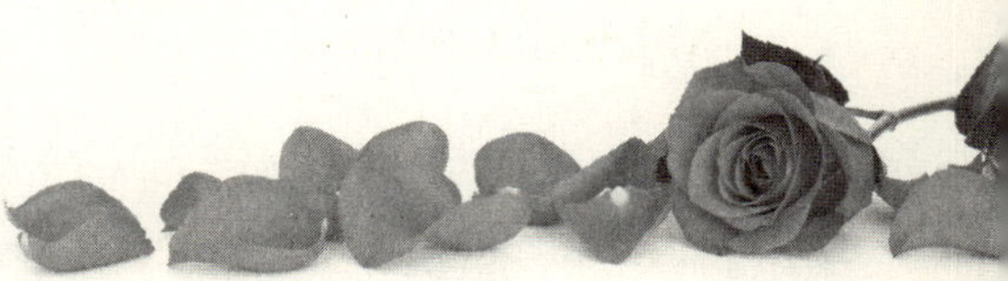

Florenz, Sommer 2011

6

Der Eingang zum Himmel lag unscheinbar hinter einer hohen Holztür mit geätzten Glaseinsätzen und Messinggriffen in der Via della Scala, einem monochromen Bandwurm trauriger Fassaden. Er präsentierte sich nur jenen, die bereit waren, durchs Fegefeuer typischer Bahnhofsviertelgestaltung zu gehen, unweit des Kopfbahnhofs Santa Maria Novella, wo Johanna an diesem Freitagmorgen, dem 19. August, mit dem Nachtzug aus München ankam. Die Dreißiger-Jahre-Architektur des sandfarbenen, schnörkellosen Klotzes nahm sie kaum zur Kenntnis, als sie aus dem Zug stieg. Sie war trotz der Nacht im Schlafabteil und zweier Tassen Earl Grey im Speisewagen noch müde. Ihr erster Weg führte sie über die Piazza Santa Maria Novella und in die Via Panzani, nur etwa fünf Gehminuten vom Bahnhof entfernt, einen Koffer in der einen und einen kleinen Sonnenschirm und eine Hutschachtel in der anderen Hand. Es war schon warm, die Straßen waren noch fast leer, nur ein paar Reinigungskräfte, Anlieferer und erste Pendler waren unterwegs. Die Rezeption in Johannas Hotel, dem Nizza, war trotz der frühen Stunde besetzt. Die nette Dame im Empfangsbereich reichte ihr den Schlüssel zu ihrem Zimmer im zweiten Stock, zu dem eine enge Treppe führte. Die Mauern im schmalen Flur waren teilweise unverputzt, Ziegel und Naturstein waren zu sehen.

Das alte Gemäuer aus dem 14. Jahrhundert war rustikal

gestaltet, doch die Zimmer wirkten trotz der dunklen Einrichtung gepflegt und freundlich. Johannas Fenster ging zur Straße hinaus, die Essensdüfte des Ristorante Giglo Rosso erahnte sie noch nicht. Auf der Straße reihten sich unzählige geparkte Motorroller eng aneinander. Sie säumten den gegenüberliegenden Gehweg – eine schlafende Walrosskolonie aus Stahl und Chrom. Johanna machte ein Foto. Dann packte sie ihren Koffer aus, drapierte die drei mitgebrachten Hüte oben auf ihrem Schrank, duschte und zog sich um. Der Tag würde heiß werden. Sie wählte eine ärmellose mintfarbene Bluse, die über einen wadenlangen Plisseerock in Petrol fiel und auf Hüfthöhe gebunden wurde. Dazu trug sie einen hellen Strohhut, dessen Krempe über der Stirn und im Nacken schmaler verlief und ihr schönes Gesicht nicht verdeckte. Kein perfekter Sonnenschutz – weshalb sie auch noch ihren Sonnenschirm mitnahm –, aber ein bezauberndes Accessoire. Ihr wildes rotes Haar hatte sie nur am Hinterkopf geflochten, die Längen ließ sie frei fließen. Es reichte bis an ihre Taille. Wer sie so sah, hätte sich über einen Oldtimer vor der Tür des Hotels nicht gewundert, über Herren im Anzug mit Einstecktuch und Schlips an Johannas Seite, mit vollendeten Manieren und Borsalino. Sie passte gut in das historische Ambiente dieses Hauses und der Stadt und adelte beide durch ihre bezaubernde Erscheinung.

Nach dem Frühstück ging Johanna dann aufgeregt los und hinüber in die Via della Scala, eine dünne Dokumentenmappe mit Unterlagen der Sternwarte und ihrem Briefwechsel mit der Officina Profumo unter dem Arm. Sie würde eine der Ersten im Geschäft sein, so hoffte sie, und vielleicht eine Möglichkeit finden, mit einem der Chefs zu sprechen. Mit Luca Fortini vorzugshalber oder

seinem Onkel, dem leitenden Geschäftsführer und Familienoberhaupt, wie sie recherchiert hatte.
Der Eingang der Officina Profumo-Farmaceutica di Santa Maria Novella klemmte zwischen einer unansehnlichen Wäscherei und einer gesichtslosen Pizzeria. Daneben entdeckte sie ein Schaufenster mit schlichten Parfumflakons. Die Eaux de Cologne des Hauses, in Italien Acqua genannt, wurden in quadratische flache Flaschen abgefüllt, dezent unspektakulär, aber doch edel. Johanna fasste sich ein Herz, trat ein, und augenblicklich war es still um sie. Das Knattern der Zweitaktmotoren Hunderter Motorroller und dreirädriger Kleintransporter auf der unansehnlichen Straße verstummte, und auch der Geruch verbrannten Öls aus blauen Abgaswolken verschwand. Er wurde von einer unbeschreiblichen Mischung aus Wohlgerüchen abgelöst – eine Verschmelzung der Sinneseindrücke –, Odem von Schmetterlingsflügeln, Lilienblüten und Rosen, Akkorde von Wildkräutern aus dem Umland, grasgrünes Zikadenzirpen – nur ein Hauch –, endlose Alleen, Zitronenhaine und schwebende Zeilen von Dante – der Duft der Dichtung, pudrig und fein –, Carrara-Marmor, mineralisch-weiß wie das Salz des Tyrrhenischen Meeres, und das alles vermischt mit dem gleißenden Licht heißer Sommertage, unvermutet, beglückend, aromatisch-frisch.
Johanna stand nun in einem hohen hell gestrichenen Flur mit Nischen, in denen Statuen standen, umrahmt von grauen Säulen mit ionischen Kapitellen. Kleine Kreuzgewölbe überspannten den Gang, und in seiner Mitte hing eine kugelförmige Lampe aus weißem Glas. Und dann der Marmorboden, Einlegearbeiten, dreifarbig. Johannas Spangenpumps klackerten mit leisem Hall darüber.

Hinter dem eigentlichen Eingang der Officina lag dann ein Vorraum, ein Warteraum womöglich, dessen dunkelblaue Decke wie ein Nachthimmel über einem alten Chorgestühl schwebte. Zwei seitliche Durchgänge waren verschlossen, weshalb die Neuankömmlinge Johanna geradewegs in den Hauptverkaufsraum schoben – die ehemalige Kapelle San Niccolò. Hier hatten die Mönche des Dominikanerkonvents einst ihre Gottesdienste für die Patienten der Krankenstation abgehalten, welche damals noch an die alte Apotheke angrenzte. Johanna stellte sich gleich hinter dem Durchgang nah an die Wand, um den Raum auf sich wirken zu lassen. Neben ihr befand sich eine ovale Kommode mit sämtlichen Düften – *Iris*, *Lillà*, *Magnolia, Rosa,* reine Essenzen und Dreifach-Extrakte in winzigen Abfüllungen. Und natürlich auch die aufwendigen Formulierungen, die Rezepturen, der Acqua. Johanna widerstand dem Drang, sofort daran zu riechen. Sie wollte die Atmosphäre erst noch eine Weile genießen. Die schweren Verkaufstheken und Vitrinen im neugotischen Stil kontrastierten mit ihrem dunklen, massiven Holz mit den sonnigen Farben der Wände. Mundgeblasene antike Gläser mit Duftwässern standen rundum. Der Marmorboden mit den schönen Mosaiken setzte sich fort, und über sich blickte Johanna über große Oberlichter hinweg in das Kreuzgewölbe der einstigen Kapelle. Ein monumentaler Kristallleuchter hing von der Decke, in deren Bogen die vier Kontinente figürlich dargestellt waren, in die die Klosterapotheke schon im 18. Jahrhundert ihre Produkte geliefert hatte: Europa, Afrika, Amerika und Asien. Farbenfrohe Fresken von Paolino Sarti, goldumrahmt – Johanna kannte jedes Detail, denn sie war in ihren Träumen, die nach dem *Acqua di S. M. Novella* dufteten, schon Hunderte Male hier gewesen. Sie schloss die Augen und sperrte die Menschen, die Stimmen und die vielen unterschiedlichen Sprachen um sich aus. In diesem Raum der Düfte, sakral und weltlich zugleich, mitten in der gelebten Kunstgeschichte und steingewordenen Sehnsucht aus Farben und Formen fühlte sie sich zu Hause. Vielleicht war es die gemeinsame Liebe zur Naturkosmetik, zu den lebendigen, lichten Zutaten, die sie mit der Familie Fortini und ihrem Zauberreich verband. Die Freude an der Schönheit und dem Luxus der kleinen Dinge, die dem Auge schmeichelten, die Haut streichelten und Glücksgefühle auslösten. Nur ganz kleine Dinge. Eine Mandelmilchseife mit getrockneten Blüten, Wachsplättchen mit Raumdüften an einem Satinband, ein Tiegelchen samtener Mimosencreme, süßer Rosenlikör …

Jetzt war Johanna so weit, sich von ihrem Platz zu lösen, in die Menge einzutauchen, ein paar Fotos zu machen und die Stimmen wieder zuzulassen. Alle Sprachen dieser Welt, die die Verkäuferinnen und Verkäufer ebenfalls sprachen: Englisch und Italienisch natürlich, Französisch, Spanisch, Koreanisch und Japanisch. Johanna konnte nicht alle Klänge zuordnen, aber jeder der Angestellten hatte seine spezifische Qualifikation.

Auf der Stirnseite der Kapelle führte eine Tür zu einem Lagerraum, in dem Angestellte der Officina verschwanden und mit georderten Waren zurückkamen. Johanna hatte dahinter einen Treppenaufgang gesehen, der in die Büroräume führen musste. Sie überlegte, eine der Verkäuferinnen anzusprechen. Sie hatte ihre Bitte bereits auf Italienisch vorbereitet und sie heute Morgen mehrmals im Geiste wiederholt, aber jetzt schwand ihr Mut, und sie war sich sicher, sofort und nachdrücklich abgewiesen zu werden. Diese Niederlage wollte sie gerne noch etwas

hinausschieben. Sie entschied sich deshalb, erst die anderen Räume anzusehen und in das Grüne Zimmer mit den Porträts der ehemaligen Leiter der Officina Profumo hinüberzugehen – Refugium der Seifen und des berühmten *Potpourri*. Es war das ursprüngliche Besucherzimmer, von dem aus man auch in die Erboristeria, die alte Apotheke, gelangte.
Das war der Moment, in dem Giovanni Fortini Johanna entdeckte. Der Geschäftsführer der Officina Profumo liebte es, am Morgen kurz nach der Öffnung, einen *ristretto* schlürfend, durch ein rundes Oberlicht im ersten Stock in den Verkaufsraum hinunterzusehen und die Menschen aus aller Welt zu betrachten, die in seinen Produkten schwelgten. Das lebendige Gewirr entschädigte ihn für die triste Büroarbeit. Normalerweise entspannte ihn dieses virtuelle Bad in der Menge, geschützt vor neugierigen Blicken, doch heute versetzte es ihn in helle Aufregung, denn er sah »seine Venus«, und sie war keinen Tag älter geworden! Die Zeit schien einfach an ihr vorbeigelaufen zu sein und sie verschont zu haben. Ganz im Gegensatz zu ihm. Er war dicker geworden, ein kleiner Wohlstandsbauch wölbte sich, der mangelnden Bewegung, dem ständigen Sitzen und der guten florentinischen Küche geschuldet. Sein Haar war ergraut und lichter, der Esprit seiner Jugend dahin. Doch sie sah um keinen Tag älter aus. Nur ihr atemberaubendes Haar, das er so geliebt, nach dem sich jeder Mann umgedreht hatte, stand in Flammen, es war jetzt glutrot. Als sie den Blick zu den Deckenfresken hob, sah er ihre veilchenblauen Augen und stand wie angewurzelt still. Nie mehr in seinem Leben hatte er solche Augen gesehen, nie mehr. Sie trug ein Ensemble aus Rock und Bluse, einen hellen Hut und hielt einen Sonnenschirm aus weißer Spitze in der Hand.

Er war an Fotos seiner Großmütter zu Beginn des letzten Jahrhunderts erinnert.
»Für wie alt halten Sie mich?« – »So alt wie die Welt, schöne Venus.«
Giovanni Fortinis Herz schlug ihm bis zum Hals. Seine Anna stand in der Officina, und das, obwohl sie nie erfahren hatte, dass er der Erbe der Familie Fortini war, der Nachfolger seines Vaters auf dem Stuhl des Geschäftsführers, zusammen mit seinem mittlerweile verstorbenen Bruder. Und weil Giovanni Fortini nie geheiratet und keine Kinder hatte – es gab Liebschaften, Affären, Beziehungen und Begegnungen unverbindlicherer Art –, waren in der nächsten Generation die Söhne seines Bruders nachgerückt: Luca, sein Stellvertreter, die Nummer zwei neben ihm, der die Geschäfte mit den weltweiten Niederlassungen abwickelte, und Sandro – eigentlich Alessandro –, der Parfümeur, der in der Produktion arbeitete. Er schlug in seiner unbekümmerten, lebensfrohen Art seinem Onkel nach, der am liebsten Kunstmaler geworden wäre. Giovanni entwarf heute noch die Flakons für die Officina und überwachte zu seiner persönlichen Freude die umfangreichen Renovierungen, die anlässlich des vierhundertjährigen Bestehens seines Unternehmens im nächsten Jahr seit geraumer Zeit ausgeführt wurden. Ein Mammutprojekt, gerade war die alte Sakristei komplett für Besucher gesperrt.
Giovanni Fortini überlegte, was zu tun sei, da verschwand sie hinüber in das Grüne Zimmer, und wenn er Glück hatte, besuchte sie danach die Erboristeria. Vom überbauten Kreuzgang aus hätte er wieder freien Blick hinunter. Er stellte seine Kaffeetasse ab und stürzte los, wobei er mit Luca zusammenstieß, der gerade auf dem Weg in sein Büro war.

»Meine Güte, du siehst blass aus«, sagte er zu seinem Onkel. »Ist alles in Ordnung?«
»Ja, natürlich. Alles in Ordnung«, log dieser und sprang fast an das andere Fenster. Er hatte sich nicht geirrt. Sie stand jetzt in der alten Apotheke und betrachtete die Stuckarbeiten der frisch restaurierten Decke – weiß, rosé und hellblau mit Goldornamenten. Sphinxen, Drachen und Steinadler tummelten sich auf dem zarten Himmel im Wechsel mit Blumengirlanden. Die Handwerker und Restaurateure waren allesamt Künstler, Besessene ihrer Zunft, die Unglaubliches vollbracht hatten. Doch erst seit die dreihundert Jahre alten Vitrinenschränke mit den teilvergoldeten Schnitzaufsätzen den Raum wieder nahtlos umstanden und die lebensgroßen Engelsstatuen die Tür zum großen Kreuzgang flankierten, lebte die Decke richtig auf. Der Kontrast aus dunklem Holz und luzider Gipsarbeit war atemberaubend, die Erboristeria Giovannis Lieblingsraum. Wenn er nach Geschäftsschluss dort war, fühlte er sich in ein anderes Jahrhundert versetzt, eine Zeitreise, so wie Anna sie anscheinend unternahm. Anna, seine Venus aus dem Apfelgarten.

7

»Suchst du da unten etwas?«, fragte Luca seinen Onkel, der in merkwürdiger Stimmung war.
»Siehst du die junge Frau«, wollte Giovanni wissen, »die Rothaarige?«
Luca blickte hinunter. Sie war augenscheinlich attraktiv, etwa Mitte zwanzig. Ihr Haar wallte wie das der Rapunzel aus dem deutschen Märchen – er kannte die Geschichten der Gebrüder Grimm. Sie war eine altmodische

Erscheinung zeitloser Schönheit, was Luca Fortini ungerührt zur Kenntnis nahm, denn Frauen spielten in seinem Leben keine große Rolle. Er war zweiunddreißig Jahre alt geworden, ohne sich zu verlieben. Schließlich war er ständig unterwegs und zu sehr auf seine Arbeit konzentriert. Die Officina Profumo expandierte unter seiner Führung Jahr für Jahr. Er hatte Betriebswirtschaft studiert und liebte Zahlen, Paragraphen und Verträge, die Fakten, die das Geschäftsleben schuf, denn sie waren meist verbindlich. Ganz im Gegensatz zu Frauen, die Domäne seines kleinen Bruders, der nach Lucas Dafürhalten nie erwachsen wurde. »Was ist mit ihr?«, fragte er seinen Onkel.

»Ich kenne sie!«

»Ach ja?«

»Nein, ich meine, ich kannte sie. Vor über fünfundzwanzig Jahren, und da sah sie genauso aus wie heute.«

»Du machst Witze!«, erwiderte Luca. »War der *ristretto* heute zu stark?« Giovanni trank mitunter auch zwei doppelt stark aufgebrühte *espressi,* was sein Blutdruck nicht goutierte.

»Geh hinunter und sprich sie an!« Es war ein Befehl. Luca lachte ungläubig, doch seinem Onkel schien es ernst damit zu sein. »Bitte, Luca, geh hinunter und finde für mich heraus, wer sie ist.« Die Dringlichkeit in Giovannis Stimme beunruhigte ihn.

»Und wie soll ich das machen?«, fragte Luca verständnislos. »Sie einfach zum Frühstück einladen oder ihr vielleicht eine Privatführung anbieten?«

»Genau! Eine Privatführung, das ist die Idee. Und ich übernehme deinen ersten Termin.« Giovanni gab Lucas Sekretärin Bescheid, dass er die Herrschaften des Zehn-Uhr-Termins seines Neffen empfangen werde, verschwand in seinem Büro und vergrub sich unaufmerksam in Korrespondenz. Immer wieder ging sein Blick zu dem kleinen Bild über der Sitzgruppe, eine Kohlezeichnung, schlicht gerahmt. Sie zeigte eine Frau, schön wie Botticellis Venus, nackt in einem mondbeschienenen Apfelgarten, umflossen von der Flut ihres Haars. Anna. Seine Anna. An diesem Morgen ging sie ihm nicht mehr aus dem Kopf.

Luca war ratlos. Er wünschte sich – ausnahmsweise –, sein Bruder wäre hier. Was sollte er denn sagen? »Guten Tag, ich bin der stellvertretende Geschäftsführer. Darf ich Ihnen die Räumlichkeiten zeigen?« Das war idiotisch. Und für solche Spielereien und nostalgische Anwandlungen seines Onkels hatte er heute auch überhaupt keine Zeit. »Guten Tag, mein Name ist Luca Fortini. Sie sind mir aufgefallen. Darf ich Sie vielleicht zum Frühstück einladen?« Sie würde ihm eine gehörige Abfuhr erteilen und er die dummen Klischees, die man im Allgemeinen von italienischen Männern hatte, bestärken.

Als Luca vom Lager in den Hauptverkaufsraum trat, sah er Johanna bei den Eaux de Cologne. Sie war in ein Gespräch mit einer Verkäuferin vertieft und hielt das *Acqua di S. M. Novella* in der Hand. Luca fasste sich ein Herz und stellte sich dazu.

»Ah, Signor Fortini, benissimo. La Signorina voleva parlare con lei«, begrüßte die Angestellte ihn erfreut, und er war erleichtert. Die Dame wollte ihn sprechen? Das passte.

»Luca Fortini, Signorina, buon giorno«, stellte er sich vor. *»Deputy Executive Director. How can I help you?«* Er wechselte wie selbstverständlich vom Italienischen ins Englische und fragte Johanna, wie er ihr helfen könne, denn sie war keine Landsmännin, das war ihm sofort klar.

Johanna vergaß schlagartig ihre gesamten Sprachkenntnisse. Luca Fortini stand leibhaftig vor ihr. Ein ungeheurer Zufall, so viel Glück hätte sie sich gar nicht erhofft. Blaue Augen sahen sie an, eher nüchtern, und sein Mund hatte trotz seiner höflichen Art einen strengen Zug. Er war deutlich größer als sie, sein Haar dunkel und lockig, aber akkurat gescheitelt und gekämmt. Das Auffälligste an ihm waren seine hohen Wangenknochen und etwas in seinem Blick, das Johanna nicht benennen konnte, das aber nicht zum Rest seiner korrekten Erscheinung passte, dem dunkelblauen Anzug von Ermenegildo Zegna, dem sorgfältig gestärkten Hemd, den braunen Oxford-Schuhen aus feinstem Leder, poliert und auf Schuhspannern aus Buchenholz verwahrt, edle italienische Handwerkskunst von Canali. Johanna hätte die Marken nicht benennen können, sie sah nur Fortinis fein manikürte Hände, die gründliche Rasur und einen Mann, der trotz seines gepflegten Äußeren nicht eitel wirkte, im Gegenteil, eher bescheiden.
»Ich bin Johanna Stern-Reiter aus Deutschland …«, sagte sie auf Italienisch – die Vokabeln waren wieder da –, und Luca Fortini unterbrach sie und meinte, sie könne gerne Deutsch mit ihm sprechen, er freue sich über jede Gelegenheit, es zu üben. Johanna war überrascht. Dieser Tag entpuppte sich als einzige Aneinanderreihung glücklicher Umstände. »Ich bin die Besitzerin eines kleinen Geschäfts mit Naturkosmetik, die Sternwarte in München«, begann sie zu erzählen und stellte erst jetzt den Flakon zurück, den sie noch immer in der Hand gehalten hatte.
Weitere Kunden drängten um den Verkaufstisch, unzählige versprühte Essenzen lagen in der Luft und machten Luca Fortini benommen. Stimmen umschwirrten ihn, und er bat Johanna, ihm nach oben in sein Büro zu fol-

gen, um der ungewohnten Nähe zu entkommen. Menschenansammlungen irritierten ihn, weshalb er Bahnhöfe und Flughäfen hasste.
Luca hielt Johanna die Tür zum Lagerraum auf und ließ ihr den Vortritt. Dieser Raum war im Umbau. Er erinnerte sie an die Zeit, als Ben die Einbauten in ihrem Laden ausgeführt hatte, der Geruch von frisch bearbeitetem Holz, die Lasuren, das verstreute Werkzeug. Für einen Moment war er wieder bei ihr und liebte sie noch. Hier entstanden hohe graue Schubladenschränke mit tiefen Zügen.
»Wir stellen den Verkauf auf elektronische Warenwirtschaft um«, erklärte ihr Luca und umrundete sie, um auf der Treppe vorauszugehen. »Hier wird nächstes Jahr die Warenausgabe sein.« Er sprach perfektes Deutsch mit leichtem italienischem Akzent, indem er die Vokale in die Länge zog. Es klang sehr charmant, und seine Stimme war auffallend tief und sonor. Sie nickte und saugte jedes noch so kleine Detail in sich auf. Sie gingen die Treppe hinauf, durchquerten einen Raum, von dem aus man in den Hauptverkaufsraum hinuntersah, und kamen in einen Flur, der den großen Kreuzgang überlief. Von hier aus blickte Johanna in die Erboristeria und ihren von Fabelwesen durchzogenen Himmel, wobei sie sich fühlte, als stünde sie auf dem höchsten Gipfel des Olymps. Am Ende des Gangs lag rechts Luca Fortinis Büro über der einstigen Krankenstation. Es hatte ein Fenster in einen Innenhof hinaus. »Ein Teil des alten Klostergartens«, sagte er und öffnete es. Die Hitze des Vormittags kroch schleichend in den schlichten Raum. »Er ist in keinem guten Zustand. Wir legen gerade einen großen Garten für die Produktion unterhalb der Villa Petraia an, da bündeln sich derzeit unsere Ressourcen.«

Johanna nickte wieder und lächelte. Ihr Blick ging über die Regalreihen mit Ordnern hinweg und streifte eine PC-Tastatur und einen flachen Monitor sowie ein aufgeklapptes Notebook auf einem modernen Schreibtisch. Luca bot ihr den Platz davor an und setzte sich selbst dahinter. Ein teurer Füller lag auf seiner Schreibunterlage. Er griff danach und ließ ihn durch seine Finger gleiten.
Was hatte sie sich da nur gedacht, ging es Johanna durch den Kopf, wie naiv konnte man sein? Die Fortinis waren Global Player, und sie wollte mit ihrem Lädchen mitspielen? Sie versank fast in ihrem bequemen Ledersessel, lehnte ihren Sonnenschirm am Tisch an und nahm ihren Hut ab, um Zeit zu gewinnen. Sie legte ihn auf die Ecke des Schreibtisches und entschuldigte sich – wofür auch immer. Für alles wahrscheinlich und besonders für ihre Kühnheit und Selbstüberschätzung. Sie reichte Luca Fortini ihre Korrespondenz, die Umsatzzahlen ihres Geschäfts, die Viten ihrer bisherigen Zulieferer und Fotos der Sternwarte, erklärte ihren Wunsch, einige der Produkte der Officina Profumo in ihrem Laden führen zu dürfen, und wartete ängstlich, wie der Olymp sich entschied.
Luca Fortini, Nachfolger der Hoflieferanten der Medici, vergrub sich in den spärlichen Papieren und überlegte, was er sagen könnte. Seine Hände zitterten leicht, was er aber nicht bemerkte. Mit dem Ellbogen schob er versehentlich die Computertastatur zur Seite, und ein Stapel Briefe rutschte aus der angestammten Ordnung. Sie näherten sich gefährlich der Tischkante und damit dem Papierkorb, der darunterstand. Eigentlich wusste Luca ja jetzt, wer sie war, der Auftrag seines Onkels war erfüllt, ihre Kontaktdaten längst erfasst. Und dass sie kein Vertriebspartner werden konnte, war ebenfalls bereits entschieden, denn sie setzten seit einigen Jahren auf Main

Stores, eröffneten eigene Läden und selektierten ihre Möglichkeiten sorgfältig. Die Exklusivität der Marke zu erhalten war oberstes Gebot.

»Nun, Frau Stern-Reiter«, begann Luca, dem irgendwie mulmig zumute war, zu sprechen und räusperte sich, »leider kann ich Ihnen auch persönlich keine andere Antwort geben. Ihr bezauberndes Geschäft« – er flocht in Absagen gerne kleine Komplimente ein, um sie etwas zu entschärfen, mehr Automatismus als Schonung – »entspricht zwar inhaltlich, also vom Angebot und der Beratung her, ganz unseren Vorstellungen, aber das Umsatzvolumen ist leider weit von dem entfernt, was sich rechnen würde. Ich hoffe, Sie verstehen das.«

»Ja, natürlich«, erwiderte Johanna, »aber Ihr Unternehmen zeichnet sich doch durch mehr als bloße Zahlen aus. Ich kann in meinem Geschäft die Philosophie der Officina Profumo transportieren, glauben Sie mir, ich bin selbst ihr bestes Aushängeschild.«

Sie duftete nach dem *Acqua di S. M. Novella,* Luca war es aufgefallen, so wie ihre angenehme Stimme, das Lächeln ihrer veilchenblauen Augen. Solche Augen hatte er noch nie gesehen. Und ihr Haar … Es erinnerte ihn an *Die Geburt der Venus* von Sandro Botticelli in den Uffizien, die er regelmäßig besuchte, montags, wenn das Museum geschlossen blieb, die Reinigungskräfte ausschwärmten und Bilder kamen und gingen, je nach Aufwand der anstehenden Restaurationen. Er kannte eine Angestellte, die ihn heimlich hereinließ. Nun, genauer, kannte sein Bruder sie wie so viele Frauen, und er hatte ein gutes Wort für ihn eingelegt. Außerdem bestach Luca die Dame mit *Frangipane,* dem Duft des Tempelbaums, strahlend-exotisch und heiter. In den leeren Räumen der Uffizien zu sitzen und ganz allein die Ausblicke der langen Gale-

rien zu genießen oder auf der Dachterrasse am Café, von der aus man den Turm des Palazzo Vecchio beinahe greifen konnte, war ihm immer eine große Freude. Hier empfand er Ehrfurcht, hier ruhte er in der Kunst der Jahrhunderte und spürte inmitten der klaren Einteilung der Werke und Epochen einen Anflug von Lebendigkeit und Heimat. Wenn er auf Reisen war, besuchte er die Werke von Botticelli im Städelschen Kunstinstitut in Frankfurt, in der Gemäldegalerie in Berlin oder der National Gallery in London. Er genoss Raffael im Kunsthistorischen Museum in Wien, im Louvre und natürlich auch im Prado. Ja, sogar in den USA hatte er seine schönen Madonnen gefunden. Da Vinci, Michelangelo, Tizian, ihre Kunst strahlte überall auf der Welt und erfreute sein Herz immer dann, wenn er sich unterwegs verloren fühlte. Allein über den Wolken, unter Hunderten Mitreisenden, in der Businessclass einer Boeing oder eines Airbus und am Boden immer fremd.
»Vielleicht sprechen wir beim Mittagessen weiter?«, hörte Luca sich in diesem Moment fragen und war erstaunt. Er hätte das Gespräch hier und jetzt beenden können, höflich, bestimmt, wie es seine Art war. Doch er konnte es nicht. Etwas hielt ihn. Etwas band ihn. Und sie nickte schon wieder so bezaubernd.

8

Johanna war noch über eine Stunde in der Officina geblieben, nachdem sie Luca Fortinis Büro verlassen hatte. Im Grünen Zimmer, das seinen Namen nur den lindgrünen Vorhängen verdanken konnte, hätte sie sich am liebsten eine Weile hingesetzt, um die Atmosphäre zu genießen.

Rundum hingen goldgerahmte Porträts auf einer antiken Tapete auf Goldgrund, und in den Regalen standen Keramikgefäße, wie Johanna sie aus der elterlichen Apotheke kannte. In den Kreuzgewölben schwebten luftige Fresken, und an einer Wand prangte das mächtige Wappen der Dominikaner. Der Kristallleuchter an der Decke verbreitete selbst tagsüber warmes Licht, und die frische Luft aus dem Klostergarten, das leichte Wehen der Vorhänge belebte den Raum. Johanna fotografierte und studierte das Sortiment. Sie blieb lange bei den Tontöpfen mit dem *Potpourri*, das sich ihr nicht offenbarte, und holte sich Anregungen für ihre eigene Produktion.
Anschließend bummelte sie im schützenden Schatten der fein geklöppelten Buranospitze ihres Sonnenschirms durch die überfüllte glühende Altstadt. Um dreizehn Uhr stand sie vor dem Obicà, einer angesagten Mozzarella-Bar im Palazzo Tornabuoni in der gleichnamigen Einkaufsstraße. Hier versammelten sich die teuersten Läden der Stadt. Die Bar war eher ein Restaurant mit einem säulendurchzogenen Innenhof. Die Tische, Stühle und Sitzecken mit Rattansofas unter weit ausladenden Sonnenschirmen boten ein schönes Wechselspiel aus historischer Bausubstanz und modernem Interieur. Johanna war an der langen Schlange der auf einen Tisch wartenden Gäste vorbei auf Luca Fortini zugegangen und sah einen älteren Herrn bei ihm. Beide Männer waren aufgestanden.
»Darf ich vorstellen«, sagte Luca, »Giovanni Fortini, mein Onkel und Leiter der Officina Profumo.« Und an seinen Onkel gerichtet: »Und das ist Frau Stern-Reiter aus München, ich habe dir von ihr erzählt.« Giovanni Fortini nahm sprachlos ihre Hand, führte sie fast bis an die Lippen zu einem angedeuteten Handkuss und atmete das Acqua ein, das ihr Puls verströmte, den Duft der

Königin. Sechsundzwanzig Jahre schraubten sich in dieser Sekunde rückwärts durch die Zeit. Fast hätte er Johanna an sich gezogen und leidenschaftlich geküsst. Er strahlte. Und Luca ebenfalls, was er aber nicht bemerkte.
»Piacere!«, sagte Giovanni Fortini erfreut, und sie setzten sich. Dem anschließenden Gespräch zwischen Luca und Johanna konnte Giovanni kaum folgen, denn Luca sprach wieder Deutsch. Er hatte es von seiner Mutter gelernt, deren adlige Vorfahrin Marianna Marchesa Florenzi eine amouröse Verbindung mit König Ludwig I. gepflegt und Philosophen wie Schelling und Leibniz ins Italienische übersetzt hatte. Eine überaus gebildete Frau, deren Porträts in der Schönheitengalerie im Nymphenburger Schloss sowie der Neuen Pinakothek in München hingen und deren Ambitionen Giulia Fortini, Lucas Mutter, weiter pflegte. Giovanni hingegen hatte sich an der Sprache nur einen Winter lang versucht, als er darauf hoffte, dass Anna zu ihm zurückkehrte. Johanna erzählte den beiden Herren am Tisch von ihrem Geschäft, dass sie selbst destilliere, von ihrem Kräutergarten, der zur Apotheke ihrer Eltern gehöre, ihrer Geschäftsphilosophie »Naturkosmetik und Seelenheil«, und sie zeigte weitere Fotos auf dem Display ihrer kleinen Digitalkamera. Giovanni Fortini brauchte zwei *aperitivi*, bis er sich ein Herz fasste und sie während der Vorspeise – gerilltem Fenchel mit Parmaschinken und Mozzarella – fragte, ob ihre Eltern denn schon einmal in Florenz gewesen seien.
»Meine Mutter, im Jahr vor meiner Geburt. Sie hat Landschaftsarchitektur studiert und sich hier auf ihre Diplomarbeit vorbereitet. Ich glaube irgendetwas mit Renaissancegärten«, antwortete Johanna ihm. »Von ihr habe ich auch das *Acqua di S. M. Novella* geerbt, das ich trage und in Deutschland kaum kaufen kann«, setzte sie nach, um

noch einmal auf die fatale Lücke im Vertriebsnetz der Officina hinzuweisen.

»Oh, ich weiß«, erwiderte Giovanni auf Italienisch. Er hatte kurz überlegt, ob eine englische Konversation besser wäre, aber sie sprach seine Sprache sehr gut. »Und wir erlauben unseren Partnern trotz moderner Internetauftritte auch grundsätzlich keinen Online-Verkauf. Es ist eine Maxime des Hauses, das Traditionen pflegt.« Er trank jetzt Weißwein und hoffte seine Bestürzung gut überspielt zu haben. Dieses Zauberwesen war Annas Tochter, da gab es für ihn gar keinen Zweifel, und sie war ihr wie aus dem Gesicht geschnitten. Sie war im Jahr nach ihrer Begegnung zur Welt gekommen, deshalb hatte Anna sich nicht mehr bei ihm gemeldet. Oder weil sie … weil sie … Giovanni kam ein ungeheuerlicher Verdacht. Um ihn abzuwenden, müsste er die junge Frau nach ihrem Geburtsdatum fragen, aber das konnte er ja wohl kaum begründen, und darüber hinaus hätte er nach all der Zeit auch nicht mehr sicher sagen können, ob Anna damals im Mai, Juni oder Juli hier gewesen war. Es war Sommer, einfach nur Sommer und der glücklichste seines Lebens. Das war ein verrückter Gedanke, der ihm da zusetzte, völlig abwegig!

»Das dachte ich mir, dass ich euch hier treffe«, hörte Giovanni plötzlich Sandro neben sich sagen. Sein jüngerer Neffe setzte sich in seiner üblich lässigen Art an den Tisch und sah Johanna auffordernd an. Dieses Mädchen duftete anders als die meisten, stellte er dabei im Bruchteil einer Sekunde fest, nach dem Acqua der Medici und einer heiteren Sanftmut, die nicht dem Zeitgeist entsprach. Sie war betörend unmodern.

Giovanni stellte sie einander vor und erwähnte, dass Sandro der Parfümeur der Officina war. Die anschließende kurze Diskussion in schnell fließendem Italienisch, das sich fast überschlug, Sätze, die durcheinandergesprochen wurden, konnte Johanna nicht verfolgen. Sie verstand nicht einmal jedes zehnte Wort. Außerdem war sie wie paralysiert. Sie hätte sich fast an ihrem Büffelmozzarella verschluckt, als Sandro Fortini aufgetaucht war. Sie hatte ihn nur den Bruchteil einer Sekunde angesehen und sofort den Blick gesenkt, denn er sah aus wie eine Mischung aus James Dean und Michelangelos *David,* die ihr den Atem verschlug. Oder ein amerikanischer Serienstar, der einen römischen Gott auf Landgang spielte. Absolut unwirklich! Dunkelblondes Haar, kurz und doch unordentlich, und Augen wie Turmaline, blaugrün, verführerisch. Sie strahlten und staunten, als würden sie die Welt um sich herum gerade zum allerersten Mal sehen und lieben. Sein Lächeln zeigte kleine Grübchen. *»Per oggi ho finito, nessuno lavora in agosto«,* sagte er zu seinem Onkel. Er mache für heute Schluss, da kein Mensch im August arbeite, verstand Johanna, und obwohl Sandro Fortini mit seinem Onkel sprach, sah er sie weiterhin an. *»Eccetto Luca, naturalmente. Il nostro secchione«* – er hatte seinen Bruder einen Streber genannt. In seinen weichen Vokalen wollte Johanna baden. Melodische Seifenblasen, die das Licht einfingen und an den nachfolgenden Konsonanten zerstoben. Sich Wort für Wort an seinem rollenden R rieben und dann mit ihm verschmolzen. Johanna sah jetzt auf, eine, zwei Sekunden lang, sah in Sandro Fortinis schönes Gesicht. Seine Augen waren mandelförmig, er hatte dichte Samtwimpern, die Nase war gerade und schmal, die Wangen und das markante Kinn unrasiert, seit Tagen, und er hatte ein paar Sommersprossen und zum Sterben schöne Lippen. Aus irgendeinem Grund dachte sie an Palo Santo, das heilige Holz aus Bolivien, an

den balsamisch-samtigen Rauch, wenn es verglimmte, und das berauschende Gefühl, das er erzeugte, sinnlich und verführerisch. Drei Sekunden, vier, Johanna hielt seinen Blick, doch sie wirkte ähnlich verstört wie Giovanni, der den Gedanken, womöglich der Vater dieser bezaubernden jungen Frau zu sein, seit gut fünfzehn Minuten nicht mehr aus dem Kopf bekam. Er trank noch mehr Wein und beschloss, das Thema nicht weiter zu vertiefen. Womöglich trat er sonst noch ein Familiendrama los und brachte Anna in allergrößte Schwierigkeiten. Sie hatte ihn ja offensichtlich nie erwähnt.
Sandro orderte bei der Kellnerin eine Portion *spaghetti pesto* und eine *torta di mele*, denn er liebte Kuchen. Er ließ dabei die Bänder ihrer Schürze durch seine Finger gleiten und flirtete heftig. Dann schenkte er sich aus der Flasche am Tisch den Rest Weißwein ein, winkte nach einer neuen und griff sich ungefragt Johannas Fotoapparat, der noch immer am Tisch lag. Er blätterte durch ihre Aufnahmen, strahlte, kommentierte das eine oder andere Bild und knipste sie dann zusammen mit Luca und seinem Onkel. Johanna traute sich kaum in die Kamera zu sehen. Sandro war nicht ganz so groß wie sein Bruder, ein paar Jahre jünger, durchtrainiert und unübersehbar selbstsicher. Alle Frauen an den umliegenden Tischen und wenigstens drei Männer im Lokal starrten den jungen Mann in Jeans und weißem Hemd begehrlich an und tuschelten. Er war es gewohnt.
»Wenn du möchtest, zeige ich dir nach dem Essen mein Labor«, bot Sandro Johanna an. »Der einzig gute Grund, da heute noch mal hinzugehen.« Luca blickte ihn mahnend an. Die ewigen Anbandeleien seines Bruders interessierten ihn normalerweise nicht, nicht einmal, seit Sandro vergeben war. Doch heute versetzten sie ihm einen

Stich, der seine stumme Buchhalterseele aufschreien ließ. Tonlos.
»Wirklich?«, fragte Johanna. Sie war begeistert, einem professionellen Parfümeur bei der Arbeit zusehen zu dürfen und ihm vielleicht sogar ein paar Geheimnisse über den Aufbau eines Duftes entlocken zu können. Über die flüchtige, oberflächliche Kopfnote, die den allerersten Eindruck schuf, deren Aromen Neugier weckten und Begehren, aufleuchteten und binnen Minuten verschwanden. Über die dominante Herznote, deren florale Aromen in der Wahrnehmung absprangen und andere nachrücken ließen. Als sähe man zuerst das Antlitz einer schönen Frau und würde dann erst ihre Seele entdecken, auf deren tiefem dunklem Grund jene Komponenten ruhten, die über den Tag dort verweilten, sich mit der Haut vermählten und erst am Ende der Duftreise wirklich offenbarten. Sandro hatte die École de Parfumerie Givaudan in Argenteuil besucht, eine der wenigen Schulen weltweit, die Parfümeure ausbildete. Sein Labor und die Fertigung der Officina Profumo zu besuchen krönte Johannas Tag.
Luca fragte seinen Bruder, ob Gabriela nicht übers Wochenende komme. Ein kurzes »Nein, ich fahre hin!« war seine Antwort, ein kühler Blick, und er stand auf. »Wollen wir?«, fragte er Johanna. »Wir können meine Vespa nehmen.« Sie bat, sich noch kurz im Hotel umziehen zu dürfen, um für die Fahrt passender gekleidet zu sein und ihre Dokumentenmappe und den Sonnenschirm dort lassen zu können. »Und lass uns Du sagen, dieser Doppelname ist mir zu umständlich, Signorina Stern-Reiter«, zog Sandro sie auf. »Wie heißt du mit Vornamen?«
»Johanna«, antwortete sie verlegen und blickte in die

Runde. Auch Luca und sein Onkel standen nun, um sie zu verabschieden.

»Ah, Giovanna«, übersetzte Sandro und blickte auf seinen Onkel, »wie der alte Herr hier! Ich werde dich Vanna nennen, nicht dass wir euch zwei verwechseln.« Er lachte, und Giovanni erbleichte daneben. Er stürzte den Grappa hinunter, den die Kellnerin zusammen mit der Rechnung gebracht hatte, und sank ungebremst auf seinen Stuhl zurück, den er, dem Alkohol und der Hitze geschuldet, um ein Haar verfehlt hätte.

Johanna übersah es höflich, gab Luca die Hand und bedankte sich für seine Einladung. Sie komme auf jeden Fall im Lauf der nächsten Woche noch einmal in die Officina, ehe sie am Samstag abreise, versicherte sie ihm und verschwand mit seinem Bruder. Das Gefühl, über den Wolken allein zu sein, überfiel Luca zum ersten Mal auf festem Grund.

9

Sandro wartete bereits auf seinem Motorroller vor Johannas Hotel, als sie mit hellen Zigarettenhosen, einer geknoteten Bluse und Ballerinas wieder herauskam. Sie hatte optisch in die fünfziger Jahre gewechselt, ein seltener Ausflug, doch er schien ihr zur Vespa und zu Sandro Fortini zu passen, der trotz der Hitze eine Lederjacke trug, dunkelbraun, abgetragen und ungemein sexy, ein Erbstück seines Onkels, wie er beiläufig erwähnte. Johanna hatte ihr langes Haar nun ganz in einen Zopf geflochten, damit der Fahrtwind es nicht durcheinanderbrachte. Sie nahm von Sandro einen Helm entgegen und setzte sich hinter ihn auf den Roller. Die Tour ging an der

Bahnstrecke entlang Richtung Norden, keine besonders anheimelnde Gegend, Mietskasernen und Mehrfamilienhäuser, die schon bessere Zeiten gesehen hatten, Supermärkte und kleine Läden. Sie hielt sich zaghaft an ihm fest, seine Nähe und der Geruch des Leders betörten sie. So kopflos hatte sie sich nicht einmal in den ersten Wochen ihrer Beziehung mit Ben gefühlt. An einer roten Ampel griff Sandro nach ihren Armen und zog sie wortlos enger um seinen Körper. Sie spürte ihren heftigen Herzschlag, in dieser Stadt schlug es schneller.

Die zweispurige Via Reginaldo Giuliani, in der seit einigen Jahren auf der Nummer 141 die Produktion der Officina untergebracht war, wurde zu beiden Seiten von parkenden Autos gesäumt. Der dunkelgelb gestrichene Flachbau lag zwischen mehrstöckigen Wohnhäusern. Der Schriftzug »Officina Profumo-Farmaceutica di Santa Maria Novella dal 1612« zog sich über drei Fenster und eine Garageneinfahrt hin. Oben auf dem Gebäude gab es eine Dachterrasse, auf der Zitronen- und Orangenbäume standen, was Johanna bereits von der Straße aus erkannte, als sie von Sandros Vespa stieg.

Sandro führte sie durch Hallen mit riesigen Stahl- und Kupferdestillen, Rührwerken, automatischen Förderbändern, Pressen und Schneidevorrichtungen, an denen unzählige Angestellte mit weißen Kitteln und Hauben konzentriert arbeiteten. Auch hier umfing sie der typische Duft, dem sie bereits am Morgen in den Verkaufsräumen begegnet war. Johanna bestaunte die Abfüllstraßen der Cremes und Haarpflegeprodukte und die belüfteten, rotierenden Schränke zum Trocknen und Reifen der Seifen – jede einzelne wurde später kontrolliert, von Hand in Papier eingeschlagen und in kleine bedruckte Kartons gelegt. Eine Halle war der Likörherstellung vorbehalten, *Liquore Mediceo, Elisir di China* oder der *Alkermes* wurden hier angesetzt, allesamt uralte Klosterrezepturen. Der Chef der Abteilung ließ Johanna die bittersüßen Liköre probieren. Ihr Geschmack heftete sich nachhaltig an ihre Lippen. Sandro versuchte etwas über die Zutaten zu sagen, doch der Lärm der Maschinen der angrenzenden Hallen verschluckte seine Worte. Er deutete auf Gläser mit Muskatnüssen und Zimt. Johanna nickte, was sie heute häufig tat angesichts der Sprachlosigkeit, die sie auch jetzt wieder überfiel, denn die Ausmaße der Produktion waren beeindruckend. Genauso wie die nonchalante Art, die Selbstverständlichkeit, mit der Sandro sich hier bewegte, ihr die Abläufe erklärte und zwischendurch mit den Angestellten scherzte. Er kannte alle ihre Namen.

Ohne Vorankündigung nahm er sie dann bei der Hand und zog sie durch eine Tür in ein gesichtsloses Treppenhaus, das nach oben in den ersten Stock führte. Dort gab es drei große Räume, verbunden durch Schiebetüren, die offen standen. Im letzten führte eine breite Terrassentür auf den Dachgarten hinaus. Der Duft aus dem Erdgeschoss wurde jetzt von intensiveren, eindringlichen Aromen abgelöst, die Johanna fast betäubten. »Eine Stunde ist nicht nur eine Stunde«, hatte Marcel Proust in *Die wiedergefundene Zeit* geschrieben, »sondern ein mit Düften, Klängen, Plänen und Klimaten angefülltes Gefäß.« Dieses barg die Düfte der ganzen Welt und den Klang eines Herzschlags. Pläne verloren darin an Bedeutung, die verlockende Atmosphäre magnetischer Anziehung füllte es bis zum Rand. »Das ist mein Reich«, sagte Sandro und setzte sich schwungvoll auf einen runden, gefederten Hocker mit Rollen. »Zum Teil wickeln wir hier auch die Qualitätsprüfung ab, aber wir bekommen

bald größere Laborräume.« Johanna war an die Apotheke ihrer Eltern erinnert, den Quarantänebereich, den alle angelieferten Grundstoffe und offenen Tees durchlaufen mussten, damit sie vor ihrer Verarbeitung in der Rezeptur vorschriftsmäßig auf ihre Echtheit und Reinheit geprüft werden konnten. Meist genügten die einfache Bestimmung des Siedepunkts, eine Geruchsprobe und die gründliche Inaugenscheinnahme.
Sandros Arsenal an Grund- und Riechstoffen, die natürlichen ätherischen Öle, Essenzen und festen Concrètes füllten Regalmeter – dunkle Glasfläschchen mit Pipettendeckeln und Beschriftung, alphabetisch geordnet oder nach Duftfamilien sortiert, blumige Noten wie Rose, Geranie, Hyazinthe, Maiglöckchen und Pfingstrose. »Sie enthalten alle Geraniol«, sagte er, »das charakterisiert sie.« Johanna grub ihre Grundkenntnisse in organischer Chemie wieder aus, und sie konnte ihm folgen. Es ging bei der Einteilung der Duftfamilien um prägnante Moleküle, die Düfte verschiedener Pflanzen gemeinsam hatten. »Dann Orangenblüten, Jasmin, Tuberose, Wicke, Gardenie oder Geißblatt, das sind die weißen Blüten«, fuhr er fort. »Und hier stehen die Exoten und Gewürzblumen.« Johanna hätte am liebsten mitgeschrieben und das eine oder andere im Wörterbuch nachgeschlagen. Ihr Blick wanderte während Sandros Aufzählung über die Stahltische mit Glaskolben, Bechergläsern, Pipetten und elektronischen Feinwaagen. Sie sah einen Kühlschrank, in dem die Absolues aufbewahrt wurden, hochkonzentrierte ölige Duftstoffe aus besonders empfindlichen Blüten, die mit einer aufwendigen, aber schonenden Prozedur gewonnen wurden. Ihr intensiver Duft war vom natürlichen nicht zu unterscheiden. »Zu viel?«, fragte Sandro strahlend. »Dabei hab ich dir die fruchtigen, die

holzigen und die marinen Noten noch nicht aufgezählt. Und die anderen sechs!« Er genoss jedes Wort, als würde er ihr Positionen des Kamasutras beschreiben.
»Die anderen?«, fragte Johanna verwirrt. Sie wusste nicht, ob es seine Anwesenheit war, die sie so verstörte, oder doch die unzähligen Duftstoffe.
»Sanfte Noten«, sagte er fast zärtlich und rollte ihr auf seinem Hocker entgegen, »Tonka, Moschus und Vanille.« Er schmunzelte, Fältchen gruben sich in seine Augenwinkel. »Mach die Augen zu und bleib genau da stehen«, wies er sie an, holte ein Fläschchen vom Regal und beträufelte einen Papierstreifen damit. Johanna gehorchte und hörte nur seine Schritte, die sich entfernten und wieder auf sie zukamen, dann spürte sie ihn ganz nah vor sich. »Nicht mogeln«, sagte er streng, »lass die Augen zu.« Ihr Herz schlug kräftig. Er registrierte ihre erhöhte Atemfrequenz und genoss den Tanz der Andeutungen und Erwartungen, bei dem er führte. »Was riechst du?«, fragte er sie und hielt ihr den Streifen unter die hübsche Nase.
Johanna überlegte. War der Duft süß? Er erinnerte sie an etwas und doch wieder nicht. Kuchen. Pergament. Ja, altes Papier. Sie sagte es. »Und darf ich die Augen jetzt wieder aufmachen?«
Sandros Lippen näherten sich den ihren. Sie öffnete die Augen und sah ihn erschrocken an. Er verharrte, bohrte sich in ihren veilchenblauen Blick und löste sich Sekunden später, ohne sie zu berühren. »Das hier ist Vanillin«, erklärte er, als wäre nichts geschehen, »ein Duftstoff, der aus Abfällen der Papierherstellung gewonnen wird. Ist in jeder Backmischung drin.«
In Sandros Büro nebenan lagen Mappen mit fertigen Formulierungen auf einem Schreibtisch, Computerausdrucke und handgeschriebene Listen. Hier notierte er die

Bestandteile künftiger Kompositionen, Mengenangaben und kurze, fast unleserliche Kommentare.
»Ich zeige dir, woran ich gerade arbeite«, sagte er zu Johanna, und sie stellte sich so weit von ihm entfernt wie nur möglich an die Terrassentür, die zum Dachgarten hinausführte. Dieser Raum war wohnlicher eingerichtet als die beiden Laborräume, mit Kommoden, Sesseln und Regalen aus Kirschholz. Hier standen unzählige braune Fläschchen und zu Fächern aufgereihte Löschpapierstreifen. Sandro hielt ihr etwa zehn davon unter die Nase und schwenkte sie leicht. »Was meinst du?«, fragte er.
»Wow«, war alles, was sie sagen konnte.
»Das ist einer der Jubiläumsdüfte fürs nächste Jahr zu unserem vierhundertjährigen Bestehen. *Porcellana,* es wird limitiert aufgelegt. Was riechst du?«
Dich wollte sie antworten und ihren Kopf an seine Schulter lehnen. Er hatte seine Jacke jetzt über eine Stuhllehne geworfen, und Johanna nahm unter den vielen Odeurs, die sich in diesem Labor mischten, noch immer den Geruch des alten Leders wahr. Sandro öffnete einen weiteren Knopf an seinem Hemd, und sie sah seine Brustmuskeln, die glatte, gebräunte Haut, die sich darüberspannte, den Ansatz der Schlüsselbeinknochen, der sich abhob, die Halsmuskulatur, das Pochen seiner Schlagader – fast so schnell wie ihr eigener Puls. »Weiße Blüten«, antwortete sie, um zu beweisen, dass sie zugehört hatte. »Jasmin … und … irgendein Gewürz.« Es war ein weicher, romantischer Duft, sehr zart, sie mochte ihn.
»Jasmin, Iris, Kardamom und Sternanis«, bestätigte er ihr. »Die stehen im Vordergrund.«
»Wie komponierst du das? Ich meine, woher kommen deine Ideen?«, fragte Johanna.

»Irgendetwas, das mich fasziniert, die glatte Oberfläche einer Porzellanfigur zum Beispiel.« Er deutete auf eine kleine Figur aus weißem Porzellan, ein Engelchen, das auf einem Regalbrett saß. »Sie ist zart, weiß, rein und kühl.« Er überlegte. »Es ist eine Assoziationskette, verstehst du?« Johanna hörte gebannt zu. »Ich sehe ein kühles Licht, Sternenlicht, das ist für mich der Sternanis. Magst du ihn?«

»Ja, diese typische Pastis-Note, Lakritz.«

»Richtig, der alte Herr liebt es. Und wenn sie verblasst, kommt ein leicht nussiger, exotischer Moment, betörend, irgendwie hypnotisch und klar. Die Seele des Sternanis.« Er versenkte sich noch einmal in seinen Duft und schien nach etwas zu suchen, einem Wort, einer weiteren Note, einer neuen Synthese. »Etwas fehlt noch«, sagte er. »Mein Onkel entwirft gerade den Flakon, er nimmt das Porzellan-Thema auf«, erzählte er weiter. »Und dann noch der hier.« Er griff nach einem dunklen Fläschchen, das auf seinem Schreibtisch stand. »Mit dieser Formulierung bin ich durch.« Er öffnete es und reichte es ihr. Johanna erkannte einen Herrenduft. »Du sagst gar nichts?« Sie hätte ihm keine einzige Duftnote nennen können. »Es wird *Ottone* heißen. Die Verschlusskappen der Flakons werden aus Messing gemacht und graviert.« Er trug etwas von der Essenz auf seinen Hals auf und beugte sich zu ihr, um sie zu nötigen, den Duft auf seiner Haut zu beurteilen. Und um ihren schnellen Atem zu spüren und ihre Verwirrung auszukosten, denn sie weckte seinen Jagdinstinkt und beflügelte seine Fantasie. Sie öffnete die Käfigtür, die schon fast hinter ihm zugefallen war. Seit Wochen schon flanierte er an diesen Stäben entlang und versuchte sich einzureden, dass er dahinter ein neues, unbekanntes Abenteuer fand. Tausend Stäbe »… und hinter tausend

Stäben keine Welt«. Rilke stand im Regal hinter Sandros Schreibtisch und viele andere Gedichtbände. Er las sie, wenn er mit seiner Arbeit nicht vorankam, wenn sein Geist sich schwerfällig anfühlte, die Inspiration versiegte. Johanna näherte sich ihm vorsichtig und versuchte den Duft des *Ottone* zu beurteilen. Es hatte sich auf Sandros Haut ganz leicht verändert. Eine subtile Note von Schweiß und Herzrasen hatte sich in die Basis gemischt.
»Oregano, Pfeffer, Zimt und Gewürznelke«, zählte er auf, »außerdem Bergamotte von der Novemberernte, das ist das mediterran-zitrische, und Petitgrain. In der Basis findest du Sandelholz und vor allem Weihrauch. Er vermittelt die Ruhe in einem Duft, ein kurzer Moment des Stillstands, wie eine Atempause.« Seine blaugrünen Augen blickten gerade sehr sanft. »Und Zeder ist dabei. Weißt du, dass es zwanzig verschiedene Zederndüfte gibt?«
»Nein.«
»Ich verwende nur noch vier«, sagte Sandro und stellte das Acqua zurück. »Irgendwann muss man sich reduzieren.« Möglicherweise eine neue Maxime für sein Leben, überlegte er und öffnete die Terrassentüren. Er ging hinaus, Johanna folgte ihm in die Nachmittagshitze, in der die ganze Stadt erlahmte. »Wenn ich arbeite, muss ich immer wieder gut durchlüften, sonst verliere ich meine Spur. Aber bei der Hitze scheint sowieso alles viel zu intensiv. Wirklich alles.« Sandro setzte sich auf den Stuhl einer kleinen Sitzgruppe mit Tisch unter einem rostroten Sonnenschirm. An den umstehenden Zitronen- und Orangenbäumen in Terrakottatöpfen leuchteten gelbe und orangefarbene Früchte und kräftige dunkelgrüne Blätter in der Sonne. »Denkst du, die neuen Namen sind gut?«, fragte er Johanna.

»*Porcellana* gefällt mir, es klingt irgendwie kultiviert und kostbar.«
»Weißt du, ein Name muss duften, sonst funktioniert er nicht.« Er betrachtete sie. »Dein Name duftet. Vanna.« Er ließ ihn sich auf der Zunge zergehen, als würde er auch seinem Geschmack nachspüren wollen, und sie sah ihn verlegen an. Er kam zu ihr herüber. »Und was ist das in deinem Haar?«, wollte er wissen. »Ich hab es schon im Lokal bemerkt.« Er öffnete ungefragt ihren Zopf, fuhr mit seinen Händen durch ihre wilde rote Mähne und ließ einzelne Strähnen durch seine Finger gleiten wie zuvor die Schürzenbänder der Kellnerin im Obicà. »Hast du britische Wurzeln, Vanna?«, fragte er.
»Nein.« Sie schüttelte kaum merklich den Kopf.
»Aber dein Haar …« Er überlegte und roch daran. »Es erinnert mich an die Landschaften von Cornwall.«
»Das ist der Frauenhaarfarn, er kommt von dort. Ich destilliere ihn und verarbeite ihn in Shampoos.«
»Richtig, *capelvenere,* Venushaar, das ist es«, bestätigte er sich selbst und sortierte die gesuchte Note in seiner imaginären Duftbibliothek ein. Hier konnte er über sechshundert Düfte aus seinem Gedächtnis abrufen und mit dieser Erfahrung die verschiedenen Nuancen etwa von Jasmin-Concrètes aus Ägypten, Italien oder Frankreich unterscheiden oder erkennen, in welchem Verdampfer ein Absolue hergestellt worden war, Kupfer, Zinn, Edelstahl oder Glas – die Moleküle der Anlage schwangen mit. Venushaar …
Sandro dachte kurz an Gabriela und sein Versprechen, an die hundert Stäbe, und zog sich zurück.

10

Drei Besprechungen, darunter eine langwierige mit den Anwälten des Hauses, einer alteingesessenen Kanzlei für internationales Wirtschaftsrecht, etliche Telefonate und unterzeichnete Korrespondenz später war Luca Fortinis Tag wieder im Gleichgewicht. Die Routine fing ihn immer auf, angefangen bei der Wahl der Kleidung am Morgen und den zwei Tassen Earl Grey zum Frühstück, während er sich mit seiner Mutter schweigend die Morgenzeitung teilte. Giulia Fortini legte Wert auf den Kulturteil und die Gesellschaftsnachrichten, denn sie engagierte sich in verschiedenen Wohltätigkeitsorganisationen, saß im Italienischen Kuratorium zur Förderung von Wissenschaft, Bildung und Kultur und organisierte Spendenevents in den Räumen der Officina. Lucas Engagement galt hingegen ganz dem Geschäft. Er studierte den Wirtschaftsteil der Zeitung, die Börsenkurse, um die Anlagen der Familie im Auge zu behalten, und informierte sich täglich über die aktuelle politische Lage der Länder, in denen die Officina ihre Niederlassungen hatte. Außerdem pflegte er Kontakte bis in höchste Ämter. Luca las den *Corriere della Sera*, die *New York Times* und überflog *The Sun* und *Le Monde*. Er sprach neben seiner Muttersprache fließend Englisch und Deutsch, Französisch besser als sein Bruder, obwohl der seine Ausbildung in Frankreich gemacht hatte, und sogar ein wenig Japanisch, um bei Verhandlungen nicht vollständig auf einen Dolmetscher angewiesen zu sein.

Sandro und er lebten beide noch in der Villa der Familie, ein wundervolles Anwesen mit großem Garten südöstlich der Altstadt an der Viale Michelangiolo. Das Haus aus dem ausgehenden 19. Jahrhundert war dreistöckig wie viele alte Palazzi und von großzügigem Grundriss. Es verfügte über zwei Loggien, sechs Schlafzimmer, drei Bäder und Wirtschaftsräume für die Angestellten. Es war bereits im Besitz von Lucas Großvater väterlicherseits gewesen und dann an dessen Söhne Giovanni und Lorenzo übergegangen. Da Giovanni Fortini keine eigene Familie gegründet hatte, hatte er das Anwesen seinem Bruder und dessen Frau überlassen und sich stattdessen in der Altstadt eine Wohnung eingerichtet, mit Blick auf den Arno und die wenigen Jahre, in denen er noch frei gewesen war und die Erwartungen der Familie ihn nicht allzu sehr eingeengt hatten. Damals, als er noch als Straßenmaler durchgegangen wäre und sein Studium verschleppte. Und damit war Giovanni Fortini einer der wenigen Florentiner, die noch im Zentrum von Florenz wohnten, einem der größten Freilichtmuseen Europas, mit spärlichen Grünflächen und kaum vorhandenen Spielplätzen für Kinder. Die Mietpreise waren exorbitant, ein Schicksal, das die Stadt mit dem aussterbenden Venedig teilte. Sandro war bisher zu bequem gewesen, sich auf eigene Beine zu stellen, und Luca blieb ohnehin nie lange in Florenz, eine eigene Wohnung hätte meistens leer gestanden. Außerdem wollte er nach dem Tod seines Vaters vor fünf Jahren seine Mutter nicht alleine lassen und weiter ein Auge auf seinen unsteten Bruder haben, eine Lebensaufgabe seit seiner Kindheit. »Luca, du schaust auf Sandrino. Nimm Rücksicht, Luca, dein Bruder ist doch noch klein. Hilf Sandro, Luca. Bring das bitte in Ordnung.« Er hatte so viel für den sechs Jahre jüngeren in Ordnung gebracht – Anrufe seiner Lehrer entgegengenommen, Mädchen vertröstet (ungeschickt), erboste Ehemänner besänftigt und Nächte der Abwesenheit vor seiner Mutter vertuscht, kleine finanzielle Unregelmäßigkeiten und Absenzen in der Produktion gedeckt. Denn während andere arbeiteten, lebte Sandro das Leben. Luca liebte ihn insgeheim dafür. Er liebte den wilden jungen Mann, zu dem sein Bruder geworden war, seine Neugier, seinen Mut, auf Menschen zuzugehen, seine Lebensfreude. Dem Liebling seiner Mutter gelang alles nebenbei, dem Nachzügler, der dem Vater so ähnlich sah und der schon deshalb vergöttert wurde. Luca hingegen hatte sich die Zuneigung seiner Eltern immer verdienen müssen. Er war heute das Rückgrat der Familie und des Unternehmens, geschickt im Verhandeln, der geborene Verkäufer mit perfekten Umgangsformen, doch Sandros Erfolge begeisterten mehr. Sie dufteten, schmeichelten den Sinnen, wurden bei jeder Präsentation, jedem Event in den Räumen der Officina Profumo in den Mittelpunkt gestellt und gefeiert. Seine Schöpfungen begleiteten Liebesnächte auf dezent parfümierter Haut und verwoben sich mit den Erinnerungen an Leidenschaft. »Ihr Sohn ist ein wahrer Künstler, Marchesa Fortini. Und so bezaubernd, Sie müssen wirklich stolz sein.« In Sandros Schatten war es kühl. Während die Welt sich um ihn drehte, stand sie für Luca still.

Doch nun hatte sich etwas verändert. Sandro hatte vor anderthalb Jahren Gabriela kennengelernt, die Tochter wohlhabender Textilunternehmer aus Trivero im Piemont. Giulia Fortini drängte seither auf eine feste Verbindung, die Geld mit Geld und zwei angesehene Familien zusammenfügte, denn als Nachfahrin der markgräflichen Florenzis hing sie zutiefst an Traditionen. Allein der Verlust der Familiensitze, der freilich schon Generationen zurücklag, schmerzte sie so sehr, dass sie Gemälde der beiden Anwesen in ihrer Bibliothek hängen hatte, das Castello Ascagnano in Perugia, das ein Geschenk des bayerischen Königs Ludwig I. gewesen war, und die Villa Colombella. Aber natürlich wollte Giulia mit der Demonstration untergegangenen Vermögens auch ihre adlige Herkunft untermauern, hatte die Heirat mit Lorenzo Fortini sie doch zur Bürgerlichen degradiert. Lorenzo hatte seine schöne Frau trotzdem immer Marchesa genannt, eine liebevolle Geste, die auch in der Officina und im Bekannten- und Freundeskreis angenommen worden war. Niemand nannte Giulia Fortini Signora Fortini, immer war sie die Marchesa oder fälschlicherweise sogar Marchesa Fortini, was sie sich unkommentiert und gerne gefallen ließ. Dieses immaterielle Erbe ihrer aristokratischen Vorfahren bedeutete ihr alles. Eine standesgemäße Verbindung ihrer Söhne, eheliche Treue und der Erhalt der überlieferten Werte konnten in ihren Augen gar nicht hoch genug gehalten werden. Und dass ausgerechnet ihr Sandro, ihr Sandrino, nun sesshaft werden und die Fortinis womöglich in naher Zukunft sogar mit einem Erben beschenken würde, ihr Sandrino, der ihr in der Vergangenheit doch den einen oder anderen Kummer bereitet hatte, das war die Krönung ihrer ehrgeizigen Familienpolitik.

Luca Fortini fuhr seinen Computer herunter und schloss einige Unterlagen in den Safe. Das Gefühl der Verlorenheit, das ihn nach dem Mittagessen befallen hatte, als das Märchenwesen aus Deutschland mit seinem Bruder mitgegangen war, war verschwunden. Es hatte sich beim konzentrierten Binden einer Krawatte für seinen Sechzehn-Uhr-Termin verflüchtigt – dunkelblaue Seide mit winzigen goldenen Tupfen, genau der Farbton des Dominikanerwappens auf der Geschäftspost, und ein doppelter Windsorknoten. Eine Krawatte musste zum Image des Unternehmens passen, nur privat erlaubte sie die Persön-

lichkeit ihres Trägers zu unterstreichen. Aber das war bei Luca Fortini ohnehin eins, er und die Officina, er und der doppelt gewundene Krawattenknoten, der perfekt zwischen den beiden Kragenspitzen saß. Manchmal beengte er ihn, aber das merkte er nicht.
Luca überlegte, ob er für heute Schluss machen und noch nach Forte dei Marmi fahren sollte, eine gute Stunde Fahrt über die Autobahn. Seine Mutter war schon die ganze Woche über in der Versilia in ihrem Sommerhaus am Meer unweit von Carrara und seinen weltberühmten Marmorvorkommen, die Michelangelo einst erschlossen hatte. Sie wandelte dort auf den Spuren von Aldous Huxley und Thomas Mann und jenen der FIAT-Eigner Agnelli, deren Anwesen zu einem Fünfsternehotel umgebaut worden war. Der Tenor Andrea Bocelli war seit einigen Jahren Giulia Fortinis direkter Nachbar, was sie ganz reizend fand. Diese Mischung aus illustrer Vergangenheit und glanzvoller Gegenwart, zwischen Adel, Großindustrie und Kunst behagte ihr, ein elitärer Kreis. Ein Zelt am Strand mit Liegen, Tisch und Stühlen und einer der typischen holzgezimmerten Umkleidekabinen kostete mehrere hundert Euro am Tag und war kaum zu ergattern. Die Mietverträge blieben über Generationen in denselben Familien. Am eigenen »Liegeplatz« wurde tagsüber Karten gespielt, man las, schlief, flirtete und trank bei bestem Service mit Geschäftspartnern und Freunden ein paar Gläser Wein. Oder man traf sich unter den ausladenden Sonnenschirmen der Restaurants und speiste in mehreren Gängen leger, ungezwungen und teuer, um später am Abend ein wenig durch den Ort zu bummeln. Die Geschäfte in Forte dei Marmi hatten während der Badesaison bis in die Nacht hinein geöffnet, und auch die Officina Profumo war mit einer Niederlassung vertreten,

in der Via Giosuè Carducci, in unmittelbarer Nähe zum Meer.
Das Seebad war einer der Orte, an denen die italienische Upperclass heiße Sommer verträumte, die Wochenenden und nach Möglichkeit den ganzen August. Ein Luxus, den Luca Fortini sich nicht leisten konnte, doch er kam so oft wie möglich, genau wie sein Bruder und sein Onkel, der sich neuerdings auch längere Auszeiten in der Gesellschaft seiner Schwägerin gönnte. Luca hatte wunderschöne Kindheitserinnerungen an die Tage, die er mit Sandro am Strand verbracht hatte. Damals, als der Knirps, dem die Wunder der Welt von Anfang an ins Gesicht geschrieben standen, ihm den Duft der Wellen beschrieben und er ihm die Gezeiten erklärt hatte, als noch keine Kragen drückten und Termine drängten.
Luca schaute auf sein Leben und zog eine kurze Bilanz – außerhalb der gebotenen Stichtage wie den runden Geburtstagen oder einem einschneidenden Erlebnis wie dem Tod seines Vaters. Soll und Haben, ergebnisorientiertes Handeln, Zielerfüllung. Er schöpfte seine Begabungen aus und kaschierte Defizite, seine Schüchternheit, seine Introvertiertheit. »Lassen Sie mich Ihnen Florenz zeigen, Giovanna, ich kann mir freinehmen«, hätte er beim Mittagessen sagen und damit seinem Bruder in die Parade fahren sollen, aber er hatte sich nicht getraut. Er hätte ihr ihr Ebenbild in den Uffizien zeigen können, ganz allein, am Montagmorgen, und die Morgensonne über der Stadt, oben auf der Dachterrasse des Museums – heimlich eingelassen, im *Frangipane*-Konsens. Er hätte … so viel … Er hätte dieses Lächeln auf ihrem Gesicht nicht loslassen dürfen und die Träume, die ihn früher ausmachten, ehe die Wirklichkeit ihn eingeholt und als Handlungsreisenden erster Klasse in die Welt geworfen hatte.

11

Der leichte Wind, der vom Apennin herunterströmte, über Forte dei Marmi hinwegstrich und weiter gen Westen übers Meer zog, erfrischte Giulia Fortini ein wenig. Sie saß an diesem Samstagnachmittag mit ihrem Schwager auf der Terrasse ihres Sommerhauses, das nur unwesentlich kleiner war als das Anwesen in Florenz und ähnlich gediegen eingerichtet – italienischer Landhausstil mit der Handschrift einer begnadeten Mailänder Innenarchitektin, Erbstücke der Familie Fortini und zeitloses Polsterdesign. Die Hitze der letzten Wochen hatte dem Garten nicht allzu sehr zugesetzt, ein Gärtner wässerte regelmäßig die Rasenflächen und Ziersträucher, den Oleander und Lorbeer, die Rosen und üppigen Kräuterbeete. Ein Erdbeerbaum stand an der Grundstücksgrenze zu Giulias Nachbarn Bocelli, etliche Palmen zierten das Grundstück, und der Ginster durfte sich verbreiten. Ein großer Teich verlangte aufwendige Pflege und zog seltene Exemplare bunt schillernder Libellen an.

Giulia nippte an einem Glas Weißwein, während ihr Schwager sich Mineralwasser nachschenkte und betete, dass sein Kater endlich vergehen möge. Er hatte gestern Abend noch dem einen oder anderen Glas Hochprozentigem zugesprochen und dann vor dem Schlafengehen für sich beschlossen, dass seine Anna damals schon mit dem Vater ihrer Tochter liiert gewesen sein musste. Ein Gefühl, das er im Rausch jugendlicher Verliebtheit verdrängt, das aber am Tag ihrer Abreise vor über fünfundzwanzig Jahren an ihm genagt hatte. Er hatte es fast vergessen. Heute schmerzte es ihn nicht mehr, nein, Giovanni Fortini freute sich ehrlich darüber, ihre bezaubernde Tochter kennengelernt zu haben, auch wenn sie wohl nicht seine war. Er hatte ja Luca und Sandro, die ihm wie eigene Kinder ans Herz gewachsen waren, ganz besonders seit dem viel zu frühen Tod seines Bruders, der drei Jahre lang an Krebs gelitten hatte. Und es gab darüber hinaus immer Frauen in Giovanni Fortinis Leben, die Damen der Florentiner Gesellschaft hatten ein Auge auf ihn. Manche waren gelangweilt verheiratet, andere schon fast geschieden und wieder andere auf dem Sprung – von einer lukrativen Verbindung zur nächsten. Prickelnde Gelegenheiten, unverbindliche Stunden, amouröse Abenteuer und Ablenkungen verlockendster Art. Eine bekannte Moderatorin von RAI uno, deren Name besser ungenannt blieb, eine hinreißende Buchautorin, die im vorletzten Jahr in der Officina ihr Diätbuch vorgestellt hatte und bei der nach Giovannis Geschmack jedes Pfund an der richtigen Stelle saß, die Witwe eines prominenten Winzers und diverse Angehörige der Kunstszene von Florenz – weibliche Brosamen, die unverhofft auf Giulia Fortinis Wohltätigkeitsveranstaltungen für ihren Schwager abfielen. Neuerdings schöpfte er sogar aus dem Reservoir des Vereins der Freunde der Medici Villen und Gärten, dessen Präsidentschaft er innehatte. Ziel des Verbands war es, die schönen Villen und ihre Gartenanlagen zu altem Glanz zurückzuführen. Was waren sie schließlich, die Florentiner Geschäftsleute und ihre Edellabels, ohne den Zauber von Florenz, der nicht nur in den Wahrzeichen der Altstadt schlummerte, sondern auch und gerade in den kleinen Palästen regionaler Prachtentfaltung im Umland. Die neue Aufgabe hatte Giovanni dazu gebracht, seinen Zeichenblock wieder hervorzuholen, um wie einst mit Anna den blühenden Bestand zu skizzieren und mitunter auch mal eine Dame an einer Bougainvillea oder Brunnenskulptur. Und dabei war es unerheblich, dass Giovanni

Fortini kein Beau war wie sein Neffe, den die Mädchen ansahen und reihenweise in Ohnmacht fielen. Es genügte vollauf, ein fantasievoller Liebhaber zu sein. Giovanni taufte seine Angebeteten noch immer mit den Acqua des Hauses, nur das *Acqua della Regina* hatte er nie wieder einer anderen geschenkt.
Er war also keinesfalls einsam, doch die einzige Frau, die sein Leben seit über dreißig Jahren kontinuierlich begleitete, war seine Schwägerin Giulia, eine gute Freundin und konstruktive Kritikerin seines freudvollen, ungezwungenen Lebenswandels. Eine Schönheit mit vormals dunklem Haar, wie man es von den Bildern ihrer Urahnin kannte. Sie trug es, langsam ergraut, aufgesteckt, hatte lebendige blaue Augen und die schönsten Wangenknochen Italiens. Nur ihre Nase war nicht ganz so zierlich, wie man es an den Puppengesichtern mancher Frauen bewunderte, aber harmonisch in den Proportionen. Ein schöner Mund, der nur zu selten lachte, der lange Hals gerade, als hielte sie immer die Verbindung zum Himmel aufrecht, blasse, feine Haut und eine zierliche Statur. Wie ließ sich Adel beschreiben? Er drückte sich bei Giulia Fortini in ihrer natürlichen Anmut aus, der die Jahre nichts anhaben konnten. Ihr Intellekt und scharfer Verstand verwoben sich mit der gut getarnten Verletzlichkeit einer Frau, die gelernt hatte, eine Rolle zu spielen. Die Rolle ihres Lebens – ihr Leben als Rolle, unbemerkt. Ihr zweiter Vorname hätte nach Giovannis Ermessen auch Contenance sein können. Manchmal wünschte er sie sich etwas weniger reputierlich, andererseits bewunderte er ihre eisernen Grundsätze und die entschiedene Lebensführung. Sie war eine Zierde für die Familie Fortini, ganz ohne Zweifel, und ein Gewinn für die Officina. Sie hatte Weltläufigkeit und Kultur in die Räume des Hauses ge-

bracht und der Marke zusätzliches Renommee verliehen. Dass sie sich seit Lorenzos Tod oft einsam fühlte, ließ sie sich nie anmerken, doch ihrem Schwager entging es nicht. Die langen Blicke in eine Ferne, die nichts barg, die stummen Stunden über Büchern, Abende ohne Ansprache und Nächte ohne Nähe.

»Du hast mir gestern etwas Sorgen gemacht, mein Lieber«, sagte Giulia zu ihrem Schwager. »Ich habe dich selten alleine trinken sehen.« Ein leichter Vorwurf schwang mit.

»Tja«, entgegnete er und versuchte seine Verwirrung vom Vortag herunterzuspielen, »manchmal überfällt einen eben die Erinnerung, und man hadert ein wenig.«

»Wem sagst du das. Möchtest du darüber reden?«

»Nein. Es ist schon wieder vorbei, wirklich. Alles ist gut«, versicherte Giovanni sich und ihr. Luca gegenüber hatte er sogar von einer Verwechslung gesprochen. »Ich habe nur noch elende Kopfschmerzen.«

»Verdientermaßen!«, erwiderte Giulia streng. »Wer über die Stränge schlägt, bekommt die Quittung.« Im Nachbargarten stimmte Andrea Bocelli gerade »O sole mio« an. Giovanni hätte schwören können, dass der berühmte Tenor direkt über den Zaun in sein geplagtes Ohr trällerte, eine Melodie, die ihm schon in besserer Verfassung mit ihrer enervierenden Fröhlichkeit zusetzte. »Wundervoll!«, sagte Giulia an seiner Seite und seufzte. »Was für ein begnadeter Künstler! Was für ein Genuss!« Was für ein Angeber, dachte Giovanni und trank erneut einen Schluck Wasser. »Er tritt morgen in der Versiliana auf, und du wirst mich begleiten«, fuhr Giulia fort. Giovanni graute davor. Wieder eine dieser Veranstaltungen im kulturverwöhnten Waldstück des Ortes. Urlauber und Ansässige drängten sich zum Freiluftkonzert.

»Wann kommt Sandro zurück?«, fragte er seine Schwägerin über einem weiteren Schwall »Il sole, il sole mio«, um das Thema zu wechseln.

»Morgen Abend, die Familie steckt in Vorbereitungen. Außerdem hat die Kleine wohl noch Termine in der Weberei. Weißt du, ob ihre Wohnung rechtzeitig fertig sein wird?« Gabriela Vercelli, Urenkelin des Gründers der Vercelli Holditalia S. p. A., war Designerin im weltweit agierenden Unternehmen mit über siebentausend Angestellten, dessen Führung nach wie vor fest in der Hand der Familie lag. Vercelli produzierte feinste Tuche und zu Lucas Freude eine der hochwertigsten Herrenkollektionen überhaupt. Außerdem arbeiteten sie mit Lizenznehmern zusammen, die das Sortiment um Schuhe, Unterwäsche, Uhren und Herrendüfte erweiterten, weshalb auch eine Kooperation mit der Officina Profumo angedacht war. Selbst Giovanni musste zugeben, dass sich mit Vercelli vielversprechende Synergien ergaben. Und darüber hinaus war Gabriela eine Augenweide, zielstrebig, durchsetzungsfähig, kreativ und seit über einem Jahr bis über beide Ohren in Sandro verliebt.

»Die Handwerker sind noch beschäftigt, aber sie haben mir fest zugesagt, Mitte September raus zu sein.«

»Bevor sie aus Asien zurückkommen, wie ich hoffe«, sagte Giulia. »Dieses ständige Hin und Her wird dann hoffentlich ein Ende haben, das hält die beste Beziehung nicht aus. Weißt du, ob Gabriela sich vorstellen kann, ihre Arbeit irgendwann aufzugeben?« Sie sah ihren Schwager forschend an. »Hat Sandro etwas zu dir gesagt?«, hakte sie nach.

Giovanni wiederholte lieber nicht, was sein Neffe zu ihm gesagt hatte, denn seine Schwägerin sah sich ja bereits mit einer neuen kleinen Marianna auf dem Schoß. Sie war versessen auf diesen Stammbaum und seine Fortführung, obwohl sie ihren vornehmen Vater kaum gekannt – er war früh gestorben – und zu ihrer Mutter kein besonders gutes Verhältnis gehabt hatte. Giovanni hatte sie erst auf der Hochzeit seines Bruders kennengelernt und dann nur noch bei den beiden Taufen der Jungen und zu runden Geburtstagen gesehen. Mittlerweile war sie verstorben. Dieses Thema wurde in der Familie ausgeklammert, weshalb auch Giovanni nicht daran rührte, hatte die Vergangenheit doch das Potenzial, einen in den Alkohol zu treiben, wie er gerade schmerzvoll feststellte. Sein Kopf hatte gefühlt die Größe einer Wassermelone, und Andrea Bocelli schwang noch immer darin nach. Gott sei Dank zog der Star sich gerade in sein Haus zurück. Die Hitze setzte ihm sicher genauso zu wie den übrigen Gästen und Anwohnern des mondänen Seebads, das Meer brachte längst keine Abkühlung mehr. »Nein, er hat nichts gesagt«, antwortete Giovanni seiner Schwägerin knapp. »Wo ist Luca eigentlich?«

»Er sitzt seit dem Vormittag im Wintergarten über Papieren, die er aus dem Büro mitgebracht hat, nachdem er die halbe Nacht am Telefon gehangen hat. Wenn er seine Arbeit sowieso nicht unterbricht, kann er auch gleich in der Firma bleiben.«

»Er bereitet das New-York-Meeting vor. Er fliegt am Dienstag.«

»Es ist trotzdem unhöflich. Genau wie diese Elektronik bei Tisch.« Giulia lebte ohne Smartphone, Computer nutzte sie nur, soweit sie durch ihre Wohltätigkeitsarbeit dazu genötigt wurde und sie es nicht auf Lucas Sekretärin abwälzen konnte. Aber keinesfalls duldete sie diese Zeiträuber während der Mahlzeiten, eine Regel, die auch San-

dro immer öfter ignorierte. Der Verfall guten Benehmens war beklagenswert.
Giovanni war aufgestanden und über die weit geöffneten Terrassentüren ins große Wohnzimmer gegangen. Auf dem Flügel, an dem sein Bruder regelmäßig gespielt hatte, reihten sich die Fotos der Familie. Auf einigen war auch er zu sehen, als kleine Randnotiz. Neben der Couchgarnitur stand noch immer Lorenzos Lieblingssessel, in dem er nach dem Abendessen geraucht und seinen Digestif getrunken hatte, in den Regalen die Bücher der deutschen Dichter und Philosophen, für die Giulia ihren Mann zeit seines Lebens zu begeistern versucht hatte. Doch Lorenzo Fortini neigte mehr der Musik zu. Er hatte oft mit seiner Frau getanzt. Sobald die Jungen schliefen, waren Melodien im Haus am Meer erklungen und später, als sie längst erwachsen waren, noch immer. Inspiriert vom roten Etuikleid seiner Schwägerin, wählte Giovanni heute »Lady in red« von Chris de Burgh, startete die Stereoanlage und trat zu ihr auf die Terrasse hinaus. »Darf ich bitten, Marchesa?« Er hielt ihr seine Hand hin, sie lächelte bezaubernd, ein weicher Zug um ihre Mundwinkel, den man immer seltener an ihr sah. Der Himmel in ihrem Blick weitete sich, genau wie ihr Herz. Sie stand auf und erlaubte Giovanni, sie an sich zu ziehen. Er führte. Und wenn Giulia die Augen schloss, war es Lorenzo, mit dem sie tanzte, ihr gutaussehender Ehemann, der ihr ihre beiden wundervollen Söhne geschenkt und ein erfülltes Leben als Marchesa Fortini ermöglicht hatte, wofür sie ihm für immer dankbar sein würde. »I've never seen you looking so lovely as you did tonight. I've never seen you shine so bright …« Giovanni sang den Songtext leise mit und spürte, wie sich seine Kopfschmerzen legten. Über dreißig Jahre kannte er diese Frau nun schon, die einzige

Familie, die er hatte, und er liebte sie. Es war kein Begehren im eigentlichen Sinne, nein, es war Liebe, eine Verbundenheit, die nur die Zeit schaffen konnte und die anhaltende Nähe. Er hätte ihr in diesem Moment von Anna erzählen können und den Träumen, die er als junger Mann gehabt und an die er sich über dem Anblick des Mädchens erinnert hatte. Doch jeder Mensch hatte seine eigenen Träume, das wusste Giovanni, auch sie. Träume, die vielleicht nicht erfüllt oder zu früh aufgegeben worden waren.

»Denkst du, er liebt sie genug? Genug, um mit ihr zu leben?«, fragte Giulia ihren Schwager, während ihr Kopf an seiner Schulter ruhte und seine Arme sie hielten.

»Was ist schon genug?«, blieb Giovanni unverbindlich und dachte daran, wie sein Neffe Annas Tochter aus dem Obicà entführt hatte. Jeder neue Tag barg eine Versuchung, und nur die Flüchtigkeit erlaubte der Liebe, ewig zu schweben.

12

Das Wochenende verbrachte Johanna mit dem Erkunden der Stadt. Sie hakte gemeinsam mit den anderen Hunderttausenden Besuchern die sakralen Sehenswürdigkeiten ab, die Florenz-Reiseführer zwingend vorschrieben. Al len voran die Besichtigung des Doms, aber ohne die schwindelerregende Ersteigung der Kuppel, da sie vor der »gemeinen Kuppelschlange« kapitulierte, eine unfreiwillige Touristenattraktion, die sich zweihundert Meter rund um die Apsis zog und eine Wartezeit von Stunden erahnen ließ. Genau wie die »reguläre Domschlange«, die ähnlich lang war, aber unumgänglich.

Der auffällig schlichte Dom belohnte Johanna für ihren Langmut nicht. Er präsentierte sich düster und abweisend, die hohe Kunst schwieg. Erst am späten Samstagabend, als sie ihn dann von der Piazzale Michelangelo aus sah, angestrahlt und umgeben von Hunderten kleiner Irrlichter, erzählte er ihr seine Geschichte. Die bleiche weiße Marmorfassade, durchsetzt vom grünen Schlangenstein, dominierte das Stadtbild in perfekter Proportion. Johanna wusste um die Zweifler, die Filippo Brunelleschi, den Baumeister der spektakulären Kuppel, eine »tiefe, dunkle Quelle der Unwissenheit« genannt hatten, weil er nie bei einem Steinmetz in die Lehre gegangen war. Er hatte so unbeirrt für seine Pläne gekämpft, dass man ihn mehrmals sogar aus Sitzungen der Gutachterkommission hinaustragen musste. Den Zuschlag bekam er nur mangels Alternativen, doch dann fügte er in sechzehn Jahren Bauzeit Stein, Mut und unbedingten Willen zu einem Sinnbild für den freien Geist, der nach Höherem strebt. Eine Allegorie für Visionen! Ja, das war die Geschichte, die die Mauern Johanna jetzt erzählten und die so in keinem Kunstführer stand.
Am Sonntag spazierte sie am südlichen Arnoufer entlang, wo sich Maler und Liebespaare tummelten, genoss in einer Trattoria eine überirdische *panzanella,* einen Brotsalat, und ergatterte für Lilo Wunderlich das Rezept. Dann besuchte sie die Uffizien und spürte, erschlagen von den vielen Eindrücken, dass sie mit ihren Gedanken ganz woanders war. Ein ums andere Mal dachte sie an Sandro Fortini, der ihr Leben gestreift hatte wie ein leuchtender Komet die Erdumlaufbahn – eine Sternschnuppe, ein stiller Wunsch – und vorbeigezogen war, ohne sie zu berühren.
Johanna beschloss, in der Basilika Santa Maria Novella

den Abendgottesdienst zu besuchen, um sich zu sammeln. Sie kam über den kleinen Grünen Kreuzgang auf das Klostergelände. Er verdankte seinen Namen den Fresken, die entlang der Wandelgänge die Schöpfungsgeschichte erzählten – gemalt mit der Veroneser grünen Erde vom Monte Baldo. Die niedrigen gotischen Ge wölbe, die sie überspannten, boten Schutz vor dem Wetter. Die Sonne blieb weitgehend ausgesperrt und schlug ihre heißen Nadeln stattdessen in die alten Zypressen, die auf dem kahlen Stück Wiese im Zentrum des Areals verdorrten. Der älteste Teil des Klosters, ein Friedhof, der schon lange vor dem Bau der Basilika existierte, schloss an. Die große Flut vom November 1966 hatte Wandbilder vernichtet und Bausubstanz zerstört. Doch Johanna konnte zwischen dem plötzlichen Untergang und der schleichenden Auflösung kaum unterscheiden. Ob es damals in der Officina auch Schäden gegeben hatte? Der Ponte Vecchio war nach tagelangem Starkregen durch angespülte Bäume und Gerümpel zur Staumauer geworden, bis die Wände der ersten Juwelierläden barsten und sich ein Überlauf auftat. Der Arno riss ganze Panzerschränke mit sich, spülte Autos durch die Straßen, flutete die Nationalbibliothek und das Viertel Santa Croce, Kirchen, Museen und Werkstätten. Die Direktorin des Museo di Storia della Scienza überließ ihre Wohnung dem Wasser, um die kostbarsten Artefakte aus ihrem Museum zu retten, während in den Uffizien Meisterwerke ertranken. In der Nähe der Piazza Beccaria explodierte ein Karbiddepot. Die Detonation erschütterte die ganze Stadt, Feuer brachen aus und Gasleitungen barsten. Heizöl und Benzin durchzogen das rasende Wasser, angeschwemmte Abfälle, tote Tiere, Abwasser und Fäkalien aus der Kanalisation.

Sandro war zu der Zeit noch nicht einmal geboren … Er hatte seine Hände in ihrem Haar vergraben, dort oben auf der Dachterrasse, und war dann von einem Moment zum nächsten sehr wortkarg geworden. Johanna überlegte, ob sie etwas Falsches gesagt oder getan, eine Floskel, ein Wort vielleicht nicht richtig verstanden hatte. Aber wahrscheinlich hatte sie sich seine Zuneigung einfach nur eingebildet. Seine forschenden Blicke, die Offenheit, mit der er ihr begegnet war, die Nähe, die er gesucht und die die quälenden Empfindungen des Verlassenwerdens für einen Moment in den Hintergrund gedrängt hatte. Das war eben Sandros Art. Sie hatte es ja im Restaurant selbst erlebt, wie er die Kellnerin bezauberte und alle anderen Frauen zwischen sechzehn und sechzig.

Der dreischiffige hohe Innenraum der Kirche war ein Prunkstück florentinischer Gotik, die Ausgestaltung reichte bis in die Spätrenaissance hinein. Jahrhunderte, die nebeneinander existierten, und verschwundene Zeitzeugen, die unvermutet wieder aufgetaucht waren wie das weltberühmte Fresko *Trinità*, die *Dreifaltigkeit*, von Masaccio aus dem Jahre 1427. Die erste Darstellung perfekter Zentralperspektive hatte hier über Generationen hinter einem Altar ausgeharrt, ähnlich den Fresken aus dem ausgehenden 14. Jahrhundert drüben in der ehemaligen Sakristei von San Niccolò, die die Mönche zweckentfremdet hatten. Giovanni hatte beim Essen stolz von der Restaurierung im »Raum des Wassers« erzählt und dass dort einst Pflanzenwässer destilliert worden waren. Johanna hatte sich nach den alten Schriften und Rezepturen erkundigt. Sie hätte zu gerne darin gestöbert, doch bis auf wenige Ausstellungsstücke waren sie der Öffentlichkeit nicht zugänglich. Luca hatte verraten, dass es

Abschriften gab, die im Safe lagen und Sandro als Grundlage für die Entwicklung neuer Produkte nach dem Vorbild der alten Klostermedizin dienten.
Johanna saß jetzt in der hintersten Kirchenbank und dachte schon wieder an ihn. Er war mit ihr zum Hotel zurückgefahren, hatte ihr den kleinen Porzellanengel aus seinem Büro geschenkt, sich verabschiedet und ihr eine gute Heimreise gewünscht. Und sie hatte sich bei ihm bedankt, ihm einen schnellen Kuss auf die Wange gehaucht und überlegt, sofort in den nächsten Zug zu steigen.
Weihrauch – er hing schon die ganze Zeit über zwischen den Betbänken. Der kurze Moment des Stillstands, die Atempause. Johanna sah immer mehr Menschen die kühle Kirche betreten. Das Licht, das durch die bunten Fenster hereinfiel, malte leuchtende Muster auf ihre Gesichter, tanzte in der Bewegung ihrer Körper. Orgelmusik erklang, und ein Priester, ein Messdiener und kleine Ministranten zogen ein. Sie merkte, dass ihre Gedanken sich langsam sortierten, zur Ruhe kamen, aufklarten und die mannigfachen Eindrücke der letzten zwei Tage auf den Grund ihrer Seele sanken wie aufgewirbeltes Sediment.
Kurz vor dem Kyrieeleison betrat Luca Fortini mit seiner Mutter die Kirche. Er ging auf die Bankreihen zu und erkannte die Silhouette der Frau in der letzten Reihe sofort, ihr rotes Haar unter einem lindgrünen Hut und ihre aufrechte Haltung, die der seiner Mutter nicht unähnlich war. Er nickte Johanna zu, als er an ihr vorbei- und auf einen Sitzplatz auf der anderen Seite des Gangs zuging, wo er und seine Mutter sich niederließen. Johanna begutachtete das feine weiße Kostüm, das Giulia Fortinis schlanke Erscheinung und ihre aristokratische Ausstrah-

lung betonte, die einreihige Perlenkette, die sie nie ablegte, weil sie ein Erbstück aus dem Hause Florenzi war, und die beiden Eheringe an ihrer linken Hand. Die Marchesa, wie Giovanni seine Schwägerin beim Essen genannt hatte, wirkte unnahbar.
Das Tagesgebet wurde gesprochen, zwei Lesungen hallten durch den großen Kirchenraum, das *Halleluja* und Worte aus dem Evangelium. Nach dem *Vaterunser* gingen Luca und Giulia Fortini nach vorne, um die heilige Kommunion zu erhalten, während Johanna sitzen blieb und sie weiter beobachtete. Viele Kirchgänger nickten den beiden freundlich zu, Lucas Mutter hielt Hof. Wenig später wurde dann der Segen gesprochen, und der Pfarrer verabschiedete seine Gemeinde. Die Fortinis verließen die Kirche. Johanna hatte im Stillen gehofft, Luca Fortini würde sie vorstellen: »Fräulein Stern-Reiter aus Deutschland, Mama. Sie arbeitet in der gleichen Branche.« – »Ach, wie interessant. Ich mag Ihren Hut, Signorina. Sind Sie noch länger in der Stadt? Dann kommen Sie doch zum Essen zu uns, Sandro würde sich sicher freuen.« So oder ähnlich. Wie abwegig!
Johanna saß nun alleine in der Basilika. Die Atempausen erfüllten noch immer den Raum. Da hörte sie hinter sich Schritte und eine tiefe Stimme, die sagte: »Ich habe nur meine Mutter verabschiedet. Sie hat noch einen Termin in der Stadt.« Und Luca Fortini, die perfekte Erscheinung in beigem Anzug, einen hellen Panamahut mit schwarzem Band in der Hand, stand vor ihr. Er wirkte beinahe schüchtern, als er fragte: »Ob Sie mir wohl die Freude machen würden, mit mir zu Abend zu essen, Giovanna?«

13

Sie hielten Abstand. Eine Armlänge Höflichkeit und eine Handbreit als Zugabe, Lucas Befangenheit geschuldet. Sie gingen in die *fiaschetteria* Il Latini in der Via dei Palchetti, keine fünf Minuten von der Basilika entfernt. Eine rustikale Weinschenke mit schweren, dunklen Holztischen, eingedeckt mit weißen Tischtüchern, in der auch Fremde zusammensaßen. Unzählige große Schinken hingen von der Gewölbedecke, eine rote, schwere Schneidemaschine aus Guss und Aluminium stand auf einem Büfett, Kolonnen von Weinflaschen reihten sich auf Regalen ringsum aneinander, und an den Wänden sah Johanna dicht an dicht Bilder, scheinbar beliebige Motive, Porträts in Öl, gerahmte Drucke und Radierungen von Landschaften, Stillleben und alte Schwarzweißfotografien, die Geschichten erzählten, an die sich niemand mehr erinnerte. Schwarzweiß – so stellte Johanna sich die Welt ohne Düfte vor, farblos und stumm. Luca Fortini sprach mit einem Ober, der ihn kannte und sie sofort durch das Lokal in einen weitläufigen Innenhof lotste, der ringsum mit einer überdachten Galerie umbaut war ähnlich dem Kreuzgang von Santa Maria Novella. Hier war es deutlich leiser als drinnen, und ein leichter Wind bewegte die dichte, warme Luft. Der Ober fand für sie einen Tisch direkt an der Hauswand und zählte Luca die Spezialitäten des Abends auf.

»Sie essen kein Fleisch, nicht wahr?«, fragte Luca Jo hanna, und sie war überrascht, dass er es sich gemerkt hatte. »Es gibt hier keine Speisekarte, ich empfehle einfach, von jedem Gang etwas zu probieren«, sprach er weiter und instruierte den Ober. »Wein?«, erkundigte er sich noch.

»Ja, gerne. Rot, wenn es geht«, bat sie, woraufhin der Ober die Gläser umdrehte, die bereits auf dem eingedeckten Tisch standen. Johanna nahm ihren Hut ab und legte ihn, wie Luca den seinen, auf den freien Stuhl neben sich. Sie sah ihm zu, wie er den Salzstreuer neu positionierte, die Pfeffermühle in eine Reihe mit Essig und Öl rückte und sein Besteck danach ausrichtete. Sie beobachtete seinen konzentrierten blauen Blick, der alle Details am Tisch erfasste und auch sie kurz streifte, nur ganz kurz. Seine schönen Hände in ordnender Bewegung, ein angedeutetes zaghaftes Lächeln, und sie ahnte zum ersten Mal hinter dem souveränen Auftreten des Geschäftsführers der Officina Profumo Unsicherheit. Die gleiche Unsicherheit, die sie am Freitag in seinem Büro überfallen hatte angesichts des beeindruckenden Imperiums, das er verkörperte. Der Ober kam mit einer Flasche Brunello di Montalcino zurück, »Noten von Erdbeerkonfitüre und Hagebutten«, wie er bemerkte, »ein Wein mit rundem, geschmeidigem Charakter«, und sie dachte wieder an Sandro. Hier an Lucas Tisch war sie ihm so nah wie eben möglich.
Johanna nahm einen Schluck. Sie mochte den Wein, den Luca ausgewählt hatte, und mehr noch die bedachte Art, mit der er sein Glas anhob, hineinroch, es schwenkte und dem ersten Schluck nachsann.
»Ein heißer Tag, nicht wahr?«, sagte er, um ein Gespräch bemüht, ohne jedoch Anstalten zu machen, sich von seinem Sakko zu befreien.
»Ja, wie jeder im August«, erwiderte Johanna, »zumindest in Florenz. Gibt es auch mal Regen?«
»Gewitter, ja, aber selten. Fünfmal ist die Stadt allerdings untergegangen, zweimal an einem 4. November. Zuletzt vor fünfundvierzig Jahren.« Zahlen, wunderbar, auf Zah-

len verstand sich Luca Fortini. Er hätte die Bilanz der letzten Hochwasseropfer aufzählen können – in und um Florenz vierunddreißig Menschen, landesweit einhundertzwölf und drei Komma zwei Millionen Stück Vieh, die Museen von Florenz verloren eintausenddreihundert Gemälde, sechzigtausend Bücher und ein Drittel der Bestände der Nationalbibliothek erlitten Wasserschäden, fünfzig Millionen Kubikmeter Wasser hatten die Stadt geflutet und mit ihm der Schlamm der umliegenden Felder. Zahlen vergaß Luca nie, aber eine Katastrophe wie diese vermittelte sich nicht jedem in einer Statistik, Emotionen ließen sich nicht abzählen. Und genau das war Luca Fortinis Handicap, dass er die Ersteren so sicher benennen und über die Letzteren kaum sprechen konnte.

»Ich habe davon gelesen. Das Kloster ist damals auch beschädigt worden, nicht wahr?«, fragte Johanna.

»Ja, und die Verkaufsräume, alles. Es war eine schreckliche Tragödie. Mein Großvater hat oft davon erzählt«, antwortete Luca. »Damals, 1966, sind drei Luftströmungen aufeinandergestoßen, erwärmte Polarluft, ein marokkanischer Schirokko und arktische Kaltluft. Und dann ist ein Höhenorkan mit hundertzwanzig Stundenkilometern von Rom über Norditalien und über den Alpenhauptkamm gerast.« Luca Fortini überlegte, ob das eine passende Konversation für ein Abendessen mit einer Dame war. Er war normalerweise ein eloquenter Redner und ein Meister des Small Talks auf den langweiligen Wohltätigkeitsveranstaltungen seiner Mutter, aber nicht an diesem Tisch, nicht gegenüber Botticellis Venus mit den schönen Zügen, deren Haar die lodernden Feuer der Feste der Sommersonnenwende eingefangen hatte. Neben ihr verstummte er, oder er bemühte das Wetter!

Luca schenkte Wein nach. Eine Pause entstand und dehnte sich aus, lähmende Momente, angefüllt mit Beklommenheit. Sie schien die Uhren in ihrem Stundenschlag zu unterbrechen und ihre Zeiger festzusetzen. Der Vorspeisenteller wurde gebracht und frisches, wunderbar duftendes Weißbrot, wie immer ungesalzen. »Gehen Sie regelmäßig in die Kirche?«, fragte Luca. Er hatte ein neues Thema gefunden.

»Nein. Ich finde Gott in meinen Kräuter- und Blumenbeeten und an der Quelle, an der ich das Wasser fürs Destillieren abfülle, in einem Lachen, im Licht …« und in sanften Augen wie Turmalin, dachte Johanna und nahm sich noch von den gerösteten Zucchini und der roten Paprika. »Ich glaube, die Renaissancekünstler haben auch nach Gott gesucht, als sie die perfekten Proportionen angestrebt haben.« Sie lächelte. »Michelangelo hat ihn in seinen Marmorblöcken gefunden und daraus befreit, denken Sie nicht?«

»Ich weiß, was Sie meinen«, antwortete Luca und dachte an seine geliebten göttlichen Bilder.

»Und Sie?«, gab Johanna die Frage zurück.

»Ich gehe am liebsten in die Basilika, wenn sie fast leer ist, wenn keine Gottesdienste stattfinden und kaum Touristen da sind. Im Winter mag ich sie sehr. Ich bin dort niemand, und nichts ist wirklich wichtig.«

»Und Ihre Mutter?«

»Sie besucht oft die Vesper der Olivetaner in San Miniato al Monte. Wir wohnen in der Nähe. Aber die Santa Maria Novella hat natürlich einen besonderen Stellenwert in der Familiengeschichte. Seit mein Vater vor ein paar Jahren gestorben ist, begleite ich meine Mutter öfter, wenn ich in der Stadt bin.« Eine *pappa al pomodoro*, eine sämige Tomaten-Weißbrotsuppe wurde serviert. Luca reichte

Johanna wortlos in der Sekunde den Pfefferstreuer, in der sie danach greifen wollte. »Und kennen Sie auch schon den Dom?«, fragte er, um das Gespräch nicht abreißen zu lassen, und sie erzählte ihm von ihren Eindrücken. »Sie müssen unbedingt auch San Lorenzo besuchen, die Hauskirche der Medici«, riet er ihr. »Die Chorkuppel dort hat ebenfalls Brunelleschi gebaut, nur dass sie viel kleiner ist.« Er schenkte Johanna Wein nach. »Aber ihre Farben lächeln, es sind warme Goldtöne, die sich in Ihr Herz schleichen werden. So wie die Grabplatten in Santa Croce. Manche versinken bereits im Boden. Es gibt da ein Relief von einem Paar, das sich an den Händen hält und keine Gesichter mehr hat, keine Namen. Zu viele Menschen und Jahre sind über sie hinweggegangen.« Luca machte eine kurze Pause. »Aber wenn Sie genau hinsehen, können Sie ihre Liebe noch in der Ewigkeit dieses Steins erkennen«, sagte er dann und überlegte, warum er das erzählte. Wie war er darauf gekommen? War es die Ruhe und Ausgeglichenheit, die sie ausstrahlte und ihm in ihrer Nähe ein Gefühl von Sicherheit vermittelte? Liebe, Ewigkeit, Geborgenheit, es war eine Sehnsucht, an der sie rührte.

»Ich werde sie mir ansehen, versprochen«, erwiderte Johanna und war überrascht. Dieser Mann überraschte sie. Er wirkte auf den ersten Blick so nüchtern und rational, dabei war er ein Träumer. Diese Seite verbarg er hinter seiner tadellosen Erscheinung und routiniertem Geschäftsgebaren. Johanna erlaubte sich, diesen anderen Luca Fortini etwas länger zu betrachten, und er senkte seinen Blick. »Sie sehen Ihrer Mutter sehr ähnlich«, sagte sie dann und erlöste ihn aus seiner Verlegenheit.

»Ja? Denken Sie?« Luca hatte das schon oft gehört. Nicht nur äußerlich geriet er ihr nach, auch seine Haltung und

Disziplin, seine Liebe zur Kunst hatte er von ihr geerbt. Er hatte ihr zuliebe Deutsch gelernt und den Platz seines Vaters im Unternehmen eingenommen.
»Aber ja!«, bestätigte Johanna. »Und Ihr Bruder? Kommt er mehr nach Ihrem Vater? War er auch Parfümeur?« Seit Luca sie in der Basilika angesprochen und zum Essen eingeladen hatte, hatte sie sich nichts sehnlicher gewünscht, als mit ihm über Sandro zu sprechen.
»Nein. Wir hatten noch nie einen Künstler in der Familie, außer meinem Onkel vielleicht, der manchmal malt. Wir waren immer Geschäftsmänner.« Johanna sah ihn interessiert an. »Aber optisch kommt Sandro ganz nach unserem Vater, die Gnade der Schönheit«, ergänzte er ohne eine Regung und war kein bisschen verwundert, dass das Gespräch an diesem Punkt angelangt war. Früher oder später fragten sie ihn alle nach seinem Bruder. Immer.
Johanna schwärmte jetzt von der Besichtigung der Produktion, berichtete Luca, dass sie in Sandros Labor gewesen war, und gestand, wie sehr es sie beeindruckt hatte. Nur das Knistern zwischen ihm und ihr erwähnte sie nicht, dass sie sich auf der Fahrt an ihn geschmiegt und er ihre Arme enger um sich gelegt hatte, dass er vor ihr gestanden hatte, so nah, dass sie auf den blaugrünen Grund seiner Augen hatte sehen können, wo sie Sehnsucht entdeckt zu haben glaubte, dass sich der Duft des *Ottone* auf seiner Haut verändert und sie verstört hatte und ihr Herz in dieser Stadt schneller schlug. Aber Luca las es ohnehin in ihrem Blick, und er wusste, dass er ihre Träume mit einem einzigen Satz zerstören konnte, einer kleinen Indiskretion. Aber so wollte er sie nicht für sich gewinnen. Er wollte ihren veilchenblauen Blick um seinetwillen auf sich spüren, auch wenn die Zeit gegen ihn

arbeitete. Am Dienstag flog er für zwei Tage nach Übersee, und schon am Samstag würde sie abreisen.
»Lassen Sie mich Ihnen Florenz zeigen, Giovanna, ich kann mir morgen freinehmen«, sagte er da aus einem Impuls heraus, allen Mut zusammennehmend. Er wollte ihr seine Seelenplätze zeigen, Orte, die ihn besser beschrieben, als er selbst es konnte, besser als Worte. Den Rosengarten und vielleicht die Dachterrasse der Uffizien und den Saal mit Botticellis Werken. Er wollte dieser Sehnsucht folgen, die ihn neuerdings lächeln ließ, ohne dass er es bemerkte.
Johanna machte sich Gedanken über Lucas Beweggründe, aber seine galante, unaufdringliche Art, wie er sie nach dem Essen durch die angehende Nacht und zurück zu ihrem Hotel begleitete, beruhigte sie, wie er seinen Hut zum Abschied zog und nicht versuchte, sie auch nur auf die Wange zu küssen. Er wollte wirklich nur höflich sein, dieser Luca Fortini, und vielleicht freute er sich auch, seine Deutschkenntnisse unter Beweis stellen zu können. Oder sie tat ihm leid, weil sie sich vier Jahre lang vergeblich um eine Zusammenarbeit mit der Officina bemüht hatte. Wenngleich … Er konnte unmöglich mit jedem potenziellen Geschäftspartner, den er abgewiesen hatte, ausgehen und ihm die Stadt zeigen!

14

Luca holte Johanna um zehn Uhr am Montagvormittag in ihrem Hotel ab. Sie trug an diesem Tag ein fließendes Chiffonkleid im Charleston-Look, ärmellos, lachsfarben, mit kleinen schlichten Glasapplikationen am Saum, und ihren Florentiner Hut mit korallfarbenem Band. Seine weit ausladende Krempe erlaubte ihr, ohne Sonnenschirm auszugehen. Ihr spektakuläres Haar hatte sie zu dem geflochtenen Chignon geschlungen, den sie so mochte. Und Luca stand heute in einem hellgrauen leichten Einreiher mit weißem Hemd vor ihr, keine Krawatte, aber wieder der Panamahut, und wie Johanna hatte auch er keine Sonnenbrille dabei. Das war der Vorteil von Hüten, sie zauberten immer einen weichen Augenschatten, man musste sich nicht hinter dunklen Gläsern verstecken. Außerdem blickte der Mensch unter Hüten anders in die Welt. Johanna musste ihren schönen langen Hals drehen, um ihren Radius über die Hutkrempe hinaus zu erweitern, und den Kopf in den Nacken legen, damit ihr Blick an hohen Fassaden und Kirchtürmen hinaufklettern konnte. Das Betrachten war ein Tasten und Suchen. Dazu schufen Hüte Abstand, einen geschützten Raum. Sie erlaubten ein Spiel aus Licht und Schatten, das Blicke bewusst gewährte oder verbat.

Auch dieser Tag drohte heiß zu werden, es hatte jetzt schon um die fünfundzwanzig Grad. »Ist es in Ordnung, wenn wir zu Fuß gehen?«, fragte Luca Johanna, und sie bejahte es. Sie gingen durch die Via delle Belle Donne und blieben bald vor einem unscheinbaren Palazzo stehen, in dessen Außenmauer etwa auf Augenhöhe eine kleine, bogenförmige Öffnung war. Auf einem verwitterten Schild darüber stand »CANTINA«. »Kennen Sie schon unsere Kioske aus dem 16. Jahrhundert, Giovanna?«, erkundigte sich Luca – er sagte ihren Namen so gern –, und sie verneinte es. »Es gibt noch etwa zwanzig, aber sie sind längst verschlossen.« Johanna sah, dass die kleine Öffnung mit einem Brett versperrt war. »Hier wurde Wein verkauft, den Florentiner Familien vor der Stadt angebaut haben, als sie Geld brauchten. Das war die Zeit, in der die Tuchherstellung dem Niedergang geweiht war«, erklärte er weiter, und ein kleiner Exkurs über den einbrechenden Fernhandel und die rückläufigen Erlöse aus der Jahresproduktion um 1550 in der damaligen Währung, dem Goldflorin, folgte. Johanna lauschte Lucas perfekter Grammatik und den kleinen Pausen, die entstanden, wenn er nach einem Wort suchte. Seine tiefe Stimme erinnerte sie an Bens, und sie hörte auf einmal die Klänge des Windspiels im Apfelbaum.

»Wenn es anschlägt, Jo, dann denke ich an dich.«

»Du hast aufgehört an mich zu denken, als ich noch von dir geträumt habe … Du bist einfach gegangen, so wie Patrick.«

Bens dunkler Blick verblasste, und gleich darauf grub sich ein anderer blaugrün in Johannas Herz ein, Mandelaugen, von dichten Samtwimpern gesäumt. »Die Engländer hatten uns den Rang abgelaufen«, riss Luca sie aus ihren Gedanken. Erschrocken, denn sie hatte nicht mehr zugehört, versuchte sie ihre Unaufmerksamkeit zu überspielen.

»Sind die Briten nicht immer noch die Nummer eins?«, fragte sie scheinbar interessiert.

»Sicher nicht!«, erwiderte Luca bestimmt. »Die feinsten Tuche kommen heute aus dem Piemont, große Webereien und Manufakturen. Sandro könnte Ihnen darüber einiges erzählen.«

»Ach ja?« Johanna war wie elektrisiert, doch Luca wollte das Thema offensichtlich nicht weiter vertiefen. »Man nennt diese Maueröffnungen *buchette*, kleine Löcher«, fuhr er fort. »Die bauchigen, mit Bast umwickelten Flaschen passten genau durch. An ein paar Häusern in der Stadt sind Briefkästen daraus geworden.« Er bot ihr seinen Arm an, und sie hängte sich ein. »Richtung Arno?«, fragte er und sah für einen Moment die bezaubernde Isabel Danieli vor sich, von der er genau hier vor dieser *buchette del vino* seinen ersten Kuss bekommen hatte. Sie war ein Jahr älter gewesen als er, gerade sieben, und das hübscheste Mädchen der Schule. Damals war sich zu verlieben noch so leicht gewesen.

»Ja, gern«, sagte Johanna, und der Klang ihrer Stimme ließ das Bild verschwinden.

Sie spazierten nach Süden in Richtung Ponte alla Carraia zur Piazza Carlo Goldoni, die direkt am Flussufer lag. Rechter Hand stand ein mehrstöckiges Haus mit großen Schaufenstern am Platz. »Münstermann«, »Profumeria« und »Farmaceutica« stand jeweils darüber.

»Waren Sie schon hier?«, fragte Luca.

»Nein, ich bin nur über den Ponte Vecchio und eine Brücke weiter im Osten gegangen.«

»Ich dachte mir, als Tochter einer Apotheker-Dynastie müssen Sie die Antica Farmacia Münstermann kennenlernen. Ein deutscher Apotheker hat sie 1908 eröffnet, Francesco Münstermann. Er war der Erste in der Toskana, der homöopathische Produkte angeboten hat und pflanzliche Heilmittel.« Luca trat mit ihr vor eines der Schaufenster, das gerammelt voll war mit Eaux de Cologne, Kräutermischungen, alten Büchern, Werbung aus den fünfziger Jahren von wunderwirkenden Haartinkturen und Talkumpuder, alten Fotos und Nippes. Ein wildes Sammelsurium. »Wir haben Glück, meistens ist das Geschäft Ende August geschlossen, dann gehen viele Florentiner in die Ferien.« Johanna hatte in der Stadt an etlichen Ladentüren das Schild »Ferie dal 28. Agosto« gesehen. In einem Haus war dahinter der halbe Laden abgerissen worden, und sie hatte überlegt, wie lange die Ferien des Inhabers wohl schon andauerten. »Wollen wir?«, fragte Luca. Er ging voraus in den leeren Verkaufsraum. Auf den ersten Blick war Johanna an die Erboristeria erinnert, doch die Einrichtung aus schwarz gebeiztem Holz war nicht so edel. Auch hier war noch die letzte Nische vollgestopft mit Krimskrams und Naturkosmetik, alten Tongefäßen, geschätzten hunderttausend Glasfläschchen undefinierbaren Inhalts, venezianischen Masken, Teilen einer Puppenstube, Schachteln und Flakons. Die Verkaufstheke hatte verglaste Schaukästen, die samt und sonders vollgestellt waren. Ein Gemisch blumiger Noten und herber Kräuter lag in der Luft, mit einem Akkord von Desinfektion. »Die Einrichtung ist noch original erhalten«, kommentierte Luca, griff in eines der Regale und holte einen Tiegel heraus. »Münstermann hat individuelle Kosmetik für seine Kunden angefertigt und alle seine Rezepte in einem Buch gesammelt, das seine Erben heute noch hervorholen und studieren.«

»Kann man es sehen?« Johanna war begeistert. Sie witterte Geheimrezepte. Luca wollte gerade antworten, da kam eine zarte, fast durchsichtig wirkende alte Dame im weißen Apothekerkittel auf sie zu.

»Ah, die Officina braucht ein paar neue Rezepturen«, sagte sie zu Luca und zwinkerte ihm zu. »Ich weiß schon, Münstermann hat die feineren Formulierungen.«

»Selbstverständlich, Signora Valluzi«, pflichtete Luca ihr bei und nahm sie kurz in den Arm, »aber das bleibt bitte unser Geheimnis, sonst ist die Officina Profumo doch ruiniert.« Er lächelte und bat sie um eine Rasiercreme, nach der Signora Valluzi erst ein Weilchen suchen musste, weil sie abgelenkt war, denn seit sie Luca kannte – und das waren nun sicher schon an die zwanzig Jahre, in denen er immer wieder mal bei ihr einkaufte, obwohl er in der Officina die gleichen Produkte kostenlos bekam –, hatte sie noch nie eine Frau bei ihm gesehen und auch nicht dieses befreite Lächeln auf seinem Gesicht. Johanna suchte sich derweil eine Honig-Mandel-Creme nach originalem Münstermann-Rezept aus und einen Vanilleduft, der sie an einen Kuss erinnerte, den sie nicht bekommen hatte.

»Das macht dreiunddreißig Euro, mein Lieber«, sagte die alte Dame zu Luca, und zu Johanna, die sich gerade in Signora Valluzi verliebt hatte: »Das Acqua darf ich Ihnen schenken. Kann ich sonst noch etwas für Sie beide tun?«

»Vielleicht ein Blick in Münstermanns berühmtes Buch?«, fragte Luca arglos. »Frau Stern-Reiter ist extra aus Deutschland gekommen, um es zu sehen. Ihre Familie betreibt eine Apotheke, und sie selbst verkauft Naturkosmetik.«

Signora Valluzi stutzte kurz, strahlte dann übers ganze Gesicht, kniff Luca über die Ladentheke hinweg in die Wange und meinte: »Ah, sehr geschickt, junger Mann, aber Signora Valluzi ist nicht so leicht zu überrumpeln. Die Geheimrezepte bekommt die Welt erst zu sehen, wenn ich an der Himmelspforte klopfe, und selbst dann bin ich mir nicht sicher, ob ich sie nicht lieber mit hinaufnehme. Vielleicht braucht die heilige Dreifaltigkeit ja auch mal eine ordentliche Rasur!«

Johanna und Luca verabschiedeten sich amüsiert, umrundeten eine ausladende Grünpflanze und verließen die wundersame Farmacia Münstermann, ein Seelenort, an dem Luca kleine Sorgen in die selbstlose Obhut der Signora Valluzi legte.

»Verraten Sie mir, warum Sie hier einkaufen?«, fragte Johanna, als sie auf der Straße waren.

»Weil Münstermann nicht annähernd so viel Umsatz macht wie wir«, erklärte er, »und Signora Valluzi eine alte

Freundin meiner Mutter ist. Ich darf immer kommen, wenn ich mal Rat brauche. Oder Rasiercreme.«
Johanna war an Mechthild Müller erinnert, mit der es ihr ganz genauso ging. Sie verstaute ihre Schätze in ihrer Korbhandtasche, schlenderte mit Luca auf der Nordseite den Arno entlang und versuchte sich den Mann an ihrer Seite zu erklären. So eben mal schnell gelang es nicht.
Florenz war im August längst nicht so überlaufen wie im Frühling oder Herbst, aber auf Dauer war die Menschenmenge doch beschwerlich. Luca versuchte sich sein Unbehagen nicht anmerken zu lassen, doch ohne Johannas Gesellschaft hätten ihn zwischen Mai und Oktober keine zehn Pferde zu einem Spaziergang in die Altstadt gebracht. Sie überquerten den Fluss auf dem Ponte alle Grazie, von dem aus man freien Blick auf den belebten Ponte Vecchio hatte, und kamen in den Stadtteil San Niccolò. Luca machte an einer Eisdiele halt. »Welche Sorte mögen Sie?«, fragte er. »Pistazie?«
»Woher wissen Sie das?«
»Sie sind eindeutig der Nusseistyp, klassisch und herb«, und süß, dachte er, sagte es aber nicht, denn Komplimente dieser Art empfand er als oberflächlich und plump. Johanna war erstaunt. Luca hatte ins Schwarze getroffen. Entweder war sie so wenig geheimnisvoll oder er ein wirklich guter Menschenkenner.
»Stimmt. Pistazie«, bestätigte sie ihm. »Und Sie? Vanille?« Das Vanillearoma ging ihr nicht mehr aus dem Kopf. Gleichzeitig war es aber auch eine vorhersehbare Eissorte, jeder mochte Vanille.
»Nein.«
»Nein?«
»Nein.«

Johanna überlegte. Ihr Blick wanderte über die Reihen der verschiedenen Sorten. Schokolade vielleicht? Da war manchmal ein sinnlicher Zug um Lucas Mundwinkel, der dazu gepasst hätte. Aber seinem Lächeln nach zu urteilen – tatsächlich lächelte er, und sein blauer Blick strahlte – lag sie damit auch falsch. Fruchteis? Milcheis? Wonach schmeckte die Welt des zweiten Geschäftsführers der Officina Profumo?

»*Vorrei un gelato al pistiacchio e un liquirizia, per favore*«, orderte er, und Johanna musste nicht weiterraten.

»Also auch herb«, sagte sie.

»Richtig. Und ein wenig bitter. Lakritz erinnert mich an die Ausflüge mit meinem Onkel, als ich klein war. Er ist mein Taufpate, wir haben viel zusammen unternommen.« Luca reichte Johanna ihr Eis. »Der alte Herr hat immer Lakritzpastillen in der Tasche, darauf kann man Wetten abschließen.«

An der rückwärtigen Fassade einer Kirche Ecke Via di San Niccolò und Via dell' Olmo zeigte Luca ihr dann zwei Hochwassermarken. Die untere, auf gut drei Meter Höhe, war sehr alt, eine breite Steintafel mit lateinischer Inschrift, dem Datum vom 4. November 1333 und dem Relief einer Hand, die die Fluthöhe anzeigte. Und circa dreißig Zentimeter darüber verlief die Linie vom Wasserstand des 4. November 1966. Johanna sah gebannt hinauf. »Auf der anderen Seite vom Fluss liegt die Stadt tiefer, da stand das Wasser noch höher«, sagte Luca. »Die Gefängnisdirektoren waren '66 die Einzigen, die vorgewarnt wurden, wussten Sie das? Sie konnten die Häftlinge rechtzeitig verlegen. Und die Goldschmiede des Ponte Vecchio hatten ein eigenes Warnsystem, aber sie haben trotzdem viel verloren.«

»An einem heißen Tag wie heute kann man sich das gar nicht vorstellen«, meinte Johanna, beeindruckt von den vielen Dingen, die Luca erzählte, und sah weiter zu der Markierung hinauf. Der Arno floss unweit von ihnen gemächlich dahin, als wollte er die Geschichte Lügen strafen. In manchen Jahren trocknete er im Hochsommer sogar aus, und Ratten liefen durchs steinige Flussbett.

»Es gab damals kein Trinkwasser mehr in der Stadt, kein Gas, kein Telefon, kein Licht«, sprach Luca weiter. »Die Banken waren zahlungsunfähig, weil das Wasser die Tresorkammern gesprengt und das Papiergeld vernichtet hatte.« In seinem Kontor gespeicherter Statistik erschienen wieder Zahlenreihen, die ihm das Geschehen lebendig schilderten. Luca bot Johanna erneut seinen Arm an. Sein wacher Blick studierte sie. »Die Officina hat zum vierzigjährigen Gedenken einen Duft herausgebracht und einen Teil der Verkaufserlöse gespendet. Kennen Sie ihn?«

»Nein. Wie heißt er?«, fragte Johanna.

»*Angeli di Firence*. Der Name bezieht sich auf die Helfer, die aus der ganzen Welt kamen und die Stadt monatelang aus dem Schlamm geschaufelt haben. Sie wurden ›Engel des Schlamms‹ genannt.«

»Hat Ihr Bruder es formuliert?«, wollte Johanna wissen. Wieder ein Detail, wieder ein Steinchen im Mosaik von Sandros Leben, das sie für sich einpassen konnte.

»Nein. Er war 2006 noch in Frankreich. Er arbeitet erst seit drei Jahren für die Familie.«

»Wissen Sie, wonach die Engel duften?«

»Ich habe keine Ahnung, leider«, bedauerte Luca. »Das ist Sandros Domäne. Er könnte Ihnen wahrscheinlich ein Gedicht vorlesen, das den Duft beschreibt, oder eine Geschichte erzählen, die Sie riechen können. Ja, so was kann er, der Kleine.« Luca ging mit Johanna nun eine Straße hügelaufwärts, vorbei an einer *enoteca,* in der schon frühe Mittagsgäste bewirtet wurden.

»Gehen wir zur Piazzale Michelangelo hoch?«, fragte sie. »Nicht ganz, etwas unterhalb liegt der Giardino delle Rose. Mein Lieblingsplatz in der Stadt, der und die Uffizien, wenn sie montags geschlossen haben, aber mein Kontakt dort hat heute leider frei. Und ohne sie kommen wir nicht rein«, sagte Luca.

»Ohne *sie?*«, hakte Johanna lachend nach. »Eine Verehrerin?« Das war das erste Mal, dass sie Luca nach seinem Privatleben fragte. Eine Frau an seiner Seite hätte nach ihrem Dafürhalten die Klasse der Marchesa haben müssen und das Temperament einer Bibliothekarin. Liebesbriefe auf liniertem Papier, im Überschwang einer wohltemperierten Emotion. Nein, das war ungerecht, rügte Johanna sich. Dieser Mann war ein kostbarer Stein von formvollendetem Schliff – ebenjener hinter dem diamantenen Funkeln. Und seine höfliche Zurückhaltung war eines der schönsten Komplimente, das sie je bekommen hatte.

»Nicht *meine* Verehrerin«, antwortete Luca, »Sandros. Er hat nun mal diese gewisse Wirkung auf Frauen, die wir Normalsterblichen neidlos ertragen müssen.« Der Ausdruck auf seinem Gesicht war nicht festzumachen. Enttäuschung, Strenge oder vielleicht auch Stolz? »Aber manchmal kann er auch gar nichts dafür. Die Damen deuten an ihm jeden Blick für sich.« Richtig, dachte Johanna, so wie ich, und sie beschwor den Geruch von altem Leder herauf, das Gefühl der glatten warmen Oberfläche einer Jacke unter ihren Fingerkuppen, den Klang der Aufzählung von Duftfamilien und begegnete dabei ihrem ganz persönlichen Quantum Selbstbetrug.

An der Via San Salvatore al Monte kamen sie wenige Minuten später an eine schmiedeeiserne Tür in einer hohen Steinmauer, die man leicht übersehen konnte. Der

Rosengarten dahinter zog sich etliche Etagen den Hügel hinauf und bot von jedem Punkt aus einen umwerfenden Blick auf die Stadt, so viel schöner als von der direkt darüberliegenden Piazzale. Nur wenige Spaziergänger flanierten über die Wege oder saßen im Gras der unterschiedlich angelegten Areale. Johanna erkannte sofort, dass es im Frühling eine atemberaubende Blütenpracht geben musste – Blauregen, der in Kaskaden einen Hang herabfloss bis zu einem kleinen Teich mit Wasserlilien, Pfingstrosen und Hortensien, Rosenstöcke jeder Art, kultiviert, wild, bodendeckend, Strauchrosen, Kletterrosen. »Dreihundertfünfzig verschiedene Sorten«, wie Luca erklärte, nur waren die meisten leider schon verblüht. »Das tut mir leid. Sie müssen im Frühling kommen, Giovanna, dann blühen sie in allen Farben und duften unbeschreiblich.«
Jetzt erst entdeckte Johanna die Skulpturen – eine überdimensionale schlafende Katze zwischen Rosenstöcken, ein lebensgroßer Spaziergänger in langem Mantel und spitzschnabelige Fabelwesen, die sich gen Himmel reckten. »Die Bronzeskulpturen sind ein Geschenk der Witwe von Jean-Michel Folon, einem belgischen Künstler«, klärte Luca Johanna auf. »Er hat sich zeit seines Lebens für seine Männchen, wie er sie nannte, einen Garten in der Toskana gewünscht. Florenz hat er geliebt.« Die originellen Exponate tauchten immer wieder unvermutet jenseits der gewundenen Wege auf, die mit Pflastersteinen angelegt oder auch nur grob gekiest waren. »Kommen Sie!« Luca führte sie zu einem kleinen Platz neben einer in den Garten integrierten Villa, von wo aus man den schönsten Blick auf die Stadt hatte. Er ging auf eine Bank zu, die schon besetzt war – von einer von Folons Bronzemännchen, einem lebensgroßen Mann im Mantel mit

Zylinder, der dort für die Ewigkeit saß und ein aufgeschlagenes Buch in der Hand hielt. Sein linker Arm ruhte ausgestreckt auf der Rückenlehne, sein angedeuteter Blick ging in die Ferne. »*Je me souviens* – Ich erinnere mich«, sagte Luca. »So heißt die Skulptur. Wollen wir uns dazusetzen, die Bank ist breit genug. Und er mag Gesellschaft, wir kennen uns bereits.« Der stumme Parkbesucher und Luca nahmen Johanna in die Mitte. Sie hielt Abstand, denn die Bronze glühte in der Sonne. Erst jetzt sah sie das andere Exponat auf diesem Platz. Genau vor ihr, an der Kante der terrassierten Ebene, auf der sie saßen, stand auf einem Steinpodest der monumentale Rahmen eines scheinbar verrosteten Koffers mit Henkel, wie ein riesiger Bilderrahmen, durch den hindurch man den Palazzo Vecchio, den Dom und, je nach Blickwinkel, auch andere Wahrzeichen von Florenz sehen konnte. Allerdings fuhr auf dem Kofferboden auf Bronzewellen ein Hochseedampfer mit drei Schornsteinen durch die Ansicht. »Das ist mein Leben«, hörte Johanna Luca neben sich sagen. Er war bemüht, ihr zu erklären, warum er hier so gerne saß, zwischen der Erinnerung und dem Fortgehen, denn die Skulptur des leeren Koffers hieß *Partir*. »Ich muss ständig reisen. Ich bin an mehr Tagen im Jahr unterwegs als zu Hause. Ich bin wie dieses Schiff, ohne Ankerplatz, und manchmal wache ich in irgendeinem Hotel auf, und das einzig Vertraute ist dann mein Aktenkoffer neben dem Bett.« Luca reihte keine Daten und Zahlen mehr aneinander, jetzt beschrieb er sein Leben. »Es ist, als würde man seine Seele in hundert Teile dividieren, wissen Sie. Und jedes ist ortlos, jedes Stück bleibt fremd. Manchmal sitze ich hier mit ihm«, er blickte zu Johannas bronzenem Banknachbarn, »und sehe mir selbst dabei zu, wie ich fortgehe.«

»Haben Sie sich das nicht ausgesucht?«, fragte sie vorsichtig.
»Nein. Es ist mein Erbe, und in meiner Familie schlägt man sein Erbe nicht aus. Natürlich macht der Erfolg es nicht besser. Er multipliziert den Einsatz.«
»Ihr Bruder arbeitet aber doch auch für das Familienunternehmen …«
»Er ist Künstler und hat sich darüber seine Freiräume bewahrt. Dafür wird er wohl eine andere Verpflichtung eingehen.« Johanna sah Luca fragend an. »Er ist mit einer Tochter der Vercellis liiert, ein Mode- und Textilimperium. Meine Mutter träumt von Enkeln und der alte Herr von einer Kooperation unserer Unternehmen.«
»Oh!« Johanna spürte den Stich in ihrem Herzen. Sie hatte sich schon so etwas gedacht. Der Name Gabriela war beim Essen im Obicà gefallen, und Sandro hatte gesagt, er fahre übers Wochenende zu ihr. Er war also vergeben, natürlich war er das. Das Mosaik aus Porzellan, Messing, Leder und Turmalin zerfiel.
Luca war aufgestanden und zur Skulptur des Koffers hinübergegangen. Johanna folgte ihm. »Morgen sitze ich schon wieder im Flieger«, sagte er leise und legte seine rechte Hand unter ihr Kinn. Er hob es vorsichtig an, so dass sie zu ihm aufschauen musste und er auf den veilchenblauen Grund ihrer Augen sehen konnte, von denen er letzte Nacht geträumt hatte. Johanna erschrak. Die plötzliche Nähe verstörte sie, sein forschender Blick, der etwas in ihr anschlug, und er roch nach Gewürzen und samtig-sämigem, fast animalisch anmutendem sinnlichem Moschus. *Muschio Oro,* sie kannte es aus der Officina, ein tiefgoldenes, beinahe bernsteinfarbenes Acqua, wie ein warmer Sonnenuntergang, wie die

Fresken in der kleinen Kuppel von San Lorenzo, von der er erzählt hatte. »Ich muss morgen nach New York«, sagte Luca und sah sie mutlos an. »Wir werden uns wohl nicht wiedersehen, Giovanna.«

15

In den darauffolgenden Tagen sammelte Johanna im Umland von Florenz Zistrosenzweige, die sie in ihrem Hotelzimmer zum Trocknen aufhängte und zu Hause destillieren wollte. Ihr geheimnisvoller, schwerer Duft mit Nuancen von Amber erfüllte bald den ganzen Raum – balsamische Wärme und Süße. Die Zistrose war ein Seelentröster, der Nervosität verscheuchte und Sorgen in seinem Duft versinken ließ gleich einem vergessenen Löffel im Honigglas, von dichtem Gold umarmt. Johanna hatte sich ein Fahrrad gemietet und es genossen, die Hektik der Stadt hinter sich zu lassen. Macchia und Olivenbäume, Wein und Weizenfelder und weite Flächen mit Sonnenblumen bestimmten das Bild rund um Florenz, wobei sich die silbergrünen Olivenhaine und kleinen Wälder vor allem im Süden über die Hügel erstreckten und die Felder das flachere Land westlich der Stadt dominierten. Gleißendes Sonnenlicht, hart und unbarmherzig, keine Abkühlung im Schatten, kein Wind, keine Bewegung – die Vegetation duckte sich zur Mittagszeit unter der Hitze erdwärts und ergab sich. Wiesen vibrierten unter dem Klang der hochsommerlichen Brautwerbung unzähliger Zikaden. Brauntöne, Ocker, Gelb und dann wieder Grün in jeder Schattierung. Die Landschaft um Florenz war selbst am Ende des Sommers noch satt und anschmiegsam, sie ruhte und reifte ihrer Ernte entgegen.

Wenn die Schatten wieder länger wurden, die Sonne im Westen am Firmament herabstieg, fuhr Johanna langsam zurück entlang der Felder, auf denen zu Hunderten die gedroschenen Getreidehalme lagen, zu Rundballen gepresst, in immer gleichem Abstand, ein futuristisches Bild. Außerdem machte sie einen weiteren Abstecher in die Officina Profumo, weil das der eine Ort in Florenz war, den sie von allen am meisten liebte, und sie kleine Geschenke für Freunde und Nachbarn kaufen wollte, und ging in die Accademia, wo sie der Flut der schönen Körper in Marmor erlag. Sie besichtigte die Brancacci-Kapelle auf der Piazza del Carmine, eine Freskenopulenz biblischer Szenen, und gönnte sich Stunden, die sie lesend im Grünen Kreuzgang von Santa Maria Novella verbrachte, weil er so beschaulich ruhig und nah an ihrem Himmel lag und den Duft des Weihrauchs aus der Basilika aufnahm.

Als Johanna an ihrem letzten Tag in Florenz, dem Freitag, startklar für einen Stadtbummel in einem weißen, luftigen Kleid aus zarter Spitze und mit Hut, Sonnenschirm und Tasche an der Rezeption ihres Hotels vorbeikam, erstarrte sie, denn dort saß Sandro Fortini und wartete. Er fläzte lässig in einem Sessel, trug Jeans und T-Shirt, die Lederjacke, die eindeutig zu warm war für die Sommerglut, und eine Sonnenbrille im dunkelblonden, wirren Haar. Der turmalingleiche Blick war erwartungsvoll auf sie gerichtet.

»Guten Morgen, Vanna. Ich dachte schon, du verschläfst deinen letzten Tag vielleicht«, sagte er, stand auf und kam auf sie zu. Johanna war sprachlos. »Was hältst du von einem Ausflug ans Meer?« Es klang mehr nach einer Aufforderung denn einer Frage.

»Auf deiner Vespa?«, war alles, was sie herausbrachte. Sie versuchte sich an ihrem Sonnenschirm festzuhalten.

»Nein, ich habe meinen Wagen draußen. Ein Cabrio. Vielleicht nimmst du lieber ein Kopftuch statt deinem Hut. Und vergiss deine Badesachen nicht.«
»Sicher. Warte kurz.« Johanna lief auf ihr Zimmer und griff sich eilig das veilchenblaue Chiffontuch, das sie sich mit ihrer Mutter teilte, weil es exakt den Farbton ihrer Augen hatte. Den Sonnenschirm stellte sie zurück. Sie holte ihren mintfarbenen Fünfziger-Jahre-Bikini aus dem Schrank, von dem sie schon geglaubt hatte, ihn umsonst mitgenommen zu haben, kramte in der Nachttischschublade nach ihrem Fotoapparat und ihrer selten benutzten Sonnenbrille – das Modell »Frühstück bei Tiffany« – und tauschte ihre Spangenschuhe mit Absatz gegen Ballerinas. Als sie zurückkam, stand Sandro bereits in der Tür und hielt seine Autoschlüssel in der Hand. »Wir müssen ein paar Meter gehen, ich konnte hier nirgendwo parken. Ich stehe beim Bahnhof.«
Er fuhr einen Fiat 124 DS, ein zweisitziges silbergraues Cabrio, dessen Stoffverdeck offen war, Chrom und gepflegter Lack, Speichenfelgen.
»Ist das ein Oldtimer?«, fragte Johanna, als Sandro ihr die Beifahrertür des Sportwagens öffnete und sie auf den schwarzen Ledersitz sank.
»Ein ’85er Baujahr, einer der Letzten aus der Baureihe von Pininfarina. Der alte Herr hat ihn gefahren und mir zusammen mit seiner Jacke vermacht, als er auf was Bequemeres umgestiegen ist.« Der alte Herr war Giovanni Fortini. Die Brüder nannten ihn beide so, wie Johanna mittlerweile wusste. »Warst du schon einmal in Forte dei Marmi?«, wollte Sandro von ihr wissen. Er hatte den Wagen gestartet und fuhr los. Der Motor klang satt und kraftstrotzend.
»Nein. Ist es weit?«

»Eine Stunde etwa. Wie viel Zeit hast du?« Er schaute sie mit diesem herausfordernden, kühnen Blick an, den sie schon am letzten Freitag an ihm gesehen hatte – bevor er sie so überstürzt zu ihrem Hotel zurückgebracht und mit einem kleinen Engel abgespeist hatte. Das Mosaik aus Porzellan, Messing, Leder und Turmalin setzte sich in diesen Minuten für sie wieder zusammen, silbergraue Metallplättchen fügten sich ein und Partikel einer Ohnmacht – ihrer Ohnmacht unter seinem Blick.

»Den ganzen Tag, mich drängt nichts. Ich muss nur noch für morgen packen«, antwortete sie.

»Schön«, sagte er. »Das muss ich irgendwie auch, aber es hat Zeit.«

»Du verreist?«

»Gewissermaßen.« Sandro fuhr über die Autobahn Richtung Meer. Seine Gedanken vermaßen dabei die Stäbe des Käfigs, auf den er zuraste, und sein Herz zitterte. Er war sich nicht sicher, warum er am Morgen so spontan beschlossen hatte, Johanna noch einmal zu sehen, an ihrem letzten Tag in Florenz, denn das Wochenende bei Gabriela war schön gewesen. Sie hatten sich geliebt, Pläne geschmiedet und den Abstand, der sich immer wieder zwischen sie schob – der Entfernung und dem Freigeist geschuldet, dem sie beide frönten –, für zwei Tage überwunden. Gabriela war ganz bestimmt die interessanteste Frau, die er je getroffen hatte, die einzige, der es gelang, ihn immer wieder in Fantasien zu verstricken, die ihm nicht langweilig wurden, und doch war ihm das Veilchenblau von Johannas Augen die ganze Woche über nicht mehr aus dem Kopf gegangen, der Geruch ihres Feenhaars und die betörende Anmut einer vergangenen Epoche. Er hatte tatenlos an seinem Schreibtisch gesessen, stundenlang sein Labor aufgeräumt, alte Entwürfe verworfen und dann die Kette einer neuen Duftassoziation gesponnen. Das Feuer ihres roten Haares hatte ihn zu schweren Blütenaromen inspiriert – Jasmin und Tuberose, zarte Gewächse mit betäubender Aura, und dazu seltene Hölzer, Perubalsam, Benzoe und Sandelholz, die ihren erdigen, satten Geruch erst verströmten, wenn man sie der Natur geraubt und sich gefügig gemacht hatte. Duftkörper, die Sandro immer auf jenen schmalen Grat zwischen Erregung und Abscheu führten, wo Leidenschaft und Erotik zu finden waren, die die verstörende Vision schweißnasser Körper heraufbeschworen, den Geruch der Lust. Und dabei war Johanna selbst wie ein Parfum, das sich nicht offenbarte, nicht sofort mitteilte, eines, das erst entdeckt werden wollte. Fließende Emotion, Illusion, Ambivalenz. Er hätte gern gespürt, wie es sich auf seiner Haut entfaltete.

Das Meer kam näher. Sie lächelte ihn an. Der Augenblick war mild, Sandro schenkte sich ihm. Er wollte diesen einen Tag mit ihr für sich haben, um sich später auf das weiche Kissen seiner Erinnerung betten zu können, wenn sein Blick müde würde wie der des Panthers. »… ein Tanz von Kraft um eine Mitte, in der betäubt ein großer Wille steht.« Diese Zeilen von Rilke gingen ihm seit Wochen nicht mehr aus dem Kopf. Er hatte Angst, war ruhelos wie selten und wollte nur noch ein einziges Mal dieses Spiel spielen. Nur noch einmal jagen und sich dabei in seine Beute verlieben, seine Zähne bedächtig in ihr weißes Fleisch schlagen, mit seinen Krallen behutsam ihre Eingeweide durchpflügen, bis ihr Herz freilag. Warum nur war er in ihrer Nähe so hungrig?

Sie fuhren gegen elf Uhr langsam an der Straße am Strand entlang. Johanna sah zum ersten Mal die endlos lange Reihe kleiner bunter Umkleidekabinen, die den Blick aufs

Meer versperrte, und machte Fotos. Immer wieder gab es Abschnitte derselben Farben, mit einer Fahne dahinter, die das Emblem und den Namen des jeweiligen Strandbads trug – Angelo, Costanza oder Assunta. Vor dem Bagno Dalmazia parkte Sandro seinen Wagen und öffnete Johanna die Tür. Sie stieg aus, ließ ihr Tuch auf dem Beifahrersitz liegen und ging mit ihm auf eine Reihe türkis getünchter Badehäuschen zu, an die ein Restaurant anschloss. Nur ein kleiner Speiseraum mit großem Deckenventilator, der direkt in eine weite Veranda überging, von dunkelblauen Sonnensegeln überdacht. Die Tische waren sorgfältig eingedeckt und bereit, die ersten Mittagsgäste zu empfangen. Der Besitzer des Dalmazia begrüßte Sandro mit Handschlag. Er kannte ihn von klein auf.
»Wir gehen erst an den Strand, Nicola«, sagte Sandro zu ihm, »und kommen später zum Essen. Was empfehlen Sie?«
»Die gefüllten Tortellini müssen Sie probieren, Alessandro, und den Spada, ganz frisch, erst heute Morgen aus dem Meer geholt. Kommt Ihre Mutter auch?«
»Nein, nur wir zwei. Die Familie bleibt übers Wochenende in der Stadt.«
Sandro nahm Johanna die Schuhe ab und stellte sie zusammen mit seinen nebst ihrer Tasche in eine der Umkleiden, die er abschloss. Dann nahm er sie an der Hand und ging mit ihr über Holzbohlen zum Meer, vorbei an den mit Tuch überdachten breiten Sonnenliegen, Tischen und Stühlen. Der gesamte Strand war so aufgeteilt, Bagno für Bagno, in perfekter Symmetrie. Eine Dame mit Pudel und einem frühen Glas Champagner saß alleine im Schatten. Familien mit Kindern, Liebespaare und viele ältere Leute, die mit Freunden oder Geschäftspartnern das magische Ritual des *dolce vita* pflegten, ein Leben, das den

Sommer über aus Begegnungen am Meer bestand. Mailänder oder Turiner Unternehmer verließen ihre Frauen und Kinder, um unter der Woche zu arbeiten, und kamen erst am Freitagabend nach Forte dei Marmi zurück. Die Gelegenheit für die hübschen Bademeister oder die Rettungsschwimmer, mit den einsamen Damen zu flirten. Johanna sah ausgelassene junge Leute beim Wellenreiten und in der Ferne die lange Seebrücke, die weit ins Meer hinausragte. Dort hatten früher die Schiffe angelegt, die den Marmor aus den Steinbrüchen des Monte Altissimo abtransportierten. Das kleine Fischerdorf war heute ein mondäner schöner Ort ohne Prunk. Reichtum und Luxus kleideten sich hier in weißes Leinen, ein ungeschriebener Dresscode. Internationale Saisongäste vermischten sich mit den Italienern, die vor Jahrzehnten noch unter sich geblieben waren. Sandro erklärte Johanna, dass seine Familie hier ein Haus besaß, das sie den Sommer über nutzten, und dass sie an diesem Strand praktisch groß geworden waren, er und Luca. Und er erzählte von seinem Vater, der ihm das Segeln beigebracht hatte, und davon, dass er seit seinem Tod nicht mehr ganz so sicher durchs Leben navigierte wie zuvor. »Luca denkt, dass er ständig auf mich aufpassen muss, aber das ist nicht dasselbe. Ich kann mit ihm nicht reden wie mit meinem Vater, wir sind sehr verschieden, weißt du.« Verschieden ist eine kolossale Untertreibung, dachte Johanna. Sandro hielt noch immer ihre Hand, während sie, die Füße in der Brandung, den Strand entlanggingen. »Hast du in Florenz gefunden, wonach du gesucht hast, Vanna? Die Geschäftsleitung hat dir eine Absage erteilt …«

»Ich hatte nicht erwartet, was ich gefunden habe«, antwortete sie. »Und ja, ich werde wohl keine Produkte der Officina in meiner Sternwarte führen, aber ich bin nicht enttäuscht. Ich bin gekommen, weil ich an ein Wunder geglaubt habe, und es ist ja auch eines passiert.«

»Was meinst du damit?« Er ließ ihre Hand los und legte seinen Arm stattdessen um ihre Taille. Sein Lächeln war so offen, so völlig unbeschwert, und Johanna wusste, sie sollte sich von ihm lösen, aber sie wollte es nicht.

»Ich habe hier vergessen, wie sich Bens Umarmungen angefühlt haben«, beantwortete sie stattdessen Sandros Frage. »Ich sehe sein Gesicht vor mir, und es tut nicht mehr weh.«

»Ben«, fragte Sandro, »war er dein Freund?«

»Ja. Mehr sogar, dachte ich. Für mich war er mehr, aber ich nicht für ihn. Er hat mir versprochen, mich immer zu lieben, und dann eine andere gefunden.« Johanna erzählte es zum ersten Mal, ohne traurig zu sein. Das Meer floss über die Abdrücke ihrer nackten Füße im Sand und zog sie mit sich zurück in die Flut. So liefen sie beide, ohne eine Spur zu hinterlassen.

»Manchmal können wir unser Wort nicht halten«, sagte Sandro.

»Ja. Und deshalb will ich auch keine Versprechen mehr bekommen«, versicherte sie ihm und glaubte beinahe selbst daran. Er beugte sich zu ihr und roch an ihrem Haar, das offen und wild im leichten Wind tanzte, der vom Meer her kam. Er zog sie in seine Arme, küsste sie auf die Stirn und blieb minutenlang so mit ihr stehen – zwischen Wasser und Land, Versprechen und Betrug, der Angst vor der Zukunft und dem Verlangen der Gegenwart. Sie war der Sand und er die Welle, die ihn bewegte. Er war der Wind und sie der Berg, an dem er sich brach.

16

Sie aßen unter den großen Sonnensegeln zu Mittag, und Sandro fütterte Johanna von seinem Teller wie ein Kind, dem man Leckereien zusteckte – Pasta, Fisch und eine *crostata di visciole,* ein Kirschkuchen, den die Küchenchefin extra für ihn reserviert hatte. Die Blicke der Stammgäste – und es gab nur Stammgäste im Dalmazia – lagen alle auf ihr. Ihre Schönheit beflügelte die Fantasie der Männer, sie bauten sich in der Mittagshitze Luftschlösser aus leerem Dunst und Johannas hellem Lachen, in denen sie den Nachmittag über von ihr träumen würden. Und Sandro, der dieses Begehren nicht minder spürte als sein eigenes, war stolz, sie bei sich zu haben.

»Hast du Lust zu schwimmen?«, fragte er später, als sich die Schläfrigkeit der Siesta über den Strand und seine Besucher legte, und er überließ Johanna die Umkleide und ging schon vor zu den komfortablen Liegen in vorderster Reihe direkt am Wasser. Die Handtücher waren bereits aufgelegt worden, Kissen auf die Stühle plaziert und eisgekühltes Wasser in einem Champagnerkübel bereitgestellt – der übliche kleine Luxus. Sandro zog seine Jeans aus, seine Badehose trug er bereits darunter, und schlüpfte aus seinem T-Shirt. Sein kräftiger, durchtrainierter Oberkörper war von der Sonne gebräunt, ein Spiel aus Muskeln und Sehnen. Die breiten Schultern, die starken Oberarme, die schöne Bauchmuskulatur – eine Topographie des Begehrens, gleich den weichen geschwungenen Sandsteinformationen nordamerikanischer Canyons, Verwehungen im Wüstensand, Wellen. Und jetzt waren es die drei Viacava-Schwestern Daniela, Francesca und Cristina, Besitzerinnen des California Park Hotel in der Via Colombo, die bei dem Anblick in

Tagträume verfielen. Sie waren Strandnachbarinnen an den seltenen freien Nachmittagen, die sie hier gemeinsam verbrachten. »*Chi vuoi impressionare, ragazzo?*« – »Wen willst du damit beeindrucken, Kleiner?«, riefen sie zu ihm hinüber. Sie waren alle drei ein gutes Stück älter als Sandro und immer für eine pikante Provokation zu haben. Er lachte und verstummte im selben Moment, da Johanna in ihrem Vintage-Bikini erschien, die Badehose als kurzer Hosenrock gearbeitet, das Oberteil ein Neckholder, der atemberaubend schöne Brüste umschloss. Ihr Haar hatte sie mit einer einzigen großen Haarnadel aufgesteckt. Dieses Bild allein ist es wert, hergekommen zu sein, dachte er, denn bisher hatte er sie nur in langem Rock und Hosen gesehen. Das Darunter war seiner Vorstellung überlassen geblieben, hatte sich nur in ihren Bewegungen und der Ahnung einer Silhouette angedeutet. Ihre zarte Haut war fast weiß, der Kontrast zur leichten Farbe, die die Sonne in den letzten Tagen in ihr Gesicht und auf ihre Arme geküsst hatte, fiel erst jetzt auf.

»Du gehst im Stil der zwanziger Jahre aus und badest im Fünfziger-Look?«, fragte er mit belegter Stimme.

»Ganz genau, und die Dessous dürfen einen Anklang der vorletzten Jahrhundertwende haben«, antwortete sie und war von sich selbst überrascht. Sie reizte ihn, weil ihr gefiel, wie er sie ansah.

»Korsagen?«, fragte Sandro und schluckte. Wie konnte ein Mädchen nur so absichtslos sexy sein?

»Ja, auch, und ein Hauch von knisternder Seide, von Chiffon, Duchesse, Taft und Satin«, zählte sie auf und setzte sich zu ihm. »Schwebende Spitzen, belgische oder französische, handgeklöppelt. Kennst du dich mit dem Klöppeln aus?« Johanna hatte Spaß an diesem Spiel. San-

dro hing an ihren Lippen wie sie vor einer Woche an den seinen, als er die Duftfamilien benannt hatte – »… sanfte Noten, exotische, animalische …« –, und sie konnte kaum glauben, dass sie alle Vokabeln fand.
»Nicht wirklich«, sagte er. »Aber ich habe so etwas, glaube ich, schon mal gesehen.«
»Ach ja?« Johanna war ungewohnt vergnügt. »Pass auf, großer Duftkünstler, das ist ganz einfach. Du nimmst möglichst viele Holzspulen, je nach Muster, und dann führst du die Fäden.« Sie war jetzt ganz nah bei ihm, sah ihm tief in die Augen und sagte, während sie ihre Finger durch die Luft bewegte: »Verdrehen«, sie machte eine kurze Pause, »verkreuzen«, er hielt ihren Blick, »verknüpfen«, sie zelebrierte jedes Wort, »und verschlingen.« Die Herrin der Kessel ist eine Hexe, ging es dem Panther durch den Kopf, und längst nicht so harmlos, wie er vermutet hatte. »Ich verkaufe handgenähte Wäsche in meinem Laden, weißt du, deshalb kenne ich mich aus. Die meisten Stücke entwerfe ich selbst.« Seine Lippen bebten ganz leicht, ihm war unerträglich heiß. Er glaubte von innen heraus zu verbrennen und hätte sich nur ein paar Zentimeter vorbeugen müssen, um ihre salzigen Lippen zu küssen. »Wir sollten dich jetzt abkühlen!«, rief Johanna da im Aufstehen und lief ins Meer. Sandro folgte ihr, ergriff sie, trug sie ein Stück über der Schulter – seine Beute war leicht, auch wenn sie sich sträubte – und tauchte gemeinsam mit ihr unter. Ihr langes rotes Haar löste sich, und sie glich einer Meerjungfrau. Beim Herumtollen sah Johanna an Sandro eine Narbe, etwa auf Höhe seines linken Rippenbogens, und berührte sie vorsichtig. »Was ist da passiert?«, wollte sie wissen.
»Ein kleiner Unfall, ich war acht.«

»Und?«, fragte Johanna.

»Unsere Eltern waren nicht zu Hause. Luca sollte auf mich aufpassen, aber er war mit seinen Hausaufgaben beschäftigt, der Streber.«

»Ja, und?«

»Ich bin vor dem Haus mit dem Fahrrad gestürzt und auf eine gemauerte Beeteinfassung gefallen, ein echt übler Schmerz.« Sandro machte eine Pause. Johanna sah ihn gespannt an. »Ich hab kaum Luft bekommen, weil ich mir zwei Rippen angebrochen hatte, und Luca hat den Notruf nicht erreicht. An dem Tag gab es nämlich Leitungsarbeiten, aber das weiß ja keiner.«

»O Gott! Hast du Angst gehabt?«, fragte Johanna.

»Nicht so große wie Luca«, antwortete er und lachte. »Der hat mich ins Auto unserer Mutter verfrachtet und ist mit mir ins nächste Krankenhaus gerast. In die Altstadt, auf der anderen Seite vom Fluss.«

»Er konnte schon Auto fahren? Wie alt war er denn?«

»Vierzehn, und er hatte natürlich keinen Führerschein. Ich weiß noch, dass er die ganze Zeit über geheult hat, aber wir haben trotzdem keine zehn Minuten gebraucht. Außer den Rippenbrüchen hatte ich noch einen Milzriss. Ich wäre innerlich verblutet, wenn er nicht mit mir losgefahren wäre«, sagte Sandro, und Johanna spürte, wie stolz er in Wahrheit auf seinen großen Bruder war. »Das war die einzige Gesetzesübertretung, die er sich je geleistet hat«, schloss er die Geschichte flapsig ab. »Luca versteckt sich gern hinter Nadelstreifen.«

Als sie sich nach dem Schwimmen Liege an Liege ausruhten, seine Hand in ihrer, und sich das Sonnenlicht in den Wassertropfen auf ihrer nassen Haut brach, fragte Johanna nachdenklich: »Bekommst du keinen Ärger, weil du mit mir hier bist?« Sie wusste, dass nichts um sie

herum echt war, dass sie in ein Märchen eingetaucht war, in dem sie nicht würde bleiben können.
»Was meinst du?«
»Na, dich kennt doch hier jeder und deine Mutter auch. Und wahrscheinlich auch deine Freundin Gabriela.« Sie wartete auf eine Reaktion von ihm, doch sie kam nicht. Also sprach sie weiter. »Wird man deiner Mutter nicht erzählen, dass du mit einer anderen Frau hier warst?«
»Vanna, wir sind in Forte dei Marmi, hier wechseln die Verliebtheiten im Rhythmus der Gezeiten, und niemand spricht darüber.« Sandro sah zu ihr hinüber. »Diskretion ist an einem Ort wie diesem oberstes Gebot. In der Villa Augustus, dem besten Hotel, wohnen Gäste unter falschem Namen.«
»Dann bist du hier also sicher?«, fragte sie bitter. Sie konnte nicht ganz verbergen, dass es sie verletzte, hinter der Anonymität eines Sommerflirts zu verschwinden, und überlegte, ob sie deshalb hierhergekommen waren, weil es für ihn zu gefährlich gewesen wäre, sich mit ihr in Florenz zu zeigen. Doch andererseits, was sah man denn schon? Einen Mann und eine Frau, die gemeinsam aßen und sich unterhielten. Die vielleicht zusammen lachten, mehr nicht. Ja, er hielt ihre Hand, und sie hatte beim Nachtisch darüber nachgedacht, wie seine Küsse zwischen den Bissen von Kirschkuchen schmecken würden, aber mehr war nicht geschehen.
»Sicher fühle ich mich nicht, aber das liegt nur an dir«, sagte er. »Und das mit Gabriela, das ist kompliziert.«
»Liebst du sie?«
»Ja.«
»Und was machen wir dann hier?«
»Wir träumen.«
Ja, er hatte recht, sie träumten. Und mehr als diese Illu-

sion hatten sie ohnehin nicht zu erwarten, Johanna reiste schließlich ab. Auf jeden Fall. Sie reiste ab, und jeder ging in sein Leben zurück, mit oder ohne diese gemeinsame Erinnerung. Und so ignorierten sie während der nächsten Stunden die bohrenden Stimmen und überließen sich zwischen Wind und Wellen weiter ihrem Spiel. Wann immer Sandro an diesem Tag am Meer einen Gedanken mit Johanna teilte, hatte er das Gefühl, dass er in ihr weiterschwang, und was immer sie aus ihrem Leben erzählte, es setzte sich in ihm fort, schmiegte sich an seine eigene Biographie und fügte sich wie ein Puzzleteil ein. Sie offenbarte sich ihm, und er glaubte nun auch ihre Formulierung entschlüsseln zu können. Ihre Kopfnote war Schönheit und Scheu, die erste offensichtlich, die letztere flüchtig und aus Enttäuschungen geboren. Ihre Herznote war Sehnsucht und Leidenschaft, langanhaltend. Und die Basis, das, was die Komposition ihrer Persönlichkeit trug, ihr Dauer gab, anhaftete, das war Wahrhaftigkeit. Wie hätte er dieses Mädchen berühren können? Und wie die Berührung unbeschadet überstehen?

»Wollen wir zurückfahren?«, fragte Sandro Johanna am frühen Abend, wohl wissend, dass sie zu Hause auf ihn warteten und er nur gesagt hatte, dass er unterwegs sei. Egal. Das Handy im Handschuhfach seines Wagens war ausgeschaltet, und er verspürte keinen Drang, seine Nachrichten abzuhören. Nicht heute. Aber vielleicht würde er dem alten Herrn eine SMS schicken, dass es ihm gutging und sie nicht auf ihn warten sollten, weil es spät werde. Giovanni konnte es ausrichten.

»Natürlich«, antwortete Johanna. »Du hast recht, es wird Zeit.«

»Du klingst traurig.«

»Ich werde alles vermissen«, sagte sie, »das weiß ich jetzt schon. Die Stadt, die Officina … und dich auch.«

»Möchtest du noch einmal dorthin?« Sandro folgte einer spontanen Eingebung. »Ich meine, in die Officina? Sie schließt in einer Stunde. Kurz danach sind alle weg, und wir haben sie für uns alleine. Hast du Lust?« Seine Mutter würde ihn umbringen und Luca ihm eine Standpauke halten.

»Wirklich?« Johanna konnte seinen Vorschlag kaum glauben. »Du meinst, wir können in die Verkaufsräume, wenn niemand mehr da ist?«

»Sicher, ich muss nur die Alarmanlage ausschalten, das ist kein Problem. Wir nehmen uns von Nicola eine Flasche Champagner mit und plündern die Schokoladenvorräte. Du kannst Acqua testen.«

Als sie in seinen Wagen stiegen und Sandro auf der *autostrada* das Gaspedal durchtrat, spürte er, wie sich sein Körper in ihrer Nähe tausendfach nach ihr sehnte. Eine Verwundung des Herzens, die er nicht hatte kommen sehen. Da wusste er, das Spielen war vorüber und er nicht mehr auf der Jagd. Denn er war nicht der Panther, er war der Käfig, das Gefängnis seiner eigenen Gefühle, die nun unruhig in ihm kreisten.

17

Luca Fortini, am gestrigen Abend spät aus New York zurückgekommen, hatte schon mehrfach in Johannas Hotel angerufen und jedes Mal die Auskunft erhalten, dass sie nicht da sei. Er hatte eine Nachricht hinterlassen und um Rückruf gebeten. Gegen neunzehn Uhr war er dann aus dem Büro hinübergegangen – mit einem Strauß blassrosa, gelber und roter Rosen, die Johanna mit der Rundheit und Ruhe ihres Duftes für das spartanische Blühen des Giardino delle Rose am Montag entschädigen sollten. Luca hatte auf seinen Transatlantikflügen reichlich Zeit zum Nachdenken gehabt, Zeit für mutige, möglicherweise auch unvernünftige Entscheidungen, an denen es seinem Leben entschieden mangelte. In ihm war ein Gefühl aufgekeimt, das er nicht kannte. Wenn er an Johanna dachte, an den Moment vor Folons Skulptur des Fortgehens, als er sie hatte küssen wollen und sich gefürchtet hatte, dann lächelte er, und er merkte es jetzt. Es war ihm mitten in einem Meeting im zweiundfünfzigsten Stockwerk des Chrysler-Building bewusst geworden, als der Raum sich mit Bedeutungslosigkeit gefüllt hatte und er dennoch glücklich war. Danach war er nicht mehr derselbe gewesen. Ja, sie schwärmte für seinen Bruder, doch er glaubte zum ersten Mal in seinem Leben der Bessere zu sein, denn er konnte ihr eine Zukunft bieten. Gewiss, sie lebte in Deutschland und er streng genommen überall auf der Welt, aber sie würden einen Weg finden, zusammen zu sein, und das wollte er ihr sagen, noch heute, ehe sie abreiste. Sie sollte diese Option wenigstens mit auf den Weg nehmen. Wenigstens das, Giovanna.

Es war schon kurz nach acht. Luca saß in Anzug und Krawatte und unbestimmter Stimmung im Foyer des Nizza und wartete. Er hatte sich bei seiner Mutter für das Abendessen entschuldigt und versprochen, noch zu einem späten Digestif zu kommen und die Gäste zu begrüßen. Er sah auf die Uhr. Wenn er Pech hatte, kam Johanna vor dem Abendessen nicht zurück, und sie besaß kein Handy, zumindest hatte er keine Nummer in seinen Unterlagen gefunden. Es tat seinem Vorhaben nicht gut, so viel Zeit zum Nachdenken zu haben. Sein Mut war

kein Riese, er war mehr wie diese Rosen, die über dem langen bangen Warten schwanden. Luca bat um Wasser. Draußen lärmte das Leben, die Restaurants füllten sich, der Verkehr rollte unvermindert durch die Straßen. Doch die Officina Profumo lag bereits verlassen wie eine unbewohnte Insel auf dem alten Klostergelände. Sandro hatte gegen halb neun die Büros kontrolliert, das Lager und selbst die Sakristei, die noch immer eingerüstet und ganz in der Hand der Restauratoren war. Johanna bestaunte die freigelegten Fresken im Stile Giottos. Eine Abendmahlszene an einem runden Tisch in zarten Farben – die erste ihrer Art, wie Sandro ihr erklärte. Zuvor war Jesus mit seinen Jüngern immer an einer langen Tafel abgebildet worden. Sandro hatte nebenan im Hauptverkaufsraum und im Grünen Zimmer kleine Lampen eingeschaltet. Sie verstärkten das letzte Tageslicht, das draußen noch in den Baumwipfeln hockte und lautlos über die Dächer schlich. Johanna traute sich nichts anzurühren. Sie flanierte an den neugotischen Vitrinen vorbei und versuchte sich jeden Gegenstand einzuprägen. Die Stille war überwältigend, nur ihre vorsichtigen Schritte hallten durch den ehemaligen Kirchenraum, als sie zu der ovalen Kommode mit den Acqua hinüberging. »Manche sind schon so alt«, sagte sie andächtig. »Es gibt Menschen, die tragen sie schon ihr Leben lang.«
»Ja, der Chefparfümeur von Hermès hat solche zeitlosen Kompositionen ›eine Lektion in Demut‹ genannt«, meinte Sandro. Sie legten sich unter dem großen Kreuzgewölbe auf den kühlen Marmorboden nebeneinander und sahen durch den gewaltigen Kristallleuchter zu den vier Kontinenten hinauf, als würden sie Sternformationen suchen, während sie die Düfte selektierten, die den monumentalen Raum beherrschten. *»Melograno«,* sagte er,

»einer meiner Favoriten.« Das Aroma des Granatapfels war besonders intensiv, eine leicht rauchige Note, die Johanna aus den Shampoos der Officina kannte, sehr herb und warm. »Granatäpfel stammen ursprünglich aus Persien. Sie sind ein Fruchtbarkeitssymbol«, sprach er leise weiter. »Aphrodite hat einen Granatapfelbaum auf Zypern gepflanzt, nachdem sie dort an Land gegangen ist. Die Göttin der Schönheit und der Liebe, wir nennen sie Venus, die Schaumgeborene. Sie wurde aus dem Blut und dem Samen des Uranos im Meer gezeugt.«

»Du kennst dich im Götterhimmel gut aus«, stellte Johanna fest und hätte noch Stunden so neben ihm liegen können.

»Nein, nur mit ihr. Mein Onkel steht auf sie und hat sogar eine ›Venus im Apfelgarten‹ gemalt, die in seinem Büro hängt, wirklich sehr süß. Und Luca pilgert ständig zu Botticellis Venus in die Uffizien.« Er drehte sich um und sah sie im Dämmerlicht an. Ihr Haar floss über den Marmor. »Du weißt, dass du wie sie aussiehst, nicht wahr? Dass du viel zu schön bist für diese Welt und man dich auch besser in einen Rahmen und hinter Schutzglas sperren sollte.«

»Du bist verrückt.« Johanna wurde verlegen. Natürlich wusste sie um ihre Ähnlichkeit, eine entfernte Ähnlichkeit, wie sie fand, aber tatsächlich dachte sie in ihrem Leben mehr darüber nach, wie sie sich in ihrem Körper fühlte, als darüber, welche Wirkung er auf andere haben könnte. Die Kopfnote ihrer Duftpersönlichkeit verströmte wieder Scheu.

»Ja, da hast du wohl recht«, zog Sandro sie auf. Er hatte sich jetzt über sie gebeugt, stützte sich auf einem Arm ab und streichelte mit der freien Hand über ihr Haar. Er zeichnete mit seinem Zeigefinger ihre Stirn und ihre Nase

nach und fuhr dann forschend über ihre schönen leicht geöffneten Lippen.
Johanna spürte kleine Blitze auf der Haut. Sie sah Sandro wie gebannt in die Augen – sanft, sie blickten sanft und liebevoll –, nur ein paar Zentimeter über ihr. So wie er roch die Sehnsucht. Sie versank in seinem Blick, der den ihren festhielt, tausend Träume tief, ihr Herz raste, ihr Atem wurde flacher, und sie hoffte im Abgrund dieses Begehrens zu vergehen. Da stand er unvermittelt auf.
»Wir wollten doch noch ein Glas Champagner zusammen trinken, ich fürchte nur, er wird nicht mehr kalt sein.« Er ging ins Grüne Zimmer, griff lässig nach der Flasche, die er dort abgestellt hatte, zwei antiken Gläsern, die beängstigend filigran wirkten und ganz sicher nicht zum Gebrauch gedacht waren, sowie einer dunkelblauen Pralinenschachtel – *cioccolatini* mit Jasminblüten – und öffnete eine versteckte Tür in der Täfelung hinter den Verkaufstischen. Johanna folgte ihm verwirrt und staunte wieder einmal über seine ungezwungene Art, sich zu bewegen, dynamisch und schrecklich männlich. Sie gelangten in einen schmalen Flur, der zum alten Klostergarten hinausführte, ein Innenhof, rundum von den Räumen des ehemaligen Konvents umgeben, teilweise mit Naturstein gepflastert, Steinbänke, die um ein gemauertes Rund mit einem Granatapfelbaum standen, der Früchte trug, verwilderte Flächen mit Gras und bodendeckendem Unkraut. Ein kleiner Feigenbaum, Palmen und kniehohe Laternen mit Kerzen standen über den Hof verteilt. Der Garten wirkte verlassen, sich selbst überlassen, genau wie Luca ihn beschrieben hatte. Johanna erkannte sein Bürofenster im ersten Stock. Sandro legte die Flasche ins Gras, die Gläser, die Pralinen, ging noch einmal zurück und kam kurz darauf mit einer grauen Filzdecke wieder her-

aus, die zum Abdecken der Böden in der alten Sakristei benutzt wurde. Er breitete sie auf dem weichen Untergrund aus, zündete die Laternen an und öffnete den Champagner. »Ist der Ort gut, um sich zu verabschieden?«, fragte er Johanna. Sie nickte, er setzte sich neben sie, schenkte ein, und sie stießen an. »Auf deine Träume, Vanna.«

Die Nacht brach an, die ersten Sterne leuchteten über ihnen. Johanna nahm noch einen zweiten Schluck. Das Perlen der Bläschen im Champagnergold entspannte sie. Sie sah zu Sandro, der ihr schon wieder so nah war, und wusste in diesem Moment, dass er sie nie lieben würde. Es war nur eine Choreographie aus Vor und Zurück, die sie nach einer unbekannten Melodie tanzten, ohne Finale. Sie hatten von der Hitze der Mittagstunden zum kühleren Fahrtwind gewechselt, vom Untersagten zum Unterlassenen und wieder zurück.

Das Kerzenlicht flackerte und warf Schatten, ein leichter Wind fuhr durch den Garten, und augenblicklich erfüllte ihn ein zauberhafter intensiver süßer Duft. Johanna dachte zuerst, es wäre eine Empfindung, die sie riechen konnte, eine Erinnerung an die allererste Liebe, die so tief in ihrer Seele verankert war wie keine andere, unbewusst, versunken. Das Wiegen in den Armen ihrer Mutter, der süße Geschmack ihrer Milch, Luft auf ihrer Haut, in ihren Lungen und ein Schrei. Die Schwerkraft, die sie band und erdete, ein Schlaflied, allumfassende Geborgenheit. Doch nur wenige Meter neben ihr glommen gerade hundert kleine Sonnen auf, ein Schauspiel, das sie noch nie erlebt hatte – Nachtkerzen, die die Dunkelheit und den aufsteigenden schmalen Mond begrüßten, die ihre leuchtend gelben Blüten, eine um die andere, unter der Berührung des Luftzugs öffneten und Nachtfalter anlockten, die sie wie kleine Blumenelfen umschwirrten. Nicht ihre Geburt, kein Erinnern war es, das Johanna wahrnahm, sondern die Geburt milden Lichts in genau diesen Minuten, das beglückende Aufblühen der Boten der Abendstunden, und sie war glücklich. Sie hätte Sandro gerne erklärt, warum der Moment so perfekt war, der Ort, die Stunde, aber sie fand keine Worte, in keiner Sprache der Welt. Da nahm er ihr das Glas aus der Hand, vergrub seine Hand in ihrem Haar – es war noch Sand darin – und zog sie an sich. Er verweilte unerträglich lange in ihrem Blick, als wollte er, was sie nicht beschreiben konnte, herauslesen, und erlöste sie dann, indem er sie küsste, mit den weichsten und hungrigsten Lippen, die Johanna je berührt hatten. Sandro verschmolz mit ihr wie die kleinen geflügelten Wesen der Nacht mit den Blütenkelchen, die sie ausraubten, zärtlich und nektarhungrig. Seine Hand wanderte an ihrem Hals entlang, legte sich auf ihren Rücken, und dann drückte er sie mit seinem Körper vorsichtig zu Boden. Das war der Augenblick, indem sie aufhörte zu zweifeln, indem ihr jedwede Bindung oder Verpflichtung egal war, und so ging es ihm auch. Gabriela war nicht hier, sie war nicht einmal mehr in seinen Gedanken, dort war nur noch Platz für die Unbedingtheit seiner Sehnsucht und jenen Urtrieb, der ihn lebendig sein ließ. Sandro nahm Johanna mit seinen Küssen fast die Luft, seine starken Arme hielten sie unmissverständlich fest, dann glitt seine rechte Hand ihren Körper entlang, über ihr Kleid und darunter, er schob es höher, berührte ihre Schenkel, ihren flachen Bauch, ihre Brüste in cremefarbener Spitze. Sie hatte ihre Arme um ihn geschlungen und ertastete, als sie unter sein T-Shirt fuhr, jeden angespannten Muskel, den sie am Meer an ihm bewundert hatte. Sie waren gestrandet, allein unter

Palmen, und jede ihrer Berührungen hinterließ nun eine Spur, die sich durch ihre Herzen zog.
Sandro half Johanna aus ihrem Kleid und genoss den Anblick zarter Wäsche. Er schälte sich zum zweiten Mal an diesem Tag aus Jeans und T-Shirt und trug nun nur noch seine Badehose. Und so – fast nackt – lag er auf ihr, schwer und hart, und sein Körper bewegte sich, rieb sich an ihrer Lust. Er öffnete ihren BH, streifte ihren Slip ab, entledigte sich seiner Badehose und küsste sie währenddessen hungrig.
Der Moment, indem er sie nahm, erst ganz sacht, dann begierig in sie eindrang, war unermesslich, ein Regen von Sternschnuppen in ihrem Unterleib, zahlreiche kleine Orgasmen, ein Übermaß jeglicher Empfindung zwischen Liebe und Schmerz. *»Sogniamo«,* flüsterte er dabei nah an ihrem Ohr, immer wieder zwischen den tiefen, schnellen Atemzügen, den sich steigernden Stößen, *»sogniamo«* – wir träumen. Und am Höhepunkt, den sie mit ihm gemeinsam erreichte, sahen sie sich an, vermählten sich Veilchen und Turmalin und verschmolzen in ihrer Ekstase zu einer neuen Farbe jenseits des Regenbogens. Sandro bäumte sich über Johanna auf und erstarrte für Sekunden im Pulsieren seiner Körpermitte, ehe er seufzte und die Anspannung sich legte. Seinen Blick noch immer auf ihren gerichtet, zog er sich zurück, streichelte sie, küsste sie und atmete die Pheromone ihrer Haut. Eine Botschaft, die über diese eine magische Begegnung hinaus keine Bedeutung für ihn haben durfte.
Die schmale Mondsichel zerschnitt nun endgültig die Nacht, der Geschmack von dunkler Schokolade und Jasmin blieb zurück, und sie lösten sich voneinander. Sie schwiegen, erlaubten sich einen Moment der Verzweiflung, der ihre Trennung vorwegnahm, und sie sagte ihm,

wann ihr Zug am Morgen abfuhr. Er nickte und reichte ihr ihr Kleid.
Ihre letzte lange Umarmung in der menschenleeren Via Panzani vor dem Eingang des Nizza glitt dann in die Träume der zu kurzen Nacht, aus der beide am nächsten Tag alleine erwachten – Sandro in der Villa seiner Eltern, er hatte sich reingeschlichen wie zuletzt mit sechzehn, und Johanna in ihrem Hotelbett neben einem Strauß zarter Rosen ohne Karte.

18

Sie sah nur Abschiede, letzte Küsse und Umarmungen und das kraftlose Winken, wenn die Züge draußen an den Bahnsteigen abfuhren. Johanna war überglücklich und doch voller Angst, dass Sandro nicht kommen würde. Er hatte es nicht versprochen, er hatte nichts versprochen. Sie saß nun schon seit zwanzig Minuten hier mit ihrem Koffer und der Hutschachtel in der großen Wartehalle des Bahnhofs Santa Maria Novella, an dem sie erst vor neun Tagen angekommen war, und spürte in sich das alte Gefühl des Abschieds aufsteigen, des Verlassenwerdens, das sie so gut kannte. Gerade fuhr ihr Zug ein. Sie sah die Verbindung auf der Anzeigetafel aufleuchten – zehn Minuten Aufenthalt. Zaghaft lugte sie unter der Krempe ihres Hutes hervor Richtung Haupteingang. Die Türen standen über die gesamte Front offen. Die Hitze des neuen Tages und Menschenmengen flossen von der überdachten Straße herein, die wie ein Tunnel umbaut war und im Dunkeln lag. Aber es gab noch andere Zugänge zum Bahnhof, überlegte Johanna, hinter ihr an den Bahnsteigen. Er konnte unvermutet vor ihr stehen und sie bitten zu bleiben. Die wenigen Stunden am Ende dieser Nacht und später, als sie gepackt und aus dem Hotel ausgecheckt hatte, hatte sie darüber nachgedacht, dass sie zu Hause einiges regeln, zurückkommen und glücklich werden könnte.

Aber Sandro schlief vielleicht noch, es war ja gerade erst acht. Doch wie hätte er müde sein können? Johanna war es nicht, sie war viel zu euphorisch und spürte noch immer seine Küsse auf ihrer Haut. Lippen wie Palo Santo, warm und süß, eine Droge, ein Rauschmittel wie sein Lächeln, bevor er sie in seine Welt der Lust mitgenommen hatte.

Er wird kommen und mich bitten zu bleiben, nur ein paar Tage noch, ein paar Nächte und vermessene Wünsche lang.

Johanna blickte auf. Ein Schatten hatte sich auf sie gelegt – Luca Fortini stand vor ihr. Er trug einen exquisiten schwarzen Anzug, einen Zweireiher, der ihn noch strenger aussehen ließ als gewöhnlich. Der weiße Hemdkragen war vorbildlich gestärkt, Manschettenknöpfe glänzten, die Krawatte und das Einstecktuch hatten die Farbe der wilden Iris auf den Hügeln oberhalb der Stadt, blau wie seine kühlen Augen, aus denen alle Wärme verschwunden schien, die sie darin entdeckt zu haben glaubte. So hätte er jederzeit in jede beliebige Vorstandssitzung gehen und um Millionen pokern können, der Vielgereiste. Johanna sah ihn an und konnte ihre Enttäuschung nicht verbergen. Ein Ausdruck, der Luca jede Hoffnung raubte, denn jetzt wusste er, dass er gestern zu spät gekommen war, zu spät für ein ganzes Leben. Seine schlimmste Befürchtung bewahrheitete sich in genau diesen Sekunden. Ihr Blick ließ keinen Zweifel offen, sein Bruder hatte ihm seinen Traum gestohlen und ihn dann weggeworfen. Irgendwie hatte Luca es schon die ganze Woche über befürchtet, das alte Muster. Er war gestern erst gegen zehn Uhr abends nach Hause gekommen. Seine Mutter war ungehalten gewesen und die Gäste verstimmt wegen Sandro, der nicht zum Essen erschienen war und nur eine kurze SMS an Giovanni geschickt hatte, dass es spät würde. »Die jungen Leute«, hatte Gabrielas Mutter gesagt und dem Wein zugesprochen, während ihr Vater unbeirrt mit Giovanni Allianzen schmiedete. Sandro kam erst, als alle längst schliefen. Luca hatte ihn gehört und gehofft, dass er mit Freunden unterwegs gewesen war und es mit dem Alkohol übertrieben hatte. Er hatte dann am Morgen vor allen anderen das Haus verlassen und war zum Bahnhof gefahren. Sollte Sandro sich doch alleine aus der Affäre ziehen, ihm blieb ja sowieso niemand lange böse, sein Welpenblick genügte, um jeden zu versöhnen.

»Waren die Rosen von Ihnen?«, fragte Johanna und versuchte ihre Gemütslage zu überspielen.

»Ja. Ich hatte sie gestern Abend in Ihrem Hotel abgegeben.«

»Vielen Dank. Wie war New York?« Johanna war eigentlich nicht nach Small Talk zumute.

»Erkenntnisreich.« Luca wand sich. Er war so verunsichert, dass ihm nichts blieb, als in seine Rolle des Geschäftsmannes zurückzufallen, korrekt und verbindlich. Aber vielleicht irrte er sich ja auch. Das musste er wissen, er durfte seine letzte Chance nicht wegen dieser dummen Eifersucht vertun, dieser bohrenden, wahnsinnigen Eifersucht auf seinen Bruder. »Warten Sie auf Sandro?«, fragte er deshalb und ergänzte, als sie nickte: »Er wird nicht kommen.« Er bemerkte, wie Johanna unter seinen Worten zusammenzuckte, wie sich eine Träne in ihren Wimpern verfing und das Veilchenblau langsam ertrank. Das brach ihm das Herz, aber etwas in ihm wollte ihr in diesem schrecklichen Moment auch weh tun, so weh wie sie ihm, obwohl sie es nicht einmal wusste. Warum weiß sie es nur nicht?!

»Warum?« Johanna hatte es nur geflüstert. Sie hatte Angst vor seiner Antwort. Warum kommt er nicht?, wollte sie erwidern und Luca von der glücklichsten Nacht ihres Lebens erzählen, aber etwas hielt sie zurück.

»Ein wichtiger Termin. Er hatte ihn wohl vergessen.« Luca sagte es mit einem bitteren Unterton und starrte auf die polierten Schuhspitzen seiner edlen Budapester. Dann räusperte er sich und nahm Johanna, die nun aufgestanden war, zaghaft in den Arm. Er hielt sie sorgsam, um das kleine Wesen nicht zu zerdrücken, und ließ ihr Raum, um ihr nicht zu nahe zu kommen. Es hätte ihn vernichtet.

»Sollen Sie mir etwas ausrichten, Luca?«, fragte sie voller Hoffnung. »Ich habe seine Handynummer gar nicht.«

»Nein, nur dass er Ihnen eine gute Reise wünscht«, log Luca, um sich nicht weiter erklären zu müssen.

»Aber …« Johanna verstand es nicht. Sie hatten sich geliebt, sie hatten nicht einfach nur miteinander geschlafen, sie liebten sich, auch wenn er gebunden war, das wusste sie ja … Und doch … »Vielleicht sollte ich einen späteren Zug nehmen?«, fragte sie bang.

»Nein, Giovanna, nimm diesen«, antwortete Luca schnell und bestimmt, und er bemerkte nicht einmal, dass er sie duzte. »Nimm ihn um Gottes willen und schau nicht zurück.« Er hatte es strenger gesagt, als er es eigentlich gewollt hatte, und hasste seinen Bruder dafür abgrundtief. Wenn er sie doch nur nicht verführt hätte, dachte er immerzu, ausgerechnet in dieser Nacht, dann hätte er vielleicht noch den Mut gefunden … Wenn es doch nur nicht so offensichtlich wäre, dass sie seinen Bruder wollte und nicht ihn. Luca strich sich nervös durchs dunkle Haar und trat von einem Fuß auf den anderen. Es war zu spät, er war hier fehl am Platz, er konnte nur noch sicherstellen, dass sie abreiste, um Gabrielas willen, und sich eingestehen, dass seine Anwesenheit Johanna immer nur enttäuschen würde, egal, wo sie im Leben gerade standen, einzig und allein weil er nicht Sandro war. Das Thema seines Lebens.

Die Durchsage aus den Lautsprechern kündigte die Abfahrt ihres Zugs über Bologna an, die Reisenden kamen in Bewegung. »Giovanna, du musst jetzt einsteigen«, sagte Luca fast erleichtert, denn er fühlte sich unter den vielen fremden Menschen, die sich um ihn drängten, äußerst unbehaglich. Er nahm ihren Koffer und sie die Hutschachtel und den kleinen Rosenstrauß, den sie trocknen wollte und der augenblicklich erbärmlich litt – so wie Luca. Sie folgte ihm zum Bahnsteig hinaus, und er stieg mit ihr gemeinsam in den Zug. Er suchte das Abteil mit ihrem reservierten Platz und gewann darüber seine Fassung zurück. Die Nummer des Gleises, 10, des Waggons, 17, ihres Abteils, 5, ihres Sitzplatzes. Auf Zahlen verstand er sich, sie führten ihn zuverlässig durchs Leben, schnitten nicht ins Fleisch so wie Worte. Sie waren ehrlich, betrogen nicht, gaben nicht vor zu sein, was sie nicht waren. Zahlen konnte Luca leben, Gefühle nicht. Er verstaute Johannas Gepäck sorgfältig in der Ablage und drückte sie behutsam ins Sitzpolster, um sicherzugehen, dass sie sich nicht noch einmal umentschied. Kurz setzte er sich neben sie, nicht zu nah, und hielt ihre Hände in seinen. Sie waren nicht mehr so weiß wie am ersten Tag, als sie in die Officina gekommen war, die Sonne hatte ihre makellose Haut in den wenigen Tagen in einen Goldton getaucht.

»Giovanna, du kennst ihn doch kaum«, sagte Luca dann gefasster, »und er hat dir sicher nichts versprochen, das weiß ich. Was hätte auch daraus werden sollen? Du hast deine Familie zu Hause und deinen Laden, du hast ein Leben in München, und seines ist mit der Officina verbunden.« Und mit Gabriela, dachte er, sagte es aber nicht, denn es würde keinen Unterschied mehr machen. »Behalte dir die Erinnerung, und lass ihn los, ja?« Er sah sie besorgt an und war traurig, was Johanna als Mitleid deutete. Aus den Lautsprechern am Bahnsteig erklang der letzte Aufruf. »Oh, ich habe etwas vergessen.«

»Ja?«

Luca Fortini zog ein Päckchen aus seiner Anzugtasche, in Geschenkverpackung der Officina Profumo. »Du wolltest doch wissen, wie die Engel duften«, sagte er und gab es ihr. »Und wie es scheint, riecht der Himmel nach Flieder und Pfirsich.«

Als Luca gerade aus dem Zug gestiegen war, erklang der Pfiff zur Abfahrt. Er klopfte an das Fenster von Johannas Abteil, und sie schob es herunter. Er hielt ihr eine Visitenkarte entgegen. »Das ist meine private Handynummer, damit du mich auch erreichen kannst, wenn ich unterwegs bin.« Johanna nahm sie. Der Zug fuhr an, und Luca lief ein Stück daneben her. »Falls du reden willst«, rief er ihr zu und winkte, bis der Zug aus dem Bahnhof fuhr. Dort, wo sie eingestiegen war, lag ein welkes Rosenblatt auf dem Bahnsteig, alles, was von seinen Träumen übrig blieb, und vor ihm ein Termin, zu dem er lieber nicht gegangen wäre.

Johanna war wie betäubt. Sie verstand nicht, was gerade passiert war. Unglückliche Umstände, schlechtes Timing oder eine Wahrheit, der sie nicht begegnen wollte? Warum blieb kein Mann bei ihr? War sie nicht einmal mehr für ein paar gemeinsame Tage gut genug? Das Mosaik, das sie zusammengefügt hatte, um sich, Stein für Stein, ein Bild von Sandro Fortini zu machen, schien vollendet. Ein stummes Bild bereits verblassender Farben, abgerundet von Sprachlosigkeit. Kurz vor Bologna packte sie Lucas Geschenk aus und hielt das Acqua *Angeli di Firenze* in der Hand. Sie trug es auf und tauchte sofort in den seifigen Duft frischer Wäsche ein. Der Flieder war zart, unaufdringlich. Er erzählte die Geschichte der toskanischen Landschaft im Jahr nach der Flutkatastrophe, als alles wieder aufblühte. Ein Acqua, das nach Hoffnung und Neubeginn roch. Sie öffnete ihren Koffer und legte es zu dem kleinen Porzellanengel zwischen ihre Seidenwäsche.

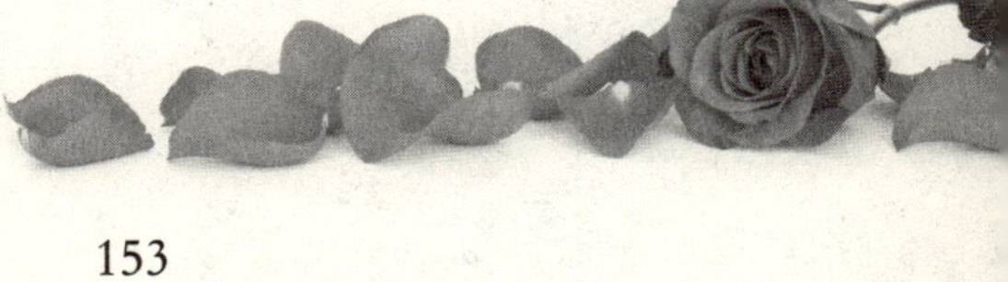

München, Spätsommer 2011

19

Anna Stern-Reiter holte ihre Tochter am späten Nachmittag vom Münchner Hauptbahnhof ab – Johanna war den ganzen Tag über im Zug gesessen –, und schon als sie ausstieg, sah Anna in den Augen ihrer Tochter jene Konfusion, die sie selbst vor so vielen Jahren in Italien gestreift hatte. Ihr war, als würde sie in einen Spiegel blicken.

»Wir müssen die große Begrüßung noch etwas verschieben, Schätzchen«, sagte sie, anstatt nachzufragen, »weil wir heute noch Clarence beerdigen werden.«

»Bitte?« Johanna war müde und in Gedanken noch in Florenz.

»Das Krokodil, Jo. Dein Vater hat es nach dem schielenden Löwen einer alten Serie benannt, *Daktari.*« Anna machte eine kurze Pause und überlegte. »Mein Gott, sind wir alt!«, stellte sie dann für sich fest.

»Und das muss ausgerechnet heute sein?«

»Wir erwarten am Montag eine Inspektion der Apothekerkammer, dein Vater hat heute einen Tipp bekommen. Und deshalb muss Clarence weg und der Keller ordentlich durchgelüftet werden.«

Johanna hatte sich den Abend anders vorgestellt. Sie wollte von Florenz erzählen, bei einem Glas Wein im Garten sitzen und ihren Eltern Fotos zeigen. Doch die hatten bereits junge Buchenpflanzen gekauft und gemeinsam mit Niklas Farn, der während Johannas Abwesenheit gleich zweimal nach ihr gefragt hatte, ein Loch an der

Grundstücksgrenze ausgehoben, zwei Meter fünfzig auf einen halben Meter und ordentlich tief, da nicht nur das Naphthalinmonster hineinsollte, sondern auch die Bäumchen darüber, um keinerlei Fragen der Hausgemeinschaft aufkommen zu lassen. Das dumme Krokodil verdarb Johanna den aufkeimenden Liebeskummer und alle Euphorie. Der Bruch hätte nicht größer sein können.

Es dämmerte bereits, als Cornelius Reiter mit Clarence unter dem Arm, das alte Tischtuch darübergebreitet, aus der Hintertür schlich. Er hatte sich am Morgen beim Tragen der Buchen verrissen, ein hässliches Ziehen im unteren Lendenwirbelbereich, weshalb er zu Diclofenac mit Codein gegriffen hatte und nun sediert war. Die Freude, seine Tochter wieder zu Hause zu haben, wurde samt dem Schmerz gedämpft.

»Und du bist sicher, dass das Ding nicht giftig ist?«, fragte Johanna. Sie hatte sich angeboten zu helfen, machte sich jedoch Sorgen um ihr idyllisches biodynamisches Biotop.

»Ich habe eine Analyse im Labor gemacht«, versicherte ihr Vater. »Außer Spuren von Mottenkugeln ist nichts Bedenkliches drin.«

»Aber dann hätten wir es doch auch am Wertstoffhof abgeben können.«

»In der Trödelhalle vielleicht? Oder auf dem Sperrmüll? Was denkst du, was das für ein Chaos ausgelöst hätte? Am Ende hätte uns noch jemand beim Zoll angezeigt, Jo, wir haben doch überhaupt keine Papiere für unseren Ladenhüter.« Reiter wollte seine Tochter unbedingt überzeugen. Er konnte das Krokodil keinesfalls wieder in den Keller zurückschaffen und dort am Montag den Pharmazieräten präsentieren. »Die Einfuhr exotischer Souvenirs ist strafbar. Da kommen wir am Ende noch mit dem Washingtoner Artenschutzabkommen in Konflikt.«

Während die Stern-Reiters noch diskutierten, schaltete Ludwig Korn in seiner Wohnung im zweiten Stock den Fernseher aus. Kunst und Kultur waren ihm heute zu strapaziös, und der gesamte Rest des Programms führte nach seinem Dafürhalten zur Verblödung. Außerdem hämmerte und klopfte das Ehepaar Wang schon seit Stunden in seinem Atelier unterm Dach. Das konnte doch nicht erlaubt sein! Bei diesem Lärm konnte er nicht einmal lesen, und er las viel, denn er hatte niemanden zum Reden. Das überspielte er mit Schopenhauer – »Die eigentlich großen Geister horsten wie die Adler in der Höhe allein« –, doch der Hochmut tröstete ihn selten lange.
Ludwig Korn war sechsundfünfzig Jahre alt und nie verheiratet gewesen. Seine Suche nach einer geistreichen Frau mit einem gewissen Grad an Gemessenheit und Würde, die im besten Fall auch noch ansehnlich und von freundlichem Wesen war, war erfolglos geblieben. Wenngleich es diese Frau in seinem Leben gegeben hatte, jünger als er, von trockenem Humor und zarter Statur – wohlwollend hätte man sogar Ähnlichkeit in den Zügen erkannt. Und Korn hatte sie geliebt, sein ganzes Leben lang. Seine Magda stand in Rahmen in seinem Wohnzimmer und im Schlafzimmer auf der Kommode. Keine war wie sie. Vielleicht hatte seine tiefe Liebe sie so idealisiert, die lange gemeinsame Zeit – ein ganzes Leben –, doch bestimmt hatte auch ihr früher Tod vor zwei Jahren bewirkt, dass dieses Bild nun für immer standhielt. Korn sprach nie über seine kleine Schwester, um die er sich seit ihrer Kindheit gekümmert hatte, sein gehegter Schatz, zerbrechlich und feinsinnig, die eine, die zu ihm aufgesehen hatte. Hatten sie sich nicht beide ein bisschen fremd gefühlt im eigenen Elternhaus? Dem einfachen Vater und der kühlen Mutter kaum

verbunden? Zwei Seelen vom gleichen Geiste unter derberen Naturen, die mit der fragilen Gemütsverfassung der Tochter nicht zurechtkamen? Angst hatten vor dem, was sie nicht verstanden, den Welten, in die das Kind mitunter verschwand? Dieses Unverständnis war Magdas erste Heimat gewesen und ihre Traurigkeit die zweite, ehe jene lange, stumme Nacht anbrach, die sie irgendwann verschlungen hatte.

Korn war nach ihrem Tod in das Haus in der Blutenburgstraße gezogen und hatte sich damit abgefunden, übrig geblieben zu sein. Mehr Familie gab es nicht und auch keine engen Freunde, höchstens Stammkunden. Der Buchladen war der Traum seiner Schwester gewesen, sie hatten ihn lange gemeinsam geführt, und jetzt war er alles, was ihn noch mit ihr verband. Ihr guter Geist hauste dort weiter zwischen den philosophischen Werken und führte Korn nur ausgesuchte Verlagsverzeichnisse zu. Die Belletristik blieb sparsam besetzt, aber tiefgründig, die Reiseführer nahmen überhand, ein Ausgleich, denn sie beide waren nie verreist. Lange Autofahrten oder Flüge hätten Magda strapaziert, fremde Umgebungen und Menschen überfordert, weshalb sie ihre große Reise durch Italien auf Goethes Spuren nie angetreten hatten: »… das Land, wo die Zitronen blühen, im dunklen Laub die Goldorangen glühn, ein sanfter Wind vom blauen Himmel weht … Dahin! Dahin möcht ich mit dir, O mein Geliebter, ziehn.« Heinrich Heine, Hermann Hesse und andere deutsche Poeten hatten Ludwigs und Magdas Träume geschürt, Jahr für Jahr wurden über ihren literarischen Reiseberichten Pläne geschmiedet und dann stillschweigend wieder verworfen.

»Ach Magda«, sagte Korn, während er an diesem Abend sein Wohnzimmerfenster öffnete, um frische Luft hereinzulassen, »ich werde eines Tages losfahren. Für dich, ich hab es nicht vergessen.« Er hatte es seiner Schwester kurz vor ihrem Tod versprochen, und wäre er nicht so zögerlich, hätte er dieses Versprechen längst eingelöst. Sogar das junge Fräulein Stern-Reiter hatte sich allein auf den Weg gemacht!

Korn blickte in den Garten hinunter, wo es dunkel wurde und jetzt wunderbar still war bis auf ein leises Scharren und ein Flüstern, das das Klopfen der Wangs über ihm abgelöst hatte. Er machte drei Gestalten aus, die Spaten in der Hand hatten und sich angeregt unterhielten. Neben ihnen leuchtete ein weißes Tuch durch die angehende Nacht, das irgendetwas bedeckte. Etwas Großes, Flaches, möglicherweise eine Bierbankgarnitur, dachte Korn und wunderte sich nur mäßig. Er sah die Schatten kleiner Bäume in Pflanzkübeln und die Truppe nächtlicher Gärtner, die das Tuch abzog, den Gegenstand darunter anhob und in die Grube kippte. Es erklang ein Schmerzenslaut und dann wieder das Flüstern, scheinbar eine Diskussion, weil dieses Ding nicht in das Loch zu passen schien. Es war ein Körper, Korn sah ein kurzes Bein. Er vermutete ein totes Haustier … vielleicht. Im Nachbarhaus gingen einige Lichter an und beleuchteten nun einen kräftigen, langen Schwanz und bucklige Haut darüber. Ein … Krokodil?! Korn rang um Fassung. Unter sich erkannte er nun die Stern-Reiters – die Tochter war offenbar schon wieder aus Florenz zurück –, sie traten vorsichtig nach, um den starren grünen Leib etwas tiefer in die Grube zu drücken, bis er nachgab und es krachte, als würden Knochen brechen. Das war unfassbar, konstatierte Korn, unfassbar und natürlich illegal. Eine Straftat unter seinem Fenster, die er in keinem Fall hinnehmen konnte! Schlagartig waren seine Langeweile und der Anflug von Selbstmitleid vergessen, und er griff zum Telefon, instinktiv. Zuwiderhandlungen, Gesetzesbrüche und Unregelmäßigkeiten aller Art hasste er, weshalb er sich über die Auskunft mit dem nächstgelegenen Polizeipräsidium verbinden ließ, das gleich drei Querstraßen weiter, vorne an der Landshuter Allee, lag. Polizeioberwachtmeister Schneider hatte schon Dienstschluss, als ihn dieser Anruf erreichte, und er freute sich bereits seit Stunden auf ein kühles Bier.

»Polizeiinspektion zweiundvierzig, Oberwachtmeister Schneider am Apparat. Was kann ich für Sie tun?«

»Ich möchte eine Straftat melden.«

»Aha.«

»Die Beisetzung eines Haustiers in einem Hinterhof der Blutenburgstraße, das Haus mit der Apotheke.« Korn war gerade schlagartig seine Hausnummer entfallen, aber er wollte sowieso nicht zu ortskundig wirken, denn er hatte nicht vor, seinen Namen zu nennen.

»Nun Herr ...« Der Polizeioberwachtmeister bereute bereits, den Hörer abgehoben zu haben.

»Das ist doch verboten, oder etwa nicht?«, erwiderte Korn, ohne auf die unausgesprochene Aufforderung, seinen Namen zu nennen, einzugehen.

»Nun, wissen Sie, bei ganz kleinen Tieren nehmen wir das nicht so genau. Ein Kanarienvogerl, ein Hamster, da kann man schon mal ein Auge zudrücken. Also, worum handelt es sich denn?« Schneider wollte den Anrufer schnellstens loswerden, um sich heute nicht mehr mit solchem Blödsinn beschäftigen zu müssen. Da wäre ihm ja selbst das Delegieren an einen diensthabenden Kollegen schon zu mühsam gewesen.

»Um ein Krokodil!«, blaffte Korn in den Hörer.

Dieser Mensch war höchstwahrscheinlich angetrunken, ging es Oberwachtmeister Schneider durch den Kopf, oder ein Fall für die Psychiatrische Klinik in der Nußbaumstraße. Er wurde ungeduldig. Solange das vermeintliche Krokodil nicht in der Kanalisation auftauchte oder Surfer auf der Welle am Eisbach erschreckte, war der Fall für ihn erledigt. In jovialem Ton sagte er deshalb: »Ich habe den Vorfall aufgenommen, Herr ... äh ... Dings, und schicke eine Streife vorbei, sobald die Kollegen vom Einsatz zurück sind. Guten Abend«, und legte auf. Nicht einmal ein ausgewachsener Elefant im Petuelltunnel hätte ihn heute noch von seinem wohlverdienten Feierabendbier abhalten können.

Korn war konsterniert. Den Hörer in der Hand, stand er am Fenster und sah zu, wie Familie Stern-Reiter Erde über den toten Körper schaufelte, die Bäumchen daraufsetzte und das Loch bis zum Rand zuschüttete. Die Apothekersgattin griff zur Gießkanne und wässerte abschließend das Werk, das jetzt im ersten Mondschein gar nicht harmloser hätte aussehen können. Korn schloss leise sein Fenster und wartete. Stille. Kein Blaulicht, keine Beamten vom Revier zweiundvierzig. Das war ein Skandal! Dieser Schneider hatte ihn abgewimmelt, echauffierte er sich, und je mehr er über die Sache nachdachte, umso klarer wurde ihm, dass er sie zu seinem eigenen Besten ganz schnell vergessen musste. Man würde ihn doch für verrückt erklären! Er verordnete sich eine Baldriankapsel und ging mit Schopenhauer zu Bett. Magda lächelte ihn von der Kommode herüber an. »Unsere Nachbarn sind wahnsinnig«, sagte er zu ihr. »Ich muss mich jeden Tag mehr wundern.«

»Das Genie wohnt nur eine Etage höher als der Wahnsinn«, antwortete sie ihm im Geiste, und – überhörte man die leise Anspielung – so war das angesichts der Tatsache, dass die Eltern Stern-Reiter im Stockwerk unter ihm wohnten, ohne Zweifel eine treffende Wahl.

20

Unter den Mietern des Hauses hatte sich bereits herumgesprochen, dass Johanna wieder da war, und sie fragten, ob ihre Akquise erfolgreich gewesen sei. Lilo Wunderlich hatte Selbstgebackenes vor die Tür gestellt, und sogar Maria Beck hatte angeklingelt – die Gelegenheit für Johanna, ihre kleinen Geschenke zu verteilen. Auch Mechthild Müller, die Johanna vermisst hatte, verband an diesem Montagmorgen das Angenehme mit dem Notwendigen und besuchte ihren lädierten Lieblingsapotheker auf ein Schwätzchen und eine kostenlose Diagnose.

Cornelius Reiter sah sie gerüstet für den Tag in der Ladentür stehen, ihre abgewetzte Handtasche am Arm, die Stützstrümpfe in Falten, der Abstieg durchs Treppenhaus hatte sie strapaziert. »Ah, Frau Müller, was führt Sie zu uns? Müdigkeit? Gedächtnisschwäche und vielleicht eine leichte unerklärliche Gewichtszunahme?«, begrüßte er sie – eine prophylaktische Frage.

»Ja woher wissen Sie das nur immer?« Mechthild Müller war erstaunt. Dieser Mann war besser als ihr Hausarzt, und er nahm sie ernst. Dr. Kümmert wimmelte sie mit ihren Beschwerden doch nur ab, oder er verschrieb ihr diese Zuckerkügelchen, die lediglich die Katzen naschten. Außerdem war sein Wartezimmer brechend voll, egal, wann sie kam, und die Arzthelferinnen waren schnippisch. Nicht so Reiter, dessen Einfühlungsvermögen Monat für Monat der Chronologie der Themen seiner *APOTHEKEN Umschau* folgte. Er kannte Mechthild Müllers Wehwehchen, schon Tage bevor sie sie selbst an sich bemerkte, streng genommen bereits ab Redaktionsschluss für das nächste Heft.

»Ich fürchte«, diagnostizierte er heute, »Sie werden Ihre

Schilddrüse untersuchen lassen müssen, Frau Müller. Mit einer Unterfunktion ist nicht zu spaßen.«
»Ach Gottchen, glauben Sie wirklich?«, rief Mechthild aus, froh darüber, endlich wieder eine solide Krankheit für sich beanspruchen zu können. In der Juni-Ausgabe war es nämlich um Verhütung gegangen, was ja nun nicht gerade ihr Thema war, und im Juli wurde die Frage gestellt: »Wie kriegen Sie Ihr Bauchfett weg?« Das war schon fast unverschämt und in keiner Weise dienlich.
Ludwig Korn, mit einem Rezept in der Hand, und zwei weitere Kundinnen betraten den Verkaufsraum. Er stöberte im Zeitschriftenständer, während Christa Werner eine Salbe für ihn anrührte und Ilse Neubeck eine der Damen ansprach. »Kann ich helfen?«
»Dieses Ratiopharm bitte«, orderte die Frau.
»Welches meinen Sie?«
»Das Fünfhundert.« Ilse Neubeck blickte ratlos. »Na, die Tabletten«, setzte ihre Kundin ungehalten nach.
»Ja, aber wogegen sollen sie denn helfen?«, fragte Ilse Neubeck geduldig. »Wissen Sie, Ratiopharm, das ist ja nur die Firmenbezeichnung, da sollten Sie …«
»Kopfschmerzen«, erwiderte die Kundin prompt, und Korn am Zeitungsständer lächelte breit und setzte sich. Er liebte es, wenn sich mal andere als er vor ihren Kunden zum Narren machten. Das war eine kleine Wiedergutmachung für den Ladenbesitzer in ihm, der oft gar nicht fassen konnte, wie ignorant und ungebildet die Leute waren. Neuerdings verlangten alle nur noch diese dümmliche amerikanische Vampirlektüre bei ihm, die bereits verfilmt worden war. Korn hatte – versehentlich – einen Trailer gesehen: bleiche Gestalten, die durch Bäume hüpften wie Gibbons im Regenwald, und halbwegs ansehnliche junge Männer, die zum Wolf wurden. Der Nie-

dergang der westlichen Kultur war nicht mehr aufzuhalten, dessen war er sich sicher, und auch Magda stimmte ihm da zu.
»Ibuprofen, 500 Milligramm«, konkretisierte Ilse Neubeck die Anfrage ihrer Kundin und griff hinter sich ins Regal. »Brauchen Sie die Quittung?«
»Nein, danke.«
»Das macht dann zwei Euro fünfzehn.«
Die Kundin zahlte und wartete. »Bekomme ich denn keinen Kassenzettel?«, fragte sie.
Ilse Neubeck kramte wortlos unter sich im Papierkorb, steckte die Tablettenschachtel und den Kassenbon in eine Tüte und wandte sich der nächsten Kundin zu.
Reiter hatte indes die kleine Episode normalen Wahnsinns nur am Rande mitbekommen. Er versorgte noch immer mit schmerzendem Rücken und lahmem Bein seine hypochondrische Nachbarin. »Nun, Frau Müller, vielleicht ist es ja auch nur eine milde Form. Dann könnte schon die Gabe von Jod helfen«, erklärte er ihr.
»In Tablettenform?« Mechthild war in ihrem Element.
»In Ihrem Fall würde ich auf Jodsalz zurückgreifen, das hat in Studien ganz große Erfolge gezeigt.« Mechthild schien beeindruckt. »Aber um das Blutbild beim Arzt kommen Sie natürlich trotzdem nicht herum.«
»Natürlich nicht«, entgegnete sie einsichtig und rundum zufrieden. »Und Ihre Tochter?«, fiel ihr der zweite Grund ihres Besuchs ein. »Hat sie diese Florentiner denn nun rumgekriegt?«
»Ich denke, nicht«, entgegnete Reiter, »aber fragen Sie sie doch selbst, sie ist hinten in ihrem Laden.«
»Ach, das wollte ich doch nicht«, wiegelte Mechthild ab. »Das Kindchen muss sich ja erst mal wieder einleben. Und dann bohrt man besser nicht in Wunden. Wo es doch

ihr großer Traum war.« Sie war stellvertretend für Johanna ehrlich bekümmert. »Sie ist sicher sehr enttäuscht.«

»›Enttäuschungen sollte man verbrennen und nicht einbalsamieren‹«, mischte Korn sich nun ein, weil er es für hilfreich hielt. Für seinen Geschmack hatte er sich lange genug zurückgehalten. In dem Moment kam Frau Werner mit seiner Salbe aus der Rezeptur.

»Ich mache das hier, danke«, sagte Reiter, nahm sie ihr aus der Hand und wandte sich seinem Nachbarn zu. »Kant oder Leibniz, Herr Korn?«, fragte er artig, denn er wusste, dass Korn es liebte, seine Quellen zu nennen. Er schob das Privatrezept mit der Verordnung nebst der weißroten Apothekerdose über den Verkaufstisch, deren Etikett Inhaltsstoffe, Haltbarkeit und Anwendung zu entnehmen waren.

»Mark Twain, lieber Herr Reiter, und meine besten Grüße an die Frau Gemahlin. Der Tierfriedhof sieht derzeit mal wieder allerliebst aus.« Reiter starrte Korn verwirrt an. »Ihr Garten, meine ich, Sie wissen schon«, sprach dieser weiter und zwinkerte ihm, ehe er ging, verschwörerisch zu.

Reiter verschwand daraufhin in seinem Büro. Es war noch nicht ganz halb zehn, und er brauchte bereits eine Auszeit. Seine Apotheke mutierte zur geschlossenen Station, und er benötigte unbedingt eine weitere Schmerztablette, denn sein Rücken malträtierte ihn.

Anna saß am Schreibtisch und sah sich auf dem Computer Fotos von Johannas Reise an, während die Arbeit sich stapelte. Ein junger Mann auf einer Vespa tauchte dabei auf, den Johanna gar nicht erwähnt hatte. Er sah ungemein gut aus. Und sie glaubte außerdem Luca Fortini auf einem Bild zu erkennen, so wie ihre Tochter ihn beschrieben hatte, inmitten eines Gartens – das war interessant.

Anna war völlig versunken und lächelte, genau wie damals, als sie selbst aus Florenz zurückgekommen war, befand Reiter. Eine italienische Beseeltheit, die er nicht nachvollziehen konnte. Möglicherweise durch die geballten Kunstobjekte ausgelöst oder die toskanische Küche. Oder aber ... Doch so weit wollte er gar nicht denken und heute, über fünfundzwanzig Jahre später, schon gar nicht mehr.

»Schatz!« Anna hörte ihn nicht, dabei stand er direkt vor ihr. »Anna?!«

»Ja?« Sie war aufgeschreckt und wirkte nachdenklich.

»Du machst wohl gerade eine Pause, bevor du zu arbeiten anfängst?«

»Ja, ein bisschen«, antwortete sie. »Diese Stadt ist wirklich ganz besonders.« Und ihre Männer, dachte Anna. Sie würde ihre Tochter nach diesem Mann fragen müssen, dessen Lederjacke alte Bilder in ihr aufsteigen ließ. Damals hatte sie nach ihrer Rückkehr die beiden Apfelbäume in den Hof gepflanzt, Cornelius geküsst und gewusst, dass es richtig war. Dass er der Richtige für sie war. Sie hatte nicht zurückgeschaut, schon gar nicht, als sich die Ereignisse überschlugen und die Hochzeit schneller gefeiert werden musste als geplant. Als die Apfelbäume im Jahr darauf blühten, kam Johanna zur Welt, und Anna war in ihrem Leben angekommen. Die Ordnung hatte auch in ihren Plänen über das Chaos der Gefühle gesiegt.

»Dann sollten wir auch mal hin, was meinst du? Gemeinsam in deinen Erinnerungen schwelgen?«, fragte Reiter seine Frau, und Anna erschrak. Gemeinsam wären sie in diesem Film, den sie gerade vor ihrem inneren Auge ablaufen ließ, entschieden überbesetzt. Und jetzt, da Johanna von ihrer Verliebtheit für die Officina zumindest so weit geheilt war, dass sie keine Bittschreiben mehr ver-

schicken wollte, gab es schon gar keinen Grund für eine Fortsetzung. Anna lief ein Schauer über den Rücken.
»Besser nicht«, erwiderte sie bestimmt, »Florenz ist doch zu jeder Jahreszeit überfüllt. Ich würde lieber nach Irland oder Schottland fahren. Die Gärten sind dort auch viel artenreicher.«
Cornelius Reiter verstand nicht allzu viel von der toskanischen Flora, aber diese Aussage schien ihm unsinnig. Darüber hinaus waren italienische Gärten und Parks immer Annas Steckenpferd gewesen, das war eigenartig. Sie war eigenartig, wenn er es recht bedachte – genau wie alle anderen Insassen seiner kleinen privaten Nervenheilanstalt. Er schluckte die doppelte Dosis Voltaren Plus und hoffte auf eine rasche psychedelische Wirkung, um sich anzupassen, als erneut die Ladenglocke anschlug. Die Pharmazieräte der Bayrischen Landesapothekerkammer standen in der Tür.

21

Nachdem Johannas Sternwarte nun eine Woche lang geschlossen gewesen war – der August war ohnehin ein ruhiger Monat –, hatte sie den Sonntag zur Produktion frischer Gesichtsmasken und Lotionen genutzt und in Niklas' sehnsüchtigen Blicken gebadet. Der junge Gärtner war vorbeigekommen, um die neue Pflanzung zu begutachten, und hatte Johanna Holunderbeeren mitgebracht. »Meine Mutter hat sie manchmal in Teig gebacken, als ich noch klein war. Mit Zimt und …«
»… Zucker«, vollendete Johanna seinen Satz. Sie war schon so daran gewöhnt. »Möchtest du vielleicht zum Essen bleiben, Niklas?«

Eigentlich für immer, dachte er in einem Anfall von Beherztheit, sah sich in ihrer gemütlichen Küche um und nickte. Hier war es ganz anders als bei ihm zu Hause, behaglich. Und er hatte ihre Eltern kennengelernt, eine richtige Familie, wie er sie nicht kannte. Er fasste sich ein Herz und fragte: »Magst du … Filme, Johanna? Ich meine, im Kino?«

»Ach, Niklas, ich bin zurzeit keine gute Gesellschaft«, antwortete sie schnell. Sie wollte ihn nicht kränken.

»Und ich nie«, sagte er geknickt. »Nur für …«

»Ja?«

»Pflanzen. Und Fische.« Niklas bemühte sich um einen ganzen Satz. »Aber mit dir bin ich … anders.« Er schob seine Hand vorsichtig über den Tisch, berührte Johannas Arm, ängstigte sich und lächelte. Und dann ging er wenig später, ohne noch einmal nachzufragen, weil er deutlich spürte, dass er für heute genug gesagt hatte und sich das Weitere lieber aufheben wollte.

Johanna war gerührt. Sie blickte auf ihr stummes Telefon und stürzte sich wieder in ihre Arbeit. Sie hatte sich vorgenommen, ihre eigene Officina Profumo auszubauen und vielleicht sogar ein Potpourri mit dem Duft ihrer Stadt zu mischen – eine Assoziation von Bergen und Seen. Rosenblätter, Lindenblüten und Gras, um den Englischen Garten zu beschreiben, Fruchtstände vom wilden Hopfen und Malz für das Gefühl, unter Kastanien im Biergarten zu sitzen, und eine rauchige Note, die von den Grillplätzen an der Isar erzählte. Blüten und Hölzer, Kieselsteine und kleine getrocknete Kastanien fürs Auge und etwas, das den Duft von Eiscreme und Sommer transportierte. Winzige Marshmallow vielleicht. Johanna war voller Tatendrang, doch in ihrer Fantasie schmiegte sie sich auf Sandros Vespa an ihn und atmete den Geruch seiner schweren alten Lederjacke, der nicht mehr als eine Manipulation der Sinne war. Parfümeure vergangener Jahrhunderte hatten die typische Ledernote, die auch heute jeder kannte, mit einer Mischung aus Moschus, Ambergris und Zibetöl erschaffen, um die üblen Ausdünstungen des Gerbprozesses zu überdecken. Mittlerweile wurde sie synthetisch hergestellt. Der ganz spezielle Duft edler Taschen, im Handschuhladen, beim Schuster, der wunderbare Duft von Leder, er war nur ein Trugbild – so wie Sandros Liebe. Wenigstens einmal am Tag nahm Johanna ihr Telefon in die Hand und wollte ihn anrufen, bis ihr wieder einfiel, dass sie keine Nummer von ihm hatte. Und jede Stunde, nein, doch eher jede Minute lauschte sie auf ein Klingeln, in der Hoffnung, er könne sich melden. Sie hatte tagsüber ihre Privatnummer auf den Anschluss im Laden umgeleitet, um diesen ersehnten Anruf von ihm nicht zu verpassen, aber er kam nicht. Nicht in der ersten und auch nicht in der zweiten Woche nach ihrer Rückkehr, und in der dritten hatte sie die Hoffnung aufgegeben. Bis das Klingeln erneut erklang und ihr Herz einen Sprung machte und sie mit heißen Wangen atemlos abhob. Der Abgrund der Enttäuschung, in den sie dann stürzte, wenn sich ein Zulieferer meldete, gründete immer tiefer. Mit jedem Tag, der verging, mit jedem vergeblichen Läuten senkte er sich weiter ab, bis er so tief war wie der mythische Hades, in dem die Giganten angekettet ausharrten. Es hieß, ein Hammer fiele durch eine Felsspalte hundert Tage hinab, und so lange würde wohl auch Johanna fallen, bis sie ihren Tiefpunkt erreicht hätte, genau wie die Male zuvor. Und weitere hundert Tage erdulden, um wieder aufzusteigen, im besten Fall.

Das Sammeln von Gräsern und Kräutern, die Handgriffe beim Destillieren, das sanfte Umbetten der Blüten in der

Jasmin-Enfleurage, die ihre Mutter schon vorbereitet hatte, das Rütteln der gelagerten Hydrolate, Mischen von Cremes und Sieden von Seifen, selbst die Kundenberatung lief nur noch mechanisch ab, und Johanna machte Fehler. Sie war unkonzentriert, nicht mit dem Herzen dabei. Wie auch, ihr Herz war sechshundert Kilometer weit zurückgeblieben in einem Land jenseits der Alpen, bei einem Mann, der es gar nicht haben wollte. Und so verkaufte sie Duschgel als Haarshampoo, falsch etikettiert, mit einer höchst gewöhnungsbedürftigen neuen Duftmischung – der Kampfer des Florentiner *Potpourri* gab eine garstige Note –, und mischte Badekugeln ohne Soda, die sang- und klanglos untergingen und neben einem faden Hauch von Rose nur bleichen Farbstoff abgaben. Irgendwann vergaß sie die Kontrolle ihrer Hydrolate, bis eine ganze Charge *Bloody Monday* verdarb und sie sie wegschütten musste, ohne Reue, denn das Pflanzenwasser hatte ihr sowieso nicht geholfen, sich wiederzufinden, und auch nicht das *Seelenheil* oder die *Flüssige Umarmung*. Hainbuchen, Zistrosen und Holunderblüten versagten selbst als Mischung. Erst gestern hatte sie von einer Wildsammlung anstatt Engelwurz, gemeinhin auch Angelika genannt, den zum Verwechseln ähnlichen hochgiftigen Wasserschierling mit nach Hause gebracht, ein tödlicher Fehler, der ihr noch nie unterlaufen war, auch wenn die Pflanzen sich wirklich ähnlich sahen. Gott sei Dank hatte ihr Vater den grünen Tod zu Gesicht bekommen, bevor er im Lager verschwunden oder mit Zuckerlösung kandiert auf einem Dessertteller in Lilo Wunderlichs Bistro wieder aufgetaucht war. Johanna hatte gerade die Samen und Wurzeln von den Stielen getrennt, als Reiter in den Hof kam.

»Du willst dich also umbringen?«, stellte er nur lapidar fest – ihre schwelende Melancholie war ihm nicht entgangen – und deutete dabei auf die Unheil bringenden Pflanzen. »Ein Schierlingsbecher, ist es wirklich so schlimm?«
Johanna überprüfte daraufhin verunsichert ihre Ausbeute, die schönen weißen Kronen, kleinblütige Strahlen, und entsorgte sie entsetzt in der Biotonne. Sie hätte schwören können, dass die Samen das ganz typisch feurige Aroma der Angelika verströmt hatten und die Wurzeln beim Zerschneiden den bekannten zarten Ananasduft. Doch sie hätte die Pflanze ohnehin erst nach dem Trocknen in zwei Jahren verarbeitet und das natürlich nicht ohne erneute Bestimmung im elterlichen Labor. Sie hätte ihren Fehler noch bemerkt, ganz gewiss, und das wusste ihr Vater, weshalb er auch gelassen blieb.
Johanna musste nun für ihren *Balsamischen Mut* ihre letzten Lagerbestände destillieren und ließ sich dabei in die Resilienz einhüllen, die die Angelika ausstrahlte. Die Stärke der Nordländer, der Wikinger, strömte darin, ihre Heimat Skandinavien, Grönland und Island erzählte sich dem, der den Duft einatmete, brausende Wasserfälle, Gletscher und Geysire unter der Mitternachtssonne, sternenloses Nachtlicht. Friedliche grüne Täler, von Flüssen durchzogen, erwachten, und das »versteckte Volk«, das zwischen den Steinen der Hügel hauste, undeutliche Gesichter, fremde Geschöpfe in einer magischen Welt zwischen Fjorden und Meer. Elfen und Trolle, verborgen hinter dichten Nebeln, die die Wolken berührten. Sie selbst waren Nebel, Dunst und Dampf und umtost von Wetterstürzen, die arglose Wanderer mitrissen. In Island wurden Straßen umgelenkt und Häuser versetzt, um die Wohnstätten der sagenumwobenen Wesen zu schützen. Ihre Namen fanden sich im Telefonbuch, scheue Schat-

ten, kartographiert und katalogisiert, um keinen Zweifel an ihrer Existenz aufkommen zu lassen. Johanna schloss die Augen und vergaß über dem ersten Tröpfeln des herb-aromatischen Destillats ihren Kummer. Sie war für einen erholsamen Moment nicht mehr in Florenz und in Sandros Armen, die alten Angelikawurzeln nahmen sie mit in das Land der Feen, Nymphen und Götter.

Nun war es besser, Johanna konnte wieder atmen. Man müsste auch Erinnerungen destillieren können, überlegte sie über ihrer Arbeit, den heißen Dampf der Seelenpein aufsteigen, die Bilder von ihm durchdringen lassen und auf den heilsamen Weg der gewundenen Schlangenkühlung durch ruhiges, kaltes Wasser vertrauen. Die Essenz kondensieren, die Zärtlichkeit, die Blicke und die balsamischen Küsse. Ihre Liebe. Das müsste gelingen. Und zurück blieben dann nur noch die Impressionen eines hellen Sommernachtstraums, den sie unter leuchtenden Nachtkerzen geträumt hatte, gehalten von starken Armen und dem süßen Duft der hundert aufblühenden Sonnen. Ihrem Licht, dem leichten Licht der Nacht. Johanna hatte so viel Zeit damit verbracht, in ihren Büchern über die Geheimnisse der Aromatherapie das eine Mittel gegen Liebeskummer zu finden, nach dem sie schon so lange suchte, das flüssige Licht, das das Herz wieder leicht machte. Und jetzt glaubte sie, dass die Antwort vielleicht gar nicht dort zu finden war, nicht einmal in den alten Schriften der Dominikanermönche, sondern im verwilderten Klostergarten der Santa Maria Novella. Nachtkerzen! Hierzulande wuchsen sie an Bahndämmen und Straßenrändern, an Wegen, die Menschen fortführten und wieder nach Hause brachten. Man fand sie auf Böschungen und Schuttplätzen, an Orten, die Abraum aufnahmen und umwandelten. Das Öl, das aus ihren Samen gepresst wurde, war die Basis unzähliger Pflegeprodukte. Doch ob sich Nachtkerzen auch destillieren und vielleicht sogar mit anderen Mondscheinpflanzen kombinieren ließen? Sie könnte Jasmin dazugeben und den Nachtphlox, der nach Sonnenuntergang zart nach Marzipan roch, Levkojen, Sternbalsam, Abendstern und Nachtveilchen. Sie alle verströmten ihren tröstlichen Duft erst in der Dunkelheit und vielleicht auch, wenn es Nacht wurde um ein trauriges Herz. Eine harmonische Auslese, vermählt mit dem Zauber des Vollmondwassers aus jener ganz besonderen Quelle, deren Energie sich in den hellen Nächten potenzierte. Johanna überlegte, aber nein, sie musste noch warten, denn die Nachtkerzen waren bereits verblüht. Bald brach der Herbst an.

22

Anna Stern-Reiter wusste, dass etwas während Johannas Reise geschehen war, und es musste mehr sein als die bloße Absage der Officina. Ihre Tochter hatte den hübschen jungen Mann nach wie vor nicht erwähnt, aber er lag in ihrem Blick. Anna war an die ersten Monate des Jahres erinnert, als Johanna um ihre Beziehung mit Ben getrauert hatte. Und während sie so darüber nachdachte, stiegen erneut die Bilder ihrer eigenen Florenzreise in ihr auf, und sie baute sich aus ihnen einen Garten – aus Giovannis Liebe und Zärtlichkeit, seiner Lust und seinem Verlangen, mit einem unscheinbaren Tor, das nur sie allein kannte, unter Apfelbäumen, im Mondschatten eines verlassenen italienischen Pavillons. Einen Garten, durchströmt vom zeitlos betörenden Feigenduft des *Un Jardin en Méditerranée,* einem Parfum, das sie nur dann auflegte, wenn der herbe Geschmack Lakritz geschwängerter Küsse sie überfiel oder die übermütige Lust, aus ihrem Leben auszubrechen. Nur ganz kurz, nur ein paar Kilometer den Bergen entgegen, nur um des Abenteuers willen und der frischen Luft.

Anna beschloss zu warten und ihrer Tochter Zeit zu geben, denn die heilte bekanntlich alle Wunden. Nur Johannas nicht, die wurde sogar krank. Lilo Wunderlich hatte ihr Ende September vom Großmarkt herrliche Bio-Zitronen mitgebracht, deren Schalen Johanna sofort zur Destillation ansetzte. Natürlich hätte sie sie auch einfach auspressen und das so gewonnene Öl direkt weiterverarbeiten können, aber sie hoffte auch auf fruchtiges Hydrolat. Ihre Kupferdestille war gut gefüllt, das Wasser abgemessen und die Kochplatte angeheizt. Das intensive Aroma erfüllte bald den ganzen Hof, es haftete an Johannas Händen – und beschwerte ihren Magen. Ihr wurde übel, der Zitronenduft war einfach zu intensiv, sie konnte ihn kaum ertragen. Doch sie hatte noch Zeit, das Wasser im Kessel kochte noch nicht, und ehe danach die erste Flasche gefüllt war, würde es dauern. Sie überprüfte die Abdichtung des Kessels – Brotteig, eine uralte, einfache und effektive Methode –, seinen sicheren Stand auf einem Tischchen vor ihrem Laden und ging hinauf in ihre Wohnung, um ihre Magentropfen zu holen. Sie hatte sie schon gestern nach dem Essen genommen, und sie hatten vorübergehend geholfen. Johanna wollte sich beeilen, doch in ihrem Schlafzimmer traf sie auf ihre Mutter, die für sie gewaschen und gebügelt hatte und gerade alles in ihren Schrank einräumte. Ihre Mutter, die sich immer so rührend um sie kümmerte, die so fürsorglich war, so liebevoll … Johanna begann zu weinen und wusste eigentlich gar nicht, warum. Seit sie wieder zu Hause war, hatte sie

nah am Wasser gebaut und war irgendwie rührselig. Anna nahm sie in den Arm, setzte sich mit ihr aufs Bett und wartete.
»Willst du es mir nicht doch erzählen?«, fragte sie dann nach einer Weile.
»Dass mich jeder Mann verlässt, der mir etwas bedeutet«, erwiderte Johanna schluchzend, »und dass ich das in diesem Jahr sogar zweimal durchmachen muss, meinst du das?« Anna zog ihre Tochter noch fester in ihre Umarmung. Also doch, dachte sie dabei, also doch, diese verfluchte Stadt und ihre hinreißenden Männer! »Aber diesmal war es anders«, sprach Johanna weiter – endlich redete sie! –, »er war anders.« Und dann erzählte sie von ihrer Begegnung mit den beiden ungleichen Brüdern, von ihren Ausflügen und der einen kurzen Nacht im Klostergarten, und sie zeigte ihrer Mutter nun auch Fotos, die sie bisher zurückgehalten hatte. Alle, die sie mit Sandro in Forte dei Marmi gemacht hatte, und auch das eine, das er von ihr, Luca und Giovanni Fortini im Obicà geknipst hatte, dort, wo alles angefangen hatte. Anna hielt das Bild in der Hand und stellte das Atmen ein. Sie forschte in Giovannis Gesicht und erkannte die braunen Augen und das Lachen, umrahmt von unzähligen Fältchen. Er war etwas korpulenter geworden, doch es gab überhaupt keinen Zweifel, dass dieser Giovanni Fortini ihr Straßenmaler war! Jetzt machte alles Sinn, das *Acqua di S. M. Novella,* das er ihr geschenkt hatte, die Zeichnungen von Parfumflakons in seiner Skizzensammlung. »Ja, er entwirft sie«, erzählte Johanna gerade, »aber er ist eigentlich der Geschäftsführer der Officina.« Ihre Worte drangen gerade weit genug zu Anna durch, um sie noch zu erreichen. Er hatte es ihr damals kurz vor ihrer Abreise sagen wollen, erinnerte sie sich jetzt. Er meinte, sie kenne

die Wahrheit doch gar nicht, und sie hatte ihn unterbrochen, weil sie keine andere Wahrheit verkraftet hätte als die, die ihre kurze Liebe fassen konnte. Weil sie längst wusste, dass sie in ihr altes Leben zurückkehren und bei Cornelius bleiben würde, mit dem sie so viel mehr verband als nur eine Verliebtheit. Seine Großzügigkeit und Souveränität, die ihr immer Freiräume gelassen hatten, seine Fürsorglichkeit, das Engagement für die elterliche Apotheke, der gemeinsame Freundeskreis aus Studienzeiten, Werte – es gab so viel, was sie damals schon miteinander teilten und ein Vierteljahrhundert gemeinsamer Geschichte trug, bis heute.

Anna hielt noch immer wie paralysiert Giovannis Bild in der Hand, und die Zeit stand einen Moment lang still, nahm dann Fahrt auf und überschlug sich mit Ereignissen, die sich binnen Sekunden zusammenballten: Johanna rannte auf die Toilette, um sich zu übergeben, Anna realisierte, dass das in den letzten Tagen ständig passierte, meistens vormittags, und aus dem Hof drang eine gewaltige Explosion zu ihnen herauf. Anna rannte zum Schlafzimmerfenster und riss es auf. Sie sah Johannas Destille, deren Boden von der Kochplatte gekippt war, Wasser, das wild auf ihr zischte, und eine gelblich weiße, breiige Masse, die sich über die Blumenbeete, die Fassade der Sternwarte, einen Apfelbaum und eindeutig auch über Ludwig Korn ergossen hatte. Der Buchhändler schrie und gestikulierte, sein Mobiltelefon in der Hand, und rief gerade die Feuerwehr. Der obere Teil des Kupferkessels lag unweit von ihm neben der Sitzgruppe, auf der Korn es sich gemütlich gemacht hatte. Er musste in hohem Bogen dorthin katapultiert worden sein. Daisy kauerte verstört unter einer üppig blühenden Buschmalve, und der Zitronenduft rundum war ein Rausch.

Johanna rannte mit ihrer Mutter nach unten. Im Hof versuchte ihr Vater bereits seinen Nachbarn zu beruhigen, der schon das fünfte Zitat in zwei Minuten aufgesagt hatte, Verschiedenes zu den Themen Wahnsinn und Totschlag, von Hegel bis Herder – ein Automatismus –, sich aber keinesfalls beschwichtigen lassen wollte. Sechs Feuerwehrmänner in voller Montur kamen kurz darauf angerannt – die Sirene des Einsatzfahrzeugs hatte sie schon angekündigt –, und sie sondierten die Lage. Augenscheinlich gab es kein Feuer und auch keine Gasexplosion, wie der Anrufer es gemeldet hatte. Sie sahen sich um und waren ratlos.

»Ach, wie wunderbar, es gibt Zitronenkuchen. Ich nehme ein Stück«, hörte man da eine freundliche Stimme an der Hintertür, »und gerne auch ein Tässchen Tee.« Mechthild Müller hatte sich aus dem dritten Stock heruntergequält, nachdem ein zartes Geräusch sie aus ihrem Vormittagsschlummer geweckt und sie festgestellt hatte, dass Hildchen mal wieder verschwunden war. Sie schlurfte Richtung Sitzgruppe, wischte mit einem Papiertaschentuch, das sie aus ihrem Blusenärmel fischte, unbeirrt die Sitzfläche eines Gartenstuhls sauber und setzte sich mit leisem Plumps.

»Nun«, begann einer der Feuerwehrmänner die Befragung, »was ist denn genau passiert?«

»Ich weiß es nicht«, sagte Johanna verzweifelt. Der Angstschweiß stand ihr noch immer auf der Stirn. »Wissen Sie, ich destilliere Hydrolate für meinen Naturkosmetikladen, und da müssen die Zitronenschalen zu viel Wasser aufgesaugt haben. Ich denke, es hat die Destille einfach auseinandergetrieben.«

»Auseinandergetrieben?!« Korn konnte sich gar nicht genug aufregen. »Sie ist explodiert! Es hat einen gewaltigen Knall gegeben. Heißes Wasser und diese ... diese Pampe hier«, er wischte angewidert Reste von seinem Sakko, »sind durch den Hof geschossen wie ein biblischer Feuerregen. Sodom und Gomorrha, Fräulein Sternreiter! Ich kann von Glück sagen, dass ich noch lebe.«

»Dann schauen wir uns die Sache doch mal an«, versuchte der Einsatzleiter die aufgeheizte Stimmung etwas runterzukochen und ging an die Heizplatte, neben die der untere Teil der Destille gekippt war. Der Korb war herausgeschleudert worden. »Das mit dem Aufquellen ist sicher richtig«, diagnostizierte er, »aber diese Wucht kann das nicht verursacht haben.« Der Mann begutachtete den Boden des Kessels, die Tischplatte, auf der er lag, und die Pflastersteine darunter. »Ich sehe keine Siedesteine«, überlegte er dann laut. Richtig! Die hatte Johanna vergessen. Zum ersten Mal in ihrem Leben. »Die Bläschen im kochenden Wasser hatten nichts, woran sie perlen und aufsteigen konnten. Sie haben sich zu einer einzigen großen Gasblase gesammelt, und es ist zu einem Siedeverzug gekommen.«

»Ich weiß, was ein Siedeverzug ist, ich habe die Ausbildung zur PTA gemacht«, murrte Johanna. Sie war untröstlich, das war ihr wirklich ungemein peinlich. Sie entschuldigte sich bei Korn und bot an, die Reinigungskosten zu übernehmen.

»Sind Sie wegen meinem Hildchen gekommen?«, tönte es da von der Sitzgruppe. Mechthild hatte ihren erneuten Sekundenschlaf unterbrochen und blickte die Feuerwehrleute Hilfe suchend an. »Sie sitzt womöglich vorne an der Straße auf einem Baum, Herr Brandmeister.«

»Sie zeigen mir bitte noch Ihre Destilliergenehmigung vom Zollamt, Fräulein«, überging der Angesprochene

Mechthilds Bitte, nach ihrer Katze zu suchen, und bot an, den Hof einmal kurz mit dem Schlauch abzuduschen. »Wenn wir schon da sind, helfen wir gern.«
Johanna führte daraufhin Mechthild in ihren Laden, goss ihr eine Tasse Tee ein und stellte Eclairs dazu. »Der Zitronenkuchen ist noch nicht fertig, den gibt's dann morgen, ja?«, sagte sie und verbrachte den restlichen Tag damit, aufgequollene Zitrusschalen in der Biotonne zu entsorgen und über ihr unverzeihliches Missgeschick nachzugrübeln. Die Destille zu reinigen brauchte dann noch mal einen weiteren Tag, Johanna musste sie ausbeulen, so sehr hatte sie gelitten. Der Hinterhof in der Blutenburgstraße duftete noch die ganze Woche über nach Zitronenplantagen und dem schönen Sizilien, ein Geruch, den fast alle mochten und nur Johanna nicht ertrug. Ihre morgendliche Übelkeit hielt an.

23

Anna brauchte geschlagene sechs Tage, bis sie den Mut fand, mit ihrer Tochter zu sprechen. Sie hatte aufs Wochenende gewartet und stand dann Sonntag früh mit frischen Brötchen und einem Schwangerschaftstest im Treppenhaus an ihrer Tür. »Glaubst du wirklich?«, fragte Johanna ihre Mutter nur, als sie ihr wortlos den Test und die Papiertüte vom Bäcker in die Hand drückte. Sie war plötzlich wie ausgewechselt. Eben noch grün im Gesicht, überlief Johanna eine heftige Röte, und sie strahlte. Wenn sie wirklich schwanger war, dachte sie in diesem Moment, dann würde alles gut werden, dann wäre ihre kurze Begegnung mit Sandro nicht nur eine Affäre gewesen, sondern der Beginn eines neuen Lebens. Er würde sicher erschrecken, erst einmal, aber er würde sich für sie und das Baby entscheiden.

Anna war überrascht, ihre Tochter so guter Dinge zu sehen. Sie hatte einen Weinkrampf erwartet. »Ich würde sagen, du machst den Test, und dann frühstücken wir erst mal in Ruhe«, schlug sie vor, denn einer musste schließlich einen kühlen Kopf bewahren. »Außerdem sollte ich dir etwas erzählen, aber nur, wenn du wirklich schwanger bist.« Anna wusste, dass sie ihrer Tochter in diesem Fall erzählen musste, dass sie Giovanni Fortini kannte. Sehr gut kannte. Zu gut.

Johanna verschwand im Bad und schloss die Tür hinter sich. Ihre Mutter kochte derweil Tee und deckte in der Küche den Tisch. Sie holte Butter und Marmelade aus dem Kühlschrank, lauschte auf Geräusche aus dem Bad und griff nach dem Honig. Sie nahm den Zucker aus dem Küchenschrank, presste frischen Orangensaft und wartete. Die Badezimmertür blieb geschlossen. Weitere fünf Minuten und eine erste Tasse Tee später klopfte sie. »Jo?«

»Ja?«

»Was ist?« Stille. »Hast du den Test gemacht?«

»Ja.«

»Und?« Die Tür ging auf, und Johanna weinte. Sie strahlte übers ganze Gesicht und weinte – der Test war positiv. Das Plastikstäbchen mit dem lebensverändernden Pluszeichen in der Hand, hatte sie unglaubliche Angst vor dem, was jetzt auf sie zukam, und keine Ahnung, wie es weitergehen sollte, aber sie war glücklich, denn zum ersten Mal, seit sie sich auf der Via Panzani von Sandro getrennt hatte, hatte sie das Gefühl, ihn nie mehr verlieren zu können.

Anna schluckte. Sie wurde Großmutter! Ihr kleines Mädchen war schwanger, und sie wurde Oma. Sie nahm ihre

Tochter in den Arm und weinte mit ihr. Sie strich ihr durch die wilde rote Mähne, streichelte ihre Wange und drückte sie wieder und wieder an sich. »Das wird deinen Vater umhauen, Schatz«, prognostizierte sie dann und setzte sich an den Frühstückstisch. Johanna sank ebenfalls auf einen Stuhl.

»Ich will erst mit Sandro sprechen, Mami«, sagte sie. »Ich werde ihn anrufen.«

»Was denkst du, wie er reagiert?«

Johanna zuckte mit den Schultern. Der Himmel wird ihm auf den Kopf fallen, so wie mir, befürchtete sie. »Ich weiß es nicht«, erwiderte sie zaghaft. »Ich habe Angst.«

»Soll ich bleiben, wenn du mit ihm sprichst?« Anna schob den Brotkorb zur Seite und griff nach Johannas Hand. An Essen war jetzt sowieso nicht zu denken. Ihr kleines Mädchen würde Mutter werden, so wie sie damals. Sie erschrak. Das hätte sie fast vergessen, verdrängt.

»Nein, ich mach das schon«, sagte Johanna und wollte aufstehen.

»Warte!« Anna hielt sie zurück. »Da ist noch was, und ich denke, du musst das jetzt wissen.« Und dann erzählte Anna ihrer Tochter die Geschichte von ihrer Begegnung mit Giovanni Fortini, von dem sie erst seit Anfang dieser Woche wusste, wer er wirklich war. Sie verriet ihr, dass sie ihrem Mann die Affäre nie gebeichtet hatte und es eigentlich auch jetzt nicht tun wollte. Wozu ihn verletzen, es war doch schon so lange her.

»1985?«, fragte Johanna unsicher nach. »Das Jahr, bevor du mich bekommen hast?«

»Ja.« Anna wollte sich nicht weiter erklären. Es war, wie es war.

»Und das erzählst du mir heute, weil ich von seinem Neffen schwanger bin und …« Ihr Gesicht nahm einen ganz eigenartigen Ausdruck an. Giovanni – Johanna ging es ihr durch den Kopf, das Jahr vor ihrer Geburt, und ihr Vater wusste es nicht. Giovanni Fortini, Sandros Onkel … O Gott! Johanna wurde schon wieder übel. Sie sprang auf und rannte ins Bad. Anna lief hinter ihr her. »Wie konntest du nur!«, schrie Johanna ihre Mutter dort an. Sie kniete vor der Toilette und war bleich im Gesicht. »Du hast uns die ganze Zeit über angelogen« – jetzt weinte sie wieder –, »Papa und mich.« Sie regte sich fürchterlich auf. Anna bekam richtig Angst.

»Jo, Schatz, das ist doch gar nicht wichtig. Es war nur eine Liebelei. Mit deinem Vater bin ich seit sechsundzwanzig Jahren verheiratet.«

»Aber du hast ihm ein Kind untergeschoben! Und jetzt bin ich schwanger von meinem eigenen … meinem … Nein …, nein, Mami, das ist …« Johanna begann am ganzen Leib zu zittern und schluchzte hemmungslos. Ihre Welt brach gerade restlos zusammen. Sie wurde hysterisch und schlug nach ihrer Mutter.

»Jo!« Anna kniete neben ihr und hielt sie an den Schultern fest. »Was redest du denn da?« Sie konnte kaum glauben, was Johanna gesagt hatte. »Du bist doch nicht Giovannis Kind, um Himmels willen! Du wurdest elf Monate später geboren, nachdem ich aus Florenz zurück war.« Johanna sah sie aus ihrem sturmdurchtobten Veilchenhimmel heraus an, und alles drehte sich um sie. »Ich hätte deinem Vater so was doch nie angetan. Wie kannst du das denken?«

»Aber mein Name«, versuchte Johanna ihre Rückschlüsse zu erklären. »Giovanni, das heißt doch Johann. Warum hast du mich denn dann nach ihm benannt?«

Das war Anna noch nie in den Sinn gekommen, ihre Tochter hatte recht! »Dein Großvater hieß Johann, das weißt du doch«, sagte sie entgeistert. »Johann Stern, der, der es mit dem Krokodil aufgenommen hat«, scherzte sie nun zaghaft und war erleichtert, dass ihre Tochter sich beruhigte.

Johanna blickte ihre Mutter ungläubig an. Ihr Großvater, dachte sie, der das Krokodil aus der Apotheke verbannt hatte, richtig. Was für ein Durcheinander! Und Giovanni war nur ... Ihre Mutter wusste gar nicht, wer er war, sie wusste es die ganze Zeit über nicht, es war nur Zufall oder Schicksal. Sie lehnte sich an die Wand des Badezimmers, zu schwach, um aufzustehen, und überdachte alles. Wäre ihre Mutter Giovanni Fortini damals nicht begegnet, dann hätte er ihr nicht das *Acqua di S. M. Novella* geschenkt, mit dem sie später gespielt hatte. Sie hätte sich nie in die Officina Profumo verliebt, für Naturkosmetik interessiert und wäre auch nie nach Florenz gefahren und in die Via della Scala gegangen. Sie hätte Sandro nie kennengelernt. »Entschuldige, Mami«, sagte Johanna, »das war gerade alles etwas zu viel.«

»Ja, offensichtlich. Geht es dir besser?«

»Ja.« Johanna atmete ein paarmal tief durch. »Und du hast recht, Papa braucht das nicht zu wissen, es ändert nichts.«

»Nein, nichts, gar nichts«, versicherte Anna ihrer Tochter. »Möchtest du dann jetzt vielleicht ein Ferngespräch führen? Bist du schon so weit?«

»Ja. Und später erzählst du mir mehr von ihm, von Giovanni, meine ich. Alles.«

Anna verließ ihre Tochter an diesem Morgen mit gemischten Gefühlen. Sie beschloss, erst einmal einen ausgedehnten Spaziergang zu machen, ehe sie zu Cornelius nach Hause ging und die Neuigkeiten von Johannas Schwangerschaft erzählte. Einfach nur ein Fenster zu öffnen hätte heute nicht genügt. Sie musste etwas Abstand gewinnen und das Gespräch mit Johanna verdauen – ihre Panik, den furchtbaren Irrtum. Was für ein Vormittag!

Johanna sammelte sich derweil, versprühte ihre letzte Flasche *Balsamischer Mut* im Wohnzimmer und suchte nach Lucas Visitenkarte mit seiner privaten Handynummer. Sie wählte, und eine Frau meldete sich. *»Pronto?«*

»Johanna Stern-Reiter hier, Entschuldigung, ich meine *scusi, vorrei parlare con Luca, per favore.*«

»Sie können Deutsch mit mir sprechen, Fräulein Stern-Reiter. Einen Moment, bitte. Mein Sohn hat sein Mobiltelefon auf unseren Hausanschluss umgestellt.« Die Stimme klang wunderschön, aristokratisch und kühl. Johanna erschrak. Das musste Sandros Mutter sein. Sie hätte nach ihm fragen können.

»Ja, hallo, Giovanna?« Luca war am Apparat. »Wie schön, von dir zu hören.«

»Wie geht es dir, Luca?«

»Danke, gut. Du rufst mich an?« Luca hatte nicht damit gerechnet, jemals wieder von Johanna zu hören. Er lächelte.

»Ist Sandro zu Hause? Kann ich ihn sprechen, Luca?« Ihre Frage versetzte ihm einen Stich. Wie hatte er annehmen können, sie würde ihn sprechen wollen!

»Nein.« Luca schwieg. Die Pause wurde unangenehm. Er glaubte sie atmen zu hören.

»Luca, bitte, es ist dringend. Ich muss ihm etwas sagen.« Und als Luca noch immer nicht reagierte, ergänzte sie: »Es ist etwas passiert, weißt du.«

»Was, Giovanna? Was ist passiert?«

Johanna überlegte. Vielleicht sollte sie es ihm sagen? Luca könnte ihr helfen und es seinem Bruder schonend beibringen. Und er könnte ihr sagen, wie Sandro reagieren

würde. Außerdem freute sie sich so sehr, dass sie ohnehin kaum mit ihrer Neuigkeit hinter dem Berg halten konnte.
»Ich bin schwanger, Luca. Ich bekomme ein Baby von deinem Bruder!« Luca stöhnte auf. Es klang, als hätte er sich gerade verletzt.
»Nein!«, das war alles, was Johanna am anderen Ende der Leitung hörte. »Nein!«
»Wie kann ich ihn erreichen?«
»Giovanna, er wohnt nicht mehr hier bei uns«, begann Luca. »Das musst du doch wissen.«
»Ist er mit Gabriela zusammengezogen?« Johanna standen Tränen in den Augen. Aber das sagte überhaupt nichts, überlegte sie. Das Kind änderte alles, einfach alles. Ja, er liebte Gabriela, sicher, und die Verbindung war wichtig fürs Geschäft, aber das, was sie beide jetzt verband, wog doch viel mehr.
Luca seufzte. »Sie haben geheiratet, Giovanna. Ich dachte wirklich, du weißt es. Ich dachte, dass er es dir gesagt hat. Nur als du am Bahnhof nach ihm gefragt hast, bei deiner Abreise, da wusste ich, dass er dir nicht erzählt hat, wie bald.« Lucas Stimme klang gebrochen, maßlose Enttäuschung schwang mit.
»Und wie bald, Luca? Ich meine, ich bin doch gerade erst fünf Wochen weg«, fragte Johanna zaghaft. »Stand der Termin denn schon fest?«
»Der Tag, an dem du abgereist bist, Giovanna. Da waren sie hier am Standesamt.« Und in der Woche darauf hatte die kirchliche Trauung im Piemont stattgefunden und die große Feier mit über zweihundert geladenen Gästen und der Presse – Hochglanzberichterstattung, Fotostrecken in der *Gala*, der *Glamour Italia*, der *VELVET* und anderen Lifestyle-Magazinen, aber das zu erwähnen ersparte Luca Johanna.

24

In dieser Nacht blieb Anna bei ihrer Tochter. Die beiden Frauen redeten lange. »Ich bin so dumm«, sagte Johanna immer wieder, »so unglaublich dumm.« Sie wusste nicht mehr, wer dieser Mann eigentlich war, in den sie sich so sehr verliebt hatte, der seine Verlobte in der Nacht vor ihrer Hochzeit betrog. Johanna verachtete Sandro dafür.
»Hättest du nicht mit ihm geschlafen, wenn du es gewusst hättest, Schatz?«, fragte ihre Mutter, und Johanna wollte sofort den Kopf schütteln, war sich dann aber nicht mehr sicher, denn die Begegnung mit Sandro, ihre gemeinsame Nacht, war so unwirklich gewesen, dass sie für sie gar nicht in dieser Welt stattgefunden hatte. Sie waren einander außerhalb jeglicher Konventionen und Vernunft begegnet.
»Ich weiß es nicht. Vielleicht hätte ich trotzdem nicht die Kraft gehabt, nein zu sagen, das kann schon sein. Aber er hätte diese Entscheidung mir überlassen müssen.«
Anna musste sich eingestehen, dass sie sich nicht viel anders verhalten hatte. Zwar hatte sie keinen Hochzeitstermin gehabt, als sie Giovanni traf – Cornelius und sie hatten sich erst mit dem Heiraten beeilt, als sie von ihm schwanger geworden war –, aber ihr Fremdgehen war doch von ähnlicher Qualität. Sie hatte sich hinreißen lassen und wollte auch sechsundzwanzig Jahre später keinen gemeinsamen Augenblick missen. Manchmal, wenn sie im Hof bei den beiden Apfelbäumen saß, die Giovanni ihr geschenkt hatte, und die Sonne auf ihrer Haut spürte, dieselbe Sonne, die Florenz jeden Morgen in dieses goldene Leuchten tauchte, dann erlaubte sie sich, zurück zu träumen und die verrückte Leidenschaft noch einmal zu spüren, die ein gemeinsames Leben niemals hätte bewah-

ren können. Dann war sie wieder Botticellis Venus, nackt in ihr Haar und den Duft der Königin gehüllt. Sie war die pure Verführung – eine Erinnerung, die ihre Wirbelsäule geschmeidig machte und ihr Becken mit Wärme durchzog, die sie aufblühen ließ. Und deshalb versuchte sie auch, Sandro Fortini in Schutz zu nehmen, so gut es ging. Ihrer Tochter war ja nicht damit gedient, über den Vater ihres Babys herzuziehen und in offenen Wunden zu stochern. »Vielleicht hat er das Gleiche gefühlt wie du, Schätzchen«, sagte sie darum. »Vielleicht wollte er in diesem Moment ja alles für dich aufgeben. Aber am nächsten Morgen hat ihn die Wirklichkeit eingeholt.« Johanna lag in ihrem Bett, im Arm ihrer Mutter, und die Tränen liefen noch immer. »Er hat dir vielleicht gar nichts vorgemacht, ihm hat nur zu guter Letzt der Mut gefehlt.«

»Ändert das was?«

»Ja, das ändert viel. Du bekommst ein Kind von einem Mann, der dich liebt, aber nicht frei ist. Ein Mann, der dir nicht widerstehen konnte, das verstehe ich.« Anna suchte so dringend nach den richtigen Worten, und je mehr sie sich bemühte, umso mehr glaubte sie selbst daran. »Wird sein Bruder es ihm sagen? Wirst du es ihm sagen?«, fragte sie ihre Tochter.

»Nein! Nein, ich sage ihm nichts. Es ist mein Leben und mein Kind. Sandro ist jetzt verheiratet.«

»Gut.« Anna respektierte die Entscheidung ihrer Tochter. Sie war im Gegenteil sogar froh darüber, dass Johanna den Mut fand, ihr Leben selbst in die Hand zu nehmen. Gemeinsam würden sie es schon schaffen. »Außerdem musst du das nicht sofort entscheiden, Jo. Warte ab, wie es dir damit geht. Wenn du eines Tages mit Sandro reden willst oder dein Kleines nach seinem Vater fragt, kannst du es dir immer noch überlegen.«

So überstand Johanna die erste Nacht mit dem Wissen, schwanger zu sein und allein. Erst in der zweiten schlief sie ein wenig, und in der dritten war sie sogar für einen Augenblick glücklich. Sie legte beide Hände auf ihren Bauch und spürte in sich hinein. Sie begann mit ihrem Kind zu reden und sich vorzustellen, wie es aussehen würde. Sie fragte sich, ob es Sandro ähnlich sähe. Das wünschte sie sich, trotz der Kränkung, der Demütigung, weil sie so alles von ihm haben würde, sogar mehr als Gabriela je von ihm würde haben können, nämlich sein Erstgeborenes. Luca hatte versucht, es ihr zu sagen, das wusste sie jetzt. In der Rückschau addierten sich seine unbeholfenen Anläufe und Andeutungen zu ihrer naiven Arglosigkeit. Doch sie hatte nur gehört, was sie hören wollte.

Nach der fünften Nacht, es war bereits Freitag und Johanna in ihrem Laden, stand Luca Fortini plötzlich vor ihr, mit einem Rollkoffer und einer Aktentasche aus feinstem italienischem Leder. Er war gerade mit dem Taxi vom Flughafen gekommen, frisch rasiert, die störrischen Locken gebändigt, der Anzug tadellos und Unsicherheit in seinem blauen Blick. Johanna sah auf und erschrak. Eine Reaktion, die Luca gewohnt war, der ungeliebte Bote, der Kurier mit den schlechten Nachrichten, der, der die Hoffnungen mit der Realität abglich und Konsens suchte, geschäftlich wie privat.

»Ich habe ein paarmal versucht dich zu erreichen, Giovanna«, sagte er, um seine Reise zu erklären. »Ich habe mir Sorgen gemacht.«

Johanna hatte seine Nachrichten auf ihrem Anrufbeantworter hartnäckig ignoriert. Jetzt sah sie Luca trotzig an und versuchte, nicht zu weinen. Sie wollte keine Schwäche zeigen und schon gar nicht von ihm bemitleidet werden. »Ich nehme an, du bist gekommen, um das für die Familie zu regeln?«

»Was meinst du damit?«

»Du sollst mir Geld anbieten, Unterhalt, falls ich mich dazu entscheide, das Kind zu bekommen. Hat deine Mutter dich geschickt? Oder Sandro?«

Luca konnte kaum glauben, was sie da zu ihm sagte.

»Mich hat niemand geschickt, Giovanna. Ich bin hier, weil du verzweifelt warst, als wir zuletzt miteinander telefoniert haben.« Er wartete auf eine Reaktion, aber Johanna strich sich nur nervös über ihr Kleid. »Und was meinst du mit ›falls du dich entscheidest, das Kind zu bekommen‹? Steht das denn zur Disposition?« Er klang tatsächlich geschäftsmäßig, doch das war gar nicht seine Absicht, denn in Wahrheit war er verzweifelt, für sie, mit ihr, ihretwegen.

»Nein, das tut es nicht«, antwortete sie.

Luca war erleichtert, denn er wollte sie nicht durch die Hölle begleiten müssen, aber er hätte selbst das getan – anstelle seines Bruders.

»Darf ich mich setzen?« Er deutete auf einen der beiden Stühle an Johannas kleinem Bistrotisch, schob sein Gepäck in die Ecke und stellte die Aktentasche ab, als sie nickte. Sie kam ihm keinen Schritt entgegen, war noch immer misstrauisch. Jetzt sah er sich in ihrem Geschäft um, betrachtete die hellen Regale, die Flakons, Blumen und zarten Dessous und fühlte Verlegenheit in sich aufsteigen. Sie präsentierte ihre Kosmetik in kleinen Tiegeln, die Seifen machten Appetit, es sah bei ihr aus wie in einer *pasticceria*. Und der Garten im Hof war traumhaft, so viel schöner als ihr Florentiner Relikt eines aufgegebenen Klostergartens. Luca hatte erst vorne in der Apotheke nach Johanna gefragt und mit ihrer Mutter gesprochen.

Er hatte sie sofort erkannt, die Ähnlichkeit war frappierend. Er hatte sich ihr vorgestellt, das schlechte Gewissen seines Bruders auf seinem Gesicht. Das schlechte Gewissen, das Sandro hätte haben müssen. Doch Luca hatte noch gar nicht mit ihm über Johannas Neuigkeit gesprochen. Er wollte sich erst persönlich ein Bild von der Lage und ihrer Verfassung machen, hören, welche Pläne sie hatte. Deshalb hatte er eine dringende Geschäftsreise inszeniert und verband seinen Aufenthalt in München nun mit einem Termin mit den Einkäufern von LODENFREY, einem Münchner Traditionsunternehmen im Bekleidungssektor in bester Lage, das edle Designer- und Trachtenkollektionen führte. Sie hatten wie Johanna Interesse angemeldet, Produkte der Officina Profumo zu führen, und Luca erwägte eine Zusage.

»Kann ich Ihnen helfen?« Johanna begrüßte zwei Kundinnen, die eben gemeinsam mit Mechthilds Blossom in den Laden kamen. Der Tiger sprang aus dem Stand auf Lucas Schoß und machte es sich auf seiner tadellosen dunklen Anzughose gemütlich. Luca versteifte sich und ließ ihn gewähren.

»Was empfehlen Sie für Anti-Aging?«, fragte eine der beiden Frauen, eine gepflegte Mittvierzigerin.

»Nun, bei mir finden Sie *Bright-Aging,* denn alt werden wollen wir doch, die Frage ist nur, wie.« Johanna strahlte ihre Kundinnen an und war froh über die Unterbrechung ihres Gesprächs. Sandro, das Baby und Luca im strengen Zwirn, das alles vergaß sie für einen Moment. Wenngleich er doch tatsächlich lächelte – Luca Fortini im Nadelstreifen lächelte mit einer Katze auf dem Schoß, ein Bild, das sich einem sicher nicht oft bot.

»Etwas gegen Falten eben«, sagte die Freundin der Dame, »die machen ja nicht schöner.«

»Doch, glauben Sie mir«, mischte Luca sich da überraschend in das Gespräch ein. Er setzte Blossom auf den Boden ab, strich sich ein paar Haare von der Bügelfalte und stand auf. Die Damen sahen ihn interessiert an. Sein schöner italienischer Akzent bezauberte sie und diese ungewöhnlichen Wangenknochen! »Meine Mutter ist über fünfzig, und sie war nie zuvor schöner.« Er zog seine Brieftasche aus dem Sakko und kramte ein Foto hervor, das er zeigte. »Da ist diese Gelassenheit in ihrem Gesicht und das Lachen von Jahrzehnten. Genau wie bei Ihnen.« Eine glatte Lüge, dessen war Luca sich bewusst, denn wenn jemand nicht gelassen war, dann seine Mutter, und gelacht hatte sie in ihrem Leben entschieden zu wenig. Aber das wussten Johannas Kundinnen ja nicht. Luca hatte sein Verkaufslächeln aufgesetzt. Er verströmte die Selbstsicherheit der Besitzer der Officina Profumo-Farmaceutica di Santa Maria Novella in vierter Generation, gepaart mit der Souveränität eines erfahrenen Apothekers. Johannas Vater hatte auch diese Wirkung auf Frauen. »Ich sehe Kämpfe, die Sie gewonnen haben, Signora, und einen Verlust, der Sie geprägt hat, und Hoffnungen … Glauben Sie mir, das wollen Sie nicht aus Ihrem schönen Gesicht tilgen«, sagte er.

»Meine Sternwarten-Linie basiert auf Mangobutter, Bienenwachs, Fruchtauszügen und Hollunderwurzel«, übernahm Johanna wieder die Beratung. »Sie ist sehr reichhaltig und schmilzt auf der Haut. Meine Kundinnen sagen, ihr Duft mache sie glücklich.« Sie schraubte einen Probiertiegel auf und trug beiden Damen mit einem Spatel ein wenig Creme auf dem Handrücken auf. Diese verrieben sie und rochen daran.

»Freuen Sie sich über die Jahre«, brachte Luca sich nun

wieder in das Gespräch ein, »und pflegen Sie jedes einzelne mit, wie sagt man, Hingabe?« Die beiden Damen schmolzen über Lucas Worten ebenfalls dahin.
Johanna verkaufte die *Bright-Aging*-Linie zweimal, von der Reinigung bis zur Gesichtsmaske, die Appetit auf ein fruchtiges Dessert in Lilos Bistro machte. Und dazu einen leichten, erfrischenden Duft aus Grapefruit, Petitgrain und Vetyver, den Luca gleich mochte und der ihm so viel persönlicher schien als *Chanel,* das beide Damen trugen. Das hatte er im Flugzeug im Übermaß gerochen, *N°5, Coco Mademoiselle* und *Allure*.
»Danke, du bist gut«, sagte Johanna nun etwas freundlicher zu Luca, als ihre neuen Kundinnen gegangen waren. »Ein wahrer Verkäufer.«
»Ja, ich weiß«, erwiderte er und verstand es nicht als Kompliment, denn es implizierte Kalkül, Berechnung und wohldurchdachte Offerten. Und wenn er es genau betrachtete, war er auch deswegen gekommen. Er wollte Johanna wirklich etwas anbieten: Absicherung, Unterhalt in irgendeiner Form, einen Teil des Erbes der Familie, wenn ihr Kind schon nicht deren Namen tragen würde, irgendetwas, das sie unterstützte. Er fand das nur richtig, und seine verbohrte Mutter hätte das als Allererste zugegeben, hinge sie nicht so an ihrer sogenannten Familienehre. Ein Bild aus der Zeitschrift *SCHÖNER WOHNEN,* das sie um jeden Preis aufrechterhielt, indem sie Blumen arrangierte, sobald sich das Leben von seiner hässlichen Seite zeigte. »Giovanna, ich möchte dir helfen. Du wirst Geld brauchen, vielleicht wirst du deinen Laden eine Weile schließen müssen oder eine Vertretung einstellen. Ich kann für dich eine Regelung treffen.«
»Danke, ich komme zurecht. Ich habe meine Familie, die sich kümmert.«

»Aber wir sind doch jetzt auch deine Familie«, wandte Luca ein.
»Nein, das seid ihr nicht!«, sagte sie mit Nachdruck. »Und ich möchte, dass du Sandro auf keinen Fall etwas erzählst, hörst du? Wir werden uns nicht wiedersehen, Luca. Es war ein Fehler, dass ich angerufen habe.« Das konnte er ihr nicht versprechen, wusste er doch, dass es nicht richtig war.
Er trat jetzt ganz nahe an sie heran und nahm ihre Hände in seine. Sie kämpfte mit den Tränen, beschämt, wütend und hilflos. »Giovanna, bitte schließe wenigstens mich nicht aus.« Johanna entzog sich und drehte sich weg. Sie weinte nun wirklich, und er sollte es nicht sehen. Luca legte seine Arme um sie, um sie zu halten. Er vergrub sein Gesicht für einen Moment in ihrem aufgesteckten wilden Haar, das den Duft der Engel verströmte, Flieder und Pfirsich. Mit ihm verband er neuerdings das Vermissen. Er spürte Johannas Herzschlag und verlor jeden Halt. Die Beerdigung seines Vaters hatte sich ähnlich angefühlt, die Leere, das Stumme, in das er stürzte, und die heißen wütenden Tränen. Etwas in ihm wollte ihr sagen, dass er der bessere Mann war, dass sie und ihr Kind seine Zukunft waren, doch wenn er die Hoffnung mit der Realität abglich, fand sich kein Konsens.
»Ich bin dir nicht böse, Luca«, sagte Johanna nun leise in seiner unbeholfenen Umarmung. Seinen Körper so nah an ihrem zu spüren verwirrte sie. Sie dachte kurz an den Giardino delle Rose, als sie den Sonnenuntergang an ihm gerochen hatte, den goldgelben Moschus. »Ich weiß, es ist nicht deine Schuld. Du hast versucht, es mir zu sagen.« Sie drehte sich in seinem Arm um, schuf ein wenig Platz zwischen sich und ihm und blickte ihm nun direkt ins Gesicht. Sie suchte dort nach Sandro, aber er war nicht

da, nicht in Lucas Blick, dem die Kühnheit fehlte, nicht auf seinen Lippen oder in seiner Stimme. Doch heute sah sie dafür etwas anderes, sie sah Lucas Verletzlichkeit und Fürsorge und spürte, wie er sie zu halten versuchte, aber sie konnte diese Hilfe nicht annehmen.
Luca ließ Johanna los, nahm seinen Koffer und die Aktentasche und ging mit gesenktem Kopf zur Tür. Dort wartete er, ob sie noch etwas sagte, aber das tat sie nicht.
»Hast du gar keine Angst, Giovanna?«, fragte er sie dann.
»Nein, Luca. Ich bin es ja nicht, die allein bleibt. Ich habe mein Kind. Sandro ist der, der allein ist, weil er niemanden wirklich liebt.«
Und ich bin es, dachte Luca in diesem Moment, die Türklinke schon in der Hand und ein Flugticket für die Weiterreise nach Montpellier in der schweren Aktentasche, immer unterwegs, immer erfolgreich. Ich bin es, weil sie nicht spürt, was ich selbst kaum zu fühlen wage. Weil sie nicht mich sieht, wenn sie mich ansieht, sondern noch immer nach ihm sucht, egal, was sie sagt. Sie suchen alle immer nur nach ihm.

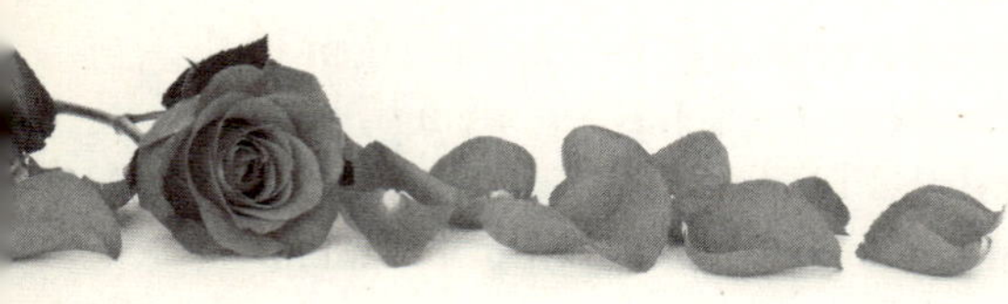

München, Frühling 2012

25

In der Nacht auf den 18. Mai 2012 verließen fünf Seelen im Krankenhaus Dritter Orden gegenüber dem Botanischen Garten die Welt auf der grünen Nulllinie ihrer Überwachungsmonitore, und eine weitere verschwand unbemerkt. Die über achtzigjährige Ordensschwester entschlief ohne vorherige Krankheit oder augenfällige Schwäche. Sieben weitere kamen an und suchten sich ihr neues Leben in den Kreißsälen der gynäkologischen Station. Möglicherweise waren sie einander auf ihrem Übergang begegnet, die Stillen, welche mit einem letzten leisen Ausatmen verschwanden, und jene, deren Ankunft mit einem ersten kräftigen Luftholen und einem Schrei schon sehnsüchtig von künftigen Müttern und Vätern erwartet wurden.

Lucie war eine von ihnen. Sie kam zwei Wochen zu früh, nur vier Tage nach Johannas sechsundzwanzigstem Geburtstag, doch sie hatte einen guten Zeitpunkt gewählt. Am Vortag, einem Donnerstag, es war Christi Himmelfahrt, waren die Apotheke und Johannas Sternwarte geschlossen gewesen, und sie hatte bereits ein Schild an der Ladentür aufgehängt, das ihre Kunden informierte, dass sie sich über den Brückentag bis einschließlich Montag ein langes Wochenende gönne. Das musste Lucie gewusst haben. Sie schenkte ihrer Mutter noch diesen einen Tag zum Ausruhen und meldete sich dann mit den ersten Wehen am frühen Donnerstagabend. Johannas

Eltern packten daraufhin ein paar ihrer Sachen und fuhren sie in die Klinik. Anna begleitete ihre Tochter später in den Kreißsaal, und Cornelius Reiter lief Furchen ins Linoleum des Flurs. Bei der Geburt seiner Tochter war er damals dabei gewesen und ähnlich überflüssig wie heute. Er konnte sich gerade nicht entscheiden, wann er mehr Angst gehabt hatte. Heute womöglich, weil ihm die Sorglosigkeit der Jugend abhandengekommen war, weil seine wunderschöne erwachsene Tochter für ihn immer noch sein kleines Mädchen war und die Tatsache, dass sie nun selbst Mutter wurde, mehr als unwirklich. Gegen dreiundzwanzig Uhr hatte Reiter bereits den vierten Kaffee aus dem Automaten getrunken und stand kurz vor einem Herzinfarkt, doch die Nacht lag noch vor ihm. Das tiefe Stöhnen der Frauen in den Kreißsälen, die laute, stoßweise Atmung und sogar die ruhigen Stimmen der Hebammen erreichten ihn selbst hinter geschlossenen Türen. Ärzte in weißen Kitteln gingen von Zimmer zu Zimmer, kamen und verließen die Station, gaben Anweisungen und waren entbehrlich. Die Hebammen hatten alles im Griff. Nach Mitternacht schickte Reiter eine SMS an Ilse Neubeck, sie möge die Apotheke am Morgen mit ihrer Kollegin alleine versorgen, er komme sicher erst am späten Vormittag, wenn überhaupt, das Baby sei unterwegs. Er würde sich eventuell noch um die Geburtsurkunde kümmern und wollte einer der Ersten auf dem Kreisverwaltungsreferat sein – eigentlich Aufgabe des frischgebackenen Vaters. Und hier herumzustehen ebenfalls, dachte er mit Groll, beziehungsweise bei Johanna zu sein und ihr feuchte Tücher zu reichen, mit ihr zu hecheln oder was angehende Väter eben sonst so taten. Fast hätte Reiter entgegen Johannas klarer Anweisung eine Nummer mit italienischer Vorwahl gewählt, die Luca Anna gegeben hatte, denn Reiter wollte noch immer nicht akzeptieren, dass seine Enkelin keinen Vater haben würde. Doch Johanna hatte sich entschieden und eine gemeinsame Zukunft mit Sandro vehement ausgeschlossen. »Es steht überhaupt nicht zur Debatte, er ist verheiratet. Und wer weiß, vielleicht ist seine Frau ja auch schon schwanger.« Johanna und ihre Mutter hatten Zukunftspläne für eine unabhängige, alleinerziehende Mutter gesät wie wild blühende Bodendecker über verwittertem Stein. Sie waren in den letzten Monaten proportional zu Johannas Bauchumfang gewachsen und kaschierten Sandros Abwesenheit bereits vollständig.

Gegen halb sechs Uhr morgens hörte Cornelius Reiter, der zeitweise auf seinem Stuhl eingeschlafen war, einen unglaublichen Laut, der nicht von dieser Welt sein konnte, und sprang auf. Die Stimme der Hebamme in der neuen Schicht mischte sich dazu, dann die seiner Frau, Johannas, die stöhnte, und nach kurzer erwartungsvoller Stille – sie füllte sein ganzes ängstliches Herz aus – ein Schrei! Ein Quäken unter schnellem Luftholen, kräftig, erbarmungswürdig, herzerweichend. Er sank auf den Stuhl zurück und zitterte am ganzen Leib. Minuten später kam die Hebamme auf ihrer Durchreise an ihm vorbei. Sie trug den Duft von Neroli mit sich, das sonnige Aroma der Bitterorangen, das gemeinsam mit einem kleinen weißen Porzellanengel seit Stunden die Geburt begleitet und Johanna immer wieder neuen Mut zugesprochen hatte. Ein heller Ruf, nicht aufzugeben, und ein anschmiegsames, atmosphärisches Seelenkleid für nackte, verwundbare Neuankömmlinge. »Es ist ein Mädchen, und sie ist völlig gesund. Ich gratuliere Ihnen«, sagte die pummelige Fürsorge in blauem Kittel und verschwand hinter der Tür des gegenüberliegenden Gebärzimmers, dem mit dem

Wasserbecken. Reiter wartete. Er wusste nicht recht, wohin mit sich, ob er einfach zu seiner Tochter hineingehen durfte oder Anna herauskam. Er musste weiter warten, stundenlange Minuten, lebenfüllende Sekunden, ja, ein ganzes Leben passte in diese kurze Zeitspanne, ein neues Leben, das sich soeben hinter dieser Tür auf den Weg gemacht hatte.

Anna wirkte kein bisschen müde, als sie ihn holte. Sie sah so schön und entspannt aus wie damals vor sechsundzwanzig Jahren in ebendieser Klinik, als Johanna in einem grellen Kreißsaal zur Welt gekommen war. Reiter erinnerte sich an jeden Moment, alles schien ihm vertraut, bis Johanna ihm das kleine Bündel reichte und er in das schlafende Gesicht seiner Enkelin sah. Das traf ihn unvorbereitet, denn sie war unbeschreiblich schön, kein bisschen zerknittert, rosafarben und anmutig. Sie atmete mit einem ganz leichten Anheben ihres winzigen Brustkorbs, die Lippen in steter Bewegung, ein angedeutetes Nuckeln, die Nasenflügel zitterten unmerklich, und sie hatte hellen Flaum auf ihrem Köpfchen. Ihre Haut schimmerte im ersten Licht des anbrechenden Tages, ein sanftes Leuchten. Reiter sah seine Enkelin ungläubig an. Er konnte das Wunder auf seinem Arm kaum fassen, dabei war er doch der Naturwissenschaftler in der Familie, nicht übertrieben sentimental, eher geerdet und ließ sich nicht schnell mitreißen. Er gab die Kleine wortlos seiner Tochter zurück, zu ergriffen, um etwas zu sagen. Und dann sah er seine drei Frauen lange an und wusste in diesem Moment, dass er für sie jeden Kampf ausfechten, ja, sogar für sie sterben würde. Oder leben, was einem sicher mehr abverlangte.

»Welchen Namen willst du ihr denn geben?«, fragte er Johanna nach einer Weile, und sie antwortete: »Lucie. Sie wird Lucie heißen.« Er musste ihn ins Geburtenregister eintragen lassen, Lucie Stern-Reiter, geboren am 18. Mai 2012 um 5 Uhr 37, genau mit Sonnenaufgang, ja, das passte. Mutter: Johanna Stern-Reiter; Vater: eine Leerzeile. Johanna wollte es so. Sie wollte vermeiden, dass Sandro sich eines Tages doch noch in Lucies und ihr Leben einmischte. »Einbrachte«, hatte ihr Vater sie korrigiert und gesagt, wie wichtig es für die Kleine sein könnte, aber seine Tochter war nicht umzustimmen gewesen. »Noch nicht«, hatte Anna ihn getröstet, die auf die Zeit vertraute und darauf, dass sich eine Geburtsurkunde jederzeit abändern ließ.

Nun, Lucie war auf jeden Fall der richtige Name für das Mädchen. Lucie, das Licht, für die Ämter und Kirchenbücher, Lulu in Johannas Armen und Lucia in jenem Land, in dem sie aus einer übergroßen Leidenschaft unter den leuchtenden Sonnen der Nachtkerzen eines Klostergartens hervorgegangen war. Johanna konnte es sehen, dieses Licht und die Liebe, die sich in jener Nacht vermählt und Lucie gezeugt hatten. Für sie war die Kleine kein Menschenwerk, sondern ein Wunder, das nur für sie in diesen kleinen Körper geschlüpft war, um sie zu trösten, und schöner war als alles, das Johanna je gesehen hatte. Der erste Blick, den Lucie ihr geschenkt hatte, war blau und zärtlich gewesen, doch Johanna wusste, dass sich die Augenfarbe noch verändern konnte. Vielleicht würde sich das Veilchenblau der Stern-Frauen durchsetzen, vielleicht aber auch das Blaugrün des Turmalins, der seine besondere Farbe seinem Anteil an Kupfer verdankte. Kupfer wie das, aus dem Johannas Destillen gefertigt worden waren, die den Kreislauf des Lebens nachempfanden. Kupfer und ein Rest vom Regenbogen, auf dem – einer ägyptischen Legende nach – der Turmalin aus den Tiefen der Erde hinauf zur Sonne gereist war. Manche Steine behielten sein Rot in sich, manche das Gelb, Grün oder Blau, andere das ganze Spektrum, vereint im farblosen Weiß, dem reinen Strahlen. Lucie hatte den umgekehrten Weg angetreten. Sie war über den Regenbogen von der Sonne zur Erde gestiegen und hatte alles Licht in sich behalten. Sie duftete nach Himmel und Unschuld, eine Mischung aus Wolken und Engelsgesang, Bilder, die Johanna aus Kinderbibeln und von Fresken kannte. Sie duftete nach dem leichten Luftzug von Flügelschlägen, nach Daunen und Sommerregen und einer zärtlichen Berührung. Johanna würde sie unter Hunderten allein an diesem Duft erkennen. Sie hatte ihre Wange an die des kleinen Mädchens gelegt und atmete das Glück. Lucies Händchen waren zu Fäusten geballt, und sie grummelte ganz leise, öffnete für einen Moment die Augen, fand sich sicher und schlief in der Geborgenheit ihrer Mutter weiter.

Am frühen Nachmittag – Johanna war auf ein Zimmer verlegt worden und hatte geschlafen – kündigte die Stationsschwester einen jungen Mann an. »Ist es Ihnen recht? Fühlen Sie sich schon kräftig genug für Besuch?«, fragte sie Johanna, und diese bejahte es. Sie war aufgeregt. Wer kam sie besuchen? Sandro? Hatte ihr Vater ihn doch verständigt? War er vielleicht gekommen, so schnell? Sie wollte diese Sehnsucht nicht in sich spüren, sie wollte nicht an Sandro denken, nicht auf ihn warten, und es war auch schon viel besser geworden, doch manchmal passierte es trotzdem. Heute hätte sie ihm so gerne ihre gemeinsame Tochter gezeigt und in seinem Gesicht gelesen. Heute wäre sie gerne mit ihm zusammen stolz gewesen. Sie kämmte sich das lange offene Haar und betrachtete dabei Lucie, die in einem Bettchen auf Rollen neben dem ihren schlief, genau auf Augenhöhe. Und dann öffnete sich die Tür, und Niklas Farn stand verlegen im Zimmer, hoch aufgeschossen und hager, blass und immer noch irgendwie grün hinter den Ohren. Er hielt eine rote Rose in der Hand.

»Ich habe dir einen Rosenstock gebracht, zur Geburt«, sagte er zaghaft, »nach Hause. Deine Eltern sagten, dass du das Baby ...« Er brach ab, ging an Lucies Bett und sah sie lange an wie zuletzt die gestreifte Phalaenopsis im Orchideenhaus, deren Anmut ihm die Sprache verschlagen hatte, was bekanntlich leicht passierte. »Ich wollte ihn für dich pflanzen, bevor du ..., aber jetzt ist sie schon ...« Niklas blickte abwechselnd zwischen Lucie und ihr hin und her. Johannas Feuerhaar, er hatte es noch nie offen gesehen. Es rann wie ein Wasserfall über ihre Schultern, an ihren Armen entlang, lag auf dem Kissen und glühte in seinen Träumen. »Deine Mutter hat gesagt, wo ich sie setzen darf. Die Rose.«

»Danke.« Johanna war überrascht. Mit Niklas hätte sie nicht gerechnet, denn bald nach seiner angedeuteten Einladung im letzten Herbst hatte sie ihm von ihrer Schwangerschaft erzählt und er hatte darüber jeden Mut verloren, sie zu wiederholen. Er hatte sich sogar ein wenig rargemacht. »Meine Mutter sagt immer, dass wir für Rosen nicht genug Sonne haben. Deshalb hat sie nur ein paar Buschrosen gepflanzt«, antwortete sie.

»Sie heißt *Reine des Parfumes*, und sie riecht nach Damaszena-Rosen und Weinbergpfirsich ... und wie Cassisblätter ... ein bisschen.« Niklas stand noch immer vor Johannas Bett und trat von einem Fuß auf den anderen. Das war so ungewohnt, so intim, sie im Bett in einem weißen Baumwollnachthemd mit Spitzen zu sehen, ganz ungeschminkt und schön. Ein entspannter Ausdruck lag auf ihrem Gesicht, ein heiteres Fließen, eine Sommerwiese im Wind, übersetzt in das Lächeln einer Frau. Der Frau, der einen Frau, die unerreichbar für ihn war, nur eine Armlänge entfernt. »Weißt du, wie die erste rote Rose entstanden ist?«, fragte er sie schüchtern, um seine anhaltende Unsicherheit zu überbrücken, und setzte sich zaghaft auf die Kante des Besucherstuhls am Fenster.

»Eine Züchtung?«, versuchte sich Johanna an einer Antwort.

»Nein. Der erste Schein der Morgenröte. Er ist … auf einen weißen Rosenstock gefallen.« Johanna lächelte. Wie lieb er ist, dachte sie. Lucie quiekte ganz leise. Sie nahm sie aus ihrem Bettchen und hielt sie im Arm. Sie küsste ihre Stirn, die kleine Nase, ihre winzigen Lippen, die Öhrchen und jeden Finger einzeln, da schlug Lucie ihre blauen Augen auf, und Niklas errötete und legte die Rose vom frisch gesetzten Stock auf Johannas Nachttisch neben den kleinen Porzellanengel, der dort saß. »Geht es dir gut? Und der Kleinen? Bist du …«, fragte er und ging wieder ans Fußende des Krankenbetts zurück, um sich in Sicherheit zu bringen, denn die Liebe in diesem Raum betörte und verstörte ihn. Die Liebe einer Mutter zu ihrem Kind, die Niklas in einer Erinnerung bewahrte, die ihn Stück für Stück verließ. Er verzehrte sich nach ihr, heftiger noch als nach den zweitausend anbetungswürdigen Orchideen drüben in »seinem« tropischen Gewächshaus, und konnte sie doch nicht halten. Er konnte die Bilder in sich nicht bewahren.

»Ja, Niklas, uns geht es gut, und ich bin glücklich. Lulu schläft ganz viel. Ich glaube, dass sie schon lächelt, schau mal!« Johanna hielt die Kleine etwas höher, und Niklas verlor sich in diesem Anblick. Das Mädchen schien wirk-

lich zu lächeln, ganz selig, und ihn anzusehen. Er überlegte, was Neugeborene schon sehen konnten.
»Ich geh dann mal wieder«, sagte er leise, trat neben die beiden ans Bett, küsste erst Lucie und dann – er war mutig – auch Johanna auf die Wange. Sie dufteten beide nach Orangenblüten, weshalb er beschloss, noch einmal in den Botanischen Garten hinüberzugehen und sich dort eine Weile neben den tunesischen *Citrus aurantium* in die Sonne zu setzen, um diesem Moment nachzuspüren.
»Danke, dass du da warst, Niklas«, verabschiedete Johanna ihn, »und du darfst uns jederzeit besuchen, Lulu und die *Reine des Parfumes*.«
Niklas lächelte und nickte. Ja, das würde er tun. Er würde seine Schätze jetzt im Auge behalten, darauf achten, dass es ihnen an nichts fehlte, und Dünger mitbringen.

26

Als Johanna mit Lucie wenige Tage später nach Hause kam, wartete ein Brief von Luca auf sie. Er hatte ihr während der gesamten Schwangerschaft geschrieben, aus der halben Welt Postkarten geschickt und jetzt von ihrer Mutter von der Entbindung erfahren. Er komme spätestens im Herbst nach München, um seine Nichte kennenzulernen, und sie solle ihm doch die Freude machen und Fotos schicken. Zwei Tage später fand Johanna dann einen weiteren Brief aus Italien in ihrem Briefkasten, als Absender die Officina Profumo-Farmaceutica di Santa Maria Novella, das offizielle Kuvert mit dem Wappen des Dominikanerordens, diesmal allerdings in DIN A4, und ihr Atem stockte. Sie öffnete es noch im Hausflur. Das war eigenartig, dieser Brief enthielt kein persönliches

Anschreiben, und als sie noch einmal die Adresse las, stellte sie fest, dass er gar nicht an sie, sondern an Lucia Stern-Reiter adressiert war. In diesem Umschlag lagen in hauchdünnes Seidenpapier eingeschlagen drei Bogen altes Papier, offensichtlich Abschriften aus der Klosterbibliothek, lateinische Rezepturen für eine Wasch- und eine Wundcreme sowie einen Babypuder, wenn sie es richtig übersetzte. Ihr Vater würde ihr helfen müssen. Eine kleine Karte lag dabei, auf der in Druckbuchstaben *»Per Lucia – L'elemento base per una propria linea di cosmetici«* stand – »Der Grundstein für eine eigene Linie«. Johanna war fassungslos. Sie hielt hier einen Schatz aus den streng geheimen Unterlagen der Officina in Händen, mit der Erlaubnis, diese Produkte zu produzieren und in ihrem Geschäft zu vertreiben. *»Per Lucia«* – »Für Lucie«! Aber wer hatte ihr das geschickt? Luca hätte das niemals getan. Er war viel zu korrekt für solche Heimlichkeiten, und das war auch gar nicht seine Handschrift. Also musste es Sandro gewesen sein. Aber wusste er denn von Lucies Existenz? Sie hatte Luca doch mehr als deutlich zu verstehen gegeben, dass er ihre Schwangerschaft nicht erwähnen sollte, schon gar nicht gegenüber seinem Bruder. Sollte sie ihn anrufen und fragen? Oder Sandro? Doch sie hatte nach wie vor weder seine Telefonnummer noch seine neue Adresse. Also konnte sie ihm auch nicht schreiben, außer vielleicht an die Produktion. Aber die Tatsache, dass er kein persönliches Wort dazugeschrieben hatte, zeigte doch, dass es ihm nicht möglich war, offiziell Kontakt mit ihr aufzunehmen, oder er es nicht wollte, und dieser Gedanke war wiederum zu schmerzhaft, um ihn zuzulassen. Johanna nahm ihren Schatz mit nach oben und überlegte, ob sie damit wirklich eine eigene Linie für Babyprodukte begründen sollte. Sie könnte sie

Luce nennen, *Licht,* hergestellt nach alter italienischer Klosterrezeptur.
Den Sommer über gehörte Lucie dann der ganzen Hausgemeinschaft. Sobald Johanna sich von der Entbindung erholt hatte, übernahm sie von ihrer Mutter wieder ihren Laden. Lucies Bettchen, ein Korb aus geflochtenen Olivenzweigen, den Luca geschickt hatte, hing deshalb die meiste Zeit über im Hinterhof an einem starken Ast im Apfelbaum unweit des Windspiels und nah am Geschäft. Poppy, Daisy und Blossom schliefen abwechselnd darunter, und Mechthild Müller kam ebenfalls mehrmals täglich vorbei und setzte sich dazu. Sie freute sich über den Neuzugang im Haus am allermeisten, schaukelte den Korb sanft hin und her und sang für Lucie alte Kinderlieder. Sie erzählte ihr von ihren vier verflossenen Ehemännern – nur von den Anfängen, nie vom Ende – und ihrer Arbeit als Haushälterin. Ab und an dichtete sie bei den Erfolgsgeschichten ihrer Zöglinge noch etwas dazu und beschrieb der Kleinen Zaubergeigen und den Mann im Mond. Sie war dabei wie immer tadellos gekleidet, meist in wadenlangem Rock und Schlupfbluse, das abgewetzte Handtäschchen am Arm und die Schuhe blank geputzt. Wenn Lucie unruhig wurde, sang Mechthild mit brüchiger Stimme am hellen Mittag »Guten Abend, gut' Nacht« und vergaß im Juni über dieser neuen Freude in ihrem Leben sogar, die *APOTHEKEN Umschau* zu lesen. Im Juli griff sie sich aus Reiters Zeitungsständer das Magazin für Kinder mit dem großen Tierfaltposter, denn an Krankheiten hatte sie keinen Bedarf mehr.
Maria Beck aus dem ersten Stock gesellte sich gerne nachmittags dazu, wenn ihre beiden Buben Hausaufgaben machten. Sie hatte Frieda, ihre Jüngste, dabei, die gerade mal zweieinhalb war. Lilo Wunderlich hatte Maria

Beck gewinnen können, ihr halbtags in der Küche des Bistros zu helfen, solange die Jungs in der Schule waren und Frieda in der Kinderkrippe. Sie machte sie dort mit den Kniffen der feinen Duftküche vertraut, um so die Luftqualität im Treppenhaus zu verbessern. Ein guter Plan, der mehr Wirkung zeigte als Johannas Räucherungen. Zwar partizipierten die Nachbarn noch immer unfreiwillig von Maria Becks Kochkünsten, da in ihrer antiquierten Einbauküche schon von jeher die Dunstabzugshaube nicht funktionierte und die vollgestellte Fensterbank nur ein Kippen der Altbaufenster erlaubte, doch nun zogen auch immer öfter Aromen von Karotten-Limetten-Suppe, Gurkensalat mit Koriandersamenöl, Rose-Minz-Saucen und Lauch-Apfel-Creme durchs Treppenhaus. Mitunter musste man Lilos Speisekarte auf der großen Schiefertafel vor ihrem Bistro gar nicht lesen, um zu wissen, was es in nächster Zeit auf der anderen Straßenseite zu essen gab, es genügte, vor der Wohnung der Becks einmal tief Luft zu holen.

Lilo selbst kam immer am späten Nachmittag in den Hinterhof, um Johanna zu füttern. Sie stillte und war nach Lilos Dafürhalten zu dünn geworden, aber das dachte Lilo eigentlich von den meisten Frauen. Und sogar das Ehepaar Wang hatte vorbeigeschaut, um Lucie zu begrüßen. Pia Wang erzählte von einer neuen Skulptur, zu der sie inspiriert worden war, und Johanna befürchtete, sie könnte Lucie abstrakt modellieren wollen. Sie traute sich nicht, nachzufragen, da Pia Wang die Skulptur als Geschenk ankündigte. Hoffentlich ließ sich das Werk genauso unauffällig in den Garten integrieren wie das bei den Stockrosen.

Und dann gab es natürlich auch noch die beiden Damen aus der Apotheke, Ilse Neubeck und Christa Werner, die

das Baby besuchten, neugierige Kundschaft, die entzückt in das Körbchen blickte, und Johannas Eltern. Anna hatte ihr Bürofenster den ganzen Sommer über weit offen stehen, da sie noch mehr als sonst das Gefühl hatte, unter den Auflagen der Apothekenbetriebsordnung zu ersticken. Sie belohnte sich mit dem freien Blick auf ihre Enkelin, während ihr Mann ständig einen Vorwand fand, seine Arbeit zu unterbrechen, um kurz hinauszugehen.
Lucie war also umsorgt. Sie schlief noch immer viel und vertrieb sich die wache Zeit damit, all die Gesichter zu studieren, die an ihrem Bettchen vorbeikamen. Ihre blauen Augen hielten jeden Besucher fest. Sie saugten sich geradezu in die fremden Blicke und ankerten auf deren Grund. Man konnte sich gar nicht entziehen. Lucie schaute schon im Alter von drei Monaten ernst und interessiert, lächelte, wenn sie jemanden wiedererkannte, und gurgelte dabei bezaubernde Laute, um sich zu unterhalten. Wenn sie auf ihrer Patchworkdecke auf der Wiese lag – eine Handarbeit von Mechthild, die schon viele ihrer Pfleglinge begleitet hatte –, konnte sie in Bauchlage bereits ihr Köpfchen heben und auf dem Rücken liegend mit den Armen wedeln und den Beinen strampeln. Ein Zeichen der Freude, und Lucie war ganz überwiegend fröhlich. Sie hatte das Leuchten der aufgehenden Sonne in der Minute ihrer Geburt in sich aufgesogen wie Niklas' *Reine des Parfumes* das erste Morgenrot am Anfang der Welt. Ein Strahlen, das Lucie fortan immer umgab. Manchmal glaubte Johanna sogar ein Schimmern auf ihrer Haut zu sehen.
Ab August schnupperte sich Lucie dann durch die Gerüche der spätsommerlichen Kräuter und Blumen, so wie Johanna es als Kleinkind getan hatte, wenn ihre Mutter mit ihr im Garten Setzlinge angepflanzt hatte. Die Aro-

men von Salbei, Rosmarin, Basilikum, Estragon und Thymian zogen am Babykorb vorbei, durchmischt vom zarten Geruch der hellrosa Malven, der stolzen Stockrosen, filigranen Anemonen und Duftpelargonien, die Mücken und Wespen fernhielten. Eine tiefrote Pracht mit langstieligen, herzförmigen Blättern und zarter Zitrusnote. Lucie verschlang all diese Düfte und Blicke und die Aufmerksamkeit und gedieh darüber prächtig.
Bald rang auch Niklas sich durch, Johanna und Lucie zu besuchen. Er erntete die zahlreichen Äpfel – die Ambrosia, Goldrenetten und Früchte der Säulenbäumchen aus Annas Sturm-und-Drang-Zeit. Während Lucie ab September auf der Bank vor Johannas Laden in ihrer neuen Babywippe lag, stand Niklas auf der Leiter, pflückte und sah minütlich zu Johannas Ladentür hinüber – bis ihm Lilo Wunderlich zum ersten Mal begegnete und ihre Sinnlichkeit, ihr dunkler Blick und der Duft ihrer Zucchinicremesuppe, die sie für Johanna dabeihatte, ihm den Atem raubten und er den Halt verlor. Zwar blieb er bei seinem Sturz äußerlich unverletzt – nur sein Stolz hatte gelitten –, doch innerlich brannte er fast so sehr wie damals, als Johanna ihn wegen der Rosenblüten angesprochen hatte. Ein Zustand, der ihn ordentlich verwirrte. Und weil der hagere Bursche dringend ein paar Kilo auf die dürren Rippen packen musste, wie Lilo befand, versorgte sie ihn ab jenem Tag gleich mit. Sie zitierte ihn in seinen Mittagspausen in ihr Bistro, wofür er zwanzig Minuten Radweg in Kauf nahm, und bekochte ihn alsbald sogar nach Ladenschluss. Das ungewohnte Training, die gute Kost – ihr Apfel-Weißwein-Kuchen mit Eclairs war die größte Versuchung, der Niklas bisher leibhaftig hatte erliegen dürfen – sowie Lilos Zuneigung verwandelten den Hänfling. Er setzte Muskeln an, wurde selbst-

sicherer und beendete auf einmal seine Sätze. »Ich arbeite am Wochenende im Alpengarten auf dem Schachen. Das ist unsere Außenstelle. Komm mich besuchen, Lilo. Es ist so schön dort oben, und ich habe eine Unterkunft für dich«, sagte er Mitte Oktober ohne Fragezeichen und Zögern zu ihr, und sie willigte ein.
Lucies ungewöhnlichster Besucher war jedoch Ludwig Korn, der seit der unseligen Destillenexplosion im Vorjahr nicht mehr draußen gesessen hatte. Anfang Juni sah man ihn auf der Bank auf der Ostseite des Gartens, etwas abseits des Babykörbchens, wo er las. Dann rückte er Sitzgruppe um Sitzgruppe näher an Lucie heran, und bald hörte Johanna ihn aus betagten Kinderbüchern zitieren: »›Du Kinderwelt wirst meinem Leben noch Frühlingsduft im Alter geben.‹« Anfang Juli las er Lucie aus seinen Lieblingsbiographien über Schopenhauer und Goethe vor und reimte mit Christian Morgenstern: »›Kennst du den großen Elefanten, du weißt, den Onkel von den Tanten, den ganz ganz großen, weißt du, der, der immer so macht, hin und her.‹« Johanna sah Korn den rechten Arm durch seinen angewinkelten linken stecken, die linke Hand an seiner Nase und einen Elefantenrüssel nachahmen, der wippte. Er fühlte sich unbeobachtet. »›Der lässt dich nämlich vielmals grüßen‹«, ging es dann fröhlich weiter, »›er hat mit seinen eignen Füßen hineingeschrieben in den Sand: Grüß mir Luluchens Windelband!‹« Korn war ausgelassen. Er lächelte so liebevoll, wie es noch niemand aus dem Haus an ihm gesehen hatte. Hatte er überhaupt je gelächelt, außer spöttisch? »Ja, ja, Lulu«, erklärte er, »mit der großen Literatur kann man sich gar nicht früh genug beschäftigen. Das findet Magda auch.«
Johanna trat aus der Tür in ihren Laden zurück, als sie sah, dass die kleine Frieda Beck im Anmarsch war und

sich zu Korn und Lucie setzte. Sie strahlte den Buchhändler an, der in letzter Zeit sein Geschäft zugunsten der Besuche im Hinterhof vernachlässigte oder eine Vertretung gefunden haben musste. Erst als Friedas Mutter sich auch noch dazusetzte, empfahl Korn sich höflich.
Als der Oktober zu Ende ging, hatte Lucie die Hausgemeinschaft unwiderruflich verzaubert, Mechthild einer Frischzellenkur unterzogen und Korns einsames Herz erlöst. Sie verband ungleiche Geister und transformierte Schatten. Die in den Seelen der Menschen und jene realen im Hof, wo die *Reine des Parfumes* den ganzen Sommer über ausdauernd geblüht und ihren berauschenden Duft verströmt hatte. Als würde Lucies Leuchten alleine schon ausreichen, um zu gedeihen.

27

Die Woche vor Lucies Taufe, Ende Oktober, begann mit anhaltendem Regen. Niklas, der im Botanischen Garten fürs Freiland zuständig war, ging den Reviergärtnern des Gewächshausbereichs zur Hand und versorgte Kakteen und andere Sukkulenten, wobei er aus lieber Gewohnheit ein paar prächtige Blätter einer Aloe vera für Johanna abzweigte. Die genügsamen und rührend blühenden Überlebenskünstler in der großen Kakteenhalle hatten ihn noch vor kurzem an sich selbst erinnert – ihr reiches Innenleben und die unspektakuläre Erscheinung. Doch seit dem letzten Wochenende, das er mit Lilo verbracht hatte, und der ersten Liebesnacht seines Lebens empfand Niklas das nicht mehr so. Lilo hatte ihn auf tausendachthundert Höhenmetern in die Geheimnisse lustvoller Zweisamkeit eingeweiht, auf einem quietschenden Stockbett im verwaisten Nachtquartier der Gärtner, und ihm erlaubt, ihren wunderschönen fülligen, weichen Körper zu erkunden. Er hatte seine Unbeholfenheit und Ängstlichkeit dort oben in ihre gewandten Hände gelegt und auch ein Maß an Einsamkeit, das er sonst verbarg. Und sie hatte all diese Gefühle in ihren behaglichen Duft nach geschmolzener Butter und Kuchenteig gehüllt und in eine Liebe, die so luftig-leicht war wie frisch geschlagener Eischnee und genauso rein. Mehl im Haar – sie hatte immer etwas Mehl im Haar und jetzt im Herbst eine Nussnote in den Kleidern, die den einen kleinen Teil von Niklas' Kindheit beschrieb, der heil geblieben war und in ihm zu überdauern versuchte. Niklas hatte sich Lilo in dieser Nacht geöffnet, Vertrauen empfunden und seiner neuen Kraft bald erlaubt, die Führung zu übernehmen. Und dann war er über ihr gewesen und in ihr und mit ihr im Himmel. Mit zwanzig Jahren erlebte er dieses Glück zum allerersten Mal, und obwohl er seine Sätze jetzt schon beendete, so schwieg er doch in dieser Nacht, weil er mit Lilo eine neue Sprache für sich entdeckt hatte, die ohne Worte auskam.

Niklas versetzte gerade ein unscheinbares *Aztekium hintonii*, als er beschloss, nach dem Mittagessen in Lilos Bistro bei Johanna vorbeizuschauen, um eine Beichte abzulegen. Das mit Lilo durfte er ihr nicht länger verschweigen und seinem Vater auch nicht, bei dem er noch immer wohnte, denn der frühpensionierte Postbote war schon sehr lange verwitwet und seither mit ihm allein. Sie waren nach dem frühen Tod der Mutter gemeinsam in die bunte Welt der Aquarien im Keller abgetaucht, der traurige Junge und der verwundete Mann, bis die gleitende Stille, die sie dort tröstlich umfangen hatte, in der Gesellschaft der tropischen Fische und anderer schillernder Schätze in anhaltende Sprachlosigkeit übergegangen war. Ein aquatisches Schweigen, das Niklas durch seine ganze Schulzeit hindurch beibehielt, weil es ihn beschützte. Gefasstheit und Bedachtsamkeit wuchsen in dieser Zeit in ihm und eine übergroße, unfassbare Liebe zu allem stummen Leben, weshalb er nie etwas anderes hatte werden wollen als Gärtner. Doch der Verlust der Mutter war auch der Grund, warum er sich zu reiferen Frauen hingezogen fühlte. Zuerst zur stellvertretenden Rektorin seiner Berufsschule, die viel jünger ausgesehen hatte als Mitte vierzig und die blühendste Fensterbank gehabt hatte, die ihm je untergekommen war. Wie oft hatte er sich krankschreiben lassen, um wenigstens ihre Unterschrift unter einer Befreiung mit nach Hause nehmen zu können? Dann zur nur sechs Jahre älteren Johanna, der Frau, die glaubte keinen Mann halten zu können, dabei wäre er ihr so treu gewesen wie der kleine Clownfisch in seinem Salzwasserbecken seiner Seeanemone – eine innige Symbiose. Und jetzt liebte Niklas Lilo, die zweiunddreißig war und eine Offenbarung. Aber keiner Frau hatte sich Niklas je mit Worten und Taten, einem stürmischen Kuss oder wenigstens Blumen erklärt. Gut, Johanna schenkte er Blüten, Blätter und Rinden, aber die Wirkung war nie die erwünschte gewesen.

Der Regen hielt an. Niklas fuhr mit dem Rad nach Neuhausen in Lilos Bistro und löffelte lustvoll eine dampfende Kürbissuppe – zu Hause gab es selten Selbstgekochtes, nur Tiefkühlkost und karge Konserven. Dann ging er mit Lilo in ihre Wohnung hinüber und verbrachte dort eine Weile mit ihr und der neuen wortlosen Unterhaltung in ihrem behaglichen Schlafzimmer. Als er endlich in die Sternwarte hinunterging, war es schon fast drei. Lucie schlief in ihrem Sommerkörbchen, das auf dem kleinen Bistrotisch stand, und Johanna langweilte sich, weil ein erneuter Wolkenbruch Kunden vom Einkaufen abhielt. Umso mehr freute sie sich, Niklas zu sehen.

»Ich habe frische Aloe vera für dich«, sagte er zur Begrüßung. Seine Wangen leuchteten ungewohnt, und er überreichte ihr die groben grünen Blätter als Ablasszahlung. Wie beendete man eine Beziehung, die seit drei Jahren in der Schwebe war?

»Danke, Niklas. Magst du vielleicht Tee? Ist dir kalt? Brauchst du trockene Sachen?«, fragte Johanna besorgt.

»Nein, nein, Lilo hat schon …«

»Ja?«

»Also Lilo hat …« Das war schwer, Niklas wand sich. »Weißt du, Johanna, Lilo und ich, wir sind jetzt nämlich …« Ein Rückfall!

»Freunde?«, fragte Johanna. Sie wusste, dass Niklas in letzter Zeit oft zum Essen zu Lilo kam und dass er für sie schwärmte, was ihr Gewissen beruhigte. Er kümmerte sich schließlich schon so lange um sie und ihre Bestände und hatte sich über die Jahre mehr erhofft. Nur war er für sie immer wie ein kleiner Bruder gewesen, den sie liebte, aber kein bisschen begehrte. Sie hatte stets gehofft, es nicht ansprechen zu müssen, denn sie wollte ihn nicht verletzen.

»Nein. Nein, wir sind viel mehr, Johanna, und deswegen muss ich mich auch von dir trennen, verstehst du?«, erklärte Niklas feierlich und sah sie betreten an.

»Neeein«, antwortete Johanna langsam. Sie verstand Niklas wirklich nicht. »Trennen im Sinn von nicht mehr sehen? Meinst du das? Warum?«

»Ich meine, dass ich dich nicht mehr so sehr mögen darf wie früher, weil ich doch jetzt Lilo liebe. So richtig …«, versuchte er seine Gefühle und die himmlische Liaison zu beschreiben.

»Ach so, so richtig«, wiederholte Johanna und schmunzelte innerlich, weil Niklas so ernst aussah. »Dann müssen wir uns wohl wirklich trennen. Aber du weißt schon, dass wir uns weiterhin sehen werden, weil Lilo nun mal im selben Haus wohnt wie ich.« Johanna fand das Gespräch rührend komisch und musste sich zusammennehmen, um nicht zu lachen. Das war so typisch für Niklas. Er lebte in seiner eigenen Welt, seiner Wirklichkeit, und in dieser war er Johanna verpflichtet, weil er sie seit Jahren begehrte, einen Rosenstock für sie gepflanzt und sie gefragt hatte, ob sie mit ihm ins Kino gehen wolle. Vor einem Jahr und dann nie wieder. Und weil er Lucie liebte, das war nicht zu übersehen.

»Wir bleiben Freunde«, sagte er ein klein wenig pathetisch und umarmte sie, wobei seine Regenjacke Wasserflecken auf ihrem Kleid hinterließ. Dabei spürte er ihren warmen Körper, verfiel ein letztes Mal in die alte Verwirrung, seufzte tief und widerstand dann wie ein Mann. Gerade als Johanna ihm sagen wollte, dass sie sich ehrlich für ihn freute, öffnete sich die Ladentür, und Mechthild kam unter einem tropfenden Schirm herein. Sie sah Johanna in Niklas' Umarmung und wollte auf dem Absatz umdrehen, um das junge Glück nicht zu stören.

»Verzeihung, Kindchen, ich komme später wieder.«

»Bleiben Sie, Frau Müller!«, forderte Johanna ihre Nachbarin auf. »Sie kennen Niklas doch, Niklas Farn, Reviergärtner im Botanischen Garten.« Niklas nickte Mechthild höflich zu, und aus dem Olivenzweigkörbchen hörte man ein leises Grummeln. Lucie träumte.

»Der junge Mann, der den Rosenstock gesetzt hat«, konstatierte Mechthild, »und die Äpfel geerntet. Sagen Sie,

mein Lieber, mein Ficus ist plötzlich ganz kahl. Was fehlt ihm denn wohl?«
Blätter, dachte Niklas und fragte: »Haben Sie ihn …« Er war schon wieder ganz aus dem Konzept, schließlich hatte er sein Gespräch mit Johanna doch noch nicht beendet.
»Hab ich was?«, fragte Mechthild ungeduldig nach.
»Ihn vielleicht umgestellt? Bekommt er Zug? Da ist ein Ficus sehr empfindlich.« Jetzt war Niklas wieder in der Spur.
»Ja, richtig!«, frohlockte Mechthild. »Ich habe ihn ans Fenster geschoben, damit er mehr Licht bekommt, und lüfte morgens immer ordentlich durch.« Was für eine Freude, eine kostenlose Diagnose. Mechthild bedankte sich und setzte sich unaufgefordert zu Lucie an den Teetisch. Nichts deutete darauf hin, dass sie bald wieder gehen würde.
»Darf ich mich trotzdem um den Garten kümmern?«, fragte Niklas Johanna zaghaft, und sie schob ihn zur Ladentür hinaus, um ungestört zu sein. Der Regen machte eine Pause.
»Aber natürlich, Niklas. Und du besuchst Lucie und mich, oder wir sehen uns drüben bei Lilo. Glaub mir, alles ist gut. Es ist schön, dass du so glücklich bist.« Sie küsste ihn herzlich und umarmte ihn noch einmal, und Niklas ging zu seinem Rad. Das Kürbisaroma hatte sich auf der Straße vor Lilos Bistro in die Herbstluft gemischt. Er sah sie durch das große Schaufenster in ihrer weißen Schürze letzte Tische abräumen. Und ehe er losfuhr, schaute sie auf und zu ihm herüber, und ihr Blick war weich wie Löwenzahnsamen und genauso zart.
Mechthild hatte sich die kurze Zeit während Johannas

Abwesenheit mit Lucie vertrieben, die sie jetzt auf dem Arm hatte, weil sie aufgewacht war.
»Entschuldigung«, sagte Johanna zu ihr, als sie in den Laden zurückkam, nahm ihr Lucie ab und setzte sich. Noch immer ließ sich keine Kundschaft sehen.
»Dann haben wir also jetzt einen Gärtner in der Familie«, begann Mechthild das Gespräch und strahlte, als wäre sie gerade ihrem fünften Ehemann begegnet.
»Nein, Niklas war nur ein bisschen in mich verliebt«, erklärte Johanna. »Aber jetzt ist er mit Lilo zusammen und meinte, dass er sich deshalb von mir trennen muss.« Johanna musste schon wieder schmunzeln, als sie es erzählte. »Ich werde jetzt schon von Männern verlassen, mit denen ich nicht mal zusammen war«, ergänzte sie und dachte – teils amüsiert, teils wehmütig – darüber nach. »Nicht mal eine einzige Nacht.«
»Nicht doch, Kindchen«, tröstete sie Mechthild, »das darfst du dir nicht so zu Herzen nehmen. Ja, dieser Studiosus hat damals gleich den Kontinent verlassen, damit er sich besser aufs Studieren konzentrieren konnte, das ist wahr. Und dieser elende Holzwurm hat sich auch geschlichen …«
»Nicht zu vergessen Lulus Papa, der geheiratet hat, als ich gerade im Zug saß«, vervollständigte Johanna ihre traurige Biographie und staunte über Mechthilds wiedergewonnenes Gedächtnis.
»Trotzdem ist das doch nicht deine Schuld, mein Herzelchen«, fuhr diese fort. »Mit dir ist alles in Ordnung, das kannst du einer alten Schachtel, die viermal verheiratet war, ruhig glauben. Du findest dein Glück schon noch.«
»Ich kann keinem Mann mehr vertrauen. Ich verliebe mich nie wieder!«, schloss Johanna das Thema für sich ab und wusste, dass es wirklich so war, dass sie nie wieder

den Mut haben würde, den Niklas gerade aufbrachte, oder Mechthild ihr Leben lang, wenn man bedachte, dass auch sie alle ihre Männer verloren hatte – und wie.
»Nie wieder, ich verstehe schon, Kindchen«, wiederholte Mechthild Johannas Worte und tätschelte liebevoll ihr Knie. Nie wieder konnte nach ihrer Erfahrung durchaus ein, zwei Jahre dauern.

28

Luca sah Lucie oder Lucia, wie er sie nannte, zum ersten Mal am Vortag ihrer Taufe, dem 27. Oktober 2012. Er hatte sich schon im Frühjahr und im Sommer wiederholt aufmachen und die Ländergrenzen überfliegen wollen, um seine kleine Nichte endlich kennenzulernen, aber andere, unüberwindliche Grenzen hatten ihn ferngehalten. Allen voran sein Schweigen gegenüber seinem Bruder und seiner Mutter, das Johanna ihm abgenommen hatte und das ihm immer schwerer fiel, je mehr er an ihrem Leben teilnahm, und sei es auch nur auf dem Postweg. Manchmal war er versucht gewesen, seine Mutter ins Vertrauen zu ziehen, so sehr wünschte sie sich eine kleine Enkelin, doch er wusste auch um ihre eisernen Grundsätze und wie verwerflich sie uneheliche Kinder fand. Für sie hatte es immer nur einen Mann in ihrem Leben gegeben, den Vater ihrer Kinder. Und das, wie sie nicht müde wurde zu betonen, erst nach ihrem Ehegelöbnis. Es war tatsächlich ein heikles Thema. Luca hatte in den letzten Monaten immer wieder versucht, es vorsichtig anzuschneiden, es dann aber aufgegeben. Seine Mutter hatte sich über Gebühr aufgeregt, einmal sogar zwei Gottesdienste an einem Tag besucht und beide Male die

Beichte abgelegt, mittags in der Santa Maria Novella und am Abend in San Miniato al Monte, wo sie seit Jahrzehnten mit einem der Olivetanermönche in großer Freundschaft verbunden war. Anschließend hatte sie Blumengestecke für ihr Wohnzimmer und die Bibliothek arrangiert, da sie wohl glaubte, Luca wäre ein Fehltritt mit Folgen passiert. »Möchtest du mir vielleicht etwas sagen, mein Sohn?«, hatte sie ihn scharf gefragt, die Blumenschere noch in der Hand, und er hatte dieses Ansinnen verneint. Blumengestecke! Florale Anmut war seit jeher die Antwort seiner Mutter auf Krisen aller Art. Sie versteckte ihre Befindlichkeiten dahinter und verfiel in anklagendes Schweigen. Nein, dieser Überheblichkeit wollte Luca Johanna nicht aussetzen, wenngleich es ihn zunehmend reizte, gewisse Dinge anzusprechen.

Seine unerwiderten Gefühle für Johanna, von denen er hoffte, dass sie mittlerweile etwas abgekühlt waren, und die vielen Veranstaltungen zum vierhundertjährigen Bestehen der Officina Profumo in diesem Jahr waren weitere Gründe, dass Luca seinen Besuch so lange verschoben hatte. Er hatte natürlich oft geschrieben und manchmal auch mit Johanna telefoniert, und sie schickte ihm regelmäßig Fotos von Lucie. Und als sie ihn zur Taufe eingeladen hatte, hatte er sie gebeten, Pate werden zu dürfen, um die Verbindung zu seiner Familie zu halten und darum, dass ihre Tochter einen zweiten Vornamen bekäme, einen, der eine Brücke zu beiden Großmüttern schlüge, auch wenn seine Mutter es nie erfahren und es für Lucie nicht von Bedeutung sein würde.

Als Luca am frühen Samstagnachmittag sein Zimmer im Mercure Hotel in der Leonrodstraße bezog, ganz in Johannas Nähe, unweit der katholischen Herz-Jesu-Kirche, in der die Taufe stattfinden sollte, war der Himmel über München bewölkt, und es nieselte leicht. Er trug deshalb einen Trenchcoat über seinem Sakko, einen seidenen Paisleyschal und passenden Hut, als er sich aufmachte, Johanna zu besuchen – ein Fußweg von knapp zehn Minuten. Zehn Minuten der Vorfreude und Nervosität. Er hatte Angst, sich an das zu verlieren, was ihm gleich begegnen würde. An das Seelchen, das er bislang nur von Fotos kannte, das die Sehnsucht in ihm geschürt und ihm erneut seine Einsamkeit bewusst gemacht hatten. Angst, dann an zwei Menschen gebunden zu sein, zu denen er nicht gehörte, in einem fremden Land. Sein Taufgeschenk unter dem Arm, bremste Luca deshalb seine Schritte, um die Freude etwas zu zügeln. Und sich. Und diese Gemessenheit behielt er bei, noch als er das Haus betrat, noch als er vor Johannas Tür stand, kurz wartete und klingelte, und selbst noch als er ihre Schritte hörte, die sich näherten. Sie rief »Augenblick!«, und ihre Stimme schlich sich sofort wieder in sein Herz. Luca wusste, gleich würde er in einem Veilchenmeer versinken, umfangen vom Duft der Engel. Er versuchte sich dagegen zu wappnen.

Johanna öffnete mit Lucie auf dem Arm und strahlte. Sie hatten sich zuletzt vor über einem Jahr gesehen, als Luca unvermutet in ihrem Laden aufgetaucht war, und dem war ein trauriger, stummer Abschied gefolgt. Doch seit Lucies Geburt hatte sich so viel für sie verändert.

»Du bist da, wie schön! Komm rein, Luca«, begrüßte sie ihn glücklich, als sie ihn im Hausflur stehen sah, seinen Hut in der Hand und Feuchtigkeit im Haar. »Häng deinen Mantel auf. Wir sind im Wohnzimmer. Lulu übt, sich umzudrehen.« Johanna ging voraus und setzte die Kleine bäuchlings auf ihrer Krabbeldecke auf dem Boden ab.

Luca legte den Geschenkkarton neben sie, stellte eine

kleine Papiertüte der Officina Profumo auf den Couchtisch, nahm sich ein Sofakissen und setzte sich zusammen mit Johanna dazu. Und dann traf ihn zum ersten Mal Lucies Blick – jenseits des düsteren Flurs, indem Luca sie nicht wirklich gut hatte sehen können –, und dieser Blick war blau. Er war so blau wie die Augen seiner Mutter, blau wie seine eigenen, nicht das Grüngrundige von Sandro und auch nicht der Veilchenblick der Sternfrauen. Und auf einmal spürte Luca Erleichterung in sich aufsteigen, er spürte, sein Bruder war nicht länger hier, nicht in Johannas Blick und nicht in den Augen ihrer Tochter, und dafür war er dankbar. Die kleine Maus betrachtete ihn skeptisch und brabbelte. Sie verzog das Gesicht, neue Menschen waren ihr zurzeit nicht ganz geheuer.

»*Be', bella Lucia,* ich bin Luca, dein Onkel. Du musst keine Angst vor mir haben«, sagte er zärtlich und streichelte Lucie über den Rücken. Sie gluckste. »Sie sieht dir ähnlich, Giovanna«, sprach er weiter, und Johanna, die schon fast vergessen hatte, wie bezaubernd es klang, wenn er die deutschen Vokale dehnte und sich darauf ausruhte, nickte.

»Ja, sie wird wohl meine Haare bekommen, aber blond, so wie meine Mutter. Und ihre Augen …« Johanna sah zu Luca und er zu ihr. Sie überlegte kurz. »Sie hat die Augen deiner Mutter, denke ich.«

»Bist du enttäuscht?«

»Nein, gar nicht«, erwiderte sie. »Seit Lulu da ist, hab ich alles andere losgelassen.«

»Dann soll ich dir nicht von ihm erzählen?« Luca war sich nicht sicher, ob er Sandro erwähnen sollte. Doch es nicht zu tun fühlte sich falsch an.

»Doch, sicher, erzähl mir von ihm. Wie geht es ihm?«

»Nun, er und Gabriela sind in eine gemeinsame Woh-

nung in Parma gezogen. Es liegt auf halber Strecke zwischen Trivero und Florenz, mit guter Anbindung.«
»Das ist schön.« Johanna hielt Lucies Händchen fest, die versuchte, nach der roten Schleife an Lucas Geschenk zu greifen.
»Sandro arbeitet natürlich noch für uns in Florenz und Gabriela für Vercelli. Sie verreist oft, die Modenschauen überall ...«
»Das ist sicher spannend«, entgegnete Johanna. »Aber einer von beiden wird kürzertreten müssen, spätestens, wenn sie Kinder bekommen.« Luca konnte sich kaum vorstellen, dass dieser Tag kommen würde, dass einer von beiden auf seine Karriere verzichtete. Sie kannten das Gefühl, über den Wolken allein zu sein, nicht. Lucie streckte sich, denn sie wollte unbedingt die Schleife erreichen. »Und dein Onkel? Was macht er so?« Luca schwieg. Er schien verlegen. »Hätte ich nicht fragen sollen?«
»Doch, doch, natürlich. Er arbeitet und trifft sich mit irgendeiner Industriellengattin. Nichts, was meine Mutter wissen dürfte.« Luca räusperte sich.
»Ich verstehe.« Er hatte Johanna nicht angesehen, als er von Giovanni sprach. Er hatte sich sogar abgewandt und gab vor, Lucies Finger zu zählen. »Ist nicht doch etwas? Ist er vielleicht krank?« Johanna machte sich Sorgen.
»Nein, Giovanna, es geht ihm wirklich gut, nur ...« Luca stockte und räusperte sich noch einmal. »Ich hab es ihm gesagt, weißt du. Das von dir und Sandro. Ich meine das von Lucie, er weiß es.« Johanna erschrak sichtlich. »Ich habe niemanden, mit dem ich reden kann, versteh das doch, nie.«
»Was ist mit Signora Valluzi, die nette alte Dame von Münstermann?«, wollte Johanna wissen. Sie hatte sie noch so gut in Erinnerung.

»Wir haben sie Anfang des Jahres beerdigt«, sagte Luca traurig. »Und stell dir vor, das Buch mit den Geheimrezepten hat sie wohl wirklich mitgenommen, denn ihre Erben versichern, dass es verschwunden ist.«

»Oh, das tut mir leid. Wieso hast du es mir nicht geschrieben?«, fragte Johanna bestürzt.

»Du hast doch genug andere Sorgen«, meinte er nur, »und was den alten Herrn anbelangt, er wird nichts sagen, keinem, Giovanna, das hat er versprochen. Er will doch auch, dass die Ehe der beiden funktioniert.«

In Johannas Kopf flogen die Gedanken kreuz und quer.

»Und was hat dein Onkel gesagt?«, fragte sie.

»Weißt du, das war merkwürdig. Erst ist er kolossal erschrocken, und dann hat er nach deinem Geburtstag gefragt.« Johanna ahnte, worauf das hinauslief – die Beichte ihrer Mutter. »Er ist in sein Büro gerannt, hat diese Kohlezeichnung der Venus aus dem Rahmen genommen und etwas auf der Rückseite gesucht.« Ein Datum, dachte Johanna, das Datum, wann er Anna damals gemalt hatte. Es musste Ende Mai, Anfang Juni 1985 gewesen sein. »Und dann hat er gestrahlt und sich lange mit mir unterhalten«, erzählte Luca und ließ die Szene noch einmal Revue passieren. »Wenn ich so darüber nachdenke, war der alte Herr zuerst genauso verstört wie damals, als er dich zum ersten Mal in der Officina gesehen und mich zu dir runtergeschickt hat, weil er dachte, er kennt dich von früher.«

»Das hast du nie erwähnt.«

»Wozu auch, er hatte sich geirrt, und wir hätten uns ohnehin kennengelernt, du wolltest ja zu mir«, rechtfertigte sich Luca. Schlagartig fielen Johanna die geheimnisvollen Rezepturen aus der Klosterbibliothek wieder ein, die nach Lucies Geburt in ihrem Briefkasten aufgetaucht waren. Möglicherweise hatte sie ja Giovanni geschickt!

Sie hatte sie samt Kuvert zwischen zwei Herbarien in ihr Bücherregal geschoben und war noch nicht dazu gekommen, sie zu produzieren. Sie hatte sie fast vergessen. Ein Baby zu haben bedeutete, rund um die Uhr eingespannt zu sein, schlaflos, bekleckert, mit dem Kinderwagen auf Achse und glücklich. Ja, auch das bloße Glücklichsein hielt Johanna von größerer Produktivität ab. Die vielen neuen Eindrücke und emotionalen Herausforderungen – allein die Zeit, die sie in Lucies Blicken badete oder wenn sie sie beim Schlafen betrachtete –, all das rückte die Arbeit in den Hintergrund. Und weil ihr Herz sich nicht mehr so schwer anfühlte, hatte sie es auch versäumt, die Nachtkerzen zu sammeln und zu destillieren. Jetzt würde sie sie erst im nächsten Jahr in ihr Sortiment liquider Labsal aufnehmen können. »Ich soll dich übrigens von ihm grüßen«, sagte Luca.
»Von wem?« Johanna war abgelenkt, ihr ging gerade zu viel durch den Kopf.
»Von meinem Onkel natürlich.«
Sie sah nun keinen Grund mehr, das Geheimnis ihrer Mutter noch länger zu hüten, jedenfalls nicht vor Luca, auch wenn Giovanni sich weiter bedeckt hielt.
»Meine Mutter und dein Onkel hatten eine Affäre, damals, als sie in Florenz war, kurz bevor sie meinen Vater geheiratet hat und ich zur Welt kam. Sie hat es mir gebeichtet, als sie das Foto von uns im Obicà gesehen hat«, sagte sie deshalb rundheraus, und Luca schluckte. »Sie ist die Venus auf seinem Bild, und deshalb hat er ihr zum Abschied zwei Apfelbäume geschenkt, die jetzt hier unten im Hof stehen«, fuhr sie fort. »Du kannst dir also denken, warum er so erschrocken ist, als er das von Lucie erfahren hat. Er war sich nämlich die ganze Zeit über nicht sicher, ob er vielleicht mein Vater ist.« Johanna

lachte. »Das muss ihn ganz schön beschäftigt haben.« Sein Onkel hatte ihn damals also angelogen, begriff Luca. Er wusste ganz genau, wer Johanna war – die Tochter der Frau, die er nackt in einem Apfelgarten gezeichnet hatte. Das war irgendwie merkwürdig und durchaus pikant.

»Er hat dich nach meinem Geburtstag gefragt und gerechnet«, schloss Johanna ihre Erklärung ab.

»Aber warum hat deine Mutter dich nach ihrer Jugendliebe benannt?«, fragte Luca bestürzt.

»Das hat sie nicht! Mein Großvater hieß Johann.« Lucie mühte sich gerade, sich auf den Bauch zu drehen, und sie machte dabei lustige Geräusche.

»Ihr Sternfrauen bringt also ganze Generationen von Fortinis um den Verstand«, fasste Luca die Neuigkeiten zusammen und versank in ihren Augen. Sie registrierte den vertrauten Duft des goldenen Moschus, seine dunklen Locken, die ihm schon wieder in die Stirn fielen, seine schönen Hände. Er griff nach dem Geschenk, das er mitgebracht hatte, und hielt es ihr hin.

»Dürfen wir das aufmachen?« Johanna war neugierig.

»Ja, natürlich. Ihr werdet es morgen brauchen.«

Sie zog das rote Geschenkband ab und öffnete den cremefarbenen Karton eines Ladens aus der Via delle Belle Donne, Loretta Caponi. Sie schlug eine Schicht Seidenpapier zur Seite und sah auf ein wundervolles schneeweißes Taufkleid mit Schleifchen und Spitzeneinsätzen, das auf der Rückseite mit stoffbezogenen Knöpfen geschlossen und mit zwei Bändern gebunden wurde. Der Rock bestand aus mehreren Lagen glänzender Duchesse. Dazu passend fand Johanna ein Mäntelchen aus weichem Polarstoff mit einer weiten Kapuze aus Chiffon, die wie ein Schalkragen Lucies Köpfchen umhüllen würde. Am Abschluss des überlangen Taufkleids waren kleine goldene Sonnen aufgestickt. Luca hatte versprochen, dass er Lucies Taufkleid mitbringen würde, und Johanna war sich nicht sicher gewesen, ob sie diese Aufgabe einem Mann überlassen konnte, aber was sie jetzt sah, verschlug ihr die Sprache, sie hatte Tränen in den Augen.

»Ist es gut?«, fragte Luca.

»Es ist das Schönste, was ich je gesehen habe, Luca. Gleich nach Lucie. Ich danke dir.« Sie beugte sich zu ihm herüber und küsste ihn auf die Wange. Er schloss die Augen und prägte sich das Gefühl genau ein. Dann stand er auf und holte zwei Päckchen mit der dunkelblauen Schleife der Officina Profumo und ihrem Schriftzug darauf aus der Tüte am Tisch. Er reichte sie Johanna und nahm wieder neben ihr und Lucie am Boden Platz.

»Das hier ist das *Angeli di Firenze,* falls du es noch immer magst.«

»Aber ja, ich trage es«, erwiderte Johanna, und tatsächlich hatte sie für diesen Duft das *Acqua di S. M. Novella* mittlerweile aufgegeben.

»Und das hier«, er deutete auf das zweite Päckchen, »ist einer unserer Jubiläumsdüfte.«

»Porcellana«, flüsterte sie und öffnete es. Das Acqua war in einem schweren weißen Flakon aus Porzellan, weiß wie der kleine Engel auf dem Regalsims über Lucies Bett, der über ihre Träume wachte und manchmal, nur ganz selten, auch Johanna noch zum Träumen brachte. Sie öffnete den Flakon und spürte Tränen auf ihrem Gesicht. Sie war an den Ort zurückgekehrt, an dem alles angefangen hatte. Das Mosaik aus Porzellan, Messing, Leder und Turmalin tauchte vor ihr auf, Sternenlicht und ein Name, der duftete – betörend, hypnotisch und klar. Die Erinnerung war in diesem Flakon konserviert. Johanna hatte ihn geöffnet und die alten Bilder befreit.

»Entschuldige, Giovanna, das wollte ich nicht«, sagte Luca erschrocken. »Ich habe nicht nachgedacht.« Er hätte sich ohrfeigen können.
»Nein, Luca, auch wenn es vielleicht nicht so aussieht, ich freue mich, ehrlich. Ich weiß, dass es limitiert ist und nur auf Vorbestellung zu bekommen war.« Luca schwieg. Er streichelte ihr tröstend über die Wange. »Dieser Duft ist einfach nur eine Hommage an euer großes Jubiläum«, sprach sie gefasst weiter. »Ich weiß nicht, ob ich ihn tragen werde, aber ich freue mich wirklich, dass ich ihn haben darf.« Er wischte ihr vorsichtig die Tränen vom Gesicht, und sie richtete sich auf. Ein einziger Blick auf Lucie genügte, damit sie sich nicht mehr so verletzlich fühlte. »Und was die Sache mit meiner Mutter und deinem Onkel betrifft, mein Vater weiß nichts davon. Behalte es also bitte für dich.«
Familiengeheimnisse – jede Familie hatte welche. Manche pflanzten sie in Hinterhöfe und andere sperrten sie in einen Flakon, verbargen sie – für alle sichtbar – hinter Glas in einem Rahmen oder legten sie in einen Safe. Aber nie verschwanden sie für immer, irgendjemand fand sie, die Zeit spuckte sie aus und brachte sie ans Licht. Die Zeit und der Zufall, zwei Verbündete im kosmischen Spiel des Lebens.

29

Der erste Anblick war ein Moment, in dem man seinen Augen nicht traute – oder den Entscheidungen der Baubehörde. Dort, wo Neuhausen am schönsten war, nahe der Villenkolonie Neuwittelsbach mit ihren geschichtsträchtigen, verträumten Fassaden, dem alten Baumbestand

und magischen Gärten, stand auf einem schlicht betonierten Platz ein mächtiger Fremdkörper. Die katholische Herz-Jesu-Kirche spiegelte in ihrer glatten, hypermodernen Fassade ihre betagte Nachbarschaft. Sie war ein gläserner Quader, sechzehn Meter hoch, einundzwanzig Meter breit und gut doppelt so lang, dessen Gestaltung polarisierte. Die halb transparente blaue Front bestand bei näherem Hinsehen aus unzähligen kleinen Quadraten, auf denen sich Muster aus stilisierten Nägeln befanden, ein eigens entwickelter Code, erdacht in Anlehnung an die Keilschrift, der die Passionsgeschichte erzählte.
Der erste Anblick dieses Gotteshauses war auch für Luca ein Moment der Überraschung, des kurzen Zweifelns und unvermuteter Freude. Nie zuvor hatte er eine vergleichbare Kirche gesehen, schon gar nicht in seiner Heimatstadt, im besten Sinne »himmel-schreiend«, den Himmel anrufend, wie ein Bassin tiefen Wassers, umgeben vom luftigen Äther. Als er am Sonntagvormittag den Kirchplatz an der Lachnerstraße betrat, war der Frühgottesdienst noch nicht zu Ende. Er wartete auf Johanna und ihre Familie und betrachtete derweil den freistehenden Glockenturm nach dem Vorbild eines italienischen Campanile, eine Metallkonstruktion, umhüllt von Maschengittern mit Moiré-Effekt und einem fünfstimmigen Geläut, das gerade erklang.
Das Wetter hatte sich wieder gebessert. An Lucies Tauftag schien die Sonne, und das Herbstlaub leuchtete. Ein Fächerahorn nahe dem Gotteshaus lud zu einer eigenen Andacht ein, die Blätter dunkelrot, zart gefiedert und jedes einzelne anbetungswürdig schön. Ihr Rascheln und Schweben umfing den ganzen Platz und vermischte sich mit Bronzetönen, gelb-orangen Tupfen und erstem mattbraunem Schwinden.

Luca schlug das Revers seines schwarzen Anzugs hoch, den er schon zu Sandros Hochzeit getragen hatte, der standesamtlichen, zu der er damals vom Bahnhof aus gegangen war, nachdem er Johanna fortgeschickt hatte. Er setzte sich auf einen Betonquader, der als Bank gedacht war, und studierte weiter die Kirchenfassade. Die komplette Vorderseite ließ sich wie ein zweiflügeliges Scheunentor öffnen, als stünde man vor einer überdimensionalen Aufrisszeichnung, ein Schauspiel, das die Gemeinde jedoch nur an hohen Feiertagen er lebte. Jetzt taten sich lediglich zwei Schlupftüren auf, und erste Gottesdienstbesucher verließen die Kirche. Luca rückte seine fliederfarbene Krawatte zurecht und kontrollierte den Sitz seines gleichfarbigen Einstecktuchs. Seit er wusste, dass der Himmel und seine Engel nach Flieder rochen, fand er die Farbe passend für kirchliche Anlässe. Er blickte auf seine Uhr und stand auf, als Johanna mit ihren Eltern und Lucie auf dem Arm auf ihn zukam. Ihr knöchellanges, tailliertes Kostüm war cremefarben, der knopflose Mantel aus dem gleichen Stoff – ein schlichtes Ensemble –, und ihr Ansecksträußchen aus Veilchen hatte sie harmonisch auf einen fliederfarbenen Glockenhut abgestimmt. Seit sie wusste, dass der Himmel und seine Engel nach Flieder rochen, fand Johanna die Farbe passend für kirchliche Anlässe. Lucie lächelte wohlgelaunt in ihrem neuen Taufkleid, das weit über ihre Füßchen fiel und sie wie eine bauschige Wolke umhüllte, die ihre Mutter liebevoll und unübersehbar stolz umfing. Ein Gefühl, das Luca mit ihr teilte.

Der Pfarrer winkte ihnen von der Tür aus zu. Er verabschiedete gerade die Gemeindemitglieder, die nicht zur angekündigten Taufe blieben.

Ludwig Korn kam zu Fuß, in Begleitung einer alten Traurigkeit, die am Morgen plötzlich aufgetaucht war und ihn heute trotz des freudigen Ereignisses wieder überfiel. Mechthild Müller stieg mit Lilo Wunderlich und Niklas Farn aus Lilos Wagen. Die alte Dame, wie immer adrett gekleidet, heute sogar mit Hut und passenden Handschuhen, und Niklas in frischer Verliebtheit und dunkelblauem Sakko. Er hatte sich um den Blumenschmuck in der Kirche gekümmert und Beeren und Blüten aus der Großmarkthalle dekoriert – keine Beutestücke aus dem Botanischen Garten. Nila Bhattathiri, Johannas indische Schneiderin, erschien in einem rotgoldenen Sari und trug ihr schwarzes Haar ähnlich lang wie Johanna, die Augen kajalumrahmt und einen roten Bindi auf der Stirn. Sie glich einer hinduistischen Fata Morgana. Cornelius Reiter wechselte ein paar Worte mit seinen beiden Mitarbeiterinnen aus der Apotheke, und die Becks waren in der Kirche geblieben, da sie bereits an der Morgenmesse teilgenommen hatten.

»Ihr seht beide wunderschön aus, Giovanna«, sagte Luca zu Johanna und begrüßte ihre Eltern. Sie hatten ihn von Anfang an bei sich aufgenommen. Anna integrierte ihn in die Familie, als wäre *er* Lucies Vater, was ihn fast beschämte, und auch Reiter kam ihm offen und ohne jeden Vorwurf entgegen. Luca war dankbar dafür, nicht in Sippenhaft genommen und für die Taten seines Bruders verurteilt zu werden. »Seien Sie nicht so streng«, hatte Johannas Mutter zu ihm gesagt, »wer von uns ist schon frei von Schuld? Wer ist nicht schon einmal einer solchen Versuchung erlegen aus Liebe?« Ich, hatte Luca gedacht, aber nicht gesagt und Zustimmung signalisiert.

Pfarrer Beer begrüßte die Familie am Eingang. Er sprach ein paar Worte mit dem Paten, den er noch nicht persönlich kannte, ehe er hinter seinen Ministranten unter Orgelmusik in den Kirchenraum einzog. Johanna und Lucie, ihre Eltern, Luca und die Hausgemeinschaft aus der Blutenburgstraße folgten. Und wieder gab es einen Moment des Staunens für Luca, als er sah, dass rund um den Kirchenraum ein Umgang verlief, ein Kreuzweg, der nur durch senkrecht stehende Holzlamellen von ihm abgetrennt war. Das Tageslicht, das durch die gläserne Hülle hereinfiel, floss hindurch und weiter zum Altar. Nichts lenkte von diesem luziden Spiel ab, es gab nur ungeschmückte Flächen und Gelegenheit zur Reflexion. Luca wusste sofort, dass diese Kirche die einzig mögliche war, um Lucie, »die Lichtbringende«, »die Strahlende«, »die bei Sonnenaufgang Geborene«, zu taufen. Lucie, »die Leuchtende«, die auch ihm zum Licht geworden war – sie und ihre Mutter. Es war ein frommer Wunsch gewesen, dass er Johanna vergessen haben könnte, dass seine Gefühle für sie abgekühlt wären.

»Im Namen des Vaters und des Sohnes und des Heiligen Geistes …«, sprach der Pfarrer, und die Taufgesellschaft und die übrigen Gläubigen antworteten mit »Amen«. Luca spürte Johanna neben sich in der Kirchenbank, das Baby im Arm, und war glücklich. »Der Herr sei mit euch«, hörte er den Geistlichen vor sich am einfach gehaltenen Altarstein, »und mit deinem Geiste«, sprach er die Formel mit, lauschte dem ersten Gebet und dann einem Lied, das Johanna ausgesucht hatte – »Mein Apfelbäumchen« von Reinhard Mey. Es kam vom Band und erfüllte den großen klaren Raum mit der sanften Stimme eines Mannes und seiner Gitarre.

»Ich weiß gar nicht, wie ich beginnen soll,
so viel Gedanken, und mein Herz ist übervoll,
so viel Gefühle drängen sich zur selben Zeit:
Freude und Demut und Dankbarkeit.
Im Arm der Mutter, die dich schweigend hält,
blinzelst du vorsichtig ins Licht der Welt,
in deinen ersten Morgen, und ich denk:
Dies ist mein Kind, welch ein Geschenk!
Wenn alle Hoffnungen verdorr'n,
mit dir beginn ich ganz von vorn,
und Unerreichbares erreichen, ja ich kann's!
Du bist das Apfelbäumchen, das ich pflanz!«

Luca liebte dieses Lied, das er nicht kannte, das von Hoffnungen und einem Morgen erzählte und vom Pflanzen eines Apfelbaumes, der seit gestern für ihn ein Symbol für die Liebe war und für eine Begegnung stand, die Jahrzehnte später sein Leben verändert hatte.

»Du bist ein Licht in ungewisser Zeit,
ein Ausweg aus der Ausweglosigkeit,
wie ein Signal, den Weg weiterzugeh'n,
Herausforderung weiter zu besteh'n.
Wo vieles voller Zweifel, manches zum Verzweifeln ist,
da macht ein Kind, dass du alle Zweifel vergisst.
Es sind in einer Welt, die ziel- und ratlos treibt,
die Kinder doch die einz'ge Hoffnung, die uns bleibt!«

Etwa zu der Zeit öffnete sich leise die Kirchentür, und eine Frau im Pelzmantel mit seidenem Kopftuch und großer Sonnenbrille betrat den Vorraum der Kirche. Sie orientierte sich und ging unbemerkt unter der Orgelempore hindurch, rechter Hand in den seitlichen Kreuzgang, verdeckt von den schräg gestellten Holzlamellen. Von hier aus verfolgte sie die Zeremonie und erkannte auch die junge Frau mit dem Flammenhaar. Diese hielt das Mädchen im Arm, das sie über die Köpfe der Taufgesellschaft hinweg jedoch kaum sah.

Johanna las nun Jesus' Gleichnis vom Senfkorn vor, der Pfarrer aus dem Markusevangelium, und dann folgte seine Predigt. Im Anschluss setzten die Fürbitten ein, und Korn stand als Erster auf, trat nach vorne und zitierte Schiller: »›Unsere Sache ist es, den Funken des Lichts festzuhalten, der aus dem Leben überall da hervorbricht, wo die Ewigkeit die Zeit berührt.‹ Lieber Gott, du hast uns diesen Funken mit der kleinen Lucie geschickt, und wir bitten dich, schenke uns auch die Kraft, ihn zu halten, sie zu halten, auf dass unsere Tage hell bleiben.« Ein inniger Wunsch, war der Funke seines Lebens doch genau heute vor drei Jahren erloschen. Das Kommen und Gehen und zu kurze Verweilen auf dieser Welt stürzte Korn noch immer in tiefe Nachdenklichkeit und Wehmut. Mechthild löste ihn ab, rückte ihren Hut gerade und sagte: »Herr, ich bitte dich für Lucie, dass die Engel über sie wachen und sie auf all ihren Wegen begleiten.« Sie schniefte vernehmlich und fügte noch hinzu: »Das Herzelchen ist schließlich auch ein kleiner Engel, für uns alle.« Reiter wünschte sich: »... dass die Liebe ihrer Familie sie immer trägt und wir ihr Vorbild sind, Ansporn und Hafen.« Anna sprach vom Aufblühen junger Knospen, Nila bat um Wurzeln und Flügel, und Lilo, Niklas, die Becks und weitere Bekannte wechselten sich ab, ehe Johanna in Lucies Namen das Glaubensbekenntnis ablegte und der Pfarrer den Taufbefehl verlas. Erst jetzt erhoben sich alle und gingen zum Taufbecken, das in der Herz-Jesu-Kirche in der

Mitte des Kirchenraums stand, um die Täuflinge inmitten der Gemeinde in ihre Gemeinschaft aufzunehmen. Die stille Besucherin im Kreuzgang trat einen Schritt zurück und beobachtete das kleine Mädchen auf dem Arm seines Paten während der Taufhandlung. Die Kleine erinnerte sie an zarte Pastellzeichnungen, ihre Augen waren mandelförmig und blau, ein Blau, das sie kannte, fast brach ihr das Herz. »Drei Dinge sind uns aus dem Paradies geblieben: die Sterne der Nacht, die Blumen des Tages und die Augen der Kinder«, zitierte Luca Dante Alighieri. Es war der Taufspruch, den er für Lucie ausgesucht hatte und der schon in den Einladungen abgedruckt worden war. Nun folgten die Salbung und der Wasser-Ritus.

»Liebe Familie Stern-Reiter«, hob Pfarrer Beer an, »nachdem wir jetzt gemeinsam den Glauben der Kirche bekannt haben, frage ich Sie: Wollen Sie, dass Ihr Kind nun in diesem Glauben die Taufe empfängt?«

Und Johanna und Luca antworteten gemeinsam: »Ja, wir wollen es.«

»Lucie Marianna, ich taufe dich im Namen des Vaters«, Pfarrer Beer besprenkelte Lucie mit Weihwasser, und sie quiekte, »und des Sohnes«, er tröpfelte noch einmal Wasser über ihr Köpfchen und den feinen blonden Flaum, »und des Heiligen Geistes.« Es folgte ein drittes Mal das Wasser. Lucas Sakko wurde nass, doch er merkte es nicht. Er hielt Lucie auf seinen Armen über das Taufbecken und gab sie Johanna auch nicht zurück, als Reiter die Taufkerze an der Osterkerze entzündete, das *Vaterunser* gesprochen wurde, der Segen und die Orgel anhob. Stattdessen küsste er sie auf die Stirn und drückte sie an sich. Die unbemerkte Besucherin im Kreuzgang war erstarrt, als Lucies zweiter Vorname genannt worden war. Für einen Moment bekam sie kaum noch Luft. Hier war sie, die ersehnte kleine Marchesa, hier in den Armen ihres Sohnes, des falschen Sohnes, neben der Ehebrecherin. Die schöne junge Frau mit dem Feuerhaar und der Ausstrahlung eines Engels hatte ihr mit ihrer Leichtfertigkeit alles genommen, ihr und der kleinen Lucie Marianna.

»… in einer Welt, die ziel- und ratlos treibt«, hatte es in Reinhard Meys Lied geheißen, und das beschrieb sie ganz genau, die Gefühlslage der Giulia Fortini, ihre Enttäuschung und ihre Wut. Um nicht gesehen zu werden, verließ sie die Kirche vor allen anderen und machte sich eilig in Richtung Schloss auf, um das Porträt ihrer Urahnin zu sehen. Giulia wohnte seit gestern ganz in der Nähe in einem Hotel und hatte vor, noch ein paar Tage länger in der Stadt zu bleiben, während Luca schon morgen nach Madrid musste, das wusste sie. Wenn es doch nur nicht schon so spät im Jahr wäre, bedauerte sie, die letzten Blumen im Schlosspark waren sicher bereits verblüht.

30

Wundervoll! So viel schöner als der Kollos Palazzo Pitti mit seiner Bossenfassade, den unbehauenen Steinen, einer derben architektonischen Eigenheit der Herrschaftshäuser der Renaissance. Hier in München fand er seine Entsprechung in der Residenz. Der ehemalige Sommersitz der Wittelsbacher war dagegen eine Augenweide, harmonisch unterteilt, weitläufig, filigran, vor nichts als einem blauen, freundlichen Himmel. Giulia Fortini hatte der Spaziergang zum Nymphenburger Schloss entlang der Südlichen Auffahrtsallee gutgetan. Sie hatte in einer Gast-

stätte eine Kleinigkeit gegessen, allein, während sich die Taufgesellschaft ihrer Enkelin zum gemeinsamen Mittagessen und Feiern traf. Aber das war sie gewohnt, seit ihr Mann gestorben war und ihre Söhne ihr eigenes Leben führten. Nun, eigentlich hatte nur Sandro ein Leben, denn Luca war mit seiner Arbeit verheiratet. Giulia hatte nach dem offiziellen Auszug ihres jüngeren Sohnes seine Zimmer trotzdem unberührt gelassen, und tatsächlich schlief er noch immer oft zu Hause. Zu Hause! Das hätte jetzt für ihn in Parma sein sollen oder besser noch, Gabriela käme endlich zur Besinnung und für immer nach Florenz, dachte Giulia. Aber sie sprachen ja nicht einmal über Kinder, die beiden. So hatte sie sich diese Verbindung nicht vorgestellt. Nach ihrem Dafürhalten hing diese Ehe am seidenen Faden, und wenn sie zerbrach, dann … dann könnte sie Sandro von seiner Tochter erzählen und er das Kind legitimieren. Giulia wusste wirklich nicht, ob es das war, was sie wollte. Nein, sie hatte sich das alles anders vorgestellt. »O Gott, warum nur ausgerechnet in meiner Familie?«, haderte sie mit sich und ihrem Schicksal. »Habe ich denn nicht alles getan, um meine Söhne zu verantwortungsbewussten, ehrlichen Menschen zu erziehen?«
Sandro glich ihrem verstorbenen Mann äußerlich aufs Haar, aber seine Einstellung Frauen gegenüber hatte er ganz eindeutig von seinem Onkel. Oder möglicherweise auch von … *Madonna mia!* Was für eine Katastrophe! »Du musst deine Verbitterung loslassen«, hatte Bruder Matteo erst vor wenigen Tagen wieder zu ihr gesagt. »Kinder sind immer ein Segen. Du musst endlich dein Herz öffnen und ihr vergeben.« Nie! Nicht in tausend Jahren würde sie ihr diesen Fehltritt vergeben! Ihr nicht und ihm schon gar nicht! »Hast du nicht lange genug

gelitten, *Cara mia?*«, hatte Matteo sie gefragt. »Und wo für?« Bruder Matteo war eines der ältesten Mitglieder des Konvents auf dem Berg in San Miniato. Giulia und er kannten sich schon, als sie beide noch in Prato gelebt hatten, bevor Matteo – spätberufen – in den Orden eingetreten war, damals, als er noch Giuseppe hieß. Und er wusste um die Narben, die sie pflegte, die Unversöhnlichkeit, die in ihr hauste, den Konflikt. »Fahr dorthin, Giulia«, hatte er sie beschworen. »Du wirst dir nie verzeihen, nicht dabei gewesen zu sein.« Und so war sie dann tatsächlich nach München gefahren, mit dem Zug, um Luca nicht auf dem Flughafen zu begegnen.

Giulias Blick fiel wieder auf die Schlossanlage. Ursprünglich war nur der Mitteltrakt gebaut worden, im Stil eines italienischen Landhauses, fünfgeschossig, mit doppelläufigen Freitreppen, entworfen von einem Landsmann im ausgehenden 17. Jahrhundert. Der Blick über die Wasserspiele hinweg war ein Genuss. Giulia war aufgeregt. Das Porträt der Marianna Marchesa Florenzi hing gleich dort drüben im inneren südlichen Pavillon in der Schönheitengalerie Ludwigs I. Aber der König hatte die Mutter seines Sohnes Ludovico, dessen Vater offiziell der Marchese Ettore Florenzi war, mehrmals abbilden lassen. Diese Liebe fand ihren Ausdruck in Öl, Stein und großzügigen Gesten. Trotzdem blieb Ludovico nur ein illegitimer Sprössling, der König war lediglich als Taufpate aufgetreten, wie passend! Giulia konnte eine gewisse Parallele zu ihrer Enkelin und Lucas Engagement nicht übersehen, auch wenn Luca nur für seinen Bruder einsprang. Fast hätte man denken können, er wäre Lucies Vater. Nein, sie wusste es natürlich besser, schon seit Johannas Telefonat mit Luca vor über einem Jahr – sie hatte in der Bibliothek zum Hörer gegriffen und das Gespräch mit angehört. Und dann den einen oder anderen Blick in Lucas Kommoden geworfen und in seinen Schreibtisch in der Officina, wenn er auf Reisen war. Was dachte er wohl, wie schwer es sein würde, an seinen Computer zu kommen? Sie hatte Veranstaltungen zu planen und brauchte nur seine Sekretärin zu bitten. So unbedarft in technischen Dingen, wie sie es gerne vorgab, war sie nicht. Und wenn Luca länger fort war, hatte sie sogar Gelegenheit, die Fotos, die er mit der Post bekam oder als Datei per Mail, für ihre eigene Schreibtischschublade nachmachen zu lassen – die deutlich besser vor ungebetenen Blicken geschützt war. Es fiel Luca schwer, sich ihr nicht anzuvertrauen. Er hatte es versucht, das war ihr natürlich nicht entgangen, aber was hätte es gebracht? Womöglich wäre es dann an ihr gewesen, Sandro die Wahrheit zu sagen und damit seine Ehe zu zerstören. Diese Bürde wollte sie sich nicht aufladen. Die Vercellis waren eine angesehene Familie, einflussreich und auch als Geschäftspartner dienlich. Giovanni hatte es ihr mehr als einmal erklärt. Überdies ließ sich ein italienisches Ehepaar in ihren Kreisen nicht scheiden! Diese Ehe hatten sie vor Gott geschlossen. Es war zu spät gewesen. Vor der Hochzeit, ja, vielleicht, aber danach? Was hätte sie denn tun können? Was anderes, als den guten Ruf der Familie zu schützen? Die junge Frau aus Deutschland hatte es selbst zu verantworten.

Giulia betrat das Nymphenburger Schloss an diesem angenehmen Spätherbsttag gegen vierzehn Uhr. Sie durchquerte den großen Festsaal mit seiner eindrucksvollen Rokoko-Ausstattung in hellem Gelb, Weiß und vergoldetem Stuck, unter einem olympischen Götterhimmel in rauschenden Farben. Allein der Grad der Restaurierungen ließ sie in diesem Saal, in diesem Schloss und dieser

Stadt vor Neid erblassen. München war gepflegt, sauber, von opulenten Parks und Grünflächen durchzogen. Und wenn auch das unmittelbare Umland nicht mit den Hügeln der weichen toskanischen Landschaft vergleichbar war, so lag es doch sehr schön, unweit großer Seen und der Berge des Alpenhauptkamms. Giulia fühlte sich hier wohl, sie genoss es, die Sprache zu sprechen, die ihre Urahnin dem König zuliebe gelernt hatte. Die Marchesa Florenzi war eine gelehrte Frau gewesen, eine niveauvolle Gastgeberin kultureller Zusammenkünfte und damit das weibliche Ideal ihrer Zeit. Das war Giulia immer ein Anreiz, dieses Maß an Klasse und Geist galt es aufrechtzuerhalten und an die nächste Generation weiterzugeben, ungeachtet des Titels oder Nachnamens. Die Fortinis waren immerhin auch eine respektable Dynastie – von Geschäftsleuten eben.

Durch den Zugang zu den Appartements der Kurfürstin gelangte Giulia in die Schönheitengalerie im ersten Obergeschoss, ein großer Raum mit perfektem Lichteinfall und dezenter Ausstattung, weiße Holzvertäfelungen, goldverziert und fünf hohe Fenster. Die sechsunddreißig Bildnisse waren paarweise angeordnet. Giulia entdeckte die Marchesa sofort. Sie hing neben einer Unbekannten, einer gewissen Regina Daxenberger, umgeben von weiteren Damen, deren Namen sie nicht kannte. Lediglich Jane Elizabeth Digby sagte ihr etwas, die Porträtierte unter der Marchesa. Sie war eine englische Lady von losem Lebenswandel gewesen, viermal verheiratet – zu guter Letzt mit einem arabischen Scheich in Syrien – und zwischendurch und auch währenddessen die Mätresse etlicher Herren sowie Mutter lediger Kinder. Sie ruhte in Frieden auf dem protestantischen Friedhof von Damaskus unter einem roten palmyrischen Kalkstein. Was für eine Schmach! Giulia hätte zumindest auf die Nachbarschaft der Helene Sedlmayr gehofft oder einer Dame von echtem Adel. Aber es hätte die Marchesa in ihren Augen auch schlimmer treffen können – Lola Montez etwa als Wandnachbarin. Die hatte den König sogar seinen Thron gekostet.

Giulia verließ das Schloss in Richtung Park. Der Nachmittag war weiterhin sonnig, und sie gönnte sich eine Auszeit auf einer Bank mit Blick auf die *Große Kaskade*, eine terrassierte Brunnenanlage mit Steinskulpturen. Das Plätschern und Fließen des Wassers brachte ihre Gedanken zur Ruhe. Die Beinahe-Begegnung mit ihrer Enkelin, das heimliche Doppelleben ihres älteren Sohnes und die Tatsache, dass die Kleine Marianna als zweiten Vornamen trug, rückten von ihr ab.

»Entschuldigung, darf ich?« Ein Herr ihres Alters, mittelgroß, schlank und gut gekleidet, bat, sich neben sie setzen zu dürfen.

Giulia sah ihn nur aus dem Augenwinkel und sagte mit unüberhörbar italienischem Akzent: »Natürlich, gerne.«

»Ich wollte Sie keineswegs aus Ihren Gedanken reißen.«

»Aber nicht doch«, entgegnete Giulia und blickte auf, »ich hatte mich ohnehin verirrt.« Jetzt stutzte sie kurz. Sie kannte diesen Mann – graues Haar, dunkle Augen und ein zurückgenommener, introvertierter Ausdruck auf seinem Gesicht.

»Verzeihung, verirrt?«, fragte er nach. »Sie meinen, Sie haben sich verlaufen?«

»Oder so, ja. In meinen Gedanken, Sie verstehen. Ich glaube, man nennt es Verwirrung«, versuchte Giulia ihren mentalen Zustand zu konkretisieren.

Ludwig Korn lächelte. »›Fürchte dich nicht vor der Verwirrung außer dir, aber vor der Verwirrung in dir!‹«, zitierte er Schiller. Er konnte nicht anders, die Dame im Pelzmantel gefiel ihm so sehr. Sie war anmutig, stolz und offensichtlich gebildet. Sie war Italienerin und sprach seine Sprache, was für ein Zufall.

»›Das Schicksal mischt die Karten, und wir spielen‹, nicht wahr«, gab sie ihm einen Satz von Schopenhauer zurück, und er staunte. »Die Verwirrung, die andere in die Welt bringen, reißt einen eben mit.«

Korn spürte eine nie gefühlte Erregung in sich aufsteigen. »›Nicht die Umstände bestimmen uns, sondern wir bestimmen unsere Umstände‹«, entgegnete er, »oder ›Jeder ist seines Glückes Schmied‹, um es etwas banaler auszudrücken. Und wenn ich mir die Bemerkung erlauben darf, gnädige Frau, Sie sehen nicht aus wie ein Mensch, der sich von Ereignissen überrollen lässt, Sie schaffen sie.« Er stand auf und verneigte sich andeutungshalber, hielt Giulia seine rechte Hand entgegen und sagte: »Ludwig Korn, Buchhändler, Philosophie, Schöngeistiges und Reiseführer.« Giulia legte ihre Hand auf seine, und er küsste sie ungewohnt galant, ehe er sich wieder neben sie setzte.

»Marianna Florenzi«, stellte sie sich dann vor, der erste Name, der ihr spontan einfiel, denn jetzt wusste sie wieder, wo sie Korn schon gesehen hatte, und war auf der Hut. Er war in der Kirche bei Lucies Taufe gewesen. Er hatte eine Fürbitte gesprochen, Schiller, wie eben. Und hatte nicht auch Schopenhauer gesagt: »Lüge ist Notwehr gegen unbefugte Neugier«? Dieser Mann war geistreich und belesen. Giulia mochte ihn.

»Eine Dame fremder Nation, die Schopenhauer schätzt«, sagte Korn mit schnellem Pulsschlag. »Ich kann Ihnen gar nicht sagen, wie sehr mich das bewegt, Signora Florenzi. Darf ich fragen, ob Sie beruflich oder privat in München sind?«

»Privat«, entgegnete sie. »Eine Familienangelegenheit.« Mehr zu sagen hätte ihr Gegenüber vielleicht hellhörig gemacht. Doch andererseits hatte ihr das Schicksal oder die gute Fügung diesen Freund der Familie Stern-Reiter geschickt, um mehr über ihre Enkelin zu erfahren und die Rolle, die Luca im Leben ihrer Mutter spielte. Sie musste es nur geschickt angehen, dann konnte sie diese Begegnung sicher nutzen. Ludwig Korn. Ludwig, so wie der König, die große Liebe im Leben der Marianna Marchesa Florenzi. Sie hatten einen regen Briefwechsel unterhalten, ein ganzes Leben lang.
»Dann sind Sie mit Ihrem Gatten gereist?«, fragte Korn vorsichtig.
»Nein, mein Mann ist vor sechs Jahren verstorben«, antwortete Giulia, »Ich besuche meine Enkeltochter.« Ob das zu viel an Information war? Aber dieser Mann kannte sie ja nicht, diese Verbindung zu ziehen wäre schon sehr weit hergeholt.
Nicht jedoch für Korn, der die Schönheiten aus Ludwigs Galerie allesamt mit Namen kannte sowie die meisten ihrer Biographien. Dieser Umstand und die Tatsache, dass die kleine Lucie heute mit zweitem Namen Marianna getauft worden war, sowie die Erwähnung des Titels Marchesa beim Taufessen – Luca Fortini, der Pate, hatte von seiner Mutter gesprochen – ließen keinen Zweifel daran, wer die elegante und so überaus kultivierte Dame auf der Parkbank neben ihm war. Die näheren Umstände, die Vaterschaft eines wohl verheirateten Mannes, die Stellvertretung des älteren Bruders, das alles war Korn mit der Zeit – ungewollt – am Fenster zum Hof zu Ohren gekommen, wenn sich Johanna und ihre Eltern unterhalten hatten. Nun gut, vielleicht hatte er auch etwas angestrengter hingehört, aber nur zu

Lucies Bestem, nur aus Fürsorge und Hilfsbereitschaft. Was sich in diesem Moment bestätigte, denn womöglich konnte er die Unwissenheit der Marchesa nutzen, um etwas über sie und ihre Einstellung zu Lucie zu erfahren, überlegte Korn gerade. Wie gut, dass er das Essen in Lilos Bistro noch vor dem Kuchen verlassen hatte und hierhergekommen war. Hierher, wo er so oft mit Magda spazieren gegangen war. Ihre letzten beiden Todestage hatte er sich im Buchladen vergraben und Selbstgespräche geführt.

»Ich bedaure Ihren Verlust aufrichtig«, erwiderte Korn. »Glauben Sie mir, ich kenne das Gefühl, den einen geliebten Menschen zu verlieren, ich kenne es gut.« Resigniert dachte er an seine Schwester, seinen Augenstern, und wie sehr sie ihm noch immer fehlte. »Erzählen Sie mir von Ihrer Familie«, forderte er Giulia dann auf und war gespannt, was sie ihm entgegnen würde.

»Nun, das ist kompliziert«, erklärte sie. »Wissen Sie, ich bin …« Sie stockte und überlegte, was sie sagen konnte und was nicht, was sie sagen wollte und wie weit sie sich diesem Mann anvertrauen durfte.

»Schäm dich, mein Lieber!«, hörte Korn da seine Magda sagen. »Was haben wir immer von Lügnern und Heuchlern gehalten?«

»Aber Magda, mein Herz, carpe diem, diese Gelegenheit kommt vielleicht nicht wieder«, antwortete er ihr im Geiste.

»So ehrst du mich also?«, fragte sie. »Gerade heute?«

Während Giulia noch immer nach den rechten Worten suchte, tobte in Korn ein Kampf, aber nicht lange, denn Unehrlichkeit, Täuschung und Betrug jeder Art hasste er, und darüber hinaus wollte er die Bekanntschaft mit dieser wunderbaren Frau, die nur Magda ihm geschickt haben konnte, nicht vergiften. »Ich weiß, wer Sie sind«, sagte er deshalb entschlossen zu Giulia, ohne abzuwarten, was sie erzählen würde, und sie blickte ihn völlig perplex an. »Aber glauben Sie mir, gnädige Frau, Ihr Geheimnis ist bei mir sicher.« Wie unerquicklich, nun würde er das Fräulein Stern-Reiter hintergehen. Jedes Geheimnis gebar doch unweigerlich ein neues! Aber, so dachte er, Magda hätte es so gewollt.

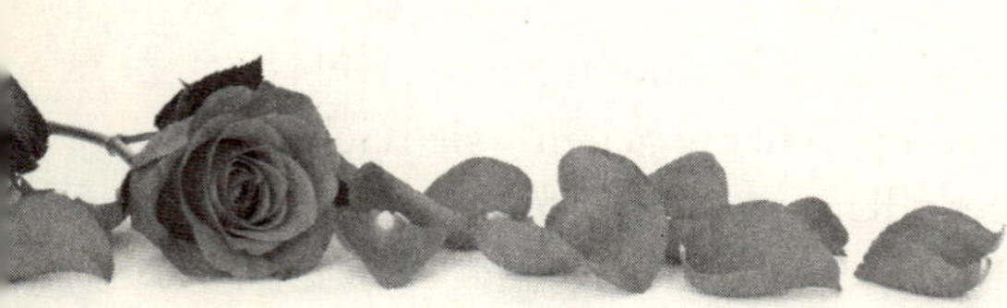

München, Frühling 2013

31

An Lucies erstem Geburtstag, einem Samstag, fand Johanna erneut ein großes Kuvert der Officina Profumo in ihrem Briefkasten, und wieder waren drei alte Briefbogen mit lateinischen Rezepturen darin. Diesmal lag keine Karte dabei, aber sie war sich mittlerweile sicher, dass sie dieses Geschenk Giovanni Fortini verdankte, der Luca nicht erzählte, dass er Firmengeheimnisse preisgab – »per Lucia«. Nun verfügte sie also bereits über sechs Formulierungen, und es war an der Zeit, die neue Linie *Luce* in die Regale der Sternwarte zu bringen. Außerdem hatte sie neben der ungeteerten Zufahrtsstraße zur St. Leonhardsquelle einen geeigneten Standort mit Nachtkerzen gefunden. Sie hatte die typischen Blattrosetten sofort erkannt. Sie würden Ende Juli zu blühen beginnen.

Gerade dröhnte ein mächtiges Scheppern durchs Treppenhaus. Anna hatte Lucie bei sich in der Wohnung im ersten Stock, und anstatt ihren Mittagsschlaf zu halten, »kochte« die Kleine mit ihrer Großmutter. Anna zog soeben den Geburtstagskuchen aus dem Ofen, und Lucie saß neben ihr auf dem Küchenboden und schlug mit einem hölzernen Kochlöffel auf diverse Töpfe und Schüsseln, die sie sich aus den Schubladen geholt hatte. Lucie konnte sich mittlerweile schon sicher auf den Beinen halten und mit Hilfe sogar einige Schritte gehen – sie reichte Johanna bereits gut übers Knie. Sie konnte frei sitzen, krabbeln und sich an Möbelstücken hochziehen, Treppen hochklettern und damit jede Wohnung unsicher machen. In der Sternwarte stand bei geöffneter Tür im umgestalteten Lager ihr Laufstall, damit Johanna mit Blick auf Lucie ihre Kunden beraten konnte und nicht um den Inhalt ihrer Regale bangen musste.

Nila ließ es sich nicht nehmen, neben der Wäschelinie und Johannas Zwanziger-Jahre-Mode nun auch erste Kleider für Lucie zu schneidern, zauberhafte Hängerchen, teils in Patchwork-Mustern, teils einfarbig, aber immer mit kleinen Accessoires verziert – Schleifen, Spitzen und Borten.

Lucies Haar war blond geblieben, und ihre Augen waren blau, nur ihr verträumter Blick und die Samtwimpern erinnerten Johanna manchmal an Sandro. Der ganze Rest von ihr konnte die Ahnenreihe der Sternfrauen nicht verbergen. Das Leuchten, das Johanna schon am Tag ihrer Geburt an ihrer Tochter wahrgenommen hatte, umgab sie noch immer, und es sprang auf jede Pflanze über, die Lucie berührte. Während des Winters hatte sie sich den Topfpflanzen von Mechthild und auch Annas Beständen am Fensterbrett gewidmet. Lucie konnte bereits ein paar Worte sprechen, »Ma-ma«, »O-ma« oder »Me-mu«, ihr Name für Mechthild Müller. Sie reihte allerlei Silben aneinander, die sie mit Nachdruck betonte, eine eigene Sprache, in der sie sich vorzugsweise mit Blumen unterhielt. Die Christsterne in Johannas Wohnzimmer hatten im Dezember so üppig wie noch nie geblüht. Selbst Luca, der an den Weihnachtsfeiertagen zu Besuch gekommen war, staunte. Alle Bewohner des Hauses und natürlich Lucies Familie redeten ständig mit ihr, mit Händen und Füßen und lustiger Mimik. Im Treppenhaus lernte Johanna mit Lucie Zahlen, indem sie laut die Stufen zählte: »Eins, zwei, drei, vier …, einundzwanzig, zweiundzwanzig …« Zu Mechthild hinauf waren es vierundfünfzig, nicht mitgerechnet der Absatz von der Straße in den Hausflur bis an die Briefkästen, wo Johanna an diesem frühen Samstagnachmittag noch immer mit dem Kuvert aus Florenz stand und Giovanni Fortini vor sich sah, wie er den Safe in der Officina plünderte. Das Scheppern aus der Wohnung ihrer Eltern hielt an. Lucie stapelte womöglich gerade die Töpfe zu Türmen, die aber nie lange standen. Ähnlich ging es mit Bauklötzen, deren Farben sie gerade lernte. Und Lucie liebte Bilderbücher, aus denen Anna und Johanna ihr abwechselnd »vorlasen« und die sie dann in ihrer eigenen Sprache nacherzählte.

Der Mittagsschlaf fällt heute wohl aus, dachte Johanna, aber das macht nichts. Das Wetter war schön und der Frühling mild, die kleine Familie würde mit den Nachbarn im Hof feiern. Korn, der gerade erst von seiner großen Italienreise zurückgekommen war, hatte es sich nicht nehmen lassen, den Garten mit Girlanden und Lampions zu dekorieren. Sicher würde er auch fotografieren, denn er hatte eine neue digitale Spiegelreflexkamera und es sich zur Aufgabe gemacht, Lucies Entwicklung minutiös zu dokumentieren. Gemeinsam mit Mechthild Müller hatte er Johanna zu Weihnachten ein selbst gestaltetes Album geschenkt. Und Giulia Fortini, mit der er seit ihrer Begegnung im Schlosspark einen regen Briefwechsel unterhielt – worüber er wie versprochen schwieg –, ebenfalls, als seine seit Jahrzehnten geplante Reise von Venedig bis Rom bereits in Florenz geendet hatte. Die beiden hatten dort gemeinsam eine romantische Woche in platonischer Zuneigung und kulturell anregender Umgebung verbracht. Beinahe fühlten sie sich wie König Ludwig I. und die Marchesa Florenzi, deren Verbindung einst ähnlich geheim blieb. Giulia sehnte sich zunehmend nach ihrer

Enkelin, das wusste Korn, aber sie sah sich in einem Netz aus Konventionen und ehrgeiziger Familienpolitik gefangen, das sie selbst gewebt hatte. Wenn sie Fotos von Lucie ansah, die wie ein Spiegel ihren eigenen blauen Blick zurückwarfen, wurde sie immer traurig.

»Darf ich sagen, dass mich Ihre Einstellung ein wenig verwundert, meine Liebe«, hatte Korn bei einem gemeinsamen Spaziergang durch den Garten der Villa Favard im Süden von Florenz zu Giulia gesagt. Die Villa gehörte der Stadt und beherbergte das Musikkonservatorium. »Einerseits verurteilen Sie die lose Moral Ihres Sohnes und ganz besonders die des netten Fräulein Sternreiter, nicht zu Unrecht natürlich …«

»Natürlich!«, erwiderte Giulia mit Nachdruck.

»Andererseits hat doch aber gerade die Ahnin, auf deren Abstammung Sie so stolz sind, ihrem Mann ein Kuckuckskind ins Nest gesetzt.« Korn blickte sie vorsichtig an. Er wollte sie wirklich nicht verärgern. Sie schwieg lange. »Bitte entschuldigen Sie meine Worte …«, sprach er weiter, und Giulia unterbrach ihn.

»O nein, Sie haben ja recht. Das klingt nach einer schlimmen Doppelmoral, nicht wahr?«

»Nun ja …«

»Und wenn ich ehrlich bin – ich sage das nur Ihnen, andere würden es falsch verstehen –, wenn ich ehrlich bin, dann ist es ja gar nicht so sehr der Fehltritt, den ich verurteile – natürlich kann man einmal schwach werden –, sondern seine Folgen für das Kind, das daraus entsteht.« Sie sah Korn an und wartete auf eine Reaktion. Er nickte. »Ein unschuldiges Kind, das nicht in seiner angestammten Familie aufwachsen kann.«

»Aber die kleine Lucie hat doch trotzdem eine Familie, mit Verlaub eine ganz wunderbare.«

»Sie kennt ihren eigenen Vater nicht!« Giulia war etwas lauter geworden. Korn konnte ihre Empörung fast körperlich spüren. »Sie wird groß und weiß nicht, dass sie noch eine zweite Großmutter hat. Und einen Großonkel. Ihr fehlt die Hälfte ihrer Wurzeln. So kann ein Baum nicht wachsen!« Passenderweise kamen sie gerade an den riesigen Libanon-Zedern vorbei, für die der Garten berühmt war, die älteste aus dem 17. Jahrhundert. Sie streckten ihre grünen Arme weit von sich und warfen spitze Schatten in der Mittagssonne. »Außerdem rückt das Mädchen nicht in der Erbfolge der Fortinis nach, so wie meine Söhne oder wie das bei den Vercellis der Fall ist. Dort leben und arbeiten drei Generationen unter einem Dach und führen ein imposantes Imperium.« Korn fasste zaghaft nach Giulias Hand, und sie überließ sie ihm. Er wollte etwas sagen, doch sie war noch nicht am Ende ihrer Erklärung. Sie nestelte mit der freien Hand nervös an ihrer geliebten Perlenkette. Dieses Gespräch hatte sie bisher nur mit Bruder Matteo geführt. »Der Sohn der Marianna Florenzi wurde zwar nicht Nachfolger auf dem bayrischen Thron, aber er erbte doch zumindest den Titel und die Besitztümer seines offiziellen Vaters, des Marchese Florenzi.« Korn verstand. Letztlich ging es Giulia gar nicht so sehr um die moralische Verfehlung, sondern um die Position des Erben in der Familiendynastie. Sie war wohl doch viel praktischer veranlagt als gedacht. »Und was meine Verehrung der Marianna Florenzi betrifft, lieber Herr Korn«, fügte sie noch an und setzte sich mit ihm auf eine Bank gegenüber der Villa, von woher Klänge klassischer Musik herüberwehten, »so bewundere ich ihren Intellekt, den Grad an Bildung und Kultur. Das Übrige ist ein Schönheitsfehler, den ich gerne ausklammern würde.« Korn verlor sich ein Weilchen in ihrem

Blick und den Klängen eines Klaviers. Giulias Anmut bezauberte ihn.

»Vielleicht findet die kleine Lucie ja durch Ihren älteren Sohn den Weg in die Familie und zu ihren Wurzeln zurück. Mir scheint, er empfindet sehr viel für Fräulein Sternreiter.«

Debussy. Das war Debussys *Rêverie,* die da gerade aufs angenehmste den Garten erfüllte.

»Aber wie soll das gehen?«, fragte Giulia. »Wie, ohne dass Sandro von seiner Vaterschaft erfährt? Und damit seine Frau. Luca kann Lucia doch unmöglich als seine eigene Tochter ausgeben.« Korn überlegte. »Außerdem kann Sandro rechnen. Spätestens wenn er die Kleine kennenlernen und erfahren würde, wer ihre Mutter ist, wüsste er es doch.«

Ein herrliches Stück, eine bewegende Passage. Korn liebte die Leichtigkeit der Komposition.

»Allein die Wahrheit führt zur Erlösung«, antwortete er vielsagend. »Da stimme ich Ihnen zu.«

»Kant?«, fragte Giulia erwartungsvoll.

»Korn«, antwortete er und griff erneut nach ihrer Hand.

Das war erst vor wenigen Tagen gewesen, und jetzt war Ludwig Korn zurück in München und half, Lucies Geburtstagsfeier auszurichten. Johanna traf ihn im Treppenhaus vor der Tür ihrer Eltern. Sie hielt noch immer das Kuvert in der Hand.

»Herr Korn, Sie müssen uns Bilder von Ihrer Reise zeigen«, sagte sie fröhlich. »Waren Sie denn auch in der Officina?«

»Ja, natürlich. Wirklich sehr beeindruckend. Aber Ihr junger Freund war auf Reisen.« Johanna blickte verwirrt. »Lucies Taufpate, er ist doch der Geschäftsführer, oder nicht?«

»Ja, natürlich.« Kurz hatte Johanna gedacht, Korn spreche von Sandro, aber er wusste ja gar nichts über ihn und kannte ihn nicht. »Der zweite Geschäftsführer, sein On kel ist der Chef.«
»Schön, schön«, erwiderte Korn und wollte gerade weitergehen, da erinnerte Johanna ihn noch einmal an die Fotos.
»Wir sind alle gespannt. Bringen Sie sie doch mit zur Feier.«
Korn improvisierte. »Leider, Fräulein Sternreiter, wird das nicht möglich sein. Ein übles Missgeschick.« Er hasste Lügen. »Alle Bilder nach Venedig habe ich versehentlich gelöscht. Ich weiß nicht, wie das passieren konnte.«
»O nein!« Johanna konnte kaum glauben, dass einem derart gewissenhaften Mann wie Korn ein so gravierender Fehler unterlief. Und die Ruhe, mit der er den Verlust trug, war auch ungewöhnlich. Früher hätte er mit allen ihm zur Verfügung stehenden Philosophen geflucht. »Sie werden wieder hin müssen«, versuchte sie ihn zu trösten.
»In der Tat, das werde ich dann wohl müssen«, erwiderte er in eigenartiger Stimmung und verschwand Richtung Hof.
Am Nachmittag versammelten sich dann ausgelassene Gratulanten unter den Apfelbäumen. Der Hof war erfüllt vom ersten Fliederduft aus dem Nachbargrundstück und letzten Apfelblüten. Der Winter war endgültig ausgestanden. In Florenz hatte es im November sogar geschneit. Johanna bedauerte, die weiße Stadt nicht selbst gesehen zu haben, aber Luca hatte ihr am Telefon davon erzählt. Mitten in der Nacht hatte er angerufen und ihr das magische Szenario beschrieben.
Neben den Gästen von Lucies Taufe – Luca würde am späten Nachmittag eintreffen – waren diesmal auch die

Wangs bei der Feier mit dabei. Die im Vorjahr angekündigte Skulptur war fertig und sollte ein Geschenk für die ganze Familie Stern-Reiter werden. Anna und Johanna schwante nichts Gutes. Unter den Augen sämtlicher Anwesenden zogen sie das Geschenkpapier von dem schweren länglichen Stein, der so flach war, dass sie befürchteten, Pia könnte das gute Stück für ein Podest konzipiert haben, irgendetwas auf Augenhöhe, das sich im Garten nur schwer würde verbergen lassen. Lucie saß währenddessen auf ihrem Hochstuhl und aß ihren Geburtstagskuchen, die Kinder der Becks scheuchten Mechthilds Katzen umher, und die Spannung stieg.

»Wir hatten an den Platz bei der Hecke dort drüben gedacht«, sagte Pia Wang, und ihr Mann ergänzte etwas auf Chinesisch, als die Sternfrauen ein Krokodil aus dunklem Lavastein freilegten, etwa achtzig Zentimeter lang, mit offenem Maul und Silberblick. Das erste nicht abstrakte Werk der beiden Künstler, das dem Original auf der Fotografie neben dem Notdienstplan im Fenster der Stern-Apotheke ungemein ähnelte. Wäre auch nur einer der Anwesenden des Chinesischen mächtig gewesen, er hätte das Wort Gedenkstein aus Wang Chongs Worten herausgehört. Reiter und er trugen die Skulptur zur Hecke und setzten sie dort in Erinnerung an seine Verzweiflungstat auf Clarence' heimlichem Grab ab. Der Gute würde ihn auf ewig verfolgen.

»Ist das für irgendetwas zu gebrauchen?«, wagte Mechthild die kühne Frage – sie hatte wohl einen Türstopper oder etwas ähnlich Praktisches im Sinn –, und Pia Wang, die ihr antworten wollte, wurde von Reiter rüde unterbrochen.

»Das, liebe Frau Müller, ist Lucies chinesisches Sternzeichen.«

»Krokodil?«, fragte die alte Dame skeptisch. »So etwas gibt es?«
»Allerdings«, antwortete Reiter prompt, und selbst Pia Wang spürte, dass er keinen Widerspruch hinnehmen würde. »Ich zum Beispiel bin Affe – spontan und von schneller Auffassungsgabe. Meine Frau ist Ratte und Jo Büffel, glaube ich. Genau.«
Mechthild schüttelte ungläubig den Kopf, ging zur Bank vor Johannas Laden hinüber, setzte sich und nickte ein. Sie erwachte erst wieder, als Korn sich mit Lucie auf seinem Schoß zu ihr setzte, stutzte kurz, blickte zu der Skulptur und fragte: »Und was bin ich dann bitte? Seekuh?!«

32

Ende Juli fuhr Johanna mit dem Wagen ihres Vaters und der schlafenden Lucie neben sich im Kindersitz nach Stephanskirchen zur Abfüllung der St. Leonhardsquelle. Aus sechs artesischen Quellen stieg hier im bayerischen Voralpenland das »lebendige Wasser« der Mond-, der Sonnen- und der Lichtquelle an die Erdoberfläche, und jeder, der den Weg nicht scheute, konnte sich an einem öffentlich zugänglichen Brunnen kostenlos frisches Quellwasser abzapfen. Die unterschiedlichsten Leute kamen mit Kanistern, Karaffen, Krügen und Flaschen an das steinerne Becken mit dem eingefassten Auslauf, ein umgekippter hohler Fuß eines römischen Altars, denn schon die Römer schätzten dieses Wasser und hatten hier auf den Überresten keltischer Siedlungen ihre Kultstätten errichtet.
Johannas Weg führte sie zu später Stunde durch die zum Inn hin abfallende Flusslandschaft, über immer schmaler

werdende Wege, die gerade noch befahrbar waren. Linker Hand lagen der Fluss, seine Altwasserarme und angrenzende Fischteiche und rechter Hand steile Wiesen und bewaldete Hügel, deren Farben bereits von der Dunkelheit verschluckt wurden. In Vollmondnächten wie dieser habe das Wasser aus dem Brunnen besondere Kräfte, hieß es. Manch einer dosierte es sparsam, weil ihm aufgrund der hohen Energie schwindlig wurde, andere machte es schlaflos. Johanna verwendete das Heilwasser zur Destillation ihrer Hydrolate, die sich ihrer Erfahrung nach besser hielten, wenn sie anstatt Leitungswasser das Vollmondwasser in ihren Kessel gab, wenngleich das Münchner Trinkwasser absolut rein war. Es speiste sich aus Grundwasserströmen aus der Mangfallregion um den Taubenberg, war dem Wasserreichtum des oberen Loisachtals mit seinen vielen Bachläufen, Wasserfällen und klaren Quelltümpeln zu verdanken und der grundwasserreichen Schotterebene südlich der Stadt, die über mehrere Eiszeiten hinweg entstanden war. Dreihundert Millionen Liter Wasser flossen täglich in die Metropole, und ein gewaltiger Vorrat lagerte in unterirdischen Zisternen und Hochbehältern.

Gegen halb zehn parkte Johanna nahe dem Schloss Innleiten, einer kleinen neubarocken Anlage, deren Fassade in der Mondnacht gespenstisch weiß leuchtete und Fremde auf dem Weg zur St. Leonhardsquelle mit ihrem Auftauchen überraschte. Fast war man versucht zu glauben, das bleiche Gemäuer zeige sich nur in Vollmondnächten, als wäre es den Nebeln und dem Dunst der Totwasser entstiegen, wie das kleine schottische Dorf Brigadoon, das samt seiner Bewohner nur alle hundert Jahre einmal auftauchte – Johanna liebte die gleichnamige Verfilmung mit Gene Kelly. Sie sah auf Lucie, die neben ihr

fest schlief. Normalerweise ließ sie die Kleine bei ihren Eltern, wenn sie ihre »Wasserfahrten« unternahm, aber die waren heute in der Oper. Ludwig Korn hatte ihnen seine Abonnementkarten überlassen. Er war früher immer mit seiner Schwester in die Aufführungen gegangen und hatte die Karten nach ihrem Tod nicht abbestellt. Stattdessen ließ er den Platz neben sich frei und mokierte sich später zu Hause über die Inszenierungen: »Grauenhaft, Magda, du hast nichts verpasst!« Aber weder, dass Korn eine Schwester gehabt hatte, noch, dass er ihr Opern-Abonnement auch drei Jahre nach ihrem Tod nicht beendete, wussten die Stern-Reiters oder sonst jemand aus dem Haus in der Blutenburgstraße. Korn hatte die Karten als Geschenk eines treuen Kunden ausgegeben und weitergereicht, weil er, seit er Giulia Fortini kannte, den leeren Platz neben sich nicht mehr ertrug.
Johanna stieg aus dem Kombi ihres Vaters und sperrte ihn ab. Gleich am Hang neben ihr standen die Nachtkerzen auf Erde und Geröll und blühten gerade auf, eine wilde Ansammlung hüfthoher schlanker Pflanzen, die intensiv dufteten und sie ohne Vorwarnung in den Sommer 2011 und zu Sandro zurückversetzten. Sie ergab sich dem Palo-Santo-Rausch seiner Küsse und erlaubte seinen Händen, sie zu berühren. Genau wie heute hatten sich auch damals die gelben Blüten, eine um die andere, geöffnet, und sie hatte dieses Glücksgefühl empfunden, das nicht nur er verursachte. Es war die Erinnerung an den ersten Atemzug gewesen, an die Nähe ihrer Mutter, ihre Liebe, als hätte sie gewusst, dass ihr Lucie in dieser Nacht begegnen würde. Johanna sammelte die leuchtenden Nachtsterne, die Abendblumen, ihre Lichtblicke, und beschloss, das fertige Hydrolat genau so zu nennen – *Lichtblick*. Sie musste es vor dem Verkauf nur noch gemeinsam mit ein

paar unglücklichen Kundinnen auf seine Wirksamkeit testen. Die Blüten fühlten sich fast an wie Rosenblätter, sie würde sie direkt aus dem Wasser heraus destillieren, ohne Destillierkorb, damit sie nicht verklebten. Und dann vielleicht mit dem gewonnenen Hydrolat anstelle von Wasser einen weiteren Durchgang ansetzen, um die Konzentration zu erhöhen. Außerdem könnte sie die Bergkristalle mit in den Kessel geben, die Niklas ihr geschenkt hatte. Sie wiesen eine besonders schöne Lichtbrechung auf. Und wenn das Ergebnis vielversprechend wäre, würde sie sich gegen die geplante Vermählung mit anderen Blüten entscheiden.

Johanna blickte zum Wagen. Lucie schlief wie ein Bär in seiner Winterhöhle, alles war in Ordnung. Alles. Auch ihre Gefühle, beschwichtigte sie sich inmitten der gelben Euphorie. Dass Sandro ihr noch immer etwas bedeutete, hatte sie bisher niemandem eingestanden, auch sich selbst nicht. Dass die kleinsten Dinge sie manchmal an ihn erinnerten – ein Porzellanteller in Lilos Bistro, der Duft von Leder im Schuhschrank, blaugrüne Seen, der kleine Sportwagen vor ihr auf der Autobahn, Schürzenbänder und schaler Champagner, wilde blonde Buben auf Fahrrädern und selbst ein einfacher Türknauf, sofern er aus Messing war. Lucie wusste es, sie wusste es bestimmt, aber sie stellte noch keine Fragen.

Johanna verstaute zwei Körbe mit Blüten im Kofferraum. Der volle Mond stand bereits über den Hangwaldwipfeln auf den Uferhöhen. Die stillen Auentümpel und Altwasser des Inns waren jetzt verzauberte, von Wasserpflanzen durchwobene Spiegel. Die kniehohen Kaskaden eines nahen Bachlaufs bildeten bewegte filigrane Vorhänge, hinter denen sich der Eingang einer Märchenwelt zu verbergen schien.

Johanna fuhr weiter. Nur ein paar Minuten waren es noch bis zur Quelle neben der Kapelle des heiligen Leonhard, der vor dreihundert Jahren einem Wanderer Heilung durch das Wasser prophezeit hatte. Im Inneren brannten Kerzen, die hinter den undichten Buntglasscheiben heftig flackerten, Votivtafeln reihten sich aneinander, und sogar zurückgelassene Krücken lehnten am Altar. Und gleich nebenan, auf dem asphaltierten kleinen Dorfplatz, parkten Autos, Motorräder und Wohnmobile von gesundheitsbewussten Hausfrauen und zartfühlenden Gärtnern. Die Schlange der Wartenden vor dem Brunnen erinnerte Johanna an die »gemeine Domschlange« in Florenz, nur dass diese nachtaktiv war. Die Wasserpilger unterhielten sich angeregt miteinander, jeder konnte »seine« Geschichte von einer spektakulären Heilung, einer Prüfung mit klarem Kopf und gutem Ausgang oder einfach nur von der Reinigung der Zellen und anhaltendem Wohlbefinden erzählen. Johanna trug magische Episoden aus ihrer Hydrolat-Werkstatt bei und fuhr gegen dreiundzwanzig Uhr mit ihrem Quellwasserschatz wieder nach Hause – der Wagen erfüllt vom honigsüßen Duft und von Lucies Träumen.
In dieser Nacht ging sie nicht in ihre Wohnung hinauf. Sie legte Lucie in der Sternwarte in ihren Laufstall und kuschelte sie in den Babyschlafsack, den Luca ihr zum ersten Geburtstag geschenkt hatte. Dann schlich sie zum Auto zurück und holte das Mondwasser und die Blüten, die sie sofort verarbeiten wollte. Es war völlig still im Hof, nicht einmal bei ihren Eltern brannte noch Licht. Geisterstunde. Sie bereitete ihre Destille vor und stellte die mobile Heizplatte mit Hilfe eines Verlängerungskabels hinter dem Laden auf, damit sie vom Haus aus niemand sah, genau an der Grundstücksgrenze zum Insti-

tutsbau hinüber, der nachts leer stand. Dann befüllte sie den Kupferkessel und setzte ihn so leise wie möglich zusammen, doch das Sieden des kochenden Wassers, das Hüpfen und Springen der Kristalle und Siedesteinchen auf seinem Boden und der Zufluss vom Gartenschlauch zur Kühlung klangen trotzdem verhalten durch die Nacht. Sie unterbrachen Korns erste Tiefschlafphase, weshalb er ans Fenster ging, es öffnete und hinaussah, doch dort unten war nichts. Doch! Das Fräulein Sternreiter, das wie ein Dieb um ihren Laden schlich. Er glaubte Geräusche zu hören und sah einen schwachen Lichtschein. Warum nur musste ihm das immer passieren? Konnte nicht einmal ein anderer am irren Treiben seiner Nachbarn partizipieren? »Und könntest du nicht einmal wegsehen oder hinuntergehen und bei was auch immer helfen?«, fragte ihn Magda. »Das kannst du nicht wirklich wollen? Du weißt genau, dass ich Zuwiderhandlungen, Gesetzesbrüche und Unregelmäßigkeiten …«, ereiferte er sich aus purer Gewohnheit, und sie unterbrach ihn: »… aller Art hasse, jawohl. Aber jetzt, mein Lieber, da du selbst im Glashaus sitzt, entdeckst du vielleicht deine versöhnliche Seite.« Das saß! Er schloss sein Fenster und ging wieder zu Bett. Was brauchte er die Oper, er hatte ja Magda und seine Nachbarn!

Währenddessen wechselte Johanna im Schein des vollen Mondes und einer Laterne die Auffangflaschen mit ihrem neuen *Lichtblick*, überprüfte die Temperatur im Kessel und fragte sich dabei, ob es Licht für sich alleine überhaupt gab. Sah man es nicht immer nur, wenn die Dinge, auf die es fiel, es zurückwarfen? Floss Licht nicht durch manche Stoffe einfach hindurch, durch die Luft, das Wasser, das All, das erfüllt war vom Licht der Sonnen und Sterne und trotzdem dunkel blieb und kalt? War Licht wie die Liebe?

Ohne ein Gegenüber gar nicht erfahrbar? Oder wie die Zeit, die man ebenfalls nur an dem ablesen konnte, worüber sie hinwegzog, in das sie sich eingrub, das sie mitriss? Johanna überlegte, worauf wohl das Licht fiel, in das die Seelen auf ihrem letzten Weg gingen. Wurde es von ihrem Glauben reflektiert, der vorauseilte, oder vielleicht von Gott? Das wäre ein tröstlicher Gedanke. Als sie klein war, hatte sie versucht, Licht in ein Einmachglas zu sperren. Sie hatte es zur Mittagszeit hoch in den Himmel und die Sonne gehalten, bis ihr die Arme schwer wurden und das Glas warm. Dann verschloss sie es sorgsam mit einem Gummiring, dem schweren Deckel und vier Klemmklammern. Sie hatte es mehrfach probiert, doch immer, wenn der Tag zu Ende ging oder sie ihren Schatz ins Haus tragen wollte, verschwand er aus dem Glas. Nicht der kleinste Spalt war unter dem Deckel zu sehen, ganz sicher nicht! Da fing ihr Vater Glühwürmchen für sie und gab sie mit etwas Gras und Zweigen in das Weckglas. Nachtlicht, das im Dunkeln leuchtete, aber noch am selben Abend wieder verlosch. Dann saßen nur noch gewöhnliche Insekten in Johannas Glas, und sie lernte, dass Licht in Gefangenschaft nicht überleben konnte und auch nicht den Gesetzen von Erdbeerkonfitüre gehorchte.
Johanna erinnerte sich über dem letzten Wallen im Kessel an ihre missglückten Versuche und lächelte. Seit dieser Zeit hatte sie die Idee, Licht auf Flaschen zu ziehen, nicht mehr losgelassen, und jetzt, beim zweiten Durchlauf ihrer Destillation, als die Zitronennote der Nachtkerzen ihr Honigaroma ablöste, hatte sie das sichere Gefühl, dass es ihr endlich gelungen war. Sie hatte das Licht eingefangen, das helle, leichte Schweben einer glücklichen Stunde, die wiedergefundene Zeit, »angefüllt mit Düften, Klängen, Plänen und Klimaten«.

Johanna lehnte erschöpft an Lucies Behelfsbettchen. Ihr Haar hatte sich aus ihrem Zopf gelöst, an ihren Schuhen war Erde, und Blütenblätter hingen an ihrem Kleid. Sie griff durch die Stäbe und streichelte die kleine Maus, die an ihrem Lieblingsschnuller saugte und ihr Kuscheltuch im Arm hielt, ohne das sie nie schlief. Es war das veilchenblaue, das Johanna zuletzt vor knapp zwei Jahren auf ihrer Fahrt ans Meer getragen hatte und das noch immer die salzige Seeluft und ihre Sehnsucht nach einem Kirschkuchenkuss barg. Lucie war auch ein Licht, das wusste Johanna, das eine, das für sich existierte und nicht verging. Sie war die Liebe, die sich selbst genügte. Ein lebendiges Gefäß, in das der helle Schein inkarniert war, um auf der Erde unter den Menschen zu leben wie eine Gottheit – Aton, Apollon oder Brigid, der leuchtende Pfeil.

»Ma-ma …« Lucie murmelte im Traum und nuckelte ganz heftig an ihrem Schnuller, der leise in ihrem Mund quietschte.

»Ich bin hier, Lulu, ich bin hier, mein Mäuschen«, flüsterte Johanna zärtlich, legte ein paar Kissen neben den Laufstall auf den Boden und schlief darauf an Lucies Seite ein. Als sie gegen sieben Uhr aufwachte, badete die Sonne bereits vor den Fenstern der Sternwarte im Gartenteich, und Lucies Himmelaugen sahen sie an.

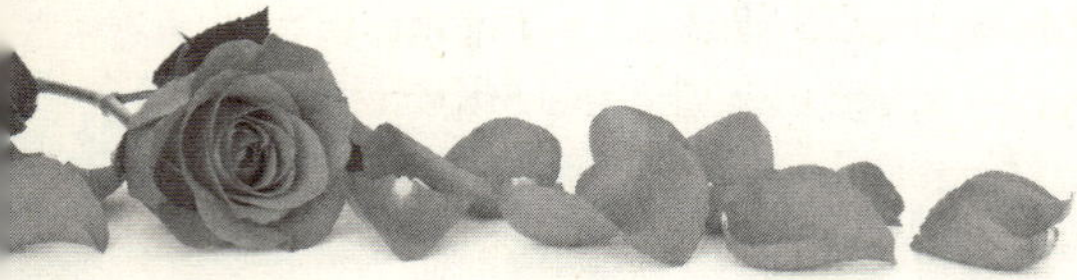

Florenz, Frühling 2015

33

Sie war so groß geworden in den vergangenen drei Jahren. Lucias Haar fiel ihr schon weit über die Schultern – ein goldgewirkter, sprudelnder Bach –, und ihre blauen Augen kannte Giulia von Lucas Kinderfotos. Nur die Form verriet Sandro und der Saum ihrer Wimpern. Die kleine Venus lächelte auf allen Aufnahmen oder blickte beseelt in die Ferne. Ludwig Korn erzählte, dass sie ein ruhiges, besonnenes Kind war, klug und zartfühlend. Sie liebte Tiere und Blumen und erkannte die seltensten Düfte. Das hatte sie von ihrem Vater. Und sie spielte neuerdings »Verreisen«. Das hatte sie sich bestimmt von Luca abgeschaut. Aber was hatte sie von ihr, fragte sich Giulia. Sie saß in ihrem Salon, ihrem privaten Refugium, das an ihr Schlafzimmer angrenzte. Hier hing die Kopie eines Porträts der Marchesa Florenzi, das schönere der beiden, das von Heinrich Maria von Hess von 1824. Die Marchesa saß in einer Loggia mit ionischen Säulen, im Hintergrund ein Garten mit Brunnen, und trug ein rotes Kleid. Den Kopf leicht zurückgeworfen, blickte sie den Betrachter sanft an. Giulias Exponat war kleiner als das Original in der Neuen Pinakothek in München und ein Geschenk ihres Mannes zum zehnten Hochzeitstag. Es zierte die Wand über ihrem Biedermeiersekretär, an dem sie private Briefe schrieb – wie die an Ludwig Korn. Er war nun schon zweimal in Florenz gewesen. Sie hatten sich heimlich getroffen und waren sich nähergekommen.

Als Giulia ganz sicher sein konnte, dass keiner ihrer Söhne und auch nicht Giovanni nach Forte dei Marmi kommen würden, hatte sie dort drei Tage mit ihm am Meer verbracht und er bei ihr in der Villa gewohnt, im Gästezimmer. Aber das lag auf derselben Etage, auf demselben Flur wie ihr Schlafzimmer, so dass sie sich in der ersten Nacht unweigerlich begegnet waren. Oder hatte er vor seiner Tür gestanden und zu der ihren hinübergesehen? Sie war aufgestanden und hinausgegangen, um ein Glas Wasser zu trinken – in ihrem exquisitesten Morgenrock –, und er war auf sie zugekommen, um sie in die Umarmung eines langsamen Walzers zu ziehen. Ludwig Korn war ein wunderbarer Tänzer. Er führte souverän auf jedem Parkett, und sie überließ sich ihm gern. Denn »Lieben heißt, unser Glück in das Glück eines anderen zu legen«, das sagte schon Leibniz und Korn mit ihm, als er in jener Nacht ihren Morgenrock abstreifte. Doch wenn Giulia die besonderen Umstände bedachte, so würde daraus nie mehr werden. Sie hielt das neueste Foto ihrer Enkelin in der Hand, das Ludwig Korn ihr geschickt hatte, und erlaubte sich ein bisschen Selbstmitleid. Es war Mitte Mai, genau heute in einer Woche würde Lucie ihren dritten Geburtstag feiern. Luca hatte gestern beim Essen eine Reise nach München angekündigt, geschäftlich, und Sandro hatte einen Moment gestutzt. Er wohnte wieder einmal bei ihnen. Gabriela war in Mailand und organisierte eine Benefiz-Modenschau mit ihrer neuen Herrenkollektion, ein später Ausblick auf die Trends im Herbst / Winter 2015/16 – warme, erdige Farben und Karomuster, schmal geschnittene Business-Anzüge, für die Luca töten würde, und futuristisch anmutender Harris Tweed in Silberoptik, der seine schottischen Wurzeln gänzlich verbarg. Giulia mutierte

über den Entwürfen ihrer Schwiegertochter neuerdings zur Herrenmodenexpertin.
Es klopfte, und sie rief: »Herein!« Es war Luca. Er hatte einen merkwürdig entschlossenen Gesichtsausdruck und war sehr ernst. Giulia ließ das Foto in ihrer Rocktasche verschwinden.
»Mama, erinnerst du dich, dass ich gestern erzählt habe, ich würde nächste Woche nach München fliegen?«, fragte er.
»Gewiss.«
»Ich will, dass du mitkommst.« Eine lange Pause folgte. Giulia verstand nicht. »Ich will, dass du mich begleitest.«
»Geschäftlich? Wozu sollte das gut sein?«, fragte sie verwundert.
»Nein, nicht geschäftlich. Wir unterhalten zwar neuerdings Geschäftsbeziehungen nach München«, erklärte Luca, »aber das kann ich auch von Florenz aus abwickeln.«
»Ach ja?« Eine eigenartige Stimmung kam auf. »Aber du bist doch in der Vergangenheit öfter dort gewesen«, stellte Giulia fest. Das war eine gefährliche Unterhaltung.
»Richtig, und zwar privat. Ich habe Johanna und ihre Tochter besucht. Du erinnerst dich vielleicht, dass ich dir vor vier Jahren von ihr erzählt habe? Johanna Stern-Reiter?«
»Nein.« Die Lüge kam ihr flüssig über die Lippen.
»Sie war nach Florenz gekommen, weil sie in ihrem Geschäft einige unserer Produkte führen wollte. Sie liebt unser *Acqua di S. M. Novella.*« Giulia schwieg. »Onkel Giovanni dachte damals, dass er sie kennt. Aber das lag nur daran, dass er früher einmal eine kurze Affäre mit ihrer Mutter hatte, der sie so ähnlich sieht.« Kurz, prägnant und schonungslos.

»Bitte?!« Giulia war entsetzt. Das wurde ja immer besser.

»Das war vor ihrer Hochzeit und bevor sie mit Johanna schwanger wurde«, schickte Luca scheinbar unbewegt nach.

»Gott sei Dank!«, sagte Giulia, war jedoch nicht wirklich erleichtert. Luca setzte sich zu ihr in den zweiten Sessel. Offenbar hatte er noch mehr auf dem Herzen. Was um alles in der Welt machte den Jungen nur auf einmal so mitteilungsbedürftig? Das entsprach gar nicht seiner Natur.

»Johanna hat damals auch Sandro kennengelernt«, sprach er weiter, fest entschlossen, heute alle Fakten auf den Tisch zu legen. Er wollte sich von den Geheimnissen, die ihn immer mehr belasteten und nicht einmal seine waren, endlich befreien, ungeachtet der Kollateralschäden.

»Ach ja?« Giulia wurde fast kleinlaut. Dieses Gespräch konnte kein gutes Ende nehmen.

»Ja. Und er hat mit ihr geschlafen.« Giulia schluckte. »Am Abend vor seiner standesamtlichen Hochzeit.« Ausgesprochen klang es noch viel verwerflicher, als es das ohnehin schon war, befand sie. »Und sie hat ein Kind von ihm bekommen, ein Mädchen, Lucie, Lucie Marianna. Sie wird bald drei.« Jetzt war Luca am Ende seiner Beichte angekommen, die er nun fast vier Jahre vor sich hergeschoben hatte. Die und noch etwas anderes, das auch noch auf seiner Tagesordnung stand, seit er am Morgen auf der leeren Dachterrasse der geschlossenen Uffizien in der Sonne gesessen und in Sandros abgegriffenem Rilke gelesen hatte, in dem eine Seite markiert gewesen war: »Das ist die Sehnsucht: wohnen im Gewoge und keine Heimat haben in der Zeit.« Luca hatte aufgeblickt, darüber nachgedacht und die Zeiger auf der großen Turmuhr des Palazzo Vecchio beobachtet, die stetig wanderten und ihn, Umdrehung um Umdrehung, mitnahmen. »Und das sind Wünsche: leise Dialoge täglicher Stunden mit der Ewigkeit.« Wünsche … Ja, er hatte einen Wunsch, nur einen einzigen, der in ein kleines blaues Etui passte, das in seiner Schreibtischschublade in der Officina lag. Doch wenn er es nicht einsteckte und damit eine Reise unternahm, würde der leise Dialog unerhört bleiben, bis die Stunden verstummten. »Und das ist Leben. Bis aus einem Gestern die einsamste von allen Stunden steigt, die, anders lächelnd als die andern Schwestern, dem Ewigen entgegenschweigt.« Hora ruit, die Stunde stürzt, die Zeit enteilt. Er war jetzt sechsunddreißig Jahre alt und noch immer an der Startlinie. Er hatte den Lauf noch nicht einmal begonnen, und seit der Engel in seinem Herzen wohnte, spürte er, wie er gänzlich verharrte und immer mehr verging. Luca hatte das Buch zugeklappt, das Museum früher als geplant verlassen, alle seine Termine abgesagt und war dann nach Hause gefahren. Er hatte einen Entschluss gefasst. Warum gerade heute und woher er den Mut nahm, das wusste er nicht, nur, dass er Angst hatte, weil die Stunden so zahllos stürzten und so still, weil Lucie schon drei Jahre alt wurde und im Herbst in den Kindergarten kam.

Giulia zitterte. Sie war bleich wie die Wände ihres Salons – Antik mit Elfenbein. Sie nestelte an ihrer Perlenkette, die sich von ihrer hellen Haut kaum abhob, und hielt ihren Blick an einem Blumentopf fest.

»Ich verstehe nicht«, sagte sie nach einer Weile und zeigte sich hilflos. »Sandro hätte doch …«

»Etwas gesagt?«, fragte Luca. »Das hat er nicht, weil er es gar nicht weiß. Johanna hat mich darum gebeten, nichts zu sagen, nachdem sie wusste, dass dein geliebter Sohn sie auch betrogen hat.« Luca versuchte ruhig zu bleiben.

»Ich meine, sie wusste damals, dass Sandro liiert ist, aber sie wusste nicht ...«
»Das reicht!«, sagte Giulia scharf. »Sie hat es gewusst und trotzdem mit ihm geschlafen. Du weißt ganz genau, Luca, was ich von solchen Dingen halte.« Sie richtete sich hoheitsvoll in ihrem Sessel auf und zeigte sich in ihrer aristokratischsten Pose, das Kinn angehoben und der Blick verdunkelt. Das war Lucas Stichwort.
»Ach ja? Was denn?«, fragte er nach. Er wollte seine Mutter provozieren, und da brauchte es nicht viel.
»Es ist verantwortungslos, unmoralisch, und außerdem zerstört es Familien!«
»So wie deine Mutter das getan hat, Mama?« Luca ließ die Frage wirken. Giulias Lippen wurden immer schmaler. »Rosa Maria Colucci, Näherin in einer Textilfabrik in Prato, die nie verheiratet war, aber ein lediges Kind von einem verheirateten Mann bekommen hat? Dich.«
Giulia Fortini schnellte aus ihrem Sessel hoch, blickte Luca wutentbrannt an und gab ihm eine Ohrfeige, zum ersten Mal in ihrem Leben. Dann verließ sie ihren Salon. Luca fand sie eine Viertelstunde später mit einem gut gefüllten Glas Sherry in der zittrigen Hand in der Bibliothek. Mit ihren gepflegten Antiquitäten, blauen Polstermöbeln und schweren Teppichen war sie Giulias Lieblingsort im Haus. Sie saß dort vor den Gemälden der verlorenen Florenzi-Anwesen und weinte in Gesellschaft seltener ledergebundener Ausgaben klassischer Schriftsteller, Erbstücke der Fortinis und Selbsteingebrachtes, der Spiegel ihrer Bildung und Neigungen. Luca beugte sich zu seiner Mutter hinunter und küsste sie auf die Wange. Er war ihr nicht böse, dass sie die Beherrschung verloren hatte, er hatte sogar fast damit gerechnet. Es war ja auch alles ein wenig viel auf einmal, aber für medizini-

sche Dosen der Wahrheit war es zu spät. Leise und fast für sich begann Giulia zu sprechen.

»Meine Mutter war eine einfache Frau und arm, weißt du, Luca, wirklich arm. Und dann eines Tages hat sie meinen Vater kennengelernt, den Marchese Florenzi, auf einem Stadtfest, und sie hat sich verliebt.« Giulia nahm ihren Blick nicht von den beiden Bildern. »Er war älter als sie, und, ja, er war verheiratet.« Sie trank einen Schluck Sherry und erzählte mit monotoner Stimme weiter. »Als meine Mutter schwanger wurde, hat er die Vaterschaft nicht anerkannt. Sein Name hat nie in meiner Geburtsurkunde gestanden. Giulia Colucci, das bin ich, einfach nur Colucci.«

»Ich weiß«, sagte Luca. »Nach Vaters Tod habe ich nicht nur die Geschäfte übernommen, sondern auch private Papiere gesichtet, Versicherungen und dergleichen. Und unser Stammbuch lag im Safe der Officina.«

»Du musst verstehen, Luca, dass ich das nie verwunden habe. Ich habe mit sechzehn die Schule verlassen und arbeiten müssen, weil mein Vater sich aus seiner Verantwortung gestohlen hat. Ich habe ihn nie kennengelernt, aber natürlich wusste ich, wer er war, und ich kannte auch bald die Geschichte seiner Familie. Die Marchesa Florenzi war der einzige Mensch, der mir in dieser Zeit Kraft gegeben hat. Sie war mein Vorbild, mein Antrieb, etwas aus mir zu machen.« Giulia sah Luca, der sich zu ihr gesetzt hatte, an. »Ich bin auf die Volkshochschule gegangen und habe dort am Abend Deutsch, Geschichte und Philosophie belegt, denn ich wollte mein altes Leben und die Fabrik hinter mir lassen. Ich wollte wie sie sein.«

»Haben wir unsere Nonna deshalb so selten gesehen?«, fragte Luca. Er konnte Giulias Groll gegenüber ihrer Mutter nicht verstehen. Sie war doch auch nur ein Opfer der Umstände gewesen.

»Ich habe ihr diesen Fehltritt eben nie verziehen. Und ihm schon gar nicht, das habe ich Bruder Matteo oft gesagt. Aber durch die Heirat mit deinem Vater bin ich gesellschaftlich aufgestiegen, und ich habe alles dafür getan, meine Rolle an seiner Seite auszufüllen. Meine Mutter passte nicht in dieses Leben, Luca.« Die Tür ging auf, und Sandro kam herein. Er war früher als sonst aus dem Labor gekommen und suchte seine Rilke-Ausgabe. »Später, Sandro, bitte. Dein Bruder und ich müssen uns unterhalten«, sagte Giulia. Sandro zuckte mit den Schultern und ging in der Hoffnung auf Kuchenreste in die Küche. »Dein Vater war ein wunderbarer Mann«, fuhr Giulia fort. »Er war von echtem Adel, auch wenn er keinen Titel trug. Er kannte meine Lebensumstände, und weil er wusste, wie sehr ich meine Urahnin verehre – und das ist sie, ob mein Vater mich nun anerkannt hat oder nicht –, nannte er mich immer seine Marchesa. Es war sein Kosename für mich, und jeder hat ihn übernommen.« Giulia trank ihr Glas leer und seufzte. Lorenzo fehlte ihr noch immer sehr, auch wenn Ludwig Korn jetzt einen kleinen heimlichen Platz in ihrem Herzen ausfüllte – und viel zu selten auch in ihrem Bett. »Ich bin keine Hochstaplerin, Luca, ich habe nur nie widersprochen. Das ist ein Unterschied«, endete sie.

»Du hast uns glauben lassen, dass dein Vater, unser Großvater, tot ist«, warf Luca seiner Mutter vor.

»Weil er an dem Tag, an dem er seine Vaterschaft bestritten hat, für uns gestorben ist.« Giulia blickte in den Garten hinaus. »Keine Lira Unterhalt! Keine Lira für meine Ausbildung! Ich habe alles aus eigener Kraft geschafft, und meine Wut hat mich dabei angetrieben. Vielleicht wollte ich sie deshalb nicht mehr loslassen.«

»Lebt er noch?«, fragte Luca. Er hatte nach dem Tod seines Vaters recherchiert und war auf einen Battista Marchese Florenzi und seine Familie gestoßen, hatte aber keine Todesanzeige ausfindig machen können.

»Er ist kurz nach meiner Mutter gestorben. Eine alte Freundin aus Prato hat mich angerufen. Und ich war sogar mit deinem Vater an seinem Grab.« Luca war überrascht.

»Und deshalb denkst du so schlecht über ledige Mütter? Das ist Unsinn, Mama, und ganz besonders in Johannas Fall. Sie ist weder verantwortungslos noch unmoralisch, und sie ist die mit Abstand beste Mutter und bezauberndste Frau, die ich kenne – nach dir natürlich«, schmeichelte er ihr, denn er wollte sie trösten. »Und ich liebe sie.«

»Ich weiß«, erwiderte Giulia. Sie war so stolz auf ihren Sohn, der Verantwortung übernahm. Ganz im Gegensatz zu Sandro, an dem sie so oft die Zügellosigkeit und Unbekümmertheit ihres Vaters beobachtet hatte. »Ich weiß das alles längst, Luca«, wiederholte sie und streckte ihm Lucies Fotografie entgegen, die sie aus ihrer Rocktasche gezogen hatte. »Und du hast völlig recht. Mit allem.«

34

Das letzte Stück vom Käsekuchen stand auf Sandros altem Kinderteller, dem mit der Pinocchiofigur, im Kühlschrank. Alice hatte es für ihn aufgehoben. Sandro setzte sich damit an den Küchentisch und aß mit Heißhunger. Alice war eine begnadete Köchin und ihre Haushälterin. Sie arbeitete seit über zwanzig Jahren für die Fortinis und kannte Luca und seinen Bruder schon, als sie noch Kinder waren. Sie nannte Sandro *cucciolo*, was so viel wie

Welpe oder Grünschnabel bedeutete, und war die einzige Frau, die ihm regelmäßig auf die Finger klopfte, weil er ihre Vorräte plünderte oder sich seiner Mutter gegenüber nicht respektvoll verhielt, die einzige Frau, die ihm die Leviten las und von der er es sich auch gefallen ließ. Sandro hatte gerade das letzte Stück Kuchen auf der Gabel, als seine Mutter und Luca hereinkamen und sich zu ihm setzten. Sie schienen seltsam angespannt, keiner sagte etwas. Giulia stellte eine kleine Schachtel auf den Tisch.

»Ist was?«, fragte er, den Kuchen noch im Mund.

»Du sollst nicht mit vollem Mund sprechen, Sandro!«, ermahnte ihn seine Mutter, eine tägliche Routine, die sie vergessen ließ, wie alt ihre Kinder schon waren. Luca hatte seinen Krawattenknoten gelöst, die Hemdsärmel aufgerollt und sah aus, als wollte er eine Partie Billard spielen. Der Ausdruck des Verlierers stand auf seinem Gesicht. Sandro schob den leeren Teller über den Tisch.

»Hättet ihr ihn vielleicht essen wollen?« Er bekam keine Antwort. »Was ist los? Ist jemand gestorben?« Er machte sich langsam Sorgen.

»Hör zu, Sandrino«, begann seine Mutter, »es wird Zeit, dass wir uns über etwas Wichtiges unterhalten.« Das klang gar nicht gut. »Dein Bruder und ich sprachen gerade über seine Münchenreise.«

»Und?«

»Er will dort die junge Frau besuchen, die ihr vor vier Jahren kennengelernt habt …«

»Vanna«, warf Sandro ein. Er hatte sie nicht vergessen. Es war die Woche vor seiner Hochzeit gewesen, und er hatte panische Angst gehabt, einen Fehler zu begehen. Wie Rilkes Panther im Käfig hatte er sich gefühlt und sich beweisen wollen, dass er noch immer der Alte war, frei und selbstbestimmt. Er hatte mit ihr geschlafen, im

Klostergarten. Aber seit er Gabriela das Jawort gegeben hatte, war er ihr treu gewesen. Nur, es lag nicht allein daran, dass er es vor Gott versprochen hatte. Es hatte auch damit zu tun, dass er sich in Johanna verliebt hatte und es neben Gabriela – außer Johanna – keine andere Frau gab, die er noch hätte haben wollen. Sie hatte ihn für alle anderen verdorben, für alle außer seiner Frau. Nach Johanna und an Gabrielas Seite hatte er nie mehr das Gefühl gehabt, irgendetwas zu versäumen – eine eigenartige Fügung des Schicksals. Und so gesehen war diese eine Nacht vielleicht doch kein so großer Fehler gewesen, nur durfte Gabriela niemals etwas davon erfahren. Sandro stutzte. »Wieso besuchst du Vanna?«, fragte er seinen Bruder verwundert. »Was hast du mit ihr zu tun?«

»Ich kümmere mich etwas um sie«, antwortete Luca und beugte sich am Tisch nach vorn. »Um sie und ihre kleine Tochter.«

Giulia standen Tränen in den Augen. Sie hielt die Schachtel in Händen und streichelte immer wieder über den Deckel.

»Sie hat eine Tochter?«

»Ja.«

»Und warum kümmerst du dich um sie?«, fragte Sandro.

»Weil sie zur Familie gehört«, antwortete sein Bruder ihm.

Sandro sah Luca an und versuchte in seinem stummen Blick zu lesen, aber das war ihm schon immer schwergefallen. Luca war schlecht beim Billard, aber verdammt gut beim Pokern.

»Du meinst ... Du willst mir sagen, dass ...« Ihm gingen gerade einige Szenarien durch den Kopf. Johanna hatte Luca damals schon gefallen, erinnerte er sich und grinste.

»Verdammt, ich glaub's ja nicht!«, rief er dann. »Du hast ein Kind mit ihr und sagst uns nichts?!«
»Nein, Sandrino«, mischte sich Giulia jetzt in das Gespräch ein, »*du* hast ein Kind mit ihr, du.«
Sandro schwieg. Er musterte seine Mutter ungläubig.
»Sie hat mich damals angerufen«, erklärte Luca ihm jetzt ruhig, was passiert war. »Sie wollte es dir sagen, aber du warst schon verheiratet und ausgezogen. Ich konnte ihr das doch nicht verschweigen.«
»Ihr was nicht verschweigen?«, fragte Sandro mit einem gefährlichen Unterton.
»Dass du am Tag ihrer Abreise geheiratet hast.« Sandro verstand es sofort. Er verstand, dass er Johanna das Herz gebrochen hatte, auch wenn sie gewusst hatte, dass es da jemanden in seinem Leben gab und sie keine gemeinsame Zukunft haben würden. Aber sein Timing war grauenhaft gewesen, das war ihm klar, das konnte sie natürlich nur zutiefst verletzt haben, ohne Frage. Es tat ihm so unendlich leid. »Ich bin damals sofort zu ihr geflogen. Sie hat mir verboten, irgendjemandem etwas zu sagen. Niemandem aus der Familie, verstehst du?«, versuchte Luca sein jahrelanges Schweigen zu rechtfertigen. »Sie wollte es allein schaffen, hat kein Geld angenommen, nichts. Aber wir schreiben uns. Ich bekomme manchmal Fotos von der Kleinen und besuche sie. Ich bin Taufpate.« Sandro hörte seinen Bruder wie durch eine dicke Wand. »Ich wollte die Verbindung zu unserer Familie nicht völlig abreißen lassen, deinetwegen, und ich habe auch immer wieder versucht, sie umzustimmen, das musst du mir einfach glauben.«
In Sandro kämpften gerade Gefühle, die ihm fremd wa ren. Da war die Freude darüber, Vater zu sein, aber mehr noch das Gefühl, dass eigentlich er derjenige war, der hin-

tergangen worden war, und die Wut auf seinen Bruder, der sich eingemischt und beschlossen hatte zu wissen, was gut für ihn war, der geglaubt hatte, in seinem Leben Gott spielen zu dürfen. Sandros Kiefer mahlten aufeinander, er hätte Luca am liebsten über den Tisch gezogen und geschlagen.

»Und du?«, fragte er seine Mutter mit rauher Stimme. »Seit wann weißt du es?«

»Seit sie damals angerufen hat«, gestand Giulia. Sie hatte mit Luca vereinbart, Sandro gegenüber ehrlich zu sein. Doch ihr Eingeständnis, dass sie von Anfang an von Lucie gewusst und das Geheimnis mit Bruder Matteo geteilt hatte, hatte ihn völlig aus dem Konzept gebracht. Ähnlich wie sie seine Beichte, dass er sich an Giovanni gewandt hatte und der Johannas Mutter bereits von früher kannte. Alle hatten es letztlich gewusst, alle, nur den einen, den es wirklich betraf, hatten sie in gutem Glauben ausgeschlossen. »Ich habe das Telefonat mit angehört, heimlich. Ich wusste nicht, was ich machen sollte, Sandro. Du warst frisch verheiratet! Die arme Gabriela und der Skandal …«

»Ja, Mutter, natürlich, der Skandal. Darum ging es dir doch eigentlich. Und dir?«, fragte Sandro seinen Bruder und wurde immer lauter. »Worum ging es dir? Darum, mir endlich mal eins auszuwischen, weil du neben mir immer nur der Zweite bist? Weil du nie eine abkriegst und ich alle? Warst du eifersüchtig, Buchhalter?! Oder wolltest du Vanna einfach nur für dich haben und hast dich deshalb als goldener Ritter aufgespielt?« Luca schluckte, die Worte seines Bruders trafen ihn tief, seine Verachtung, sein Hohn. Doch Sandro hatte sich in Rage geredet. Sein ganzes Leben brach gerade auseinander, seine Ehe, und die Verbindung zu Johanna und seiner Tochter hatten sie ihm auch weggenommen. Sie hatten ihm alles genommen. Er

wollte um sich schlagen, und sei es nur mit Worten. »Warum jetzt?«, fragte er. »Warum sagt ihr mir das gerade jetzt?«
»Weil deine Tochter anfängt nach dir zu fragen«, entschied Luca sich zu antworten, denn zu sagen, dass auch ihm über dieser Lüge sein Leben immer mehr entglitt, fühlte sich unpassend an. Und dass Lucie nach ihrem Vater fragte, stimmte. Sie sah die Väter der anderen Kinder und wollte wissen, wer ihrer war. »Ist Luca mein Papa?«, hatte sie gefragt, und als Johanna es verneint und ihr erklärt hatte, dass ihr Papa ganz weit weg wohne, viel weiter, als ein Auto fahren könne, im Land der tausend Düfte, da hatte sie ihren kleinen Reisekoffer mit den Sachen aus ihrer Kommode gepackt und »Verreisen« gespielt. »Wo soll's denn hingehen, Lulu?«, hatte ihr Opa sie gefragt, und sie sagte: »Ganz weit weg, da, wo's immer gut riecht.«
Giulia schob ihrem Sohn die Schachtel über den Küchentisch. Sandro öffnete sie und sah unzählige Fotos. Ein Baby in den Armen seiner Mutter, Vanna mit dem Feuerhaar, das nach der Landschaft von Cornwall duftete, ein kleines Mädchen mit blonden Haaren und blauen Augen, nicht wie seine und auch nicht das Veilchenblau der Meerjungfrau. Aber wenn er die Kleine genau betrachtete, dann erkannte er sich doch in ihr, und er spürte wieder die Liebe, die er in jener Nacht empfunden hatte. Er sah sie mit Katzen in einem Garten unter Apfelbäumen und beim Gärtnern mit einer Frau, die aussah wie Vanna, nur älter, und ihr Haar war blond und kürzer. Sie hatten dasselbe Gesicht, das der Venus von Botticelli.
»Sie heißt Lucia«, sagte Giulia sanft zu ihrem Sohn und hoffte, dass er sich wieder beruhigte. »Lucia Marianna.«

»Natürlich, Marianna!«, wiederholte Sandro den zweiten Vornamen abfällig. »Was sonst!«
»Sandro, du bist ungerecht«, wies seine Mutter ihn zurecht. »Du hast durch deine Unüberlegtheit auch uns großen Kummer zugefügt. Ich habe meine Enkelin bis heute nicht kennenlernen dürfen, sie wird ohne mich groß.« Giulia hatte Luca anvertraut, dass sie zu Lucies Taufe heimlich in München gewesen war, doch ihre Begegnung mit Ludwig Korn und was sich daraus ergeben hatte, hatte sie nicht erwähnt. »Dein Bruder wollte sich nur verantwortungsbewusst zeigen«, sprach sie Sandro ins Gewissen, »und das Beste aus dieser schwierigen Situation machen.« Sie griff nach seiner Hand, doch er zog sie zurück. »Luca hat das für dich getan. Du darfst ihm deshalb keine Vorwürfe machen.«
Stille. Eine eisige Stille lag in der Küche der Fortini-Villa. Luca versuchte ungeschickt seine Krawatte abzustreifen, und seine Mutter ließ unablässig die Finger ihrer linken Hand über ihre Perlen gleiten, als würde sie einen Rosenkranz beten. Minuten vergingen, ehe Sandro unvermittelt aufsprang, sein Stuhl mit lautem Knall umfiel und er die Tür hinter sich zuschlug. Giulia sah Luca verzweifelt an und weinte. Da ging die Küchentür noch einmal auf. Sandro kam zurück, nahm die Schachtel mit Lucies Fotos und sagte zu seinem Bruder: »Du wirst nicht nach München fahren, hörst du? Du wirst Vanna nicht wiedersehen, bis Gabriela und ich entschieden haben, was wir tun werden.« Und an seine Mutter gerichtet: »Und das Gleiche gilt für dich! Ihr werdet euch in Zukunft aus meinem Leben heraushalten, dass das klar ist.«
»Sandro, was soll ich Giovanna denn sagen, warum ich nicht komme?«, fragte Luca.
»Du sagst gar nichts«, gab er bestimmt zurück, »oder du

denkst dir irgendeine dringende Geschäftsreise aus, das ist mir egal. Lüg, das kannst du doch so gut.« Und mit diesen Worten und den Fotos seiner Tochter verließ er die Küche und kurz darauf das Haus. Er hatte nicht vor, so bald zurückzukommen.

Sandro stieg in seinen kleinen silbergrauen Fiat und trat aufs Gas. Er wollte nach Mailand zu seiner Frau. Er musste mit ihr sprechen, ihr alles sagen, das wusste er, und dann sehen, wie es weiterging – mit seiner Ehe, mit Johanna und vor allem mit Lucie. Die *autostrada* Richtung Bologna war an diesem frühen Montagnachmittag nicht allzu dicht befahren. Er fuhr auf der linken Spur und kümmerte sich nicht um die Geschwindigkeitsbegrenzung. Seine Gedanken flogen allemal schneller, als sein Wagen fahren konnte. Er hatte eine Tochter, daran musste er unentwegt denken. Sie hieß Lucie, Lucia. Verdammt, wieso hatten sie ihm nur nichts gesagt? Wieso hatte sich Johanna nicht bei ihm gemeldet? Was für eine Frage, er beantwortete sie sich selbst. Sie musste ihn hassen, er tat es auch. Und was würde Gabriela sagen? Auf halber Strecke, kurz hinter Parma, dachte Sandro darüber nach. Wenn er beichtete und Gabriela Lucie kennenlernte, würde sie sich ausrechnen können, wann sie gezeugt worden war. Deshalb sollte er ihr lieber gleich erzählen, dass es in der Nacht vor ihrer Hochzeit passiert war, weil er Angst vor einer festen Bindung gehabt hatte. Vielleicht verstand sie es ja. Vielleicht. Oder sie wollte die Scheidung. Er liebte sie, wirklich, sie passten zusammen. Das Jetset-Leben, das sie beide führten, die gefeierten Stars, und das sie trotzdem nicht allzu ernst nahmen, verband sie. Die Tatsache, dass ihnen ihre Berufe viel bedeuteten und sie sich von niemandem vorschreiben ließen, wie ihre »perfekte Familie« auszusehen hatte – Vater,

Mutter, Kind, glücklich vereint am heimischen Herd. Und dann Gabrielas Spontaneität, ihre Frische, die lässige Art. Sie war unprätentiös und schön. Sie passte wirklich zu ihm und ließ ihm, selbst ein Freigeist, jede Freiheit. Ich liebe sie, dachte Sandro, und Vanna auch.

Mailand lag vor ihm. Er würde Gabriela aus ihrer Arbeit herausreißen, weg von den abgeklärten Male Models mit ihren ausdruckslosen Posen, und ihr Leben auf den Kopf stellen. »In guten wie in schlechten Zeiten«, das hatten sie sich versprochen, und diese Zeiten waren zwar total verrückt, aber nicht unbedingt schlecht. Er hatte eine Tochter, eine Venus im Miniaturformat, und er wollte sie kennenlernen. Entweder ging Gabriela diesen Weg mit ihm gemeinsam, oder er ging ihn allein. Lucie hatte Vorrang, auf sie würde jetzt alles in seinem Leben hinauslaufen. Und sein anmaßender Bruder würde akzeptieren müssen, dass sie nicht seine Tochter war und Johanna nicht seine Frau. Das war nicht sein Leben, es gehörte ihm, und er würde es sich zurückholen.

Kurz vor der Ausfahrt fuhr Sandro immer noch mit hundertfünfzig Stundenkilometern. Keine hohe Geschwindigkeit für moderne Autos, doch der alte Fiat war bald an seinem Limit. Als er die Spur wechselte, um sich rechts einzuordnen, übersah Sandro den Octavia neben sich und hätte ihn fast seitlich touchiert. Er riss das Steuer nach links, stieg intuitiv auf die Bremse und verlor die Kontrolle über seinen Wagen, der schräg in die Leitplanke schoss. Ein elektronisches Stabilitätsprogramm hätte das Ausbrechen des Fiats möglicherweise verhindern können, ABS das Blockieren der Bremsen, ein Seitenairbag hätte den Aufprall des Insassen auf das Fenster der Fahrerseite abgefangen, das in tausend Stücke barst, doch der alte Wagen besaß keinerlei nennenswerte Sicherheitssysteme. Der silbergraue Fiat schleuderte auf die rechte Seite der Autobahn und blieb dort kurz hinter der Ausfahrt mit Totalschaden liegen. Zwei Lkw fuhren aufeinander, aber die Fahrer blieben unverletzt. Der übrige Verkehr kam rechtzeitig zum Stehen oder konnte auf die Behelfsspur der Ausfahrt ausweichen. Der gerufene Notarzt traf unter Polizeiverstärkung um achtzehn Uhr dreiundzwanzig am Unfallort ein. Die Autobahn blieb aufgrund der Bergung bis auf weiteres gesperrt.

München, am selben Tag

35

Johanna hatte sich an diesem Montag der Seifenproduktion gewidmet. Nächste Woche war Lucies Geburtstag, da kam sie nicht dazu. Der Flieder auf dem Nachbargrundstück stand kurz vor der Blüte und hatte sie zu einer himmlischen Kreation mit naturreinem Extrakt inspiriert, das vor der Verwendung in einem Wasserbad erwärmt werden musste. Sie arbeitete wie immer in der Rezeptur der Apotheke. Hier standen ihr eine Feinwaage, ein Rührwerk, Heizplatten und vor allem ein kräftiger Abzug zur Verfügung, da das verwendete Ätznatron Dämpfe freisetzte. Die Herstellung der Lauge war nicht ungefährlich, weshalb Johanna einen weißen Kittel, Gummihandschuhe und eine Schutzbrille trug und ihre langen Haare unter einer Haube versteckt hatte. Da es für Lucie zu gefährlich war zu helfen, schwänzte Reiter seine Arbeit und spielte mit ihr im Büro bei Anna, die sich beschwerte, dass sie nicht auch blaumachen durfte.

»Du darfst nicht mogeln, Lulu«, ermahnte Reiter seine Enkelin gerade. Sie saß mit ihm am Schreibtisch, Anna gegenüber, und vor ihnen aufgereiht lagen zwanzig aufgedeckte Bildkärtchen, die verschiedene Pflanzen zeigten. Zehn ätherische Öle in dunklen Glasflaschen mit Aufschrift standen in Reichweite.

»Wie soll Lulu mogeln, wenn sie noch gar nicht lesen kann?«, fragte Anna ihren Mann irritiert.

»Wer weiß«, antwortete er. »Sie ist schlau, sie merkt sich vielleicht, wie die Wörter aussehen.«

»Natürlich«, entgegnete Anna, und Lucie lachte. Sie liebte dieses Spiel, »Düfte-Raten« – ihr Großvater ließ sie an einem der Fläschchen riechen, und sie sagte ihm, welche Pflanze das war, beziehungsweise deutete auf das richtige Bild. Beim letzten Mal hatte sie ihn überrascht und erklärt, dass keines der Bilder stimme. Er hatte ihr Vanille aus Madagaskar zu riechen gegeben, die sie schon kannte, aber vergessen, die Karte mit der Orchidee dazuzulegen.

»Also, was ist das, Lulu?«, fragte Reiter gespannt. Den ein oder anderen exotischen Duft erkannte auch er mittlerweile, doch Lucies Spürsinn und Gedächtnis waren nicht zu überbieten. Sie speicherte nicht nur jeden Tag mindestens zwanzig neue Wörter, sondern auch jede Woche fünf oder sechs neue Düfte. Die Kleine schob die Hand ihres Großvaters erst einmal von sich weg. Der Duft, den er ausgesucht hatte, war zu stark. Dann nahm ihre hübsche kleine Nase die Witterung auf, und das Gemisch aus Hunderten flüchtiger Moleküle dockte an ihren sensiblen Geruchsrezeptoren an. Das war einfach, das war Weihnachten, beschloss sie, die braunen Röllchen, die am Adventskranz waren. Sie deutete auf die Karte mit dem Zimtbaum. »Und das«, fügte sie noch hinzu und schob ihrem Großvater auch das Bild mit der Fliederrispe hin.

»Wieso zwei?«, fragte er irritiert.

»Weil, das ist auch da«, sagte Lucie. »Und das.« Sie griff nach dem Bild mit dem Jasminstrauch.

»Nein, Lulu«, entgegnete Reiter, »die beiden sind heute gar nicht dabei.« Um das Zuordnen für Lucie schwerer zu machen, lagen immer doppelt so viele Bilder auf dem Tisch, wie Fläschchen im Spiel waren, Düfte, die Lucie zwar kannte, die Reiter aber nicht abfragte. So war reines Raten kaum möglich.

»Doch«, beharrte Lucie und deutete zum Flur hinaus und in die Rezeptur hinüber, wo ihre Mutter an den Seifen arbeitete, »da!«

»Du meine Güte«, sagte Reiter und ging nachschauen. Anna hatte derweil die ätherischen Öle und Lucie im Blick.

Als ihr Vater hereinkam, hantierte Johanna gerade mit der geschmolzenen Kakaobutter und Ölen, die sie in die Lauge goss und anschließend ausgiebig und kräftig verrührte. Nach drei Minuten war die Mischung schon deutlich dicker und puddingartig. Der Seifenleim wurde schnell zäh. Jetzt konnte sie beliebige Zutaten untermischen, Honig, Kräuter, ätherische Öle und Lebensmittelfarbstoff. »Machst du hier irgendetwas mit Flieder und Jasmin?«, fragte er sie.

Johanna nickte. »Ja, und Rose kommt auch noch dazu. Warum?«

»Lulu kann das riechen, drüben im Büro, während ich ihr Zimtöl unter die Nase halte«, erklärte er völlig konsterniert. Johanna war nicht übermäßig überrascht. Lucie hatte eben die Spürnase eines Hundes oder einer wilden Wanderratte oder die von … Nun, egal, sie konnte es eben.

»Ich mache auch gleich noch ein paar Chargen Minze-Limetten-Seife, falls du schon mal die passenden Kärtchen heraussuchen willst«, sagte Johanna amüsiert und konzentrierte sich wieder auf ihre Arbeit. Durch die Zugabe der ätherischen Öle verfestigte sich der Seifenschleim in ihrem Kochtopf. Er ließ sich gerade noch gießen. Johanna hatte die Backförmchen aus Silikon schon vorbereitet. Sie hatten die Form eines Putto nach dem

Vorbild der zwei Berühmtheiten unter Raffaels Sixtinischer Madonna. In den nächsten vierundzwanzig Stunden fand der Verseifungsprozess statt. Die Förmchen mussten so lange warm gehalten und die geflügelten Stücke im Anschluss nur noch aus ihrer Form gedrückt werden. Dunkel gelagert und gut belüftet reiften sie dann über mehrere Monate – je länger sie ruhten, desto milder wurden die Seifen. »Warst du schon dran?«, fragte Johanna ihren Vater, der eben wieder gehen wollte. Nach der ersten Riech-Runde mit Lucie – sie bekam pro richtig erratenem Duft ein Gummibärchen – war er an der Reihe, und Anna suchte die Fläschchen verdeckt für ihn aus.

»Ich kann überhaupt nicht gewinnen«, grummelte er an der Tür. »Sie hat Gen-Vorteil, das ist ungerecht.«

Lucie saß jetzt neben Anna und malte. Ihre farbenfrohen Bilder erinnerten an Pias und Wang Chongs Skulpturen, nur zweidimensional, die ersten Kopffüßler ließen noch auf sich warten.

»Willst du eine Pause machen, Lulu?«, fragte Reiter sie.

Lucie zählte die Gummibärchen: »Eins, zwei, fünf … Ja. Du musst neue holen.«

»Neue Gummibärchen, denkst du?«, fragte er.

»Hm.«

Reiter ging in den Verkaufsraum, räumte die Probefläschchen zurück ins Regal, bediente zwei Kunden, griff sich dann ein Päckchen Gummibärchen und einen weiteren Duft und kehrte triumphierend in sein Büro zurück.

»So, Lulu, den kennst du aber noch nicht!«, versicherte er ihr, und sie sah von ihrem Bild auf. Er schraubte das Duftfläschchen auf und wartete. Lucie verzog das Gesicht.

»Also, ich weiß es«, sagte Anna. »Aber ist es denn auf den Bilderkarten?«

»Nein«, erwiderte Reiter.
»Wie soll Lulu es dann finden?«
Aber da war Lucie schon aufgesprungen, in das kleine Notdienstzimmer hinübergeflitzt, in dem die Angestellten Pause machten, und mit einer Flasche Grapefruitsaft zurückgekommen, die sie auf den Schreibtisch hievte. Reiter kapitulierte. Grapefruitschalenöl, das hatten sie doch noch nie im Spiel gehabt!
Am Nachmittag, nach ihrem Mittagsschlaf, durfte Lucie dann mit ihrer Mutter Hydrolate kontrollieren und die Bestände in den Regalen der Sternwarte auffüllen. Johannas *Lichtblick* gegen Liebeskummer war ein voller Erfolg geworden. Das Nachtkerzendestillat hatte eine euphorisierende Wirkung, die das Gemüt für Stunden erhellte und den Fokus auf die Gegenwart richtete. Verlorene Liebe, verwehrte Küsse und vergebliche Sehnsucht verschwanden aus der Wahrnehmung, und zurück blieb nur ein leichtes Ziehen in der Herzgegend. Später, wenn der erste große Kummer ausgestanden war, hatte sich die Erinnerung bereits geklärt und den Schmerz abgestreift. Auf genau diese Wirkung hatte Johanna gehofft, auf ein Reinigen der Gefühle, ein Abscheiden von Traurigkeit, das Destillieren der Bilder, bis nur noch die glückliche, reine Essenz zurückblieb. Seit neuestem füllte sie ihren *Lichtblick* mit winzigen brillant geschliffenen Glassteinchen ab, die die Empfindung von Licht auch für das Auge sichtbar machten und funkelnde Assoziationen schufen. »Darf ich die?«, fragte Lucie sie gerade und deutete auf die Babycreme der *Luce*-Linie.
»Ja, die kommen hier ins Regal, schön übereinander, Lulu.«
Johanna hatte Luca nie von den Klosterrezepturen er-

zählt, es hatte sich nicht ergeben. Die Geheimnisse wurden immer mehr. Das war nicht gut und sicher völlig unnötig. Lucie fragte nun immer öfter nach ihrem Vater, und sie zog sich jedes Mal aus der Affäre. Luca hielt das für einen Fehler, Johannas Vater auch, nur ihre Mutter meinte, es sei ihre Entscheidung, und sie könne sie ändern, wann immer sie wolle. Aber was war das Richtige für Lucie? Und konnte sie auf ihrem Weg, den sie für sich und ihre Tochter eingeschlagen hatte, wirklich noch umkehren? Die Fassungslosigkeit, dass Sandro ihr seine Hochzeit verschwiegen hatte, war längst anderen Gefühlen gewichen, versöhnlicheren. Aber da waren immer noch seine Ehe und seine strenge Mutter, von der Luca ihr erzählte, eine Frau mit eiserner Moral und unerschütterlichen Grundsätzen. Und was würde Sandro sagen, wenn er erführe, dass sie ihm Lucie drei Jahre lang vorenthalten hatte? Diese Fragen wollte Johanna gerne vertagen, nur noch ein bisschen und dann noch etwas mehr. Lucie würde ihren kleinen Koffer schon wieder auspacken.

In dieser Nacht klingelte Johannas Telefon kurz vor zwölf. Sie war bereits eingeschlafen und schreckte hoch. Einen Moment horchte sie, ob sie sich nicht verhört hatte oder es ein Apparat in einer Nachbarwohnung war, dann sprang sie aus dem Bett, lief ins Wohnzimmer und nahm das Netzgerät aus der Station. Es war Luca. Beinahe hätte er Lucie geweckt.

»Wo bist du?«, fragte Johanna ihn. »In einer anderen Zeitzone? Bei uns ist es gleich Mitternacht, Luca. Ich habe schon geschlafen.«

»Entschuldige, Giovanna, ich konnte nicht bis morgen warten. Sandro hatte einen Autounfall. Er liegt in Mailand in der Klinik.«

Ihr Herz blieb stehen. Sie musste sich setzen, und sie zitterte.
»Wie schlimm ist es?«, fragte sie ängstlich.
»Er liegt auf der Intensivstation, aber nur zur Beobachtung über Nacht. Wenn es keine Komplikationen gibt, wird er morgen auf die Station verlegt.«
»Ist er verletzt?«
»Ein Schädel-Hirn-Trauma, aber das CT ist unauffällig, eine Platzwunde, mehrere Schnittwunden und Quetschungen vom Gurt«, zählte Luca auf. Dass die Feuerwehr seinen Bruder mit Schweißgeräten aus dem Wagen befreit hatte und er bewusstlos gewesen war, erwähnte er nicht. Und auch nicht die Rippenbrüche.
»Kann ich irgendetwas tun?«, fragte Johanna. Sie hörte an Lucas Stimme, wie verstört er war.
»Komm nach Mailand, Giovanna, bitte. Er hat nach dir gefragt.«
»Nach mir?!« Wieso sollte Sandro das tun? Das war doch völlig widersinnig.
»Ich habe heute Morgen mit meiner Mutter über Lucia gesprochen … und dann mit ihm.« Luca machte eine Pause. Johanna sagte nichts. »Bist du noch dran, Giovanna?«, fragte er.
»Ja.« Sie wusste nicht, was sie ihm antworten sollte.
»Ich musste es tun, es war an der Zeit«, rechtfertigte sich Luca. »Bitte glaub mir, Giovanna, es war richtig so.«
»Und … was hat er gesagt?«, fragte sie zaghaft. Das war der Moment, vor dem sie so große Angst gehabt und den sie sich in den letzten Monaten manchmal ausgemalt hatte. Aber da hatte *sie* Sandro von seiner Tochter erzählt und nicht Luca!
»Er war furchtbar wütend … auf mich, nicht auf dich. Natürlich nicht auf dich. Ihm tat es so leid, dass er damals

nicht ehrlich zu dir war.« Lucas Stimme klang verzweifelt. So hatte Johanna ihn noch nie erlebt. »Es ist meine Schuld, dass er diesen Unfall hatte. Er ist aus dem Haus gestürmt und wollte zu Gabriela nach Mailand. Er stand völlig neben sich und ist viel zu schnell gefahren.« Johanna konnte kaum glauben, was Luca erzählte. Es war alles so unwirklich. Sandro hätte tot sein können, wurde ihr auf einmal bewusst, er hätte sterben können, ohne seine Tochter kennengelernt zu haben. Was hatte sie sich nur gedacht?

»Und du meinst wirklich, ich soll kommen? Was, wenn ich seiner Frau begegne?«

»Er hat schon versucht mit ihr zu sprechen. Es ist in Ordnung. Bitte, Giovanna, komm und bring Lucia mit. Ich hole euch vom Flughafen ab.«

Johanna buchte noch in derselben Nacht online zwei Flüge für den nächsten Tag. Sie bekam noch Tickets für eine Direktverbindung nach Mailand-Malpensa, Abflug um fünfzehn Uhr fünfzehn, Ankunft sechzehn Uhr zwanzig. Bis Lucie in der Früh aufwachte, musste sie sich überlegen, was sie ihr sagen wollte. Und sie musste ihre Mutter bitten, ihr Geschäft zu übernehmen. Vor ihr lag eine unruhige Nacht.

Ludwig Korn war schon in seinem Laden, als Giulia ihn dort am nächsten Morgen anrief und ihm von der Aussprache mit Luca und Sandros Unfall erzählte. Sie sagte, sie sei in Mailand, werde aber bereits gegen Mittag zurückfahren und Vorbereitungen treffen, da ihr Sohn voraussichtlich am Mittwoch ins Ospedale di Santa Maria Nuova in Florenz verlegt werde. Giulia war gänzlich aufgelöst. Sie entschuldigte sich, überhaupt angerufen zu haben, und Korn tat sein Bestes, sie zu beruhigen. »Soll ich Fräulein Sternreiter etwas sagen?«, fragte er, und

Giulia verneinte es. Luca habe bereits mit ihr gesprochen, und sie treffe am Nachmittag mit Lucie auf dem Mailänder Flughafen ein.

Korn überdachte die Lage. Dann hängte er ein Schild in seine Ladentür, das seine Kunden informierte, dass die Buchhandlung vorübergehend geschlossen blieb, fuhr nach Hause, packte und stieg – ohne sich von irgendjemandem zu verabschieden – in den nächsten Zug nach Florenz. Wie gut, dass er keine Topfpflanzen hatte und auch keine Haustiere.

Mailand, am selben Tag

36

Das Ospedale Niguarda Ca' Granda war eine der größten Kliniken Mailands, mit eigener Traumastation, spezialisiert auf Unfallopfer. Luca hatte Johanna und Lucie vom Flughafen abgeholt und war mit ihnen direkt hierhergefahren. Johanna hatte ihrer Tochter erklärt, dass Lucas Bruder einen Unfall gehabt habe und sie ihn gerne besuchen würde, weil sie ihn gut kenne und sehr möge.

»Ist Luca traurig?«, hatte Lucie gefragt.

»Ja«, hatte Johanna geantwortet, »er ist traurig und macht sich Sorgen, aber es geht seinem Bruder schon viel besser. Was meinst du, Lulu«, hatte sie dann gefragt, »könntest du Luca vielleicht ein bisschen trösten, während ich seinen Bruder besuche? Er würde sich bestimmt freuen.«

»Klar.« Das war alles gewesen, was Lucie gesagt hatte, und Johanna hatte auch gar nicht mehr erwartet. Sie würde mit Sandro sprechen und dann sehen, wie es weiterging.

Die Eingangshalle des modernen Krankenhauses, das mit zwei Haupttrakten und mehreren Nebengebäuden auf einem weitläufigen Areal nördlich der Innenstadt stand, war hell und marmorgefliest, die üblich sterile Atmosphäre, aber es gab Sitzgelegenheiten und sogar Geschäfte.

»Wir können Schokolade trinken, Lucia, magst du?«, fragte Luca, und Lucie ging mit ihm mit.

Ihre Mama hatte recht gehabt, Luca war traurig. Die Grübchen, wenn er lachte, waren gar nicht mehr in sei-

nem Gesicht, wie wegradiert. Lucie malte lieber mit Stiften, die man nicht radieren konnte. Die leuchteten schöner. Im Flugzeug hatte sie damit ein Bild für Luca gemalt, einen großen Koffer und ein Schiff, das darin herumfuhr, denn von diesem Koffer hatte er ihr erzählt und ihr versprochen, ihn ihr irgendwann einmal zu zeigen. Lucie liebte Luca. Sie hatte die Idee, dass er ihr Papa war, noch nicht aufgegeben. Egal, was ihre Mama sagte, sie wusste es besser, denn einen Papa erkannte man daran, wie es sich anfühlte, wenn er bei einem war, so wie sich ihr Opa anders anfühlte als zum Beispiel Ludwig Korn, den sie auch gern hatte. Nur nicht so sehr. Und die Mama fühlte sich anders an als die Oma. Fast gleich, aber doch nicht ganz. Lucie konnte Luca in ihrer Mitte spüren, ein kleines Stück über dem Bauch, dort, wo ihr Lachen wohnte, die Freude über Lilos Schokoladenkuchen, denn sie liebte Kuchen, und das Kribbeln, wenn Oma-Mechthilds Katzen schnurrten. Das war ein guter Platz für einen Papa, und deshalb traute Lucie ihrem Gefühl mehr als den Worten der Erwachsenen, die sich mit diesen Dingen nicht so gut auskannten.
Sandro war am frühen Nachmittag auf die Station und in ein Einzelzimmer mit Blick auf den Nordblock gekommen. Seine Platzwunde über der linken Schläfe war versorgt worden und pochte, die kleinen Schnittwunden auf der linken Gesichtshälfte hatten nicht genäht werden müssen. Er war kurz aufgestanden und im Bad gewesen, hatte sich im Spiegel gesehen und gedacht, dass es schlimmer sein könnte. Natürlich hatte er höllische Schmerzen beim Atmen, weil zwei Rippen angebrochen waren, wieder einmal, aber diesmal war es Lucas Schuld, jetzt waren sie quitt. Der verdammte antiquierte Gurt hatte ihm außerdem den Unterleib gequetscht. Er hatte Blutergüsse,

aber keine inneren Verletzungen. Und ihm war schwindlig und etwas übel. Fast hätte er nach einer Schwester geklingelt, damit sie ihm zurück ins Bett half. Die Rollläden waren heruntergelassen und schräg gestellt, weil ihn das Licht in den Augen schmerzte. Es war dämmrig im Zimmer. Gabriela hatte ihm erzählt, dass sein Wagen Schrott sei. Der alte Herr weine ihm nach, aber lieber dem Wagen als ihm. *Maledetto,* diese Kopfschmerzen! Aber vielleicht kamen sie gar nicht vom Aufprall, vielleicht waren es die Nachwirkungen von Lucas Geständnis und seinem Gespräch mit Gabriela heute Morgen, dachte Sandro. Sie hatte nicht geweint. Sie hatte den Schock über den Unfall noch nicht verwunden gehabt, als er ihr von der Nacht vor ihrer Heirat erzählt hatte und von Lucie. Sie war wirklich tapfer gewesen, meinte nur, sie brauche etwas Zeit, um darüber nachzudenken. Sie beabsichtige, morgen nach der Show nach Trivero zu fahren, wenigstens für eine Woche, und dann wollten sie sich in Florenz oder ihrer Wohnung in Parma treffen und entscheiden, was aus ihrer Ehe werden sollte. Ihr Blick, wie Gabriela ihn angesehen hatte, die Enttäuschung auf ihrem Gesicht hatte ihn mehr geschmerzt als sein geschundener Körper.

Es klopfte, Johanna stand in der Tür, und Sandro rasten schlagartig verdrängte Bilder durch den Kopf – Spuren im Sand, die das Meer mitnahm; ihr Haar auf dem Marmorboden der Officina, während sie im Duft des Melograno badeten; ihr Körper im Abendlicht unter einem Sternenhimmel mit schmaler Mondsichel …

»Darf ich reinkommen?«, fragte sie. Sie hatte sich nicht verändert, doch, sie war noch schöner geworden, fraulicher. Sie trug wieder eines dieser Kleider aus dem letzten Jahrhundert, ein lindgrünes, diese Farbe mochte sie, das wusste er noch, und ihr rotes Haar war zu einem dicken

Zopf geflochten. In ihren veilchenblauen Augen standen Tränen.
Sie kam wortlos ins Zimmer, setzte sich zu Sandro aufs Bett und stürzte in seinen Turmalinblick, der so tief war wie die Minen, denen der Stein entrissen wurde. Dann streckte sie ihre Hand nach ihm aus und streichelte ihm über die Wange. Und Sandro legte seine Hand auf ihre, damit sie sie nicht fortnahm, denn diese Berührung war gerade sein ganzer Trost. Jetzt schüttelte er leicht den Kopf. Es war der Ausdruck seines Unglaubens, darüber, dass sie hier war und warum, darüber, dass sie ihm offensichtlich verziehen hatte.
»Ist sie auch da?«, fragte er.
Johanna nahm ihre Hand von seiner Wange und nickte. »Ja, Luca kümmert sich um sie.« Sie betrachtete Sandros wunderschöne Lippen. Ein Schnitt an der Unterlippe zog sich als schmaler roter Strich bis zum Kinn, und sie hätte am liebsten einen Kuss darauf gehaucht, wie sie es immer bei Lucie machte, wenn sie sich weh tat.
»Ich weiß, warum du mir nichts von ihr gesagt hast. Ich verstehe es, und es tut mir so unendlich leid, Vanna«, sagte er, und auch ihm liefen Tränen übers Gesicht. Sie fügte sie dem Mosaik ein – das Salz zwischen Porzellan und Leder. Seine alte Jacke lag auf einem Stuhl, der unter dem Fenster stand. Johanna sah sie nur schemenhaft in dem abgedunkelten Zimmer, aber sie erkannte sie trotzdem. Sandro war ihrem Blick gefolgt. »Sie hat mich gerettet. Die Gurtverletzung wäre sonst viel übler gewesen, hat der Arzt gesagt.«
Johanna hörte ihm zu und ließ ihren Tränen freien Lauf. Sie war entsetzt über seinen Zustand und unendlich glücklich, dass er noch hier war, hier bei ihr. Und dass er von Lucie wusste, endlich. Es war wirklich besser so.
»Ich habe Lulu nicht gesagt, dass es ihr Papa ist, den ich

besuche«, versuchte sie Sandro zu erklären. »Sie weiß nur, dass du Lucas Bruder bist.«
Sie nennt sie Lulu. »Drei Jahre, Vanna«, sagte er. »Ich hab drei Jahre versäumt. Luca hat sie an meiner Stelle, er hat die Erinnerungen an die ersten Jahre meiner Tochter.«
»Du bist mir doch böse«, erwiderte Johanna ängstlich.
»Nein! Nein, Vanna, wie könnte ich. Ich glaube, ich bin nur auf mich böse. Luca wollte das Richtige tun, meine Mutter hat es mir wieder und wieder gesagt. Und *sie* wollte das wohl auch.« Luca hatte Johanna bereits erzählt, dass seine Mutter von Lucie gewusst hatte, von Anfang an, und sogar heimlich in München bei ihrer Taufe gewesen war. »Hast du schon entschieden, ob ich Lucia kennenlernen darf?«, fragte Sandro, und er hatte Angst vor Johannas Antwort. »Erzählst du ihr von mir?«
»Bist du sicher, dass du das willst? Was sagt denn deine Frau dazu?«
»Dass sie nachdenken muss. Und dass ich um meine Tochter kämpfen soll.«
»Eure Ehe übersteht das also?«, wollte Johanna wissen. Sie war sich nicht sicher, ob sie hoffte, dass dem nicht so war.
»Das weiß ich nicht«, antwortete er ehrlich.
Es klopfte wieder, und im selben Moment ging die Tür auf. Johanna sah eine junge Frau hereinkommen, etwas jünger als sie, die ihre Größe hatte und eine burschikose Ausstrahlung. Sie war schlank, hatte eine sportliche Figur, kurzes schwarzes Haar und Rehaugen, eine italienische Audrey Hepburn in Dreiviertelhosen und Herrenhemd. Ihre Haut hatte einen zarten Olivton. Sie trug kaum Schmuck, aber einen Ehering. Richtig, der Ring. Auf Sandros Nachttisch lag auch einer, Johanna hatte ihn bis jetzt nicht beachtet.

Gabriela entschuldigte sich bei ihm, als sie sah, dass er nicht alleine war, und Sandro stellte ihr Johanna vor. Die beiden Frauen begrüßten sich höflich und studierten einander. Sie waren auf die gleiche Weise verunsichert, sie wussten beide nicht, was die Anwesenheit der anderen für ihre Zukunft bedeuten würde.

»Ich lasse euch allein«, sagte Johanna und wandte sich zum Gehen, aber Gabriela hielt sie zurück.

»Nein, bleib bitte, Giovanna. Es gibt keinen Grund, dass wir uns aus dem Weg gehen.« Sie lächelte, und Johannas Panik, die sie kurz überfallen hatte, als Gabriela hereingekommen war, legte sich wieder. »Wir sind beide verletzt, nicht wahr«, sprach Gabriela offen weiter. »Wie passend, dass wir uns da auf einer Traumastation kennenlernen.« Sie versuchte ein Lachen und signalisierte Johanna damit, dass sie nicht zurückblicken wollte. »Hast du Lucia mitgebracht?« Sie duzte Johanna, als würde sie zur Familie gehören. Sie war wirklich unglaublich. Wie konnte Johanna sich da wünschen, dass die Ehe der beiden das nicht überstehen würde?

»Ja, sie ist unten«, sagte Johanna, »bei Luca. Sie weiß noch nichts.«

»Nun, ich will mich natürlich nicht einmischen, aber falls ihr nicht sofort wieder zurückfliegen müsst, du und Lucia, dann wäre es vielleicht eine gute Idee, wenn ihr später mit Luca nach Florenz fahrt. Sandro wird morgen dorthin verlegt und kommt sicher schon in ein paar Tagen nach Hause.« Gabriela sah zwischen Johanna und ihrem Mann hin und her. »Stell Lucia ihren Vater doch lieber erst dort vor und nicht in einem Krankenhaus.«

»Ja, das wäre sicher besser«, erwiderte Johanna.

»Vielleicht im Haus ihrer Großmutter. Ich weiß, dass Giulia Lucia auch kennenlernen möchte. Sie redet ja schon seit Jahren auf uns ein, dass sie sich eine Enkelin wünscht.« Gabriela hatte es ohne Bitterkeit gesagt. Sie schien eine selbstbewusste Frau zu sein. »Sandro, ich muss los, die Show fängt bald an. Ich wollte nur noch einmal nach dir sehen, ehe ich morgen früh nach Hause fahre.« Sie beugte sich zu ihm und küsste ihn vorsichtig. Er sagte etwas, das Johanna nicht verstand, nur den Kosenamen, den er ihr gab, *»gabbietta«,* »kleiner Käfig«. Er sprach ihn mit großer Zärtlichkeit aus. »Wir telefonieren«, verabschiedete sie sich von ihm. »Du erreichst mich in Trivero. Ich denke, dass wir uns wiedersehen«, ergänzte sie noch an Johanna gewandt und verließ das Zimmer.

Sandro sah ihr schweigend nach. »Komm«, sagte er dann zu Johanna und winkte sie zu sich. Er rutschte in seinem Bett zur Seite und bedeutete ihr, sich zu ihm zu legen, an die weniger lädierte Seite, in die Geborgenheit ihrer gemeinsamen Erinnerungen. Sie machten sich mit der Nähe des anderen vertraut und sprachen über die Zeit, die sie ohneeinander verbracht hatten. »Und«, fragte Sandro leise, »gibt es da jemanden in deinem Leben?«

Johanna schüttelte den Kopf. »Ich habe Lulu«, sagte sie und versuchte sie ihm zu beschreiben, ihr Licht, ihre Spürnase, ihren grünen Daumen, die Art, wie Lucie die unterschiedlichsten Menschen zusammenbrachte, und sie erzählte auch von Luca. Und je mehr sie erzählte, umso deutlicher wurde ihr, wie viel Zeit tatsächlich vergangen war.

»Er ist in dich verliebt, Vanna«, meinte Sandro, »seit er dich zum ersten Mal gesehen hat. Ich hab das selbst erst jetzt so richtig verstanden.«

Da ging es ihm wie ihr. Auch sie hatte es lange nicht bemerkt. Am Anfang, als sie wusste, dass sie schwanger war, hatte sie Luca weggestoßen. Sie wollte mit niemandem aus seiner Familie etwas zu tun haben und hatte seine Liebe als Mitleid gedeutet. Aber mit der Zeit, und ganz besonders seit der Taufe, hatte sie sich an seine Aufmerksamkeiten gewöhnt, an die Postkarten und spontanen Besuche, die Geschenke und Telefonate. Als Lucie im Februar die Windpocken gehabt hatte, war er fast eine Woche bei ihr geblieben und hatte mit ihr weiße Schüttelmixtur getupft, Wadenwickel gewechselt und Lucie nachts durchs Zimmer getragen. Damals hatte es diesen Moment gegeben, als sie sich erschöpft an ihn gelehnt hatte. Er hatte ihr Kinn angehoben, so wie Jahre zuvor im Rosengarten, und sie lange angesehen, die ganze Welt im Blick, die er bereiste. Er hatte sich zu ihr hinuntergebeugt, und sie hatte sich plötzlich gewünscht, dass er sie küssen würde, und dann … hatte Lucie geweint, und sie waren zu ihr gegangen. Am nächsten Tag musste Luca sehr früh nach London reisen, und sie hatten sich seither nicht mehr gesehen.

Johanna fuhr an diesem Abend mit Luca und Lucie weiter nach Florenz. Die ganze Fahrt über war er sehr wortkarg. Er quartierte sie in Giovannis Wohnung ein, der kurzfristig für ihn nach Moskau geflogen war, und verließ sie mit einer flüchtigen Verabschiedung. Den kleinen Porzellanengel, der Johanna seit Jahren begleitet und zu Hause über Lucies Träume gewacht hatte, hatte sie in der Klinik auf Sandros Nachttisch neben seinem Ehering zurückgelassen. Jetzt passte er wieder auf ihn auf, so wie früher, als er noch auf dem Regalbrett im Labor der Officina gesessen und ihn zum zarten weißen Duft von kühlem Sternenlicht inspiriert hatte. Damals, als Johannas Herz in dieser Stadt noch schneller schlug.

Florenz, am Tag darauf

37

Am nächsten Morgen frühstückte Johanna mit Lucie in Giovannis Wohnung und versuchte sie schonend darauf vorzubereiten, dass sie noch am selben Tag ihre italienische Großmutter kennenlernen würde, dabei kannte sie Giulia Fortini ja selbst kaum. Sie hatte sie nur einmal kurz in der Basilika gesehen. Lucie nagte an einem *cornetto,* das Johanna mit ihr in der *panetterìa* an der Piazza della Signoria geholt hatte, zwei Minuten von Giovannis Wohnung entfernt, die unweit der Uffizien in der Straße am Arno lag. Oben im vierten Stock sah man bis zum *Giardino di Boboli* hinüber. Sie waren ohne Jacken aus dem Haus gegangen, denn der Frühling in Florenz gab das Versprechen auf einen der ersten heißen Tage, die sanfte Kühle des Morgens war der Auftakt für Ballerinas und luftige Kleider.

»Lucas Mama?«, fragte Lucie gerade und kaute.

»Ja. Sie ist deine andere Oma, weißt du.«

»Weil Luca mein Papa ist«, beharrte Lucie, froh darüber, dass ihre Mama es endlich verstanden hatte.

»Nein, Lulu. Dein Papa ist Sandro, sein Bruder, den ich gestern besucht habe.« Sie hatte es Lucie bereits nach dem Aufwachen erklärt und dann noch einmal auf ihrem Weg zum Bäcker – so behutsam wie möglich. Aber Lucie war noch müde, der Flug und die lange Autofahrt von Mailand nach Florenz waren anstrengend gewesen, auch wenn sie ein gutes Stück der Strecke verschlafen hatte.

»Ich weiß, dass das schwer zu verstehen ist, weil dein Papa noch eine andere Familie hat«, fuhr Johanna fort.
»Die andere Oma«, sagte Lucie, »und Luca.«
»Ja. Und außerdem ist dein Papa verheiratet. Er hat eine Frau, Gabriela.« Lucie überlegte. »Und irgendwann bekommen dein Papa und Gabriela vielleicht auch ein Baby, und dann kriegst du womöglich einen kleinen Bruder oder eine kleine Schwester.« Oder sie lassen sich scheiden, und er bleibt bei uns, dachte Johanna und fragte sich, wie viel ein gemeinsamer Tag am Meer und eine Nacht unter den Sternen wogen und wie viel vier Jahre unausgesprochener Liebe. Doch das waren unsinnige Gedanken, die jeder Realität entbehrten. Lucie sagte noch immer nichts, und Johanna war sich nicht sicher, ob sie sie wirklich verstanden hatte. »Weißt du, Mäuschen, Luca kümmert sich nur um uns, weil dein richtiger Papa für seine andere Familie sorgen muss«, sagte sie deshalb.
»Und weil er uns liebhat.«
»Und weil er uns liebhat«, gab Johanna zu.
»Ich geh Pipi!« Lucie rutschte vom Stuhl in Giovannis moderner Küche – seine ganze Wohnung war ein frappanter Gegenentwurf zu den historischen Räumen der Officina – und verschwand im Bad. Johanna hörte, wie sie den Klodeckel anhob, spülte und ein Lied summte. Wenn sie doch nur wüsste, was jetzt in Lucies Kopf vorging. Sie war fast drei, sie fragte unentwegt alle möglichen Dinge und erklärte den Erwachsenen ständig die Welt. Eine Welt, die Johanna sich im Moment selbst kaum erklären konnte. Ihre Gefühle waren in Aufruhr und sie völlig durcheinander. Lucie kam zurück. Sie duftete jetzt nach den Engeln, weil sie Johannas Acqua benutzt hatte, was sie oft tat. Sie setzte sich wieder an den Frühstückstisch und baumelte mit den Beinen. Sie

trug die roten Spangenschuhe, die Luca ihr zu Weihnachten geschenkt hatte und die sie schon im Januar hatte anziehen wollen.

»Alles in Ordnung?«, fragte Johanna.

»Hm.«

»Möchtest du deinen Papa kennenlernen, wenn er aus dem Krankenhaus kommt?«

»Kommt Luca auch mit?«

»Wenn du das willst. Aber bestimmt will dein Papa auch ein bisschen mit uns beiden allein sein. Er freut sich doch schon so auf dich.«

Lucie dachte angestrengt nach. Im Schlafzimmer nebenan, wo sie mit der Mama zusammen in dem großen gemütlichen Bett geschlafen hatte, stand ihr Reisekoffer. Den hatte sie zu Hause schon ein paarmal gepackt und »Verreisen« gespielt, denn sie wollte in das Land fahren, das so weit weg war, dorthin, wo ihr Papa lebte. Und jetzt war sie wirklich ziemlich weit gefahren und sogar mit einem Flugzeug geflogen, und das war echt und kein Spiel mit Frieda im Hof, und deshalb war es sicher eine gute Idee, wenn sie sich den Papa mal anschaute. Und danach mit Luca zu den Rosen ging und dem großen Koffer mit dem Schiff, denn das hatte er versprochen. Und Lakritzeis, weil sie das noch nicht kannte und Luca schon.

»Gut«, sagte sie und spielte mit den Bröseln auf ihrem Teller. Das war typisch für Lucie. Manche Dinge brauchten bei ihr nicht viele Worte, »gut« genügte vollauf.

Und so betrat Johanna mit Luca und Lucie am späten Vormittag die Villa an der Viale Michelangiolo und wurde von Giulia begrüßt. »Ich bedaure ehrlich, dass es so lange gedauert hat«, sagte sie aufrichtig und umarmte Johanna. »Wir haben alle Fehler gemacht.« Und dann beugte sie sich zu Lucie hinunter und küsste sie auf beide Wangen,

streichelte ihr sanft über den Kopf und fragte, mit den Tränen kämpfend: »Weißt du, wer ich bin, Lucia?«
»Du bist die andere Oma«, sagte Lucie in ihrer lieben und direkten Art, »und du redest genau wie Luca.« Sie hatte natürlich bemerkt, dass hier in diesem Land, das so weit weg von zu Hause war, alle eine andere Sprache sprachen, sogar die Mama, wenn sie sich mit Fremden unterhielt. Aber Luca und die Oma mit den Himmelaugen redeten wie sie. Fast wie sie, es klang ein bisschen eigenartig, aber sehr schön.
»Ja, ich kann deine Sprache, Lucia. Und weißt du auch, warum?«, fragte Giulia ihre Enkelin, und das war der Einstieg in einen kleinen Exkurs in Familiengeschichte – der geschönten Version, an der sie dank Lucas Schweigen weiter festhalten durfte. Giulia zeigte Lucie und Johanna ihr Haus, die Bücher und Bilder in der Bibliothek und in ihrem Salon, wo Luca sie dann alleine ließ, um zur Arbeit zu gehen. Seit Johanna gestern angekommen war, verhielt er sich ihr gegenüber reservierter als sonst. Sie hatte bemerkt, dass er sie kaum ansah, wenn er mit ihr sprach.
»Siehst du, Lucia«, erklärte Giulia Lucie gerade stolz und deutete auf das Porträt in ihrem Salon, »das ist Marianna. Sie ist eine Ururur… Ach, ich weiß gar nicht, wie viele Urs genau, also eine Urahnin von dir aus meiner Familie und damit der deines Vaters.«
»Die Mama hat auch so was«, sagte Lucie und bewunderte das Porträt der Marchesa. »Uropas. Einer hat die Apteke vom Opa angefangen und ein Krokedil gehabt.« Lucie sagte immer Apteke, denn Apotheke war ein schweres Wort und lang, genau wie Krokodil, aber das war trotzdem leichter.
Giulia machte es große Freude, sich mit ihrer Enkelin zu unterhalten. Sie war so zauberhaft und unbekümmert

und strahlte heller als die Frühlingssonne. So viel Glück! Warum nur hatte sie all die Zeit verschwendet? Warum sich mit ihrer Engstirnigkeit das Leben beschwert? Luca hatte ja recht, sie lebten im 21. Jahrhundert. Überall gab es sogenannte Patchworkfamilien. Doch so ganz wollte Giulia der Gedanke daran nicht behagen. Ein Kind gehörte zu seinem Vater und seiner Mutter, zumindest war das der Idealfall.

»Ihr Vater hat also eine Apotheke?«, fragte sie Johanna gespielt interessiert, als hätte sie nicht längst ihre Lebensumstände bis ins Kleinste recherchiert.

»Ja«, antwortete Johanna, und Lucie ergänzte: »Da spielen wir Riechen-Raten, aber der Opa verliert. Der kann sich nix merken.« Giulia lachte. »Und dann krieg ich Gummibärchen.« Lucie saß jetzt an Giulias Sekretär auf Johannas Schoß und überlegte etwas. »Wie heißt du?«, fragte sie ihre Großmutter dann.

»Giulia«, sagte diese überrascht.

»Weil, ich kann nicht Oma sagen, sonst ist das doch die Mama-Oma.«

»Richtig«, stimmte Giulia ihr zu. »Was machen wir denn da?«

»Ich nenn dich Luca-Oma«, beschloss Lucie, und Giulia stutzte. Anscheinend hatte Luca eine enge Bindung zu Lucia, aber wie eng war seine Verbindung zu ihrer Mutter? Und welche Pläne hatten Sandro und Gabriela? Oder er und Giovanna? Sie würde ihren Sohn am Nachmittag in der Klinik besuchen, in derselben, in der er auch nach seinem Fahrradunfall gelegen hatte – der Junge war einfach zu impulsiv! Und danach wollte sie sich mit Ludwig treffen. Er hatte angerufen und ihr mitgeteilt, dass er in Florenz sei. Wie lieb, er ließ einfach alles liegen und stehen und kam, um sie zu unterstützen. Sie freute sich darüber, doch es war eine heikle Situation. Giovanna und Lucia waren hier, und Luca kannte Ludwig auch … *Mio dio!* Sie würden sich schon nicht begegnen, Florenz war schließlich kein Dorf. »Ist das okay?«, fragte Lucie ihre neue Großmutter, und Giulia nickte und lud Johanna und die Kleine zum Mittagessen ein.

Am Donnerstag besuchte Johanna Sandro im Krankenhaus, während Lucie bei Luca war. Er zeigte ihr die Officina, wo sie sich ein eigenes Acqua aussuchen durfte – sie wählte den Duft der Iris, den sie kannte –, und er ging mit ihr in den Rosengarten mit Folons Skulpturen. Lucie war begeistert von Monsieur Souvenir, wie sie den Herrn auf der Bank getauft hatten, und vom »Durchblick«, den der Koffer auf die Skyline von Florenz bot, und sie liebte Lakritzeis. Sie entschied, nie mehr anderes zu essen. Als Luca Lucie an diesem Tag von ihrem gemeinsamen Ausflug zurückbrachte, erwähnte er dringende Termine und verließ Johanna, ohne ihr zu sagen, wann sie sich wiedersehen würden. Und er fragte auch nicht nach ihrem erneuten Besuch bei seinem Bruder.

Sandro ging es schnell besser. Er nahm Schmerztabletten und war noch oft müde, durfte aber bereits am Freitag das Krankenhaus verlassen, um am Montag mit Lucie ihren dritten Geburtstag feiern zu können. Johanna telefonierte deshalb am Freitagvormittag lange mit ihrer Mutter und sagte, sie wolle ihren Aufenthalt in Florenz verlängern. Lucie lerne gerade erst ihre zweite Großmutter kennen, Giovanni komme am Wochenende aus Moskau zurück, und für den Nachmittag sei Lucies Kennenlernen mit ihrem Vater geplant, in der Fortini-Villa, in der Giovanni vorübergehend in ein Gästezimmer ziehe, damit Lucie und sie in seiner Wohnung bleiben könnten.

Als Johanna an diesem Tag mit ihrer Tochter zu den Fortinis kam, war Luca noch im Büro. Seine Mutter öffnete wieder, strahlte Lucie an und begleitete beide zu Sandro in die Bibliothek. Er lag auf dem blauen Sofa und setzte sich langsam auf, als sie hereinkamen. Das Krankenhausnachthemd hatte er gegen Jeans und T-Shirt getauscht, wobei er noch Hilfe beim Anziehen brauchte. Giulia ließ die kleine Familie alleine und stürzte sich auf ein prächtiges Blumengesteck in der Eingangshalle. Manchmal bedurfte sogar das Perfekte einer Korrektur.

Es war still im Raum, keiner sagte etwas. Sandro schaute zu Johanna und Lucie hinüber, aber er sah nur sie, nur seine Tochter. Darauf war er nicht vorbereitet gewesen. Ihr blauer Blick umfing ihn wie eine fesselnde Duftgeschichte, die schönste, die er je geschrieben hatte, und er fühlte sich bis auf den Grund seiner Seele offengelegt, ungeschützt der Gewalt seiner Gefühle ausgeliefert. Ihr Haar floss offen über ihre zarten Schultern, und sie trug ein weißes Sommerkleid mit kleinen Schleifen und rote Schuhe. In ihren Augen erkannte er sich selbst und auch in der Art, wie sie dastand – einfach nur dastand. Jetzt musste er etwas sagen, das wusste er, irgendetwas, aber er war nicht vorbereitet, nicht darauf, nicht auf sie. Lucie bewegte sich zuerst. Sie ging zum Sofa hinüber und setzte sich neben ihren Vater. Sie roch nach der Iris auf den Hügeln über der Stadt, ein Duft, den er in Zukunft immer mit ihrem Namen verbinden würde, und nach etwas, das in seiner Duftbibliothek nicht abrufbar war. Er bemerkte das Leuchten, von dem Johanna ihm erzählt hatte, und konnte nicht sagen, ob er es spürte, sah oder atmete. Der Duft von Licht, Sandro kannte Varietäten, Sternanis, Amber, Immortelle, aber diesen nicht. Dieser Duft war warm, vertrauenerweckend, heiter und transparent.

»Ich bin Lulu«, sagte die Kleine jetzt, und dafür brauchte Sandro keinen Übersetzer. »Aber Luca sagt Lutschia.«
»E io sono Sandro«, antwortete er sanft.
»Du bist mein Papa«, stellte Lucie verlegen fest.
»Sì, io sono tuo papà«, bestätigte er und nickte, und es zu sagen fühlte sich besser an als alles, was er je an Zärtlichkeiten ausgesprochen hatte. Johanna kam jetzt zu ihnen herüber und setzte sich in einen Sessel. Sie hatte sich bei ihrer ersten Begegnung kaum getraut, Sandro anzusehen, ganz im Gegensatz zu Lucie, die sich gerade mit einem verstohlenen Lächeln in sein Herz bohrte, in dem plötzlich nur noch der Wunsch lebte, dieses kleine Wesen zu beschützen. Sandro kämpfte mit den Tränen und Johanna auch. Das fand Lucie komisch, aber die Erwachsenen weinten öfter, wenn es überhaupt keinen Grund gab. Nur Luca nicht, der war wie sie. »Du hast bald Geburtstag«, sagte Sandro auf Italienisch, und Johanna übersetzte es für Lucie.
»Ich werde drei.« Sie streckte ihm drei Finger entgegen. »Dann darf ich in den Kindegaten.« Johanna übersetzte wieder, und das fand Lucie lustig, weshalb sie mehr erzählte. Zwischendurch unterhielt sich ihre Mama aber auch mit dem neuen Papa in seiner Sprache, und sie verstand nichts, aber das war egal, denn sie konnte Gesichter lesen und Herzen auch. Lucie wusste, dass die Menschen innen drinnen oft ganz andere Sachen sagten, als sie das laut taten. Ludwig Korn zum Beispiel sagte oft komische Sätze, die gar nicht ihm gehörten, hatte der Opa ihr erklärt, und die keiner so richtig verstand, und machte dabei meistens ein strenges Gesicht. Aber innen drinnen schlug sein Herz freudig und leuchtete sogar ein bisschen. Innen drinnen war Ludwig Korn nie streng, da wohnten Lieder und Reime und eine Frau, die Magda hieß. Und Luca

erzählte oft von seiner Arbeit und sah die Mama dabei lange an, aber Blicke konnte sie nicht so gut übersetzen wie die fremde Sprache, weshalb sie ihm nie die richtige Antwort gab.
Johanna fragte Sandro an diesem Nachmittag nach Gabriela. Er erzählte, dass sie miteinander telefoniert hätten. Sie wolle, dass er nicht nur auf ihre Entscheidung warte, sondern auch eine eigene treffe. »Ich soll mir darüber klarwerden, mit wem ich leben will«, gab Sandro das Gespräch wieder, »und dass sie mir keine Steine in den Weg legt, falls ich mich für euch entscheide, Vanna … und du mich haben willst.« Johanna glaubte sich verhört zu haben. Sie streckte ihre Arme nach Lucie aus, um sich an ihr festzuhalten, und zog sie auf ihren Schoß. Stand das denn überhaupt zur Debatte? Eine gemeinsame Zukunft für sie und Sandro? Für sie, Lulu und ihren Papa? Hatte Luca das gewusst?
»Denkst du wirklich darüber nach?«, fragte sie ungläubig.
Er sah erst Lucie an, dann sie und antwortete: »Du nicht?«

38

In die Basilika San Miniato al Monte oberhalb der Piazzale Michelangelo kamen nicht viele Touristen. Die meisten scheuten die Stufen zur Kirche hinauf und den Weg über den kleinen Friedhof. Flankiert vom Bischofspalast, dem Kloster der Olivetaner und einem unspektakulären viereckigen Glockenturm, den Michelangelo einst mit Matratzen umwickelt hatte, um ihn vor einem bevorstehenden Angriff der Sieneser zu schützen, wirkte San Miniato von außen schwer und gedrungen. Doch im Innenraum schwebte ihr bunt bemaltes Deckengebälk hoch über einem achthundert Jahre alten Marmorfußboden, der noch immer die Schritte der Gläubigen duldete. Säulen schwangen sich auf, und die Blicke wanderten über sie hinweg zur prächtig ausgemalten Apsis. Tageslicht fiel kaum herein, das Gotteshaus empfing seine Besucher in düsterer Stimmung. Wer an einem strahlenden Sommertag eintrat, wurde verschluckt und gänzlich verschlungen, sobald er über die Treppen im Seitenschiff in die Krypta hinunterstieg. Achtunddreißig Säulen teilten diesen »verborgenen« Ort in Joche, ein archaisches Gewölbe, in dem die Olivetaner ihre Vesper abhielten, das Abendgebet, in Latein. Die wenigen Kirchenbänke waren auch heute wieder voll besetzt. Sie standen auf Grabplatten, die den gesamten Boden überzogen.

Luca saß dort im Halbdunkel und verfolgte gedankenverloren die Liturgie. Er fühlte sich wie ein Mitglied einer der ersten Christengemeinden, die ihre Versammlungen nachts in den Katakomben der Städte abgehalten und sich dort vor ihren Verfolgern versteckt hatten. So wie die heilige Lucia von Syrakus, »die Lichtbringerin«, deren Namenstag am 13. Dezember gefeiert wurde. Im letzten Jahr war Luca in München bei Johanna und Lucie gewesen. Sie hatten am Abend des dreizehnten westlich der Stadt ein Häuschen aus Pappe und Papier in einer Prozession zum Ufer eines Flusses getragen und es der Strömung übergeben. Etwa zweihundert solcher vom Stadtpfarrer gesegneten bunten Häuser, die von Kerzen erleuchtet waren, trieben langsam stromabwärts. Das Lichterschwemmen war ein alter Brauch, ein magisches Ritual, das Lucie und Luca gleichermaßen bezaubert hatte. Die Kleine war mit funkelnden Augen auf seinen Schultern eingeschlafen und hatte in dieser

Nacht von der langen Reise der Lichter zum Meer geträumt.
Heute Nachmittag hatte Lucie nun endlich ihren Vater kennengelernt, und er, Luca, war im Büro geblieben, um nicht zu stören. Dort hatte er sich schon die ganze Woche über verschanzt. Nur einmal war er mit Lucie im Rosengarten gewesen. Luca machte sich die allergrößten Vorwürfe, hatte er doch seinen Bruder fast umgebracht. Er hatte eine falsche Entscheidung mitgetragen, ihm verheimlicht, dass er ein Kind hatte, und ihn dann mit seinem verspäteten Geständnis fast getötet. Und er hatte Gabriela damit das Herz gebrochen. Kurz nach ihrer Hochzeit hätte sie diesen Schmerz noch verwunden, irgendwie, mit der Zeit, doch jetzt waren sie schon fast vier Jahre verheiratet. Ja, sie gingen oft eigene Wege, sie führten keine Ehe im konventionellen Sinn, aber sie wa ren doch auf ihre ganz eigene Art miteinander verbunden. Die Zeit hatte ein Geflecht aus Gefühlen und gemeinsamen Erlebnissen um sie gewoben, ähnlich wie um Johanna und ihn. Luca kannte sie wie keine andere Frau – Johanna, die Sanfte, am Ende einer schlaflosen Nacht; die Heitere am Ende einer langen Tafel mit ihrer Familie und Freunden und die Entschlossene am Anfang eines Abenteuers, vor dem sie sich fürchtete. Bevor sie in Mailand zu Sandro ins Krankenzimmer gegangen war, hatte sie seine Hand gesucht und er ihren Blick gemieden, als sie wieder herausgekommen war. Vielleicht hatte sein Bruder ja recht, und er hatte sie für sich haben wollen, sie und Lucie. Vielleicht war er selbstsüchtig gewesen, er wusste es nicht, er wusste nichts mehr. Seit er am Montag auf der Dachterrasse der Uffizien beschlossen hatte, reinen Tisch zu machen, um sein Leben endlich zu beginnen, war es ihm restlos entglitten, und jetzt konnte er sich nur noch

zurückziehen und sie ihren Weg alleine finden lassen. Er hatte sie in Mailand im Zimmer seines Bruders gesehen – die Tür war nur angelehnt gewesen. Sie lag in seinen Armen und unterhielt sich so vertraut mit ihm, als wären sie nie getrennt gewesen. Dieses Bild hatte ihn verwundet. Spätestens da war ihm klargeworden, dass sich seine innigsten Wünsche niemals erfüllen würden. »… leise Dialoge täglicher Stunden mit der Ewigkeit.« Hier unten in der Krypta von San Miniato, wo seine Mutter so oft Zwiesprache mit Gott und Bruder Matteo hielt, saß er nun und betete, aber nicht mehr für sich und sein Glück, sondern nur noch für ihres, für Johannas, Lucies und das seines Bruders. Und auch für Gabriela, die sich ähnlich wie er zurückgezogen hatte, um den Dingen ihren Lauf zu lassen, denn auch sie wusste wohl, dass kämpfen jetzt keine Option mehr war, nur noch warten und das, was geschah, akzeptieren.
Der Priester beendete seine Predigt. Er stand an einem Pult vor der Chorschranke zum kleinen Altarraum. Bruder Matteo verrichtete bei dieser Vesper die Dienste eines Messdieners. Der hagere alte Mann saß versunken auf einer schmalen Bank und verschwand fast unter der weißen Kapuzenkutte seines Ordens. Er hatte Luca unter den Gläubigen bereits erkannt und einen Segen gemurmelt. Die Stimmen der übrigen Brüder hoben an, die schönsten, die Luca kannte. Sie sangen ein *Halleluja,* und die Gemeinde stimmte mit ein. Eine alte Frau hinter ihm mischte ihren klaren Sopran darunter. Himmlische Klänge im Dunkel der Gewölbe, die Gott ehrten, Stimmen, die er nicht überhören konnte, so wie Lucas Gebete der letzten Jahre. Er verlor sich in diesem Gesang und bemerkte kaum das Ende der Messe. Die Reihen um ihn leerten sich, doch er blieb sitzen und beobachtete das

Flackern der hundert Opferkerzen. Er brachte auch ein Opfer, das größte, das er bringen konnte – er verließ die beiden Menschen, die ihm Heimat waren. Lucie hatte am Montag Geburtstag, und er überlegte sich bereits eine Ausrede, um fortzubleiben. Aber sie würde ihn durchschauen, Lucie würde wissen, dass er nicht ehrlich war. Sie war ein kleiner Lügendetektor, der die tiefsten Wahrheiten aufspürte und sich nie mit weniger zufriedengab. Sie verstand die Menschen in ihrem Herzen, sie war … Nun, sie war eben Lucie, sein Polarstern, nach dem er sein Leben einnordete, um auf der rauhen See der ambivalenten Gefühle seinen Kurs nicht zu verlieren.

»Du suchst das Gespräch mit Gott, mein Sohn?«, fragte Bruder Matteo Luca und setzte sich zu ihm in die Bank. Er war leise herangeschlichen. Sein Rücken krümmte sich schon dem unausweichlichen Ende entgegen, sein Körper und sein Wille beugten sich. Über die Stufen ins Hauptschiff hinauf und hinüber ins Kloster würde er später einen starken Arm brauchen, auf den er sich stützen konnte.

»Es scheint mir ein Selbstgespräch zu sein«, antwortete Luca dem Olivetaner, den er seit seiner Geburt kannte. Bruder Matteo hatte ihn und Sandro getauft.

»Hab Vertrauen, Luca, die Antworten sind in dir, der Herr stößt sie nur an. Jede zu ihrer Zeit.« Luca blickte Bruder Matteo niedergeschlagen an. »Deine Mutter war gestern bei mir«, fuhr er fort. »Sie hat mir von den neuesten Ereignissen erzählt.«

»Ja?«

»Ja. Und du hast recht gehandelt. Zu viele Geheimnisse haben auf euren Schultern gelastet.« Wie wahr! Aber die Wahrheit hatte ihm keine Absolution gebracht, keinen Frieden und schon gar kein Glück. »Giulia hat mich gebeten, sie nach Prato ans Grab ihrer Mutter zu begleiten«, erzählte Bruder Matteo, und Luca war froh, dass seine Mutter sich endlich mit ihrer Vergangenheit aussöhnte. Er war sich sicher, dass sie diese Kraft Lucie verdankte. Sie transformierte jeden Kummer. Luca hatte ein Kleid für die Kleine gekauft, zu ihrem Geburtstag. Das machte ihm neuerdings mehr Freude, als neue Anzüge für sich selbst auszusuchen, die ihm ohnehin Gabriela anpasste. Er würde es am Montag in der Villa auf dem Esstisch liegen lassen. Sie feierten dort am Nachmittag, Giovanni, Sandro, seine Mutter, Johanna und Lucie. Alice war mit diversen Kuchen beauftragt worden. Sie hatte am Morgen von nichts anderem gesprochen. Die Familie schloss sich zusammen und er sich aus.

»Wusstest du es schon immer? Das mit dem Vater meiner Mutter, Matteo?«, fragte Luca den Geistlichen.

Er nickte. »Ja, schon immer. Und es ist mir in all den Jahren nicht gelungen, diese Familie zu heilen.« Bruder Matteo zupfte gedankenverloren am Ärmel seiner Kutte. »Aber es ist ja noch nicht zu spät. Deine Mutter scheint ihren Frieden gemacht zu haben, endlich. Und du, mein Sohn?« Seine Frage klang fast zärtlich.

»Ich habe den Platz meines Vaters eingenommen, werde weiter die Geschäfte führen und mich um meine Mutter kümmern«, sagte Luca resigniert. »Wir sind beide allein.«

Bruder Matteo lächelte geheimnisvoll. »Die Wege des Herrn sind unergründlich, und wenn ich das so sagen darf – du verzeihst einem alten Mann seine Einmischung, mein Sohn –, die Wege deiner Mutter sind es auch.« Luca wusste nicht, wie er das zu deuten hatte. »Folge deinem eigenen Stern, Luca.«

Dem Polarstern, dachte Luca und fühlte sich so müde. Der alte Herr kam morgen nach Hause. Sie hatten mehr-

fach telefoniert, und Luca hatte ihn endlich auch auf seine Liebesbeziehung mit Johannas Mutter angesprochen. Noch ein Geheimnis, das er bis jetzt mit sich herumgetragen hatte, den Sternfrauen zuliebe. Giovanni hatte eine schlechte Verbindung vorgetäuscht und sich aus der Affäre gezogen. Jetzt hatte er noch etwas Zeit, sich eine Ausrede zurechtzulegen, warum er ihm nicht schon vor vier Jahren von Anna erzählt hatte.
Bruder Matteo erhob sich, und Luca half ihm über die Stufen in den Kirchenraum hinauf. Dort sah der alte Mann ihn an, als gäbe es auch für ihn noch eine letzte Wahrheit aufzudecken, ehe er diese Welt für immer verließ. Doch bevor er noch etwas sagen konnte, kam ein Ordensbruder und übernahm sein Geleit ins Kloster hinüber.
Luca blieb unschlüssig zurück. Er überlegte, nach Forte dei Marmi zu fahren. Vielleicht würde er sogar dort bleiben, bis Johanna wieder abreiste. Er hatte im letzten Jahr einen langjährigen Mitarbeiter aus dem Versand eingearbeitet, ihm bereits einige Reisen übertragen und Verhandlungen überlassen und ihn mit den juristischen Aspekten seines Aufgabenbereichs vertraut gemacht. Mauro Pisani sollte in naher Zukunft Giovanni entlasten, aber Luca hatte im Stillen auch darauf gehofft, dass er – falls sich seine privaten Lebensumstände einmal ändern sollten – nicht mehr ständig reisen müsste. Seit es da vor ein paar Monaten diesen Moment zwischen ihm und Johanna gegeben hatte, als er sie fast geküsst hätte, schmiedete er Pläne. Er hatte sogar einen Ring gekauft, einen antiken Goldring mit einem Saphir von zartem Blau und einem Hauch Violett, der die Farbe ihrer Augen hatte. Der Stein hatte kleine Diamanten auf beiden Seiten, zierlich und strahlend, so wie die Frau, die ihn tragen sollte. Er hatte

ihn in London in einer Auslage entdeckt und wartete seither auf die passende Gelegenheit, Johanna einen Antrag zu machen. Doch jetzt war jede nur denkbare Gelegenheit vorbeigezogen und der Ring nur noch eine Erinnerung an eine stumme Hoffnung. Luca stürzte mit ihr einer trostlosen Leere entgegen.

39

Die Aufregung besiegte die Müdigkeit, die Neugier und die Freude gaben Giovanni Fortini Kraft. Er kam am Samstagmorgen aus Moskau zurück, hatte im Flieger sporadisch geschlafen und fuhr sofort nach Hause in seine Wohnung. Johanna, Lucie und Sandro erwarteten ihn dort zum Frühstück. Der Höflichkeit halber klingelte er an seiner eigenen Tür, und Johanna öffnete ihm. Giovanni genoss den Moment. Er kam von einer anstrengenden Reise zurück, und »seine Anna« begrüßte ihn. Er war wieder jung, und sie war es noch immer wie in seinen Träumen, jenen der langen Winternächte vor einem Vierteljahrhundert, als er sich – einen abgegriffenen deutschen Sprachführer aus Giulias Regal auf dem Nachttisch – ihr gemeinsames Leben ausgemalt hatte. Giovanni umarmte Johanna und murmelte ihr leise ein paar unverfängliche Kosenamen ins Ohr, sagte ihr, wie froh er sei, dass nun alles ausgestanden und sie endlich in dieser Familie angekommen sei. Er ging in die Küche, in der Sandro am Frühstückstisch saß, zog auch ihn in eine Umarmung, küsste ihn auf beide Wangen und klopfte ihm vorsichtig auf die heile Schulter.

»Da hab ich meinen Wagen nun also so lange gepflegt, und du wickelst ihn einfach um eine Leitplanke, du wilder Hund!«, rügte er seinen Neffen, die ausgestandene Angst überspielend, doch jeder spürte seine Erleichterung darüber, Sandro in so guter Verfassung wiederzusehen.

Johanna bediente die Espressomaschine, deren Mahlwerk teuflisch laute Geräusche machte, und Lucie kam in einem rosaroten Pyjama mit verstrubbelten Haaren, barfuß und mit ihrem veilchenblauen Kuscheltuch in die Küche. Sie sah sich verschlafen um.

»Ah, Bella!«, rief Giovanni, als er Lucie sah. »Ick … äh … bin … äh … Onkel Giovanni.« Er versuchte sich langsam in der fremden, harten Sprache und betonte vorsorglich jedes Wort. Lucie lächelte. Sie schlurfte zur Küchenbank und setzte sich neben ihren Vater. Giovannis Augen wurden feucht. Das hier war wirklich seine Familie – seine Familie mit Anna. Es war nicht nur ein bloßer Wunschtraum, es war Wirklichkeit. Er bekam sie in einer Zeit geschenkt, in der er immer deutlicher spürte, dass er älter wurde, dass seine amourösen Abenteuer ihn mitunter mehr anstrengten als beglückten, jetzt, da er sich zunehmend nach anderen Dingen sehnte als Wohltätigkeitsveranstaltungen und Rendezvous. Diese Familie war sein Hafen, und aufgrund seiner Vergangenheit mit Anna fühlte er sich ihr doppelt verbunden. *»Ti piacciono i fiori?«*, fragte er Lucie, die ihren Kakao trank und ihn mit großen Augen ansah. »Äh …« Er suchte nach der deutschen Übersetzung – vergeblich. Johanna wollte einspringen, doch Sandro bedeutete ihr zu warten. Er wollte sehen, wie sein Onkel sich behalf. Lucie sah Giovanni an und wartete gespannt. Da zog er ein kleines Zeichenheft aus seinem Sakko und einen Bleistift und skizzierte für sie in Windeseile eine kurze Bildergeschichte – Blumenbeete, ein großes Herz und ein Mädchen, das ein bisschen

aussah wie Lucie in einem Garten. Sie betrachtete die winzigen Bilder, lachte und nickte.
»Zu Hause hab ich ganz viele Blumen«, sagte sie dann zu ihrem Großonkel. »Die Oma macht, dass sie wachsen. Und Apfelbäume.« Und sie sahen einander an, Lucie und Giovanni, und erkannten und verstanden sich.
Giovanni fuhr später weiter in die Villa seiner Schwägerin. Er hatte nur ein paar zusätzliche Sachen für die nächsten Tage zusammengepackt, und sie verabredeten – ungeachtet der Zeitverschiebung, die ihm in den Knochen steckte –, am Nachmittag alle gemeinsam den neuen Garten der Santa Maria Novella im Nordosten der Stadt zu besuchen. Giovanni würde sie abholen.
Dieser Tag war bewölkt, das Wetter kam von Westen und schwankte unentschieden zwischen sonnigen Abschnitten und Wolkentürmen. Aber es war angenehm warm, fast schwül, als die vier auf dem Hügel ankamen, wo die ungeteerte Straße am Eingang des Giardino nach links abbog und den Panoramablick auf die Stadt freigab. Weiter oben, von der Villa Petraia aus, war er noch schöner. Olivenbäume dominierten den Garten der Officina, Kräuter und jetzt im Mai die Schwertlilien, benannt nach der griechischen Göttin des Regenbogens, der Iris. Sie blühten in verschwenderischem Blau in den Wiesen neben den buchsgesäumten Rosenbeeten. Schautafeln erklärten die Bepflanzung, und Terrasse für Terrasse zogen sich schmale gekieste Wege dahin. Lucie sauste sofort los und setzte sich mit Giovanni ins Gras. Sie verhandelten darüber, was sie malen wollten. Mittlerweile waren die beiden viersprachig – Deutsch, Italienisch, Pantomimisch und im wahrsten Wortsinn Meister der Zeichensprache, denn Giovanni skizzierte weiterhin Bildergeschichten, die Lucie problemlos übersetzen konnte.

Sandro und Johanna beobachteten sie von einer Bank aus. Die dunklen Wolken hingen bereits tief, im Westen sah man eine breite Regensäule vom Himmel herabfallen, ein Gewitter zog auf. Johanna lehnte in Sandros behutsamer Umarmung ihren Kopf an seine Schulter und genoss die stille Übereinkunft ihrer Gefühle.

»Sie ist wie dieses Gewitter über mich hereingebrochen, Vanna«, sagte er, und sein Blick ruhte auf Lucie, die mit Giovanni unter einem Olivenbaum saß und herumalberte. Ihr Lachen war ansteckend. »Wie ein Blitz, und plötzlich ist alles hell, und du siehst dein Leben zum ersten Mal ganz, verstehst du? Alles bekommt Sinn.«

»Natürlich.« Johanna war noch nie so glücklich gewesen, nicht einmal an ihrem gemeinsamen Tag am Meer und auch nicht in der Nacht, die darauf folgte. Doch, an dem Tag, an dem Lucie geboren worden war, da schon. Wenngleich sie sich erinnerte, dass sie sich damals, Lucie im Arm, nach Sandro gesehnt hatte. Ein leises, schleichendes Gefühl, das sie über die Jahre immer begleitet und das ihr nicht erlaubt hatte, Luca zu lieben. Jetzt war diese Sehnsucht gestillt.

»Wir sollten Gabriela und Luca anrufen und mit ihnen reden«, sagte Sandro nachdenklich. »Es ist nicht fair, sie länger im Ungewissen zu lassen.«

»Ja, du hast recht«, entgegnete Johanna, doch sie hatte Angst vor diesem Gespräch mit Luca.

»Aber vielleicht warten wir auch noch ein wenig«, sagte er, denn er wollte diesen Tag mit ihr für sich haben, mit ihr und seiner Tochter, ohne Vorwürfe und Rechtfertigungen. Er hoffte so sehr, dass Gabriela ihm verzieh. »Gabbietta«, sein kleiner Käfig, der entgegen seinen Befürchtungen nie eng gewesen war. Dessen Stäbe aus einem Versprechen und Hoffnungen geschmiedet waren und gerade so stark, wie die Menschen, die es sich gegeben hatten, es hielten oder brachen. Sie hatte die Tür für ihn immer offen gelassen.

»Ja«, antwortete Johanna und lächelte ihn an. Der Augenblick war mild, sie schenkte sich ihm. »Warten wir bis morgen. Oder übermorgen. Lulus Geburtstag wäre vielleicht eine gute Gelegenheit für einen Neuanfang, was meinst du?« Sandro küsste Johanna auf ihr duftendes Haar. Sie trug das *Acqua della Regina* nicht mehr. Er erkannte den Duft der Engel, und er passte gut zu ihr.

»Ja, Lucias Geburtstag ist genau der richtige Tag«, stimmte er ihr zu, und das Gewitter, das vom Meer her kam, rollte nun gewaltig über den Himmel heran, und die ersten Blitze zuckten im Westen über dem nahen Flughafen. Es donnerte und begann im selben Moment zu regnen.

Lucie quiekte auf, Giovanni und sie packten ihre Malsachen zusammen, und sie liefen zur Villa Petraia hinauf, Johanna und Sandro hinter ihnen her. Sie durchquerten eilig den Hanggarten, vorbei am zentralen Brunnenplatz, passierten kleine Pfirsichbäume und die tiefen Becken, die früher die Wasserspiele gespeist hatten. Die Villa war nur zweistöckig und integrierte auf ihrer Rückseite einen alten Wehrturm, der das Haus wie ein riesiger Adlerhorst überragte. Der große Innenhof gleich hinter dem offen stehenden Eingang war von einer Stahl- und Glaskonstruktion überbaut und mutete wie ein historisches Gewächshaus an. Das transparente Dach schützte die kunstvollen Fresken ringsum, die antiken Möbel und die Bilder auf den Galerien im ersten Stock. Die helle überdachte Loggia glich einem Tanzsaal. Und gegenüber der Eingangstür, auf der Rückseite, stand eine weitere Tür offen, so dass sich der aufkommende Wind darin fing, der jetzt mit lautem Pfeifen um den kleinen Palast sauste. Giovanni hatte Lucie das letzte Stück auf seinen Schultern getragen. Jetzt mogelte er sich mit ihr an der geführten Besuchergruppe im ersten Stock vorbei und zeigte ihr die Zimmer – den langen feudalen Speisesaal, das Spielzimmer mit den Billardtischen, die Schlaf- und Ankleidezimmer der Damen. Die Einrichtung war im Stil eines erlesenen Jagdschlösschens gehalten.

Johanna und Sandro blieben in der Loggia zurück und saßen heimlich und unbeobachtet auf einem der langen Sofas. Sein Haar tropfte, in ihrem perlte der Regen – kleine nasse Diamanten. Er legte ihr seine verschrammte Lederjacke um, aber sie fror nicht, es war noch immer warm. Sie dachte an Luca, erinnerte sich, wie er am Vortag von Lucies Taufe erwartungsvoll vor ihrer Tür gestanden hatte, Feuchtigkeit in den wirren Locken.

»Weißt du, wo Luca ist?«, fragte sie.

Sandro zuckte mit den Schultern. »Nein. Mutter hat gesagt, dass er gestern nicht nach Hause gekommen ist. Ich gehe ihm aus dem Weg.«

»Bist du ihm noch immer böse?«, fragte Johanna.

»Es wird dauern, das musst du verstehen.« Er sah sie zärtlich an, und sein Turmalinblick grub sich ein. Es donnerte und blitzte fast zeitgleich, und sie erschrak. Der Regen prasselte nun laut und kräftig auf das hohe Glasdach. Er zog sie beschützend an sich, küsste sie auf die Stirn, und sie wusste in diesem zaghaften Moment, dass sie die richtige Entscheidung für sich getroffen hatte, für sich und Lucie. Das Mosaik aus Porzellan, Messing, Leder und Turmalin erstand erneut vor ihr, und es fügte sich das eine letzte Teil ein, das gefehlt hatte – Lucies Leuchten, das in diesem Land den Duft der blauen Iris trug, der mit ihr verschmolzen war wie der Himmel mit ihrem Blick. Diese Gewissheit war wie das Aufklaren nach dem Gewittersturm, die

Luft war wieder frisch und rein, und man glaubte über das Firmament hinaussehen zu können. Das letzte Vibrieren verebbte, die letzte gleißende Entladung erstarb im Boden, und jenseits der Berge tat sich ein neues Land auf.

Am späten Sonntagvormittag, Luca hatte sich in die Villa am Meer zurückgezogen und nach Rücksprache mit Mauro Pisani für ein paar Tage in der Officina abgemeldet, klingelte sein privates Handy. Es war Johanna. Sie hatte bereits am Freitagabend versucht, ihn zu erreichen, und er hatte den Anruf nicht entgegengenommen, weshalb er sein Handy am Samstag erst gar nicht eingeschaltet hatte.

»Luca, wo bist du?«, fragte sie, nachdem er sich gemeldet hatte. »Wir machen uns hier alle Sorgen.«

»Alle sicher nicht«, entgegnete er. »Im Geschäft wissen sie Bescheid.«

»Bist du gar nicht mehr in Florenz?«, erkundigte sie sich verunsichert. »Lucie fragt nach dir, wegen morgen.«

»Das tut mir leid, Giovanna, ich musste ein paar Tage verreisen. Grüß sie von mir und sag ihr, ich werde morgen nicht da sein. Mein Geschenk hat Alice, sie weiß Bescheid.« Johanna war enttäuscht, doch was hatte sie erwartet?

»Wo bist du?«, fragte sie noch einmal, und diesmal so nachdrücklich, dass er antwortete.

»Ich bin in Marmi.«

»Am Meer?«

»Ich brauche etwas Zeit für mich, Giovanna. Und du auch. Es ist besser so«, sagte er und wollte das Gespräch beenden.

»Du hast mir versprochen, mit mir in die Uffizien zu gehen«, hielt Johanna ihn zurück, denn sie brauchte nicht

mehr Zeit, Sandros und ihre Entscheidung stand fest. »Weißt du noch, Luca, vor vier Jahren, da wolltest du mit mir hin, aber die Dame, die dich montags heimlich reinlässt, war nicht da«, sagte sie deshalb zu ihm, und Luca schwieg. »Du wolltest mir den Korridor von dort zum Palazzo Pitti zeigen, wenn ich irgendwann mal wieder nach Florenz komme, und jetzt bin ich da.« Johanna hörte Luca seufzen. »Ich bin da, und morgen ist Montag. Das ist vorerst die letzte Gelegenheit.« Luca wusste nicht, was er ihr entgegnen sollte. Er blickte auf das kleine blaue Samtetui, das er aus seinem Büro mitgenommen hatte, um sich bei dem Anblick des veilchenblauen Saphirs zu quälen, und schwieg noch immer. »Du kannst mich um zehn in Giovannis Wohnung abholen«, sagte Johanna, ohne auf seine Zustimmung zu warten, denn sie spürte ganz deutlich, dass sie ihm keine Wahl lassen durfte – die Aussprache war unumgänglich. »Dein Onkel möchte am Vormittag mit Lulu in den Giardino di Boboli und mit ihr Rosen malen. Wir treffen die zwei dann dort am Ende vom Vasari-Korridor, das passt perfekt.« So bestimmt hatte Luca Johanna noch nie erlebt, er kapitulierte.
»Gut, Giovanna, ich komme. Aber ich kann dir nicht versprechen, am Nachmittag mit euch zu feiern.«

40

Johanna sah am Montagmorgen – Lucies drittem Geburtstag – in Giovannis Kleiderschrank auf die wenigen Sachen, die sie mitgebracht hatte, und überlegte, was sie anziehen sollte. Sie trug bis jetzt nur ein Unterkleid, das sich weich und seidig an ihren Körper schmiegte, und dazu zarte halterlose Strümpfe. Ihr Blick fiel auf das lachsfarbene Kleid im Charleston-Look, das mit den kleinen Glasapplikationen am Saum. Das war perfekt! Zwar war sie diesmal in der Eile ohne Hüte gereist, aber die Sonne brannte noch nicht so heiß, die Temperaturen wa ren angenehm, sie brauchte sie nicht.

»Onkel Wanni schenkt mir Stifte«, sagte Lucie freudig. Sie zog sich soeben ihre weißen Söckchen und die roten Lieblingsschuhe an. Sie hatte darauf bestanden, in einem von Nilas schönsten Kleidern in den Giardino di Boboli zu gehen, einem himmelblauen Schürzenkleid, um genauso hübsch zu sein wie ihre Mama. Johanna hätte Hosen praktischer gefunden. »Wir malen Rosen für Luca«, ergänzte Lucie noch. Pia Wang und ihr Mann wären auf ihre abstrakten Darstellungen mächtig stolz gewesen. Lucie hatte, ehe das Gewitter losbrach, im Garten der Officina diverse bunte Punkte gemalt, die Blumen und Bienen darstellen sollten, und einen dicken Punkt mit Strichen, in dem sich ihr Onkel Wanni wiedererkannte – Giovanni konnte sie nicht aussprechen. Er hatte das Kunstwerk mit seinem Kringel-Porträt nach dem gemeinsamen Ausflug behalten dürfen und Lucie dafür eigene Stifte und einen erneuten Zeichenversuch bei Sonnenschein versprochen. Und sie hatte seine Bildergeschichten behalten dürfen und hoffte, dass heute noch ein paar neue dazukämen.

»Dann musst du dich aber langsam beeilen, Lulu. Giovanni und Luca werden bald da sein.« Johanna kniete vor ihrer Tochter und half ihr beim Verschließen der Schuhe, ehe sie selbst in ihr Kleid schlüpfte und Ohrringe auswählte. »Ist das wirklich in Ordnung, Lulu, dass du allein mit Onkel Giovanni in den Park gehst? Luca und ich kommen später nach.«

»Klar. Wenn Onkel Wanni was nicht sagen kann, malt er mir das doch. So wie mit den Riech-Karten.«

»Und nach dem Mittagschlaf feiern wir dann bei der Luca-Oma. Alice hat ganz viele Kuchen für dich gebacken«, lockte Johanna Lucie und überprüfte im Spiegel ihr Make-up.
»Der Papa mag auch Kuchen«, sagte Lucie stolz und spielte mit Johannas Puderquaste. Das hatten sie bereits gemeinsam festgestellt, und dass er im Riechspiel gegen sie gewinnen konnte, und zwar nur er, das fand Lucie auch toll. Aber natürlich vermisste sie trotz der vielen neuen Eindrücke und Menschen ihre Großeltern Anna und Cornelius und Oma-Mechthild und Lilo und Niklas und sogar Ludwig Korn, der an ihrem Geburtstag wieder Girlanden und Lichter in den Hof hatte hängen wollen und jetzt wohl alleine dort saß. Johanna versprach Lucie, in diesem Jahr zweimal zu feiern, heute bei der Luca-Oma und dann noch einmal zu Hause. Außerdem hatte Anna schon ganz früh angerufen und Lucie gratuliert.
Es klingelte an der Tür, Giovanni und Luca waren gemeinsam gekommen. Giovanni brauchte noch ein paar Dinge aus seiner Wohnung und wollte dann mit Lucie zum Park hinüberfahren. Er hatte eine Erlaubnis, mit der er im Innenstadtbereich parken durfte.
»Guten Morgen, Giovanna«, begrüßte Luca Johanna verhalten und küsste sie vorsichtig auf die Wange. Sie erkannte den hellgrauen, leichten Einreiher wieder, den er trug, und den Panamahut mit schwarzem Band.
»Also, wir werden erst mal richtig frühstücken, Lucia und ich«, warf sich Giovanni dazwischen und ging gut gelaunt in seine Wohnung. Lucie strahlte ihn an. »Lakritzä-Eis«, sagte er jetzt auf Deutsch zu ihr, »wir … äh … nähme Lakritzä-Eis … äh … zu die Frühstück!«
Lucie hüpfte im Flur, sah in dem Moment Luca, der noch immer draußen an der Wohnungstür stand, und sprang

ihm entgegen. Er konnte sie gerade noch auffangen. Ihre Beine umschlossen seine Hüften und ihre Arme seinen Hals. »Luca!«, rief sie, als hätte sie ihn ewig nicht mehr gesehen, und genauso fühlte es sich für sie auch an. »Du warst gar nicht mehr da!«

»Du trägst ja wieder deine roten Schuhe, *bella Lucia*«, sagte er und freute sich, dass sie sie so sehr mochte.

»Die hat doch das Kriskind gebracht!«, erwiderte Lucie, und damit musste allen klar sein, warum sie die Schuhe jetzt jeden Tag tragen würde, außer bei Pfützen-Spring-Wetter.

»Ihr erreicht uns am Handy«, sagte Giovanni, als er sich kurz darauf mit Lucie auf den Weg machte, während sein Neffe noch immer unschlüssig in der Tür stand. »Ruft an, wenn ihr drüben seid.«

Luca hielt seinen Hut in der Hand und mied Johannas Blick. Ihr glutrotes Haar loderte ihren Hals entlang, fiel offen über ihre Schultern und bis zu den Hüften herab, ein Bild, dessen Schönheit kaum zu ertragen war. Sie duftete nach den Engeln und trug das Kleid, das sie damals im Rosengarten angehabt hatte. Es machte leise Geräusche, wenn die Glasperlen aneinanderrieben, weil der Saum um ihre Beine schwang.

»Wollen wir?«, fragte Luca, und sie verließen die Wohnung und gingen die wenigen Meter zu den Uffizien hinüber. Luca dirigierte Johanna zum vordersten der drei offiziellen Eingänge, der am nächsten an der Piazza della Signoria lag. Dort würde Raffaella auf ihn warten, Sandros Verflossene aus seiner Zeit vor der *École de Parfumerie Givaudan.*

»Willst du denn gar nicht nach Lulus Treffen mit Sandro fragen?«, erkundigte sich Johanna auf ihrem Weg, und Luca räusperte sich. Er hatte ein schlechtes Gewissen. Für Lucie hätte er da sein müssen, zumindest für sie.

»Wie hat sie es aufgenommen?«, fragte er jetzt.
»Gut.« Er sah, dass sie lächelte, und fürchtete sich, dass sie ihm gleich erzählen würde, wie glücklich sie waren, zu dritt, und dass Sandro sich von Gabriela trennen werde. Warum nur hatte er sich überreden lassen, herzukommen? Warum war er nicht in Marmi geblieben, bis sie wieder fort waren? Es hätte so viel weniger geschmerzt.
»Dein Bruder ist glücklich. Ich weiß, dass es für ihn und Gabriela nicht leicht ist, aber er ist trotzdem einfach nur überglücklich.«
»Und Lucia?«, fragte Luca.
»Sie hat sie alle um den kleinen Finger gewickelt, deine Mutter, Giovanni … Du siehst ja, sie geht mit ihm mit, als würde sie ihn schon immer kennen. Sie fremdelt gar nicht.« Luca nickte. Lucie ging es wirklich gut. »Und Sandro ist die Antwort auf ihre Fragen. Sie entdeckt Gemeinsamkeiten. Es hat ein bisschen gedauert, aber jetzt versteht sie, dass nicht du ihr Vater bist.« Ein Stich nach dem anderen und doch nichts, was Luca nicht genau so erwartet hatte. Alles hatte seine Ordnung, und er hatte sie angestoßen.
Luca klopfte kräftig an der schweren, hohen Tür unter den Arkaden. Raffaella öffnete und gab ihm zwei Mitarbeiterausweise in Schutzhüllen, die er sich und Johanna anklipste. »Deine Venus ist umgezogen«, informierte sie ihn währenddessen und zwinkerte Johanna zu.
»Umgezogen? Wohin?«, fragte Luca.
»Zweiter Raum vor dem Café. Das Licht ist besser.«
Sie gingen durch die Eingangshalle und das große Treppenhaus. Allein die Architektur des Gebäudes war ein Kunstgenuss. Die Weite in zartem Türkis mit Weiß, in die man eintrat, die Säulen, erste Skulpturen und bunte Fresken an den Decken, abgelöst von dunklem Gebälk. Das

alles fing die hungrigen Blicke ein und fütterte sie mit feinsinnigen Versprechen. Ab und zu sahen Putzkräfte auf und zogen Eimer und Wischmopps aus dem Weg. Das Personal aus den Restaurationswerkstätten, das Bilder abnahm oder zurückbrachte, blickte streng, registrierte Johannas und Lucas Ausweise und ging weiter seiner Arbeit nach.

Die lange Galerie des Ostflügels im zweiten Stock, deren Fensterfronten zum offenen Innenhof zeigten, war menschenleer. Der Marmorboden glänzte bereits frisch gebohnert, ihre Schritte hallten. Irgendwo erklangen Stimmen, dann war es wieder still, so still, dass man tatsächlich hörte, wie die Bilder zu einem sprachen, und den eigenen Herzschlag vernahm, der ihnen antwortete. Die Büsten neben den Eingängen der Ausstellungsräume kannte Johanna schon von ihrem ersten Besuch vor vier Jahren, den sie wegen des Gedränges abgebrochen hatte, und die kleinen Porträts berühmter Florentiner Bürger, Adliger und Würdenträger ebenfalls. Ein generationenübergreifendes Familientreffen der Medici knapp unterhalb der Deckenleiste.

»Wanderpokale«, erläuterte Luca Johanna, froh darüber, das Gespräch jetzt auf die Kunst lenken zu können. »Sie kommen und gehen und tauchen dann an anderer Stelle wieder auf. Sie haben keine feste Ordnung.«

Johanna überlegte, welches Gesicht sie kannte. »Ist Caterina de' Medici auch irgendwo?«, fragte sie.

»Am Ende des Flurs. Es ist ein großes Bild. Willst du es sehen?«

Johanna nickte, denn sie wollte ihr Gespräch mit Luca noch ein wenig hinausschieben. Ihr fehlte noch ein kleines Detail.

Die Florentinerin und Königin von Frankreich war in

einem strengen schwarzen Kleid mit pelzverbrämten Ärmeln abgebildet und hatte das Gesicht einer Puppe.

»Ich stelle mir vor, dass sie nach dem *Acqua della Regina* duftet«, sagte Johanna andächtig. »Nach eurem Acqua, das mich nach Florenz gebracht hat. Ohne sie würden wir uns gar nicht kennen.«

Und ohne sie gäbe es auch Lucie nicht, dachte Luca und wusste im Widerstreit seiner Gefühle nicht, ob ihn der Gedanke tröstete oder traurig machte.

»Komm«, forderte er sie zum Weitergehen auf, »ich zeige dir jetzt meine Lieblingsmadonna von Filippo Lippi. Du wirst sehen, dass die Marien zu Beginn der Renaissance langsam fraulicher werden. Man erahnt ihre Körper unter den Gewändern, manchmal fällt eine Haarsträhne unter einem Schleier hervor.« Luca liebte die Sanftheit und Verletzlichkeit, die Lippi geschaffen hatte, und die Geborgenheit, die seine *Madonna mit Kind und zwei Engeln* ausstrahlte. Eine Geborgenheit, nach der er sich immer gesehnt und die er bei Johanna und Lucie gefunden hatte. »Das ist sie, die Schönste von allen«, sagte er andächtig und zeigte auf das Bild. Die Madonna trug Blau – damals die teuerste aller Farben –, war zart und blond – das Schönheitsideal der Zeit –, und ihr transparenter Schleier fiel über Perlenschnüre in ihrem Haar. Als Vorlage hatte Lippi seine Ehefrau und seinen Sohn gewählt und seine tiefsten Empfindungen in feine Pinselstriche übersetzt. Ihre Gesichter spiegelten seine Liebe noch heute. »Nimm dir Zeit«, bat Luca Johanna, »gönn dir die Zwiesprache, nur du und sie, nur du und der Meister.« Sie stand nun ganz dicht vor dem anrührenden, luminösen Gemälde. Luca legte hinter ihr seine Hände auf ihre Schultern und versank in der Welt aus Farben, die ihn barg. »Was siehst du?«, wollte er wissen und war gespannt, ob Johanna seine Empfindungen teilte.

»Zärtlichkeit«, antwortete sie, denn Zärtlichkeit war alles, was sie sah und auch spürte. Sie wusste, dass sie diese Empfindung endlich wieder zulassen und ihr vertrauen durfte. Sie hatte am Samstag noch lange mit Sandro gesprochen, den Abend mit ihm im Garten der Fortini-Villa verbracht, als Lucie längst auf dem Sofa in der Bibliothek in Giulias Schoß eingeschlafen war und Giovanni sie so gemalt hatte. Ein schlafender Engel, der nach der blauen Iris duftete, eine Kohlezeichnung. Und am nächsten Morgen hatten sie und Sandro dann beim Frühstück telefoniert, während Lucie noch im Gästezimmer schlief. Sandro hatte Gabriela angerufen und sie gebeten, zu Lucies Feier zu kommen, und Johanna hatte Luca an seine Einladung in die Uffizien erinnert. Jetzt waren sie hier, aber sie wusste noch immer nicht, wie sie ihre Beichte beginnen sollte.

»Weiter?«, fragte Luca und nahm wieder Abstand. Er strich sich die widerspenstigen dunklen Locken aus dem Gesicht und verbat sich jede Gemütsregung.

»Was kommt?«

»Das erste Museum der Welt, gewissermaßen«, sagte Luca und ließ Piero della Francesca sowie da Vinci und seine *Verkündigung* im wahrsten Sinne des Wortes links liegen. Er ging zur Tribuna, einem achteckigen Präsentierraum, der mit einer mit Muscheln ausgekleideten Kuppel überbaut war, roter Samt und kunstvolle Gobelins an den Wänden, Ölgemälde in schweren Goldrahmen und Skulpturen aus weißem Marmor, die sich auf Säulen über den Raum verteilten. »Du musst dir fünfzigmal so viele Bilder an den Wänden vorstellen«, erklärte er stolz. »Als die Uffizien noch als Amtsräume genutzt wurden, war das der Raum, in dem die Medici ihre größten Kunstschätze ausgestellt und sie Besuchern präsentiert haben. Raffael, Tizian, Caravaggio, Giotto, Michelangelo … Der hat die Malerei übrigens gehasst, hat sie für Zeitverschwendung gehalten und war viel lieber Bildhauer.« Er sah sich um. »Die begnadetsten Meister hingen hier früher einer neben dem anderen und bis unter die Decke.« Johanna versuchte es vor sich zu sehen. »Komm mit!«, sagte Luca und trat durch einen der beiden sich gegenüberliegenden Durchgänge ein, was strengstens verboten war. Doch er genoss das Gefühl der Heimlichkeit, ganz allein mit ihr und umringt von den seltenen Schätzen. In der Mitte des Raums stand ein achteckiger Tisch mit Goldfüßen. Luca stellte sich mit Johanna daneben und blickte mit ihr in die Kuppel hinauf. »Warst du eigentlich in San Lorenzo?«, fragte er sie. »Hast du die Kuppel dort gesehen?«

»Die Farben, die lächeln?«, fragte Johanna zurück, und er wurde ganz verlegen, weil sie sich seine Beschreibung von damals gemerkt hatte. »Ja, ich war gestern mit Giovanni und Lucie dort. Das war die erste Kirche, die sie besichtigt hat, und sie war ziemlich beeindruckt, dass der liebe Gott bei euch in einem so großen Haus wohnt.« Luca musste lachen. »Sie kennt ja bisher nur ihre Taufkirche und die kleine Leonhardskapelle, wo ich immer mein Quellwasser hole.« Auf dem Flur näherten sich Schritte. Luca deutete zur Tür, und sie schlichen zurück. Im kurzen Quergang, der am Arno entlangführte, hatte Johanna dann einen ähnlichen Ausblick wie von Giovannis Schlafzimmerfenster aus. »Dort drüben sind sie«, sagte Luca und deutete zur Spitze des türkisfarbenen Kaffeehauses im Giardino di Boboli. »Machst du dir Sorgen?«

»Nein, gar nicht. Giovanni kann uns ja erreichen, aber das wird bestimmt nicht nötig sein. Lucie vergöttert ihn, er ist so lustig und unkonventionell. Ein bisschen wie mein Vater.«

»Dein Vater in klein und rundlich«, konkretisierte Luca.

»Genau!«

»Siehst du«, fuhr Luca dann fort, »das da vorne ist bereits die Tür zum Vasari-Korridor. Aber ich würde dir vorher gerne noch die Dachterrasse zeigen, und auf dem Weg dorthin müssten wir dann auch bei ihr vorbeikommen.«

Bei ihr – Johanna wusste, dass Luca Botticellis Venus meinte, die er so liebte, weshalb sie ihn bei der Hand nahm und mit ihm die Westgalerie betrat.

41

»Tatsächlich, hier ist sie!«, rief Luca Johanna zu und begab sich in einen schlichten Ausstellungsraum mit weißen Wänden – Michelangelos Opulenz präsentierte das Museum auf rotem Grund. »Der Raum ist kleiner als der alte«, sagte er und orientierte sich schnell – rechts *Die Geburt der Venus* und *Die Anbetung der Heiligen drei Könige,* auf dem sich Botticelli selbst dargestellt hatte, links sein *Frühling,* und auf der Stirnseite hing das Triptychon des flämischen Malers Hugo van der Goes. »Das Licht ist hier wirklich besser«, erklärte er und freute sich für einen kurzen Moment. »Sieh nur, im *Frühling* kannst du jede kleine Blume erkennen. Und dann sie ...« Er wandte sich der Venus zu und prägte sich das Bild im Bild genau ein – Johanna mit ihrem fließenden langen Haar vor ihrem Ebenbild hinter Glas, den Kopf leicht geneigt, den rechten Arm angewinkelt, bis sie mit ihrem Gegen-

über verschmolz. Helle Haut, ein ruhiger Blick, Wind und Wellen. Die antike Venus und der Engel. Luca sah sie und spürte das blaue Samtetui bleischwer in seiner Anzugtasche. Er wusste nicht, warum er es bei sich trug.
»Ist der Blick von der Terrasse schön?«, fragte Johanna unvermittelt, während sie zum *Frühling* hinüberging.
»Ehrlich gesagt nicht so sehr. Die Brüstung ist zu hoch. Du siehst vom Dom nur die Kuppel und den Turm des Palazzo Vecchio«, gestand Luca. »Aber dafür hast du viel Himmel über dir«, versuchte er sie zu gewinnen, »und es ist ganz still. Du bist im Herzen der Stadt, unter dir brodelt das Leben, und du merkst nichts davon.« Diese exponierte Abgeschiedenheit entsprach ihm so sehr. Dieser Ort war sein Ruhepol im Getriebe der Stadt, seiner Arbeit, seinem Leben. Hier dachte er nach und fällte Entscheidungen – wie vor einer Woche, als er genau dort beschlossen hatte, den Lügen in seiner Familie ein Ende zu machen und sich endlich der Wahrheit zu stellen. Wenn es also an diesem Ort endete, wäre es nur folgerichtig.
»Dann lass uns doch gleich den geheimnisvollen Gang nehmen«, bat Johanna. »Lucie freut sich, wenn wir kommen.«
Verflucht! Hatte sie ihn denn nicht angerufen, weil sie mit ihm reden wollte? Er würde es ihr leichtmachen, entschied Luca in diesem Moment, auch wenn der Ring in seiner Tasche förmlich glühte und ihn verhöhnte. Er würde sie hinüberführen in den Giardino di Boboli, ihr dort Glück wünschen, gehen und das verdammte Ding in den nächsten Opferstock werfen, ohne seine sinnlosen Gefühle auch nur zu erwähnen.
Der Vasari-Korridor war ursprünglich für Großherzog Cosimo I. de' Medici gebaut worden. Johanna wusste,

dass sein Architekt, Giorgio Vasari, auch den Bau der Uffizien überwacht hatte. Cosimo hatte zwei Herrschaftssitze gehabt, den Palazzo Vecchio auf der nördlichen Arnoseite und den Palazzo Pitti auf der südlichen. Auf seinem Weg von einem zum anderen über öffentliche Straßen, Plätze und den Arno hinweg war er ständig der Gefahr eines Anschlags ausgesetzt gewesen. Vasari nahm sich den mittelalterlichen Verbindungsgang des Passetto di Borgo in Rom zum Vorbild, der dem Papst die sichere Passage zwischen der Vatikanstadt und der Engelsburg erlaubte, um die erlauchte Familie Medici zu schützen. Und er ersparte ihnen so auch die Nähe des miefenden Pöbels, ein willkommener Nebeneffekt.

Der Korridor begann mit einer Überquerung der Via della Ninna zwischen dem Palazzo Vecchio und dem zweiten Obergeschoss der Uffizien. Raffaella wartete an der weiterführenden Tür in der Westgalerie und sperrte sie für Johanna und Luca auf. »Das Übliche, du weißt Bescheid«, sagte sie mit gespielter Strenge zu Luca, »keine Lichtschranken, kein Schutzglas. Wenn ihr mir eines der Bilder anrührt, bin ich meinen Job los!« Tatsächlich waren die vielen Ölgemälde aus der Zeit des Barock, die den Gang bis zum Brückenkopf zierten, und die berühmte Sammlung von Künsterselbstporträts, die im Abschnitt über dem Ponte Vecchio und darüber hinaus zu sehen war, völlig ungesichert. Führungen wurden deshalb immer von einem zusätzlichen Mitarbeiter der Uffizien begleitet, um die Sicherheit der Kunstwerke zu garantieren. Raffaella drückte Johanna einen kleinen Rosenstrauß in die Hand, ehe sie hinter Luca eintrat. »Die sind von Sandro«, flüsterte sie ihr zu. »Ich soll sie dir geben.«

»Danke«, entgegnete Johanna und strahlte glücklich. Sie versuchte den kleinen Strauß zu verbergen und stieg mit

Luca, der so tat, als hätte er die Blumen und Raffaellas Flüstern nicht bemerkt, die breite Steintreppe des Gangs hinunter. Er führte in eine kleine, aber hohe Halle, in der die ersten Bilder hingen, und durchquerte weiter abwärts einen benachbarten Palazzo, den sie auf der Höhe zwischen erstem und zweitem Stock in Richtung Arno wieder verließen. Johanna war überrascht. Sie hatte sich einen engen, verwinkelten Geheimgang vorgestellt, stattdessen verlief der Vasari-Korridor parallel zum Arno kerzengerade, war breit und hoch, der Boden mit rotem Steingut im Fischgrätmuster gefliest und die Wände in einem freundlichen Gelb gehalten. Die Fenster waren von außen grob vergittert. Trotzdem war es sehr hell, und Johanna konnte zur Brücke hinübersehen, auf die der Gang an seinem Ende links abbog. Die wundervollen Bilder hingen hier in zwei Reihen übereinander und waren mit kleinen Schildern mit den Namen der Künstler versehen. Johanna verliebte sich in Anton Domenico Gabbianis *Entführung des Ganymed* – Zeus als Adler, der den Sohn des trojanischen Königs Tros raubte, »den Schönsten aller Sterblichen«, den er liebte. Die weiten Schwingen vor einem wolkendurchzogenen Himmel, die Krallen, die den fast nackten Jüngling sanft ergriffen und doch nicht verletzten, und die Art, wie sie einander ansahen, Ganymed und sein gefiederter Entführer, berührten Johanna. Die düstere Stimmung in Grau- und Blautönen gleich dem Himmel über dem Giardino di Santa Maria Novella am Samstag, und dann das Sonnenlicht auf den Gesichtern. Sie umfasste ihren Rosenstrauß wie der Adler seine geliebte Beute und überlegte angestrengt, wie sie Luca die Ereignisse der letzten Tage und ihre Gefühle erklären konnte, griff in ihre Korbtasche und versprühte etwas *Balsamischen Mut*. Luca zählte derweil die Daten der Bauzeit und die Abfolge der Regenten und Ämter der Medici auf. So unbewegt und sachlich hatte Johanna ihn zuletzt vor vier Jahren in seinem Büro erlebt. Sie spürte, wie er ihr entglitt, wie er sich aus den Fängen des Adlers löste und stürzte. Aber vielleicht hatte er sich auch schon viel früher gelöst, vielleicht war dieser nüchterne Luca, der sich tagelang nicht bei ihr gemeldet hatte, längst frei und seine Gefühle für sie verschwunden? Hatte er sich in jener Nacht womöglich schon von ihr abgewendet, bevor Lucie geweint hatte und sie zu ihr hinübergegangen waren? War ihm die Londonreise am nächsten Morgen gelegen gekommen? Hatte er deshalb beschlossen, seiner Mutter und Sandro endlich reinen Wein einzuschenken, weil er einen Schlussstrich ziehen wollte?

Auf dem Ponte Vecchio lösten die Selbstporträts der großen europäischen Maler die Gemälde des Barock ab. Hier ausgestellt zu sein, ohne wirklich gesehen zu werden, war auch für die berühmtesten Künstler seit jeher eine Ehre. Der Vasari-Korridor, der nun über die Juweliergeschäfte hinweglief, gab ostseitig durch quadratische Fenster den Blick auf den Arno und den Ponte alle Grazie frei. Und nach Westen, genau in der Mitte der Brücke, konnte man durch eine breite Fensterfront hinunter auf die Straße und zur Cellini-Büste sehen, die dort von einem niedrigen Gitter aus Schmiedeeisen umgeben war. Unzählige kleine »Liebesschlösser«, *»lucchetti dell'amore«*, hingen daran, kleine Vorhängeschlösser, deren Schlüssel die Verliebten in den Fluss warfen, um symbolisch ihre ewige Liebe zu besiegeln. Johanna kannte den Brauch aus Paris und von der Milvischen Brücke in Rom, auf der Hunderte Schlösser Laternenpfähle beschwerten. Und Ben hatte eines an der Thalkirchener Brücke nahe dem Münchner Tierpark befestigt, das ihre Liebe dort überdauerte.

Die Rosen noch immer in der Hand, blickte Johanna hinunter und fasste sich ein Herz. Jetzt, es musste jetzt sein. »Luca«, begann sie ihr Geständnis – das Hydrolat der Angelikawurzeln entfaltete seine Wirkung –, »Sandro und ich haben viel Zeit miteinander verbracht.« Luca schwieg. Er sah auf den Fluss und fühlte sich nicht gut. Sein Herz raste, und irgendetwas war mit seiner Atmung nicht in Ordnung. Es war zu heiß und stickig in diesem Gang. Hätten sie das Gespräch doch bloß oben auf der Terrasse geführt. »Ich möchte dir schon die ganze Zeit erzählen, dass wir wissen, wie unser Leben aussehen soll ...« Johanna stockte. Sie schaute zu den Liebesschlössern hinunter, Luca noch immer den Rücken zugewandt, und suchte nach den richtigen Worten. »Sandro hat das Gleiche gefühlt ...«

»Ich weiß, Giovanna«, sagte Luca leise, »du brauchst es nicht zu erklären.« Er drehte sich jetzt zu ihr um, sah die Rosen – blassrosa, gelb und rot – und dachte an den Strauß, mit dem er ihr vor vier Jahren hatte sagen wollen, dass er sich in sie verliebt hatte, genau wie mit diesem unseligen Ring, den er jetzt in seiner Hand verbarg.

»Doch, Luca, das muss ich«, entgegnete Johanna und sah ihn an. Er wandte sich nicht ab. Er ertrug den Sog des Veilchenmeeres und hielt dagegen, endlich, nach Tagen zum ersten Mal wieder. Und dann stand die Zeit still, lief kurz darauf wieder los und überschlug sich mit Ereignissen, die sich binnen Sekunden zusammenballten wie damals bei Johannas Destillenexplosion: Luca öffnete entgegen Raffaellas ausdrücklichen Anweisungen mit Gewalt das Fenster hinter sich, weil er glaubte zu ersticken, und warf den antiken Goldring mitsamt seinen Träumen in den Fluss zu den Pretiosen, die die Flut 1966 verschlungen hatte. Johanna sagte: »Luca, ich liebe dich.« Der

Fensterflügel, der zu viel Schwung bekommen hatte, schlug an der dahinterliegenden Wand auf das Porträt des schmalbrüstigen Albrecht Dürer in silber-schwarzem Wams. Es fiel mit einem dumpfen Knall zu Boden. Luca starrte Johanna bestürzt an und sie den verunglückten Renaissancekünstler auf leichtem Pappelholz. Sie bückten sich gleichzeitig und hoben ihn auf. Eine Leiste des Rahmens war abgebrochen, und das Bild hatte sich daraus gelöst.

»Aber die Rosen«, sagte Luca nur und sah auf den Strauß, »von meinem Bruder …«

»Nein, von mir, und sie sind für dich. Du hast mir damals fast die gleichen geschenkt, weißt du noch? Ich hab sie getrocknet und in der Sternwarte aufgehängt.« Luca kniete jetzt neben Johanna, hielt den ramponierten Dürer in Händen und war wie versteinert. »Sandro hat Raffaella gebeten, sie für mich zu besorgen. Es sollte eine Überraschung sein, weil ich gehofft habe, dass die Blumen und mein Kleid und das Acqua der Engel dich an unseren Tag im Rosengarten erinnern. *Je me souviens,* Luca.«

»Aber du und mein Bruder …«, begann er, »und Lucia, sie will doch …«

»Lulu will dich, das war doch schon immer so. Sie weiß jetzt, dass du nicht ihr richtiger Vater bist, aber für sie bist du doch trotzdem immer der Einzige.« Johanna hoffte so sehr, dass Luca es verstand und dass es ihm noch wichtig war. »Lulu liebt Sandro, aber den Platz, den du in ihrem Leben hast, in ihrem Herzen, den kann er nicht einnehmen, und das weiß er.« Sie las noch immer die Kämpfe in seinem Gesicht, sah ein flüchtiges Lächeln und dann wieder den ungläubigen blauen Blick. Die Kunstkatastrophe zwischen ihm und sich, sah sie ihn lange an, aber sie bewegte sich keinen Millimeter auf ihn zu, weil das der

Moment war, in dem er endlich mutig sein musste, sie der Jüngling war und er der Adler, der ihn raubte. »Ich liebe dich, Luca«, wiederholte sie, »schon ganz lange«, aber es war ihr erst klargeworden, als Sandro die Möglichkeit einer gemeinsamen Zukunft angesprochen hatte. Und mehr noch, als er ihr in der Loggia der Villa Petraia seine Jacke umgelegt und sie festgehalten hatte und sie sich in dieser Umarmung nach Luca sehnte, der gerade zu atmen vergaß und nicht mehr denken konnte. Da waren nur noch diese ungefilterten, verzweifelten Gefühle in ihm, und obwohl er Johanna nun in seine Arme nahm, hörten sie nicht auf, in ihm zu wühlen. Erst als er sie küsste, minutenlang, war das Gefühl, über den Wolken allein zu sein, das ihn mit den Jahren immer öfter auch am Boden überfiel, endlich verschwunden.

Johanna versank glücklich im flüssigen Bernstein, dem goldenen Moschus seines Acquas, das er noch immer trug, und war grenzenlos erleichtert. Luca war noch da, er wollte sie noch immer. Sie hatte Angst gehabt, dass ihre Unschlüssigkeit ihn zu sehr verletzt haben könnte, dass sie zu lange gewartet hatte, weil die Leidenschaft dieser Nacht im Klostergarten, die die Perspektivlosigkeit so groß hatte erscheinen lassen und das wahre Leben daneben so klein, sie nicht mehr losgelassen hatte. Eine optische Täuschung auf Gefühlsebene. Doch als endlich alles möglich gewesen war, Lucie ihren Vater kennengelernt und Giulia sie in die Familie aufgenommen hatte, als Gabriela und Luca fortgegangen waren, da wussten sie beide, sie und Sandro, dass ihre Herzen längst einem anderen gehörten und allein Lucie sie verband – ein ganzes Leben lang.

»Ich würde dir jetzt gerne den Ring anstecken, den ich gerade in den Arno geworfen habe«, sagte Luca völlig

durcheinander und versuchte den Rahmen des Porträts notdürftig zusammenzustecken. Den souveränen Geschäftsmann so konfus zu erleben amüsierte Johanna.
»Welchen Ring?«, fragte sie.
»Den ich dir in London gekauft habe, als ich dich fragen wollte, ob du mich heiraten willst.« Luca blickte auf das Bild und seufzte. »Ich fürchte, ich muss nach Madrid.«
»Gleich das Land verlassen?«, fragte Johanna.
»Dort hängt ein Duplikat im Prado oder das Original. Ich weiß nicht, welches für sich beansprucht, das Einzige zu sein.«
»Ich habe Kaugummi«, fiel es Johanna ein, »vom Fliegen, für Lulu. Warte …«, sie kramte in ihrer Tasche, »hier.« Luca schob ihn in den Mund. »Und warum hast du mich nicht längst gefragt«, wollte Johanna wissen, »ob ich dich heirate?«
»Weil wir in diesem Wald aus Lügen und Halbwahrheiten herumgeirrt sind und ich keinen Weg gesehen habe.« Luca nahm den Kaugummi aus dem Mund und klebte die Leiste direkt an das Bild. Es war weniger als ein Provisorium, würde aber zumindest in den nächsten Tagen nicht auffallen. Hoffentlich. Und vielleicht würde man es dann auf die Dreharbeiten zu Dan Browns *Inferno* schieben, die hier gerade erst stattgefunden hatten. Sollten sie sich doch an Tom Hanks wenden oder die Sony Pictures verklagen. Luca hängte den lädierten Meister zurück und half Johanna hoch. »Außerdem wusste ich doch nicht, ob du mich willst«, fuhr er fort. »Ich bin nicht gut in diesen Dingen.«
»Wie sah er aus?«
»Wer?«
»Na, mein Ring.«

»Gelbgold mit Diamanten und einem veilchenblauen Saphir in der Mitte«, beschrieb Luca den Ring, »geschlossene Spiegelfassung.«

»Und den hast du in den Fluss geworfen, weil …?«

»Weil ich dachte, du sagst mir, dass du dich für meinen Bruder entschieden hast«, erklärte Luca seine Übersprunghandlung und bedauerte die impulsive Tat. Das passierte also, wenn er sich auch mal seinen Gefühlen hingab und die Ratio ausschaltete. Er versenkte teure Pretiosen und ruinierte unersetzliche Kunstobjekte. »Ich hab noch irgendwo das Zertifikat. Und das Etui«, meinte er, zog es aus der Tasche und hielt es Johanna hin.

»Oh! Also das Etui ist wundervoll, wirklich. Aber wenn du mich um meine Hand bitten willst, wirst du es wieder auffüllen müssen, Signor zweiter Geschäftsführer«, neckte Johanna ihn.

»Und dann sagst du ja?«, fragte Luca mit angehaltenem Atem.

»Ich weiß nicht«, antwortete sie und strahlte vor Glück. »Beschreib doch noch mal genau, wie der Ring ausgesehen hat. Wie viel Karat?«

42

Jenseits des Arnos umrundete der Korridor schmal und verwinkelt den mittelalterlichen Geschlechterturm der Familie Mannelli, führte von dort über mehrere Straßen und stützte sich mancherorts auf Mauern von Privatgebäuden. Den Frevel im Rücken, gingen Johanna und Luca eng umschlungen weiter. Er fand, dass es angebracht wäre, sich Sorgen wegen des verunglückten Dürer zu machen, aber es gelang ihm nicht. Es war die glücklichste

Stunde in seinem Leben, und dafür hätte er sogar den Abbruch des ganzen Korridors verschuldet.
In der Kirche Santa Felicita öffnete sich der Vasari-Korridor dann zu einer Empore, die der großherzoglichen Familie Medici die Teilnahme an der Messe erlaubt hatte. Der direkte Zugang war zugemauert worden, doch es gab noch zwei breite Fenster, die den Blick ins Kircheninnere freigaben, flankiert von Marmorsäulen mit altgriechischen Büsten. Johanna sah ins Mittelschiff hinein und war überwältigt. Diese luftige Perspektive bot sich Kirchenbesuchern nicht oft. Luca, dem die Aussicht gerade herzlich egal war – er hatte nur noch Augen für den flammenden Engel an seiner Seite –, schob sie zärtlich in die Fensternische, küsste ihren Hals und vergrub seine Hände in ihrem wilden Haar. Johanna spürte, wie er sich an sie schmiegte und gegen das Fenstergitter drückte, die ganze Sinnlichkeit seiner Begierde, die sanfte Ausdauer seines Verlangens. Sie wusste in diesem Moment genau, wie es sein würde, wie sich ihre erste gemeinsame Nacht anfühlen würde. Der Moment, in dem die Kleider fielen, Hände und Blicke einander suchten, Küsse über warme Haut glitten, alles vertraut war und doch völlig neu, das Herzklopfen, die Ungewissheit, der Hunger und das Mahl, kleine Happen inniger Berührung, Bissen lustvoller Versprechen und das Bacchanal der Ekstase. Sie würden es wie ein Fest zelebrieren, über Stunden und ganz ohne Gäste. »Nicht«, sagte sie atemlos, »nicht hier, Luca.«
»Wir sind ganz allein!«, erwiderte er zwischen seinen Küssen, denn er wollte sie noch nicht loslassen, nur noch eine kleine Weile wollte er sie spüren.
»Nicht hier neben den Griechen!« Johanna bangte um die Säule und ihre Skulptur, die Luca erst jetzt registrierte. Er erschrak.

»Du machst einen Vandalen aus mir«, sagte er fassungslos und ließ widerstrebend von ihr ab. Sie richtete sein Sakko, strich ihm die Locken aus dem Gesicht, und er versuchte sich zu sammeln, ehe sie weitergingen. Was für ein verrückter Traum, dachte er. Es muss ein Traum sein, und ich bin im Himmel unter Pfirsichblüten und Fliederbüschen.
Der Korridor führte weiter, die Selbstporträts begleiteten Johanna und Luca durch die Jahrhunderte. Sie wurden moderner und gipfelten in einem blauen Chagall. Bis hierher und dann zum Ausgang im Boboli-Garten auf der Höhe der Grotta Grande schafften sie es ohne weitere Zwischenfälle. Die schwere zweiflüglige Tür ließ sich nur von innen öffnen. Einmal draußen, kam man nicht mehr zurück. Als sie hinter Johanna und Luca ins Schloss fiel, begrüßte sie ein strahlender Frühsommertag, und Johanna erschrak. »Die Rosen!«, rief sie, und Luca bemerkte, dass ihr Strauß nicht mehr da war.
»Wo sind sie?«, fragte er.
»Auf Dürers Beerdigung. Sie liegen am Boden, genau un ter seinem Porträt.«
Luca rief gefasst seine Datenbank ab: Albrecht Dürer, der Jüngere, deutscher Maler, Grafiker, Mathematiker und Kunsttheoretiker, geboren am 21. Mai 1471 in Nürnberg, gestorben ebenda am 6. April 1528. Ausgezeichnet!
»Wenn wir Glück haben, denken sie, dass er die Rosen zum Geburtstag bekommen hat«, erklärte er. »Der ist am Donnerstag. Die rührende Geste eines Kunstliebhabers.«
Sie standen jetzt vor einem Seitenflügel des Palazzo Pitti. Eine lange Reihe Orangenbäume säumte die Außenmauer des Parks. Luca holte sein Handy aus der Tasche und rief seinen Onkel an. Er war mit Lucie auf einer Wiese unterhalb des Giardino del Cavaliere, des Rittergartens, einer Terrasse mit kleinem Rosengarten und einem überschau-

baren Porzellanmuseum. Es war der höchste Punkt des Giardino di Boboli, und er bot ein Panorama weiter Landschaft bis zur San Miniato al Monte hinüber. Giovanni und Lucie waren gerade im Begriff, hinaufzugehen.

»Wartet«, sagte Luca, »wir sind in zehn Minuten bei euch, dann gehen wir gemeinsam.« Er wollte schon auflegen, da fiel ihm noch ein zu fragen: »Geht es Lucia gut, ist alles in Ordnung?«

»Was denkst du?«, fragte Giovanni zurück. »Aber kommt und überzeugt euch selbst.«

Lucie saß in ihrem bauschigen Kleid mit einem Zeichenblock unter einer alten Zeder und malte sehr konzentriert Rosen. Holzrosen, die die Zedernzapfen bildeten, sobald sie sich vollständig geöffnet hatten und abgefallen waren. Sie lagen noch vom letzten Herbst unter dem Baum und waren formvollendet. Auf Lucies Bildern brauchte man natürlich Fantasie, sie zu erkennen, aber Giovanni hatte – wie einst auf Annas Zeichnungen – Licht und Schatten hineingemogelt und ein paar hilfreiche Konturen. Die Sammlung an Bildergeschichten war bereits beachtlich angewachsen, als Luca und Johanna Hand in Hand den Weg entlangkamen. Lucie schaute kurz auf, freute sich und strahlte. Ihre Geburtstagsfeier hatte noch nicht einmal angefangen, und es gab schon wieder Geschenke, das eine, das sie sich am allermeisten gewünscht hatte. Zwar hatte sie nie daran gezweifelt, dass die Erwachsenen es noch begreifen würden, aber in den letzten Tagen waren sie doch alle ein wenig durcheinander gewesen, besonders die Mama und Luca auch. Deshalb war er erst ganz stumm geworden und dann sogar verschwunden. Alle hatten geweint, sogar Onkel Wanni, doch Luca hatte seinen See innen drinnen aufgestaut, einen richtig tiefen, in dem er fast ertrunken wäre. Aber jetzt hatte die Mama seine Blicke wohl doch noch richtig übersetzt, und so, wie sie gerade guckten, war ihnen nun klar, dass Luca ihr Papa war, der andere Papa. Sandro war ihr Anfang, er hatte sie zusammen mit der Mama in einer einzigen Nacht in die Welt geträumt, das hatte sie erzählt, aber Luca war jeder andere Tag.

Johanna und Luca setzten sich und betrachteten Lucies Zeichnungen.

»Bleibst du jetzt da?«, fragte Lucie ihn, nur um ganz sicherzugehen, und er drückte sie so fest an sich, dass ihr Zeichenblock und sämtliche Stifte ins Gras fielen.

»Ja, jetzt bleibe ich, *bella Lucia*«, sagte Luca glücklich, »und ich werde auch nicht mehr so viel durch die Welt fliegen, damit ich zu Hause nichts verpasse, versprochen.«

»Zu Hause?«, fragte Johanna. Sie hatten noch keinerlei Pläne gemacht.

»Zu Hause ist bei euch, Giovanna«, antwortete Luca, »egal, wo.« Und er zog sie mit in seine Umarmung.

Eine alte Dame war unterdessen von ihrer Parkbank aufgestanden und, sich auf einen Gehstock stützend, zu ihnen herübergekommen. »Das muss ich Ihnen beiden einfach sagen«, meinte sie mit warmer Stimme, »was für ein schönes, elegantes Paar Sie sind.« Luca und Johanna lächelten beide etwas verlegen, und Lucie verstand nicht, was die Dame sagte, denn sie sprach Italienisch, aber sie klang wie Oma-Mechthild, also konnte es nur etwas Nettes sein. »Und Ihre Tochter ist Ihnen ja wie aus dem Gesicht geschnitten, junger Mann.« Die Dame lächelte bezaubernd. »Die Locken, die Augen, das Lächeln … Ach, was für eine Freude das ist, so glückliche junge Leute zu sehen!« Sie streichelte Lucie übers Haar und ging weiter. Luca glaubte den schönen Sopran aus dem

Chor der himmlischen Stimmen von San Miniato erkannt zu haben und verstand nun, wie Gott die Antworten anstieß, die laut Bruder Matteo schon immer da waren.
Giovanni schmunzelte indes. Er hatte gestern den schlafenden Engel in seinem Büro neben die Venus im Apfelgarten gehängt und bei einem Glas Oloroso aus seinen Beständen für zwanglose Geschäftsbesprechungen über die wirren Wege des Lebens nachgedacht, die sich letztlich doch immer zu einem Kreis schlossen. Man kam an, wo man losgegangen war, weiser und beleibter, ermattet und erfüllt, vieler Träume beraubt und vielfach beschenkt. Zumindest sein bewegtes Leben fühlte sich so an, und er war noch lange nicht am Ende dieser turbulenten Reise angekommen, noch lange nicht! Heute partizipierte er am Glück seines Neffen, um den er sich Sorgen gemacht hatte, weil Luca seit dem Tod seines Vaters seine Seele an die Bilanzen und Abschlüsse der Officina verkauft und den Plänen seiner Mutter untergeordnet hatte. Aber dass Giulia nun alleine war, durfte keine Auswirkungen auf sein Leben haben oder auf das seines Bruders. Sie würde sich jetzt eben mit ihm begnügen müssen, mit ihren Erinnerungen und Wohltätigkeitsorganisationen und hoffentlich vielen wundervollen Familientreffen.
Vorbei an Nymphen und Gartentempeln gingen die vier nun hinauf zum Rittergarten. Die Sonne floss über die Stufen ausgetretener Steintreppen, schmiegte sich in Fugen und spielte mit den Gesichtern vorwitziger Brunnenfiguren. Giovanni hatte Lucie wieder einmal auf seine Schultern genommen, um ihr den beschwerlichen Anstieg zu ersparen, und fühlte sich wie ein alternder Atlas mit seiner himmlischen Fracht. »Freust du dich … äh … auf deine Geschenke, Lucia?«, fragte er sie, und sie quiekte ein freudiges »Ja!«.

Natürlich, Geschenke! Johanna hatte es in der Aufregung der letzten Tage völlig vergessen. »Giovanni«, sagte sie, »ich wollte mich noch bedanken, dass du mir zu Lulus Geburt und ihren Geburtstagen die Klosterrezepturen geschenkt hast. Das war wirklich sehr großzügig. Ich habe eine Mutter-Kind-Linie herausgebracht und sie *Luce* genannt. Das Geld, das ich damit verdiene, lege ich auf ein Sparbuch für Lulu.«

Giovanni sah Johanna ungläubig an. »Ich habe euch Rezepturen geschenkt?«, fragte er nach. »Etwa aus unserem Bestand?«

»Ja. Sie kamen mit der Post, in einem offiziellen Kuvert der Officina. Und es lag eine Karte dabei, dass ich sie produzieren soll – *›per Lucia‹*.«

Luca sah für einen Moment genauso ratlos aus wie sein Onkel. »Mutter!«, rief er dann, und Giovanni nickte zustimmend. »Sie hat sich doch tatsächlich an den geheimen Abschriften bedient!«

»Dann hätte ich sie also nicht in meinen Laden bringen dürfen?«, fragte Johanna verunsichert, doch Giovanni beruhigte sie.

»Sie gehören der Firma und damit uns. Du musst dir keine Sorgen machen, dass du dich an Staatseigentum vergriffen haben könntest.« Er lachte. »Aber Giulia wird von uns was zu hören bekommen!«

Giovanni kam als Erster an dem hohen Tor des Giardino del Cavaliere an und ging hinein. Sein Blick fiel sofort auf das Paar, das rechts neben dem Eingang eng umschlungen auf einer Steinbank saß und zwischen den lauschigen Rosenstöcken ganz offensichtlich Ruhe und Abgeschiedenheit suchte.

Luca und Johanna bot sich kurz darauf dasselbe unerwartete Bild: Giulia Fortini, in einem eleganten roten Kleid, die einen ebenfalls gut gekleideten Herrn mittleren Alters küsste, einen Herrn, den Johanna kannte.

»Herr Korn?!«, rief sie überrascht aus, und Luca fragte ungläubig: »Mutter?« Giovanni schloss sich zeitgleich mit einem »Donnerwetter, Giulia!« an, und lediglich Lucie enthielt sich. Giovanni setzte sie ab, und sie lief gleich auf ihre neue Großmutter und Ludwig Korn zu. »Bist du wegen der Lichter gekommen?«, fragte sie ihn fröhlich. »Dann musst du die in den Garten von der Luca-Oma hängen.« Und Luca beschloss über dem ersten Eindruck, dass Johannas verschrobener Nachbar das längst getan hatte – im übertragenen Sinn. Den Panoramablick vor sich bis hinüber zur San Miniato al Monte, war er nun schon zum zweiten Mal an diesem Tag an sein Gespräch mit Bruder Matteo erinnert, irgendetwas über die unergründlichen Wege des Herrn und die seiner Mutter. Luca hatte bis jetzt nicht verstanden, was er damit gemeint haben könnte, doch nun umso besser. »Folge deinem eigenen Stern, Luca«, hatte Bruder Matteo zu ihm gesagt, und das hieß nicht we niger, als dass seine Mutter es auch tat und nicht so allein war, wie sie es gerne darstellte.

»Giovanni!«, rief Giulia jetzt ebenfalls verdutzt aus und »Luca!«, und Ludwig Korn stammelte »Fräulein Sternreiter … ich … also …«, seinen Arm noch immer um Giulias Taille geschlungen. Irgendwie waren sie alle sprachlos, doch Korn fing sich als Erster. Er tat, was er in Krisensituationen immer machte, er zitierte Schopenhauer, denn er konnte nicht anders: »›Verwandte Seelen knüpft der Augenblick des ersten Sehens mit diamantenen Banden‹, nicht wahr?«

»Und wann genau hast du diese ›diamantenen Bande‹ geknüpft, Mutter?«, fragte Luca mit einem Anflug von

Ärger, weil die Geheimnisse seiner Mutter ein Fass ohne Boden waren.
»Vor gut zwei Jahren, als ich bei Lucias Taufe war«, beichtete sie. »Da sind wir einander durch einen unvermuteten Zufall im Schlosspark begegnet.«
Giovanni, Johanna und Luca sahen Giulia erstaunt an.
»Das scheint mir doch aber mehr als eine flüchtige Begegnung zu sein, meine Liebe«, sagte Giovanni. Sie hatte ihm zu oft Vorhaltungen wegen seines losen Lebenswandels gemacht, als dass er sich diese Gelegenheit entgehen lassen konnte, und Luca pflichtete ihm bei. Das veranlasste wiederum Ludwig Korn, aufzustehen und sich – ganz Ritter, ganz Kavalier, passend zum gewählten Ort – schützend vor die Frau zu stellen, die er liebte. In knappen Worten erklärte er der Familie, wie die Dinge zwischen ihm und Giulia standen, und versicherte sie seiner ernsten Absichten.
Giulia hätte über dieser peinlichen Situation am liebsten ein opulentes Blumenbouquet arrangiert, gleich hier im nächsten Beet. Doch sie fasste sich, warf – wie einst ihre Urahnin auf Heinrich Maria von Hess' Porträt – den Kopf leicht zurück, blickte Korn an und sagte ungerührt: »Das ist eine wunderbare Idee, Ludwig. Wir werden Lichter aufhängen.«
Und so fand Lucies Geburtstagsfeier dann mit vielen Überraschungen statt. Sie bekam unzählige Geschenke. Sandro versprach ihr ein eigenes Acqua zu formulieren, das er *Luce* nennen wollte, damit es zu Johannas Klosterlinie passte. Gabriela hatte kurzfristig ein Kleid für Lucie entworfen und den Schnitt nebst Stoff mitgebracht, sodass Nila es sicher würde nähen können – ein Vercelli Original und etwas avantgardistischer als das, das Luca für Lucie ausgesucht hatte. Giulia schenkte ihr ein Bettel-

armband, an dem bereits ein winziger goldener Dom hing – vom Griff in den Rezepturenfundus der Officina würde sie künftig Abstand nehmen –, und Alice hatte vier verschiedene Kuchen gebacken. Als Lucie längst auf dem blauen Sofa in der Bibliothek eingeschlafen war, trug ihr Onkel Wanni sie ins Gästezimmer hinauf, wo sie schon vorgestern zusammen mit Johanna übernachtet hatte. Giulia und Ludwig Korn wagten einen langsamen Walzer auf der Terrasse, und Sandro und Gabriela zogen sich zurück. Sie hatten noch viel zu besprechen.

Es wurde langsam kühl unter dem Sternenhimmel und den bunten Lichtern der alten Lampions in den Bäumen, rote, gelbe und orangefarbene Sonnen und blaue Monde. Giovanni hatte sie in einer Kiste in seinem Keller gefunden, die schon sehr lange dort gestanden hatte. Die Farben waren verblasst, doch die kleinen Teelichter warfen noch immer ihren hellen Schein in die Nacht. Luca nutzte die Gelegenheit, Johanna noch einmal zu fragen, ob sie seine Frau werden wolle, und er steckte ihr einen Ring seiner Urgroßmutter an – väterlicherseits. Giulia hatte ihn für die Verlobung ihres erstgeborenen Sohnes aufbewahrt, denn Erbstücke aus ihrer Linie gab es nicht. Nicht einmal ihre geliebten Perlen, an denen sie sich so gerne festhielt, wenn ein Sturm aufzog, und von denen sie immer behauptet hatte, dass sie von den Florenzis stammten, waren wirklich alt. Lorenzo Fortini hatte sie ihr aus einem gräflichen Nachlass ersteigert. »Und«, fragte Luca Johanna, »sagst du jetzt ja zu mir?«

»Der Ring ist perfekt«, antwortete sie ihm.

»Und bin ich es auch? Für dich?«

Johanna erinnerte sich bei seiner Frage und dem Glitzern des Rings, dass sie Luca einmal mit einem kostbaren Stein

verglichen hatte, jenem hinter dem diamantenen Funkeln, doch heute wusste sie, dass er sehr viel mehr war als das. Für sie war er der Schlussstein im Gefüge der Gefühle, der, der sie erst tragfähig machte und ausdauernd stützte. Der eine, der sie nicht verlassen würde.
»Du bist mehr«, sagte sie deshalb zu ihm, »du hast aus einem ›Nie wieder‹ für mich ein ›Für immer‹ gemacht.«
Endlich fühlte sie sich geborgen, denn zu Hause war, wo er war, egal, wo.

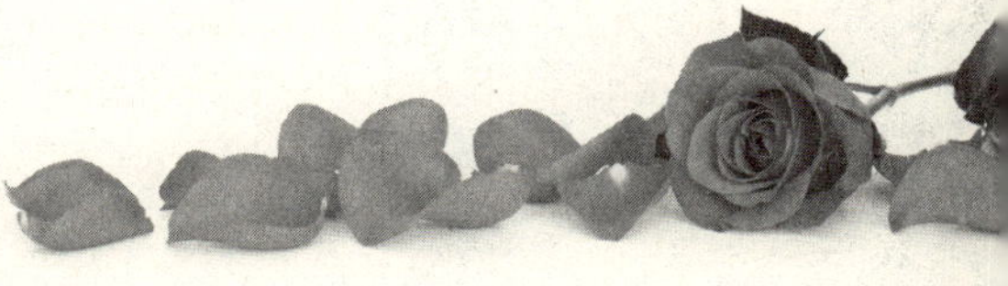

Epilog

München, Frühling 2016

Die Eröffnung der Farmacia della Luce war ein großes Ereignis im Stadtviertel Neuhausen. Cornelius Reiter hatte das Apothekensterben im Land schon seit Jahren mit Sorge verfolgt und auch die Überalterung der Apotheker selbst. Es fand sich kaum Nachwuchs, denn die Bestellungen übers Internet wurden immer mehr. Der persönliche Einkauf schien den Leuten zu zeitraubend und guter Rat zu teuer zu sein. Nachdem die Stern-Apotheke als solche ohnehin nicht in die fünfte Generation übergehen würde, hatten Cornelius und Anna gemeinsam mit Johanna und Luca beschlossen, sie umzuwidmen. In der neuen Farmacia della Luce boten Luca und seine Frau ab sofort das gesamte Sortiment der Sternwarte und die am meisten nachgefragten Produkte der Officina Profumo an. Johannas Traum, sich mit dem Florentiner Unternehmen zu verbinden, erfüllte sich so in doppelter Hinsicht. Ihr Angebot an »Klosterkosmetik« erweiterte sich außerdem noch um die Erzeugnisse der süddeutschen Pflegelinie, die Johanna schon lange führte. Die Firmengründerin hatte das Kloster Wessobrunn nahe dem Ammersee übernommen, nebst Heilpflanzengarten und artesischen Quellen, und ihre Produktion in die herrlichen Räume verlegt, deren Mauern noch immer den guten Geist der Missions-Benediktinerinnen atmeten. Naturkosmetik und Seelenheil – ganz nach Johannas Maxime.

»Wann kommt die Luca-Oma?«, fragte Lucie ihre Mutter, die im Hof gerade die Tische für die große Eröffnungsfeier eindeckte.

»Gegen zwei, Lulu, in einer halben Stunde.«
Christa Werner legte mit Hand an. Sie und Ilse Neubeck liebten ihr neues Aufgabenfeld in der Farmacia und brachten sich sogar in die Herstellung der hauseigenen Rezepturen mit ein. Der Flachbau im Hinterhof diente jetzt nur noch als Lager und zum Destillieren von Johannas liquiden Seelentröstern.
»Und wann kommt Onkel Wanni?«, fragte Lucie und half beim Verteilen der Sitzkissen.
»Zusammen mit der Luca-Oma, also auch in einer halben Stunde.« Johanna sah auf ihre Armbanduhr. »Nein, jetzt sind es nur noch fünfundzwanzig Minuten, ungefähr.«
Zur Einweihung des neuen Ladens, heute, an Lucies viertem Geburtstag, kam außerdem das halbe Viertel. Lilo Wunderlich kochte schon seit Tagen und hatte mit Maria Beck ein riesiges Büfett bestückt, Ludwig Korn steuerte kluge Ratschläge und die abendliche Illumination des Hofes bei, die Wangs waren im Ausland, und Mechthild Müller war nur in den Herzen und Gedanken der Hausgemeinschaft dabei, denn sie hatte sich im Winter für immer verabschiedet. Seit sie ihre Hypochondrie nicht mehr pflegte und dem Tod nicht mehr um einen Befund voraus war, hatte er aufgeholt und Mechthild auf ihre letzte Reise geschickt. Johanna war davon überzeugt, dass, egal, wo sie jetzt war, sie sich verlieben würde, denn das hatte Mechthild Müller auf Reisen immer getan. Und vielleicht war ihr ganz persönlicher Himmel ja ein Café in Straßburg, ein Tisch unter Magnolienblüten und ein Stück Brombeerkuchen mit ihrem Wilhelm. April und September, Frühlingsblüten und Herbsternte, verschmolzen zu einem Kuss. Mechthilds Katzen lebten jetzt bei Johanna, Luca und Lucie, die die leerstehende Nachbarwohnung im zweiten Stock dazugemietet und mit Johan-

nas Wohnung verbunden hatten, gleich nach der Hochzeit im letzten Herbst. Die drei gingen oft auf den kleinen Winthirfriedhof, wo Mechthild Müller begraben lag, und Lucie erzählte ihr dann Neuigkeiten aus dem Haus. Und auch Ludwig Korn sah man dort. Er unterhielt sich mit Mechthild wie sonst nur mit seiner Magda und ließ in seine kleinen Monologe erbauliche Zitate einfließen. Heute war er aufgeregt, denn »seine Marchesa« würde jeden Moment kommen. Ihre Liebe war nach wie vor ein starkes Band. Sie schrieben sich und waren sogar schon gemeinsam verreist. Korn trug sich mit Zukunftsplänen. Frei nach Honoré de Balzac, der da sagte: »In der Liebe wirkt nichts so überzeugend wie eine kühne Dummheit«, hatte er heute eine Frage auf den Lippen, die er ihr stellen wollte – in eigenen Worten und mit bangem Herzen.

»Poppy nascht am Essen«, sagte Lucie, und Johanna hob die Katze hoch und drückte sie Lucie in den Arm.

»Bring sie in die Wohnung rauf, Lulu, sonst bleibt nichts übrig, bis die Luca-Oma und Giovanni kommen.«

»Wie lang noch?«, fragte Lucie, die es schon nicht mehr erwarten konnte.

»Zwanzig Minuten, Lulu. Und es geht nicht schneller, weil du oft fragst.«

Niklas kam als einer der Ersten. Er brachte zwei Säcke Erde mit. Seit er die meiste Zeit über bei Lilo wohnte, versorgte er den Garten fast allein, was Anna lieb war, da sie künftig mehr unterwegs sein würde. Ihr Mann hatte ihr versprochen, nun endlich mit ihr die Orte auf der Welt zu besuchen, nach denen sie sich in ihrem stickigen Büro jahrelang gesehnt hatte, und das Fernweh zu stillen, das immer etwas zu groß gewesen war für ihren kleinen Balkon. Und darüber hinaus arbeitete sie jetzt freiberuflich für ein Gartenbauunternehmen. Cornelius Reiter, der mittlerweile sechzig war, konnte sich seine späten Jahre hingegen gut ohne Arbeit vorstellen. Er genoss seine Zeit mit Lucie, entwickelte Ehrgeiz beim Düfte-Raten und mischte sich zunehmend in Johannas Naturparfum-Formulierungen ein. Sein Gespür für harmonische Kompositionen war im Ansatz nicht vorhanden, und seine Kritikfähigkeit auf diesem Gebiet ging ebenfalls gegen null. Johanna überlegte, diese Sparte ihrer Produktpalette aufzugeben, um einer Familienkrise vorzubeugen. Sie vertrieb ja jetzt die Acqua aus der Officina Profumo.

»Kommt der Papa auch?«, fragte Lucie. Johanna verneinte es und wusste schon vorher, wie die nächste Frage lautete, denn Lucie war gerade in ihrer Warum-Phase.

»Warum?«

»Weil Gabriela und er in Bangkok sind.«

»Warum?«

»Weil Gabriela dort ein neues Geschäft einweiht und dein Papa Rohstoffe einkauft.« Jetzt bloß keine Frage offenlassen, dachte Johanna und ergänzte deshalb: »Aber sie kommen morgen, und dann feiert ihr nach.«

Poppy war von Lucies Arm gesprungen und steuerte schon wieder das Büfett an. Blossom lugte unter einer Tischdecke hervor, also war Daisy auch nicht weit. Das alte Bürofenster zum Hof wurde geöffnet, und Johanna war an die vielen Male erinnert, wenn ihr Vater ihr von dort aus etwas zugerufen hatte – meistens hatte er geschimpft.

»Wann kommen sie eigentlich, Schatz?«, fragte Luca euphorisch. Er freute sich auf seinen Onkel und hoffte auf Neuigkeiten aus der Officina. Seit Mauro Pisani mit Giovannis Unterstützung Lucas Büro und seinen Aufgabenbereich übernommen hatte, bekam Luca von den Geschäften seines Familienunternehmens nicht mehr so viel mit. Aber er lebte jetzt in Deutschland und arbeitete mit Johanna zusammen – die Zeiten des ständigen Reisens waren vorbei. Er hatte seinen Aktenkoffer in Florenz zurückgelassen und sein Herz München geschenkt. In dieser Stadt schlug es schneller.

»Hast du dich mit Lulu verbündet?«, fragte Johanna zurück.

»Nein, wieso? Kann sie es auch nicht mehr erwarten?«

»Genau. Sie müssten jeden Moment eintreffen, sie wollten ein Taxi vom Flughafen nehmen. Weißt du, wo meine Mutter ist?«

»Ich glaube, noch oben«, antwortete Luca, und Johanna stellte sich vor, wie Anna an ihrem Schminktisch saß und sich für heute besonders schön machte. Sie legte sicher einen Hauch des neuen *Le Jardin de Monsieur Li* auf, Hermès' Formulierung eines chinesischen Gartens »zwischen Wirklichkeit und Fantasie« – passend für ein Wiedersehen nach über dreißig Jahren.

Die ersten Gäste kamen, Nachbarn aus den umliegenden Häusern, die Eltern von Lucies Kindergartenfreunden, die die Kleinen zur Feier brachten, und Kundinnen der Sternwarte. Johanna entdeckte Nila am Arm eines jungen Mannes.

»Sie sind da!«, rief Lucie ganz aufgeregt. Sie hatte Giulia und Giovanni als Erste entdeckt. Sie waren gleich in den Hof gekommen, stellten ihr Gepäck ab und begrüßten Lucie natürlich zuerst.

Der Garten füllte sich, die Sitzgruppen unter den alten Apfelbäumen waren schon alle besetzt, viele Gäste standen oder flanierten und begutachteten die Frühlingsbeete. Das Wangsche Krokodil hatte schnell seinen eigenen Fanclub.

Pünktlich um halb drei begrüßte Johanna dann in der

Farmacia die ersten Kunden, Luca saß mit seiner Mutter und Korn zusammen auf der Bank vor dem alten Laden, und Nila spielte mit den Kleinen Topfschlagen. Nur Giovanni ging nervös auf und ab, denn er hielt Ausschau nach Anna.

»Il fioritura del melo è quasi finita«, sagte sie da hinter ihm – »Die Apfelblüte ist schon fast wieder vorbei« –, und er erkannte ihre Stimme sofort.

Er drehte sich um und war wie elektrisiert. *»La mia Venere«*, flüsterte er und betrachtete seine Anna andächtig. Sie trug ihr wundervolles Haar jetzt viel kürzer, aber sonst sah sie wie damals aus. Das gleiche schelmische Lächeln, der veilchenblaue Blick, ihr sinnlicher Körper, an dem er jeden Zentimeter kannte, jede Stelle geküsst und geliebt hatte. Anna. Seine Anna, die Liebe eines Sommers und Sehnsucht langer Winternächte. Er umarmte und küsste sie auf beide Wangen.

Anna war genauso aufgeregt. Sie übersah die Rundungen und Falten und dass Giovannis Haar schon gänzlich grau war, sie blickte nur in seine dunklen Augen, die noch immer von dieser Sehnsucht getrieben waren, die sie einst in seiner Nähe mitgerissen hatte. Aber heute rebellierten sie nicht mehr, und es gab auch Schatten in seinem Blick seit dem Tag ihres Abschieds.

»Nun sind wir also doch noch eine Familie geworden«, sagte Giovanni und sah zu Lucie hinüber, der Nila gerade die Augen verband und einen Kochlöffel in die Hand drückte. Die Kinder lachten und kreischten, die vielen Menschen im Hof unterhielten sich angeregt, es kamen immer neue Gäste und andere gingen, um in der Farmacia della Luce zu stöbern. Der Trubel erinnerte Anna und Giovanni an die Piazza Santa Maria Novella, auf der sie sich einst geküsst und die Welt um sich vergessen hatten.

Anna suchte ihren Mann, der jetzt an einem der Tische saß und sich unterhielt. Er wollte sie bei ihrem Wiedersehen nicht stören. Anna hatte ihm vor einiger Zeit erzählt, dass sie glaube, Giovanni Fortini in Florenz begegnet zu sein. Er sei wohl der Kunstmaler, der ihr Nachhilfe beim Zeichnen gegeben hatte, weshalb ihre Pläne damals so ausgefeilt gewesen waren. Cornelius Reiter hatte erwidert, dass das doch ein netter Zufall sei und die Welt eben klein, und in Annas Blick und der Art, wie sie dann ihr Make-up aufgelegt und andächtig ihr Parfum auf den Handgelenken verrieben hatte, alles Übrige gelesen. Er hatte das *Acqua S. M. Novella*, das sie aus Florenz mitgebracht hatte, und zwei kleine Apfelbäume dazugezählt und bestätigt gefunden, was er ohnehin schon gewusst hatte: Sie hatte vor dreißig Jahren einen Umweg genommen. Sie war über Florenz und eine kleine Konfusion zu ihm zurückgekehrt, und jetzt konnte er sogar einen Blick auf den Mann werfen, dem sie vor so vielen Jahren begegnet war, und war beruhigt. Er lehnte sich auf seinem Stuhl zurück, trank einen Schluck Wein und beobachtete seine schöne Frau und den rundlichen älteren Herrn, der jetzt der Großonkel seiner Enkelin war. Er beschloss, dass er Anna das kleine Geheimnis gönnte, gewissermaßen als Dank für ihr gemeinsames Leben. Es war ja nicht mehr als eines der Fenster, die sie immer öffnete, um atmen zu können, ein gehegtes Geheimnis und lange Spaziergänge, um sich trotz der Pflichten und Versprechen frei zu fühlen.

»Ja, wir sind eine Familie«, erwiderte Anna und ruhte in Giovannis Blick. »Es scheint mir wirklich Schicksal gewesen zu sein.«

»Giovanna hat mir viel von dir erzählt.«

»Und mir von dir«, entgegnete Anna und lächelte.

Johanna stand gerade am Fenster zum Hof und betrachtete die Szene, ihren Vater, der entspannt ein Glas Wein trank und zu Giovanni und Anna hinübersah, die sich unterhielten. Anna lachte, und Giovanni wirkte verlegen. Er holte Lakritzpastillen aus seiner Hosentasche. »Entschuldigung, Frau Fortini, ich bräuchte Sie kurz im Laden«, unterbrach Ilse Neubeck ihre Pause. Es war noch immer ungewohnt für Johanna, dass sie jemand so nannte, »Frau Fortini«, »Signora Fortini«, der Name, der jetzt auch in Lucies Geburtsurkunde stand. Vater: Alessandro Fortini. Damit hatten Johanna, Lucie und Luca nun denselben Nachnamen, was sich gut anfühlte. Johanna ging mit Ilse Neubeck zurück in den Verkaufsraum.
»Ich habe dir etwas mitgebracht«, sagte Giovanni zu Anna und überreichte ihr ein großes Kuvert der Officina.
»Klosterrezepturen?«, fragte Anna und lachte schon wieder gut gelaunt.
»Nein, besser.« Anna hakte sich bei Giovanni unter, nachdem sie Cornelius kurz angesehen und er ihr zustimmend zugenickt hatte, und setzte sich mit ihm an einen kleinen Tisch an der Grundstücksgrenze unweit von Clarence' letzter Ruhestätte. Hier waren sie ein bisschen ungestörter. Sie öffnete das Kuvert, sah hinein und erkannte eine von Giovannis Kohlezeichnungen.
»Eine Venus im Apfelgarten?«, riet sie.
»Nein, ein schlafender Engel«, sagte Giovanni, und Anna zog die Zeichnung aus dem Umschlag. Er hatte Lucie gemalt. Sie lag im Schoß ihrer italienischen Großmutter und schlief. Ihr Haar floss über ihre Schultern, und sie leuchtete. Anna wusste noch immer nicht, wie es Giovanni gelang, nur mit einem Kohlestift Licht zu schaffen, aber er hatte allein mit ein paar Strichen Lucies Leuchten eingefangen. »Ich habe auch eines, es hängt in meinem

Büro«, erklärte er stolz und spürte Cornelius Reiters Blick auf sich, weshalb er darauf verzichtete, Anna zu erzählen, dass der Engel neben ihrem Bild aus dem Giardino di Boboli hing. Er würde gleich hinübergehen und sich vorstellen, beschloss er, gleich, sobald er sich von ihr losreißen konnte.

»Ich danke dir, Giovanni«, sagte Anna, beugte sich über den kleinen Tisch und küsste ihn liebevoll auf die Wange. Dabei tauchte er kurz in *Le Jardin de Monsieur Li* ein und versuchte – glücklich, wie selten – ihren neuen Duft zu benennen. Er erkannte die Handschrift des Chefparfümeurs von Hermès, Jean-Claude Ellena, natürlich. Es war einer seiner Gärten, was sonst. Einer, wie Anna sie entwarf, einer wie der, in dem sie sich zum ersten Mal geliebt hatten, einer wie dieser, in dem ihre Enkelin spielte. Ein Garten wie jener, den Giovanni Fortini sich gerade aus den Bildern baute, die sein Leben erzählten. Aus der Liebe, die er erfahren, und der Zärtlichkeit, die er geteilt hatte, seiner Freude darüber, Teil dieser wundervollen Familie zu sein, und dem Schatz glücklicher Erinnerungen – mit einem unscheinbaren Tor, das nur er allein kannte, unter Apfelbäumen in der sanften Umarmung eines veilchenblauen Blicks.

Zum Buch

Zweimal bin ich zur Recherche in Florenz gewesen und habe alle Orte, die ich erzähle, natürlich selbst gesehen. Das Fotomaterial füllt viele digitale Ordner (zu sehen auf www.facebook.com/JuliaFischerAutorin), die Grundrisse, die mein Mann mir skizziert hat, um etwa in der Officina Profumo mit Johanna, Luca, Sandro und Giovanni sicher wandeln zu können, die Stadtpläne und sogar Speisekarten stapeln sich. Und so taugt *Die Galerie der Düfte* ganz bestimmt auch als alternativer Stadtführer, wenngleich ich mir die Räume im ersten Stock der Officina aus Interviewsequenzen zusammenbasteln musste und den einladenden Garten unterhalb der Villa Petraia – trotz angeblicher Öffnung an Mittwochnachmittagen – verschlossen vorgefunden habe. Auch ist er viel überschaubarer bepflanzt, als im Internet beschrieben. Die genaue zeitliche Abfolge der Renovierung der Officina Profumo in den Jahren vor dem großen Jubiläum 2012 konnte ich nicht mit letzter Sicherheit in Erfahrung bringen. Heute ist jedenfalls alles perfekt hergerichtet, und es gibt nun auch hinter dem Grünen Zimmer ein kleines Café, in dem man die Schokoladen, Liköre und Tees des Hauses verkosten und in den wilden Garten, in dem Johanna und Sandro ihre Liebesnacht verbracht haben, hinaussehen kann. Die Museumsräume sind in den Keller mit seinen schönen Gewölben umgezogen, aber auch hier konnte ich letztlich keine der im Internet angebotenen Führungen wirklich buchen. Gleiches galt für die Produktion.
Ich habe den Link zur offiziellen Website des Hauses trotzdem zur Literaturliste gestellt und kann nur empfehlen: Schauen Sie mal rein, klicken Sie sich durch die Bilder und verfallen Sie wie ich den unbeschreiblich schönen

Räumlichkeiten. (Freilich nur als Vorbereitung auf einen persönlichen Besuch, denn die Düfte und beglückende Atmosphäre müssen Sie einfach selbst erleben!)
An zwei Stellen habe ich ein wenig an der Zeit geschraubt. Folons Figuren im Rosengarten sind tatsächlich erst im September 2011 dort eingezogen. Ich habe sie für Luca schon früher angesiedelt. Und der Giardino Bardini, durch den Anna im Prolog gestreift ist, wurde sogar erst 2015 wiedereröffnet. Er ist für meinen Geschmack einer der schönsten Gärten der Stadt, artenreich und mit lauschigen Plätzen mit atemberaubenden Blicken auf Florenz gesegnet. Der spektakulärste bietet sich von der kleinen Dachterrasse der Villa Bardini aus, in der wechselnde Kunstaustellungen zu sehen sind. Ich würde den Bardini-Garten dem berühmten Giardino di Boboli jederzeit vorziehen.
Ja, und dann meine Figuren. Natürlich sind sie (fast) alle frei erfunden, so wie ihre Geschichten. Allerdings lag die Officina Profumo tatsächlich vier Generationen lang in den Händen der Familie des Neffen des letzten Klostervorstehers Cesare Augusto Stefani – ihr heutiger Präsident ist Eugenio Alphandery –, so dass meine Fortinis eine Anlehnung sind.
Und die Familie der Marianna Marchesa Florenzi, auf deren Abstammung sich Giulia Fortini so stolz beruft, gibt es meiner Recherche nach schon sehr lange nicht mehr, womit das herzlose Verhalten von Giulias Vater auf keine reale Figur gemünzt werden kann.
Auf Nicola Donati, den Besitzer des Strandbads Dalmazia, könnte man in Forte dei Marmi tatsächlich treffen, genau wie auf die Schwestern Viacava, Besitzerinnen des California Park Hotel. Ein göttlicher Anblick wie unser Sandro hat sich den Damen dort aber wohl noch nicht

geboten. Und Andrea Bocelli, der in der Toskana geborene Tenor, hat auch im wahren Leben in Marmi sein Feriendomizil. Auf Giulia Fortinis Nachbarschaft muss er dort aber natürlich verzichten.

Diese »Duftreise« war ein echtes Abenteuer. Ich habe gelernt, Seifen zu sieden, Naturparfums zu komponieren, und dabei die Unterscheidung »natürlicher«, »naturidentischer« und »synthetischer« Riechstoffe kennengelernt, auf die ich gerne kurz eingehen möchte, weil man so viel darüber liest.

»Natürlich« ist freilich alles, was in der Natur vorkommt, ätherische Öle und Harze von Pflanzen etwa oder tierische Drüsensekrete, die heute jedoch kaum mehr Verwendung finden. Sie alle werden mit physikalischen (z.B. der Destillation) oder enzymatischen Verfahren extrahiert.

Das genaue Gegenteil sind die »synthetischen« Stoffe, die allein dem Labor und der Fantasie der Chemiker entspringen, wie etwa manche Farbstoffe oder auch Kunstfasern. Diese Düfte verlassen oft die bekannten Duftassoziationen und erlauben damit innovative Kreationen. Der Vergleich einer luftigen Bluse aus Polyester statt Seide drängt sich auf.

»Naturidentische« Riechstoffe haben ihr Vorbild hingegen in der Natur, werden aber nachgebaut – man kann das mit künstlichen Vitaminen vergleichen. Ihr Vorteil ist, dass man sie in großen Mengen günstig produzieren kann und das in immer gleicher Qualität, was Parfümeure schätzen. Von der Rose kennt man beispielsweise um die fünfhundert volatile Komponenten, benötigt für die Illusion ihres Dufts aber nur eine Handvoll.

»Naturidentisch« kann aber auch ein Duft sein, der aus einem natürlichen Grundstoff isoliert wurde, so wie das beschriebene Vanillin, das dann nicht aus den Kapselfrüchten der Orchidee stammt, sondern (unter anderem) aus Sulfitabfällen der Papierherstellung. Die darin enthaltene Ligninsulfonsäure wird bei erhöhter Temperatur und erhöhtem Druck mit Oxidantien und Alkalien behandelt und das dabei entstehende Vanillin dann durch Extraktion, Destillation und Kristallisation gereinigt. Das Ergebnis ist ein intensives *künstliches* Vanillearoma, das trotzdem »naturidentisch« ist, weil es den gleichen Molekülaufbau aufweist. Dem Parfümeur genügt diese »Quintessenz« des natürlichen Duftes, um ein Eau de Cologne, Eau de Toilette oder Eau de Parfum zu formulieren. Ersteres war übrigens ursprünglich zur Körperhygiene gedacht und wurde, wie erzählt, sogar gegen Unwohlsein eingenommen. Die Konzentration des reinen Parfums im Alkohol beträgt beim Eau de Cologne nur zwischen zwei und vier Prozent. Es ist also immer ein leichter Duft. Beim Eau de Toilette sind es dann schon fünf bis zwanzig Prozent, weshalb es deutlich länger auf der Haut verweilt, und beim Eau de Parfum zehn bis zwanzig. Damit erklären sich auch die Preisunterschiede.

Viel Wissenswertes zum Thema Parfum finden Sie in den Büchern von Jean-Claude Ellena, die ebenfalls in der Literaturliste stehen, ein Muss für jeden Duftliebhaber und Inspiration für die Figur meines Sandro. Der stille Einzelgänger Ellena, der seine herrlichen Formulierungen (wie die aufgeführten *Jardins*) abseits der Pariser Betriebsamkeit kreiert, war bis 2015 – und dann noch eine Weile übergangsweise – Chefparfümeur von Hermès. Er hat seine Position mittlerweile an Christine Nagel abgegeben.

Darüber hinaus habe ich, um meine Johanna schreiben zu können, das Destillieren gelernt, wobei mir beim theoretischen Teil das Buch *Ätherische Öle selbst herstellen* sowie Susanne Fischer-Rizzis *Das große Buch der Pflanzenwässer* sehr geholfen haben. Letzteres hat mich auch zu Johannas liquiden Seelentröstern inspiriert. Das Destillieren ist in Deutschland für den Privatgebrauch allerdings nur mit kleinen Destillen bis zu 0,5 Liter erlaubt, größere Anlagen bedürfen der Genehmigung durch die Zollbehörde. Das liegt ganz einfach daran, dass Sie mit einer Destille sowohl Hydrolate und ätherische Öle gewinnen als auch Schnaps brennen können. In Österreich sind Anlagen bis zu zwei Liter, in der Schweiz sogar bis zu drei Liter erlaubt, und so finden Sie Kursangebote auch ganz überwiegend jenseits der Landesgrenze.

Magnolia et Mûre, Mechthilds »Liebesgeschichte mit Schraubverschluss«, stammt nicht aus meiner Feder. Sie ist eine Formulierung der Firma L'Occitane en Provence, die Sie in vielen Geschäften finden werden, falls Sie wissen wollen, wie »eine Liebe in Straßburg« duftet.

Genauso wie Johannas *Bright-Aging*-Linie, zu der ich mich von Martina Gebhardt und ihrer gleichnamigen Demeter-zertifizierten, biodynamischen Naturkosmetik habe verführen lassen, die eine *Happy-Aging*-Pflege im Sortiment hat. Hinter der süddeutschen Firma, deren Gründerin auf die Kraft der Spagirik setzt und deren Produkte Johanna in ihrer Sternwarte führt, verbirgt sie sich ebenfalls. Martina Gebhardt hat, wie im Epilog erzählt, 2014 das Kloster Wessobrunn gekauft und ihre Produktion in diese atemberaubenden Räume verlegt. Nun sollen auch noch Künstler und Kunsthandwerker mit einziehen, Seminarräume entstehen, Unterkünfte für Pilger, ein Spa und manches mehr. Auch hier finden Sie unter »Links« ein paar Seiten zum Stöbern, und wer in die Nähe des Ammersees bei München kommt, sollte sich den architektonischen Kunstgenuss aus der Wessobrun-

ner Stuckschule und den sinnlichen Abstecher ins Reich der natürlichen Schönheit gönnen.
Lassen Sie mich am Schluss noch von einer persönlichen Erfahrung erzählen. Auf der Suche nach den Ingredienzen der verschiedenen beschriebenen Düfte habe ich zahlreiche Duftblogs gefunden, in denen Liebhaber ihre individuellen Eindrücke sowie den Aufbau der jeweiligen Parfums beschreiben. Das sind meist wundervoll detaillierte Berichte. Denn wer von uns weiß schon so genau, was in seinem Lieblingsduft eigentlich drin ist und welche Noten ihn dominieren? Aber sie alle zu kennen, zu wissen, woher sie ursprünglich kommen, den Aufbau zu verstehen, die oft poetischen Eindrücke der Blogger zu teilen macht wirklich Spaß und schmiedet das Band zum eigenen Parfum noch viel enger. Plötzlich entdeckt man die ganze Welt im Flakon, und die Wertschätzung steigt! Geben Sie einfach einmal den Namen Ihres Dufts und das Schlagwort »Duftbeschreibung« in Ihre Suchmaschine ein, und Sie werden überrascht sein, denn die allermeisten Parfums finden sich.
Beschließen möchte ich meine Eindrücke mit einer Erkenntnis der modernen Duftforschung, die da sagt, dass regelmäßiges Schnuppern und Düfte-Raten fitter hält als jedes Sudoku. Die Vorgänge im Gehirn sind laut dem Zellphysiologen Hans Hatt beim Riechen so komplex und es werden so viele Areale gleichzeitig benutzt, dass dieses inspirierende Training (wo immer Sie gerade gehen und stehen) wie ein Jungbrunnen wirkt. Ich habe meine Denkleistung bei der Schnupper-Recherche also ganz sicher enorm gesteigert, womit ich meinem Mann gegenüber auch den Kauf von elf verschiedenen Eaux de Cologne allein im Jahr der Romanentstehung rechtfertigen konnte!

Danksagung

Wenigstens ein Jahr sitzt man alleine und schreibt Hunderte von Stunden, und doch ist man alleine nichts.

Von der Idee bis zur Vollendung meines Romans haben mich Nadja Kossack und Lars Schultze-Kossack, meine Agenten, Christine Steffen-Reimann von der Programmleitung des Droemer Knaur Verlags, Daniela Utecht vom LAGATO Verlag, Stephanie Mende vom audio media Verlag und meine Kollegin Heidi Rehn in treuer Freundschaft begleitet, mir Mut gemacht, Rat gegeben und erlaubt, von nichts anderem zu sprechen als meinen Figuren und ihren Verstrickungen. So entwickeln sich Geschichten – die durchaus noch der Nachsorge bedürfen!

Mein besonderer Dank gilt deshalb Dr. Gisela Menza, meiner Lektorin, für ihre Offenheit, die mich vor mir selbst beschützt, wenn das Erzählen ausufert, für ihre kompromisslose Gründlichkeit und die Klarheit, die sie meinen Zeilen verleiht. Mit Ihnen an meiner Seite, liebe Gisela Menza, fühle ich mich stärker, auch wenn ich mehr denn je weiß: Das Lernen hört nicht auf.

Bei Beate Henkel-Sager von der Senftenauer-Apotheke und Doris Käsbauer von der Maximilian-Apotheke durfte ich etwas über den Apothekenalltag lernen und allerlei Fragen stellen – ich hoffe, ihr habt Freude an meinem fiktiven Krokodil.

Die Nachhilfe in organischer Chemie sowie die Anregung, doch einen imposanten Siedeverzug zu inszenieren, verdanke ich Dr. Margit Lendzian, meiner Kollegin vom Bayerischen Rundfunk und naturwissenschaftlichen Stütze.

Gabriele Weißmann und Hilla Massari-Pellengahr ermöglichen es mir, sichere Italienischkenntnisse vorzugaukeln, doch ohne euch würde ich an Glaubwürdigkeit verlieren. Mille grazie!

Und der Anfang zum Schluss:

Meine Reihenhaus-Nachbarin auf der »Himmelseite«, Ulla Will, war es, die mir von der Farmacia Profumo-Farmaceutica di Santa Maria Novella erzählt und mir den »Duft von Florenz« mitgebracht hat. Jahr für Jahr fährt sie mit ihrer Abschlussklasse der Rudolf-Steiner-Schule in die Renaissancestadt, um für ihre Schüler Kunstgeschichte mit Leben zu erfüllen, und kommt mit verklärtem Blick zurück. Liebe Frau Will, aus Ihrem Duftgeschenk ist ein ganzer Roman geworden.

Die großen Seebäder, ARTE EDITION 5 DVDs, 2012 (enthält u. a. eine 45-Minuten-Dokumentation über Forte dei Marmi)

Ellena, Jean-Claude: Parfum – Ein Führer durch die Welt der Düfte, C. H. Beck Verlag, München 2012

Ders.: Der geträumte Duft, Insel Verlag, Berlin 2011

Fischer-Rizzi, Susanne: Das große Buch der Pflanzenwässer, AT Verlag, München 2014

Hönig, Sabine / Kutschera, Ursula: Aromaküche – Gaumenfreuden mit ätherischen Ölen, Leopold Stocker Verlag, Graz 2012

Kirchner, Beate C.: 111 Orte in Florenz und im Norden der Toskana, die man gesehen haben muss, Emons Verlag, Köln 2015

Malle, Bettina / Schmickl, Helge: Ätherische Öle selbst herstellen, Verlag Die Werkstatt, Göttingen 2007

Toskana, Reihe GEO SAISON, DuMont Verlag, Ostfilden 2015

Waiblinger, Franz Peter (Hrsg.): Florenz – Ein literarischer Reiseführer, WBG (Wissenschaftliche Buchgesellschaft), Darmstadt 2007

IT-Adressen zur Officina Profumo-Farmaceutica di Santa Maria Novella:

www.smnovella.it

http://www.florentinermuseen.com/musei/Apotheke-von-Santa-Maria-Novella.html

http://www.trustandtravel.com/blog/de/farmacia-santa-maria-novella-florenz

IT-Adressen zu Martina Gebhardt Naturkosmetik und dem Kloster Wessobrunn:
www.martina-gebhardt-naturkosmetik.de
www.klosterwessobrunn.de

Und hier ein paar Duft-Blogs, aber wirklich nur ein willkürlicher Ausschnitt:
http://duftarchiv.de
www.olfactorialist.de
www.parfumo.de/blog
www.aromatisches-blog.de

Und wer Reinhard Meys Lied »Mein Apfelbäumchen« einmal anhören möchte, für den habe ich eine Aufzeichnung aus dem Jahr 1989 auf YouTube gefunden:
www.youtube.com/watch?v=fSw9bCdERzQ